JN123520

中国当代文学史

一九四九—八九

吉田　富夫

朋友書店

目次

I　中華人民共和国成立と文芸統制［一九四九年］

1　中華人民共和国の成立……3

国共内戦と人民共和国成立　3　人民民主専政と一党独裁　6

2　第一回〝文代大会〟……8

〝文代大会〟開催　8　三つの主報告　9　文芸統制の二側面　11

3　文学者の運命……12

巴金の場合　13　沈従文の場合　14　謝冰心の場合　16

II　思想批判運動と胡風事件［一九五〇──一九五五年］

1　政治・社会情況……19

2　映画『武訓伝』批判……20

映画『武訓伝』　20　『武訓伝』批判　22

3　『紅楼夢研究』批判から胡適批判へ……25

『紅楼夢研究』批判　26　毛沢東の手紙　27　兪平伯批判から胡適批判へ　28
『文芸報』批判　29

4　胡風事件……30

胡風発言　30　胡風意見書から胡風批判へ　31
「文芸上の小集団」から「胡風反革命集団」へ　32　胡風事件の意味　35

5　建国初期の作品……36
老舎『竜鬚溝』・夏衍『試練』　36　趙樹理『三里湾』　38
その他の長編小説　40　路翎『窪地の〝戦闘〟』ほかの短編小説　41
李季『玉門詩抄』・聞捷『トルファン情歌』・邵燕祥『遠き彼方へ』　44
『アシマ（阿詩瑪）』　47　〈七月派〉詩人の運命　48

Ⅲ　〈双百〉期の文学［一九五六年］

1　政治・社会情況……53
2　〈百花斉放・百家争鳴〉の提唱……55
毛沢東の路線転換　55　陸定一「百花斉放、百家争鳴」　56
3　『重放的鮮花』の作家たち……58
劉賓雁『橋梁工事現場にて』　58　王蒙『組織部に新たにやってきた若者』　61

陸文夫『路地の奥』 63　劉紹棠『キャンパスの若草』 65　鄧友梅『断崖』 66
その他の小説 67
4 雑誌『収穫』創刊号……69
艾蕪『百煉成鋼』 69　康濯『水滴りて石を穿つ』 70　老舎『茶館』 72
5 リアリズム論の深化……74
何直『リアリズム――広い道』 74
劉紹棠『リアリズムの社会主義時代における発展』 77　茅盾『夜読偶記』 78

Ⅳ 反右派闘争と丁玲批判〔一九五七年〕

1 政治・社会情況……83
2 文芸界の整風……86
作家協会の整風 86　反右派闘争へ 88

王蒙『ボルの敬礼を（布礼）』に見るある〈反右派闘争〉』　90

3　丁玲批判……92

丁玲批判の経過　92　丁玲批判の淵源　95

V　文学者たちの苦闘〔一九五八——一九六五年〕

1　政治・社会情況……101

2　大躍進政策と〈両結合〉提唱……104

〈革命的ロマンチシズムと革命的リアリズムの結合〉　104　毛沢東詩詞　105

新民歌の採集　106　人民公社史　107　胡万春『変わり者』　108

3　調整政策と〈中間人物論〉……109

文芸政策調整と〈中間人物論〉　109　柳青『創業史』をめぐる論争　112

4　文芸界の〝左〟旋回……115
〈修正主義〉批判の高まり　115　〈中間人物論〉批判　117
京劇革命の波紋　118　金敬邁『欧陽海の歌』　121

5　革命史小説の流行（その1）……123
楊沫『青春の歌』　123　曲波『林海雪原』　125
李英儒『野火と春風は古城に闘う』　126　羅広斌・楊益言『紅岩』　128
『真紅の太陽』・『苦菜花』・『戦火の中の青春』・『小城春秋』　131
周而復『上海の朝』　133

6　革命史小説の流行（その2）……135
李六如『六十年の変遷』　136　梁斌『紅旗譜』　137　欧陽山『三家巷』　139

7　農業集団化小説……141
周立波『山郷巨変』　141　李準『李双双小伝』　146

8　日常性への視線……148
茹志鵑『阿舒』149　杜鵬程『平和な日々の中で』152
汪曽祺『羊番小屋の一夜（羊舍一夕）』154
『ひとつ鍛えるべえ（鍛錬鍛錬）』・『知ったかぶり（三年早知道）』156

9　詩壇の動向……157
賀敬之『雷鋒の歌』・郭小川『将軍三部曲』158

10　演劇界の波紋……163
呉晗『海瑞の免官（海瑞罷官）』163
田漢『関漢卿』・郭沫若『蔡文姫』・曹禺『胆剣篇』165　歴史劇論争 167
沈西蒙（執筆）『ネオンの下の歩哨（霓虹燈下的哨兵）』・陳耘『若き世代（年青的一代）』169

Ⅵ　文化大革命【一九六六―一九七六年】　175

1　文革の由来と経過……175

〈反修防修〉　175　文革の胎動　177　文革始動　178　「部隊文芸座談会紀要」　180
文革発動　181　老舎と趙樹理　183　文芸ファッショの横行　185

2　文革期の文学……187

江青と〈革命模範劇〉　187　『紅灯記』の場合　188　模範劇の諸相　190
浩然『金光大道』・姚雪垠『李自成』　192　張揚『再度の握手』　196
白洋淀詩派・『天安門詩抄』　198

Ⅶ　新時期文学【一九七七―一九八九年】

1　文革終息と〈第二の解放〉……203

〈四人組〉逮捕・〈文革〉終息　203　中共十一期三中総会へ　204
民主と人権運動の挫折・鄧小平体制の形成　205
改革開放と保守派の抵抗・天安門事件へ　207

2　価値観の反転・〈傷痕文学〉……209

文芸雑誌の復刊　209　内外文学作品の解禁　209
劉心武『担任教師』・盧新華『傷恨』　210　鄭義『楓』・魯彦周『天雲山伝奇』　214

3　ヒューマニズム文学の諸相……216

〈愛〉と〈性〉　張潔『愛、忘れえぬもの』・張弦『愛情に置き忘れられた片隅』・路遥『人生』・遇羅錦『ある冬の童話』・張賢亮『男の半分は女』　217
〈人間〉　戴厚英『ああ、人間』　225
〈反思〉とその限界　王蒙『ボルの敬礼を』・白樺『苦恋』　228
〈郷土文学〉　劉紹棠『蒲柳人家』・古華『芙蓉鎮』・陸文夫『美食家』　232
〈知識人の苦悩〉　諶容『中年（人到中年）』　236
〈変貌する農民像〉　高暁声『陳奐声が町へ行った』　239
〈告発〉　劉賓雁『妖怪世界』・巴金『随想録』　240

4　朦朧詩の衝撃　243
雑誌『今天』の詩人たち　243　顧工と顧城　249　『詩刊』の牽引　252
朦朧詩論争と〈三崛起〉　253　〈精神汚染〉除去の逆流　257　〈朦朧詩〉の終焉　260

5　若い世代の文学者たち　261
王安憶『雨しとしと（雨沙沙沙）』『小鮑荘』　262
張抗抗『オーロラ（北極光）』　263　史鉄生『わが遥けき清平湾』　266
鉄凝『ボタンなしの赤いブラウス（没有紐扣的紅襯衫）』　267
王朔『スチュワーデス（空中小姐）』　268
莫言『透明な赤蕪（透明的紅蘿蔔）』『赤いコーリャン（紅高粱）』　271
賈平凹『鶏の巣村の人々（鶏窩洼的人家）』　273　作家三千人、文芸誌七百種　275

6　演劇界の激流　277
胎動期［一九七八―七九］　蘇叔陽『赤心の歌』　宗福先『声無き処に』
崔徳志『報春花』　277
現実への関与期［一九七九―八〇］　刑益勛『権力と法』

沙葉新『もしぼくが本物だったら』
馬中駿『屋外は燃えている』 280
梁秉堃『勝者は誰だ』 中傑英『灰色王国の黎明』
姚遠『どさ回り』 王景愚『コリャウマイ』
姚一葦『ピエロ』 283

多様な表現期［一九八一―八二］

高行健『絶対信号』 高行健『バス停』
高行健『野人』 王培公『WM・我們』
劉樹綱『生者を訪ねた死者』 286

モダニズムの流行［一九八三―八五］

錦雲『犬ころ爺さんの涅槃』 構成劇『魔方』
朱暁平ほか『桑樹坪の出来事』 何翼平『天下第一楼』 289

ある成熟［一九八五―］

付編 〈人民〉から国民へ
――天安門事件の近代史的考察―― 299

参考年表（一九四九年～一九八九年） 319

著者あとがき 359

Ⅰ　中華人民共和国成立と文芸統制［一九四九年］

1　中華人民共和国の成立

国共内戦と人民共和国成立

一九四五年八月、日本はアジア・太平洋戦争において連合軍に無条件降伏した。中国からいえば、直接的には一九三七年七月七日の盧溝橋事件に始まる八年間にわたる抗日戦争の勝利であったが、実際にはそれは、一九三一年の〝九・一八〟事件［いわゆる〝満州事変〟］以来十五年もつづいた抗日戦争の終結を意味した。

荒れ果てた国土で、平和が待望された。

そうした世論に後押しされるようにして中国国民党の蒋介石と中国共産党の毛沢東は、八月末から重慶で二十七日間にわたる会談の結果、十月十日に「政府と中共代表団の会談紀要［〈双十協定〉］」を結んだ。協定では各党派の合法かつ平等な地位が認められ、速やかに各党派および無党派人士からなる政治協商会議を召集することが謳われ、新しい民主の時代の到来を告げるかのようであった。

しかし、第二次世界大戦後に事実上世界の超大国にのし上がったアメリカの後押しを受けた国民党政府がその反共政策を変更することなどあり得なかったし、抗日戦争中に陝甘寧辺区をはじめとする各地のゲリラ戦争で軍事的実力をつけた共産党も、本来の目的である〈革命〉＝全国権力奪取へ向けて着々と準備を整えつつあった。かくして、美辞麗句を並べた〈双十協定〉のサインのインクも乾かない一九四五年十月末には、早くも国共両軍は各地で大規模な軍事衝突を起こした。

翌四六年に入ってからも、国共両党にアメリカをからめて、三者の間であれこれと駆け引きがありはしたものの、六月末になると全面的な内戦に突入した。

豊かな長江流域を中心に国土の大半を支配下においていた国民党政府軍は、正規軍の数や装備から言えば圧倒的優位にあった。しかもアメリカからは、戦争の全過程を通じて最新鋭の武器援助を受けつづけたにとどまらず、兵員や武器の輸送などで直接的介入すら仰いでいたのである。それに対して、華北の貧しい農村地帯に根拠を置いていた中共の人民解放軍が手にしていた武器はせいぜい日本軍から奪い取った三八銃や大砲で、弾薬にすら事欠き、飛行機や戦車などはまったく持っていなかった。加えて、人民解放軍にはなんらの国際的援助もなかった。本来ならそれを期待すべきソ連＝スターリンは、内戦は中華民族を破滅に導くとして毛沢東を牽制する始末だった。

双方の軍事的実力の差は初めから明らかに見えた。

にもかかわらず、人民解放軍は開戦二年目の四七年十月には「蒋介石を打倒し、全中国を解放しよう」のスローガンの下に全国的反攻にうつり、翌四八年後半から四九年初めにかけて遼瀋（リャオシェン）〔東北〕、淮海（ホワイハイ）〔安徽〕、平津（ピンヂン）〔北京・天津〕の三大包囲作戦で次々と国民党政府軍の主力を壊滅させ、四九年半ばまでにはそのまま一気に天険長江の防衛線を突破して全国の権力をほぼ手中に収めるにいたるのである。この間わずか三年、いったいどのような力が働いてこうした結果が生じたのであろうか。

さまざまな要因が考えられようが、国民党の側から言えば、軍人と政客と官僚の三者の癒着による腐敗、絶えざる増税、天井知らずのインフレなどによって、国民党政府が民衆から見放されたことが挙げられよう。新しい政治が期待されていたのである。

そうした中で、中共が力を注いだのは農民を味方につけるための政策であった。とりわけ地主の土地を奪って農民の八割を占める貧農や小作人に分け与える土地改革を進めることで、圧倒的多数の農民の支持を獲得していった。くわえて、人民解放軍を有名な〈三大規律・八項注意〉［注］による厳しい規律で鍛え上げたことが、略奪や婦女暴行などを日常茶飯事とした国民党軍や地方軍閥軍、地主の私兵などと際だった対比をなして眼に映じ、農民のみならず、都市知識人や市民を含む広範な民衆の間に急速な支持を広げることとなった。

政治的駆け引きにおいても、中共が華北から東北［いわゆる旧満州］の農村部において着々と内戦の準備を進めつつ、都市知識人や学生による平和と民主要求の運動を盛り上げていったのに対して、国民党政府側はなんら有効な手を打てず、つねに受け身でテロと弾圧をくり返すのみであったから、都市における支持をも急速に失っていった。

かくして一九四九年に入ると、勝敗の帰趨は誰の目にも明らかとなった。やがて一九四九年十月一日、毛沢東は北京の天安門城楼の上から、中華人民共和国の成立を宣言し、国民党政府は台湾に移転を余儀なくされた。こうして、国共対立の新しい段階が始まる。

［注］〈三大規律〉＝一切の行動は指揮に従う。大衆の物は針一本糸一筋取らない。戦利品はすべて公に帰する。

〈八項注意〉＝話は穏やかに。売り買いは公平に。借りた物は返せ。壊した物は弁償せよ。殴ったり罵ったりするな。作物を痛めるな。女性にいたずらするな。捕虜を虐待するな。これは毛沢東＝中共の独創ではなく、その原型は百年足らず前の太平天国軍にあった。

人民民主専政と一党独裁

新しい国家樹立を前にした一九四九年六月、毛沢東は新政治協商会議準備会を北京で開くかたわら、「人民民主専政について」と題する論文を発表して、新国家のイメージを明らかにした。その一節にはこうある。

人民とはなにか。中国では、現段階では、労働者階級、農民階級、都市小ブルジョア階級および民族ブルジョア階級である。これらの階級が労働者階級と共産党の指導の下に団結して自分たちの国家をつくり、自分たちの政府を選び、帝国主義の走狗、すなわち地主階級と官僚ブルジョア階級およびこれらの階級を代表する国民党反動派およびその共犯者どもに専政を行い、独裁を行ってその連中を抑圧し、連中をおとなしくさせ、騒ぎを起こさせない。騒ぎを起こせば、ただちに取り締まり、制裁をくわえる。人民内部では民主制度を実行するから、人民は言論、集会、結社などの自由権を有する。選挙権は人民にのみ与え、反動派には与えない。この二側面、人民内部に対する民主の側面と反動派に対する専政の側面とが互いに結びついたのが、すなわち人民民主専政である。

訳文の「専政」、「独裁」は原文のままである。これで見るかぎり、「専政」＝「独裁」の対象は「地主階級」「官僚ブルジョア階級」「国民党反動派およびその共犯者」などで、彼等を除く「人民」には「言論、集会、結社などの自由権」や「選挙権」が与えられるはずであった。ところが、その後の展開は、それらの「自由権」や「選挙権」はすべて執政党である共産党が許容する範囲内でのきわめて狭い権利にすぎず、実際に機能したのは中国共産党の一党独裁であり、それがいわゆる〈改革・開放〉のいま〔二十一世紀初頭〕もつづいていることは、周知のとおりである。

仕掛けは、上記の論文の一節にさりげなく忍び込ませてあった「労働者階級と共産党の指導〔領導〕の下に」という一句にあった。この場合、「労働者階級」という抽象的概念が「指導」することはあり得ないので、実際には「労働者階級」の代表を自称する「共産党」が「指導」するわけである。困ったことに、その代表権は誰も与えた覚えのないそれであったために、誰もそれを奪うことの不可能なアンタッチャブルなそれでもあった。「党」の側から言えば、「労働者階級」の代表権を自称すれば、誰からも文句をつけられることはない。かくして、耳触りのよい「指導」という言葉は、不断に文字どおりの「専政」＝「独裁」へと変質していった。

だが、それは建国後に次第に明らかになったことで、建国を前にした段階では、毛沢東の言葉は、より「自由」な新しい時代の到来を人々に予感させたかと思える。

2　第一回〝文代大会〟

一九四九年一月三十日、人民解放軍は北平(ペイピン)〔＝北京。国民政府時代には首都が南京に置かれたため、二つも〝京〟＝首都があるイメージを避けるべく、こう改名されていた〕に入城し、つづいて翌二月二十二日には華北人民政府が北平に移転すると、新国家建設に向けた準備が進められた。そうした中で、文芸界では三月二十四日、全国文学芸術工作者大会〔略称〝文代大会〟〕の準備委員会が発足した。形の上では抗日戦争中に結成された中華全国文芸界抗敵協会が抗日戦争勝利後に中華全国文芸協会となっていた〔いずれも略称〝文協〟〕のを引き継いだもので、郭沫若(グオモオルオ)が主任に、茅盾(マオドウン)と周揚(ヂョウヤン)が副主任となった。

〝文代大会〟開催

準備委員会では、①文協本部および各解放区文協理事、②解放区の文協や各文芸団体から推薦された者、③準備委員会推薦の者などからなる計八二四人の代表を決めるとともに（この中には民間芸人も含まれていた）、大会報告や専門報告などの起草準備、大会準備機関誌『文芸報』発行などが決められた。

三ヶ月あまりの準備をへて、第一回文代大会は七月二日、北平で幕を開け、十九日まで断続的につづいた。この間、後述する文芸関係の報告とならんで、周恩来(ヂョウエンライ)による「政治報告」がなされ、さらに朱徳(ヂュードオ)人民解放軍総司令や董必武(ドウンビーウー)華北人民政府主席なども演説しているところからみて、この大会はたんなる文芸関係のそれというより、建国を目前にした中共の内外に向けたデモンストレーションの役目をも担わされていたように思える。大会五日目の七月六日には、毛沢東が突然姿を現し、「人民の文学者、人民の芸術家、ないし人民の文学芸術工作の組織者」たる代表を歓迎するとの短い即席演説を行って、熱烈な拍手を浴びた。

三つの主報告

大会の主要報告は三つあったが、そのうち大会二日目に郭沫若が行った「新中国の人民文芸を建設するために奮闘しよう（為建設新中国的人民文芸而奮闘）」と題する「総報告」は毛沢東の「新民主主義論」をよりどころに、これからの文芸の方向を「プロレタリア階級の指導する人民大衆の反帝反封建の新民主主義の文芸」として方向づけて「団結」を呼びかけたもので、まずは型通りのそれであった。

ところが、翌日の茅盾の「反動派の圧迫の下で闘争し、発展してきた革命文芸（在反動派圧迫下闘争和発展的革命文芸）」と題する報告は、聞く人の耳にさまざまな思いを誘う内容であった。「十年来の国民党統治地区の革命文芸運動の報告提綱」と副題がつけられたその報告は、文字どおり抗日戦争中のいわゆる〝大後方〟の文芸活動を総括したものだったが、その大半が、抗戦中から内戦期にかけて胡風（フーフォン）を中心とするいわゆる〝七月派〟をめぐって展開された論争に割かれていたからである。とりわけ報告後半の「三文芸思想理論の発展」の部分は、「第一　文芸大衆化の問題に関して」、「第二　文芸の政治性と芸術性の問題に関して」、「第三　文芸中の〈主観〉の問題、実質的には作家の立場、観点および態度の問題に関して」など、一九四〇年代を通じて胡風を中心とするグループと中共党員グループとの間で展開された論争

〔拙著『中国現代文学史』二三〇ページ以下参照〕を時間系列に沿って取り上げ、後者の立場からする前者に対する〝批判〟を一方的に並べ立てたものであった。「思想上、牛活上で真に小ブルジョアの立場を棄て、労・農・兵の立場、人民大衆の立場に向かえ」とするその結論はとおりいっぺんのものであったにしても、報告の中身のきな臭さは、これからの「団結」が一筋縄ではいかないことを予感させるものであった。

それにしてもどこか歯切れの悪い茅盾の報告に対して、大会四日目に行われた周揚の報告「新しい人民の文芸（新的人民的文芸）」は強烈な印象を与えた。周揚はその年から刊行され始めた《中国人民文芸叢書》所収の一七七篇の作品を挙げながら、一九四二年に毛沢東の『延安の文芸座談会における講話（在延安文芸座談会上的講話）』〔以下『文芸講話』〕が発表されて以来のわずか七、八年で〝解放区〟に「強烈無比な生命力に満ちた」「真の新しい人民の文芸」が誕生したことを語り、次のように述べたのである。

〈五四〉以来、魯迅をはじめとする一切の革命的文芸工作者たちは文芸を現実と結びつけ、広範な大衆と結びつけようと、大いに心を砕いて模索と努力をつづけました。解放区においては、毛沢東同志の正しい直接指導を得、人民の軍隊および人民政権に支えられ、かつ新民主主義政治、経済、文化各方面の改革と呼応するなどして、革命文芸はもはや真に広範な労・農・兵大衆と結びつきはじめました。先駆者たちの理想は実現し始めたのです。むろんいまはまだわずかに始まったばかりですが、それは偉大な始まりであります。

延安を中心とする〃解放区〃のことは、抗日戦争中から知識人の間では理想化されて語られていたし、新秧歌（イアンゴォ）運動や歌劇『白毛女』、作家趙樹理（ヂャオシューリー）などのことも広く伝えられ始めていた。くわえて人民解放軍の怒濤の進撃と全国権力獲得目前の情況である。「偉大な始まり（一個偉大的開始）」という言葉を周揚は誇らしく叫んだはずだし、聞く人たちもそれを額面通りに受け取ったに違いない――ここからなにかが確かに始まる、と。そして、これがおそらく大会全体を流れていた主調音であったに相違なく、その点から言えば、茅盾報告がたてた不協和音は、この時点ではなおわずかな波紋を起こしたにとどまったかと思える。

文芸統制の二側面

社会主義社会とは高度に統制された社会であるべきであり、文学芸術もむろんその例外ではあり得ない。その点で、第一回文代大会は文芸界に、思想的および組織的な二つの側面で枷（かせ）をはめた。

まず前者から言えば、毛沢東『文芸講話』が大会を通じて終始話題とされ、大会決議では次のように位置づけられた。

> 一九四二年の毛主席の『延安の文芸座談会における講話』発表後、中国の文芸工作者、わけても解放区の文芸工作者は広範な人民大衆と結びつき始めた。ここ数年の経験は毛主席の文芸方針の卓越した予見と正しさを証明した。文芸工作者と労働人民が結合した結果、中国の文学芸術の面目は一新した。われわれは毛主席の文芸に対する関心と指導に感謝する。今後われわれはこの方針をひきつづき貫徹し、より一歩広範な人民、労・農・兵と結びつかなければならない。

こうして『文芸講話』は、これ以後の文芸界が「貫徹」すべき「方針」として公認されたのである。それは同時に、「解放区の文芸工作者」のリーダーシップを認めることでもあったが、いずれにしても文芸活動に思想的な枠がはまるという、新文学勃興以来の未曾有の時代がここに始まった。

組織面では文芸のジャンル別に中華全国文学工作者協会〔以下、「中華全国」の四字省略〕、戯劇工作者協会、電影芸術工作者協会、音楽工作者協会、美術工作者協会、舞踏工作者協会全国委員会などが組織され、それらの「連合組織」として中華全国文学芸術界連合会〔正式略称は〝全国文連〟。本書では〝文連〟と略称〕が生まれ、「全国すべての愛国的民主的文学芸術工作者を団結する」(「章程」)とされた。「工作者」の三文字があるのは、アマチュアの中共党員の指導的役割を念頭においてのことであったと思われるが、この三文字はやがて消え、かつ文学工作者協会が作家協会と改称されるなど、時の経過とともにより専門性が強められる。が、それは後のことで、こうしてすべての文学芸術家はピラミッド型の組織に整然と組み込まれることになったのである。そして、国家体制の整備がすすむにつれて、その組織的強制力があらゆる面で強化されていったことはいうまでもない。

3　文学者の運命

新国家の成立を迎えた文学者たちの心境はさまざまだったと思える。前述したように局面は軍事的に急速に展開したから、人々は否応ない選択を迫られた――大陸に留まるか、国民党とともに台湾に渡るか、それとも香港経由で欧米に向かうか。結局は大多数が大陸に残る道を選んだ。第二、第三の道を選ぼうにも、限られた人にしかその条件が与えられていなかったからだと言ってしまえばそれまでだが、やはり文学者たちの多くは新国家に期待を寄せていたのだと思われる。ただ、個々の文学者について見れば、ことはそれぞれに複雑であった。

巴金の場合

民国時代を一貫して政治に直接関与することなく、ヒューマニズム文学を書き続けてきた巴金（バーヂン）のケースは、多くの文学者の平均的あり様を示しているように思える。もっとも彼は六月上旬に周恩来から電報で招かれる形で文代大会に参加している［唐金海・張暁雲主編『巴金年譜』（一九〇四――一九四九年）七〇四ページ］から、その点では特別扱いの一人だったとも言えるが、主席団常務委員会には加わったものの、議事運営などで特別な役割が与えられたわけではなく、大会席上で短い発言を行っただけのようである。その発言原稿が『人民日報』「全国文代大会代表の大会に寄せる感想」（一九四九年七月二十日付）に載ったが、以下がそのあらましである。

この大会に参加したのは、発言のためではなく、学びに来たのです。おまけに、こんな大規模な集会に参加するのも、始めてのことです。大会でわたしはたくさんのものを得ました。

第一に、人々がいかにして芸術と生活を一つに練り合わせ、文学を血や汗と一つに調合して、美しく、健康で、しかも力強い作品を作り出しているかを眼にしました。新中国の魂が、そこから光芒を放っています。

第二に、長年にわたってわたしはペンで物を書いてきましたが、自分の作品の無力さをしばしば嘆き、ペンを棄てたいと弱音をあげつづけてきました。いまやわたしは気がついたのです、たんにペンのみでなく、行動で、血で、生命でみずからの作品を完成させた人々がたしかに数多くいることを。（略）

第三に、友愛の暖かさを感じました。会場に入るたびに、生家にもどったかのようでした。七百あまりの顔、少なくともその半数は会ったこともない顔が、わたしにとっては見知らぬそれではありませんでした。（中略）自由で、率直で、いささかの分け隔てもなく、七百余人はあたかも一つの心を持っているかのようでした。

胡風事件をはじめとして、その後の文芸界で吹き荒れた激しい政治の嵐を知ったいま読むと、あまりに楽観的な口調に不信を感じる向きもあろうが、当時のもろもろの条件を考え合わせると、ここには新しい時代の始まりへの素直な期待感があったと見てよい。〝社会主義〟とか〝革命〟とかいう言葉が、瑞々しい魅力を放っていた時代であった。

しかし、この巴金も、後述する胡風事件では不本意な発言を迫られて後々までその悔恨に責められ、文革ではブルジョワ文芸路線の代表として激しい攻撃にさらされるなど、その後の展開は彼の期待をまったく裏切るものであった。

むろん、新時代の到来に困惑し、押しつぶされてしまったケースもあり、その典型が沈従文（シェンツォンウェン）［一九〇二～八八］であった。

沈従文の場合

二十年代末から辺境の特異な風俗人情を描いた作品で人気を博し、三十年代から四十年代にかけて流行作家となった沈従文は、一貫して政治に距離を置く態度を取りつづけ、抗日戦争期から国共内戦期にかけて、文学は左右の政治から独立して、独自の尊厳を保つべきだとくり返し主張した。このことが、中共陣営の偏狭な眼には〝反共〟と映り、内戦期から厳しい批判が向けられていたが、やがて彼が教授として籍をおいていた北京大学の構内に、北平（ペイピン）の平和開放［一九四九年一月三十日］を目前にして、「新月派、現代評論派、第三の道の沈従文を打倒しよう！」なる垂れ幕が掲げられるにいたる。台湾への脱出を誘う国民党の手をきっぱり断った沈従文にしてみれば、こうした政治的レッテルは到底納得できるものではなかったが、七月に開かれた文代大会に際して、彼と似たような経歴のいわゆる民主人士の多くが招かれたにもかかわらず、代表の名簿に彼の名前はなかった。すっかり怯えてノイローゼになった沈従文は、手首を切って自殺を図る。さいわい、傷が浅く、一命はとりとめたものの、その後中央革命大学での〝思想改造〟を経た後の彼にはもはや小説の筆を執るエネルギーは残されていなかった。やがて、若い頃からの骨董いじりの趣味を生かして、歴史博物館の一館員となって働くことになるが、これ以後、文学者沈従文の名は中国の文学界からまったく抹殺され、国外では死亡説、投獄説など、さまざまな憶測を呼ぶこととなった。彼が〈郷土文学〉の源流として、ふたたび華々しい脚光を浴びるのは、三十年後の改革・開放期の八〇年代になってからで、その死まで十年足らずの時間しか与えられなかった。

なお、沈従文とよく似た境遇におかれて〝思想改造〟を経験させられた知識人の体験を描いた小説に楊絳（ヤンヂアン）『風呂』（中島みどり訳　みすず書房　一九九二年　原題『洗澡』）がある。改革・開放期になってから書かれたという点は割り引くとしても、当時の知識人を襲った困惑をうかがう手がかりには十分なり得よう。

謝冰心の場合

上述の二人にくらべて、比較的平穏な時間を送った人に、謝冰心（シエビンシン）〔一九〇〇～九九〕がいる。女性作家として新文学の開拓者であった彼女は、人民共和国成立のニュースを日本で聞いた。それより先、日本の敗戦にともなって国民政府の駐日代表団の一員として派遣された夫の呉文藻（ウーウェンツァオ）博士〔文化人類学者〕とともに東京にやって来ていたからである。来日後は倉石武四郎教授の尽力で、女性として初めて東京大学の教壇に立って中国文学を講じるかたわら、文筆活動もつづけていたが、著名な文学者である彼女には国民党当局の厳しい監視の眼が向けられていた。こうした中で、エール大学から招聘を受けた呉・謝夫妻は、一九五一年秋、香港経由でアメリカに向かうが、香港で突如として行方を消して大陸に帰る。慎重に計画された脱出行であった。

かくして、謝冰心は、一九五三年九月に開かれた第二回文代大会に姿を現す。これ以後の彼女は、文連全国委員や作家協会理事などに任じるかわたら、一九五六年八月の原水爆禁止世界大会〔広島〕に中国代表団の一員として来日したのを始めとして、前後合わせて五回も来日するなど、いわば中国文化界の顔としての役割を与えられた格好で国際舞台で活躍した。文革中も、周恩来の特別の指示で一定の保護を受けたことによって、文革開始直後の一九六六年に自殺に追いやられた老舎（ラオショ）のような大きなダメージを受けることはなく、一九九九年二月に九八年の生涯を終えるまで、毛沢東時代から改革・開放時代へかけて比較的安定した生涯を送ることができた。

Ⅱ　思想批判運動と胡風事件〔一九五〇―一九五五年〕

1　政治・社会情況

権力を獲得した中国共産党がまず取り組んだのは、土地改革であった。内戦期から、いわゆる解放区で土地改革を行って農民を味方につけていったことは前述のとおりだが、それを発展させて、一九五〇年六月には全国政治協商会議で中華人民共和国土地改革法を成立させ、その冬から全国規模で土地改革運動が進められた。一部少数民族地区を除いて一九五二年冬までに運動は終わり、七億畝(ムー)〔一畝＝零・六六アール〕の土地が三億の農民に分配されたといわれる。

この間、五〇年六月二十五日には朝鮮戦争が勃発した。毛沢東は参戦を決意し、十月には人民志願軍を朝鮮戦線に派遣した。これ以後、厳しい国際環境の下で抗米援朝運動は、五三年七月の朝鮮停戦協定締結までつづけられた。

戦争で荒廃した国土の整理の最終段階として、五一年末から中国共産党はいわゆる〈三反〉〈五反〉運動を発動した。三反とは汚職、浪費、官僚主義に反対することをいい、五反とは贈賄、脱税、国家資財の横領、手抜き工事や資材の横流し、国家経済機密の窃取などの〝五毒〟に反対することをいう。要するに、都市の経済建設をめぐる階級闘争で、大衆運動として死刑を含む容赦ない形で激しく進められたこの運動を通じて、中国の人々の多くは、はじめて共産党独裁社会が国民党時代とまったく違うことを実感させられたという。かつて共産党を支持することで存在を許されてきた民族資本家や私営工商業者も、この運動のなかで国家資本に組み込まれていった。

こうして一九五三年からいよいよ第一次五カ年計画に突入し、「基本的に国家の工業化、および農業、手工業、資本主義的工商業に対する社会主義的改造を実現する」という過渡期の「総路線」が提起された。最大の問題は農業集団化で、これ以後、この課題をめぐって中共党内で、急進派の毛沢東と穏歩前進派の劉少奇(リューシャオチー)との間に激しい路線党争が展開されることになるが、この段階では矛盾は顕在化していない。

一九五四年には第一回全国人民代表大会が開かれ、中華人民共和国憲法が制定された〔九月〕。万事は順調に滑り出したかに見えた。しかし、翌一九五五年に胡風事件が起こった。

2 映画『武訓伝』批判

中華民国から中華人民共和国へと国名が変わることによって、いったい何がどう変わるのか。文学を含む思想・文化の面でそのことを初めて人々に実感させたのは、映画『武訓伝』に対する批判であった。

映画『武訓伝』

武訓(ぶくん)〔一八三八~九六〕は清末に実在した山東省の民間教育家で、独力で三カ所もの義学〔授業料免除の学校〕を創立したが、その資金集めのために乞食までしたことで、いわゆる〈行乞興学の義民〉として知られる。民国時代に教育救国の英雄としてしばしば顕彰されたが、抗日戦争末期の一九四四年から四五年にかけて、臨時首都の重慶（チュウンチン）でブームが起こった。そうした中で映画化が企画され、孫瑜（スウンユイ）〔一九〇〇～九〇〕の手で四七年にシナリオが完成した。翌四八年夏から、国民党国防部所属の中国電影制片廠で撮影に入った〔監督孫瑜。主演は名優趙丹（チャオダン）〕が、内戦のため中断。建国後の五〇年に、夏衍（シャイエン）の主唱でシナリオに大幅に手を加え、ひきつづき監督孫瑜の下で撮影を継続し、同年九月に完成。翌五一年二月から上海、南京、北京などで上映された。

《一九四九年十二月五日、武訓生誕百十一周年記念祭が行われている武訓の墓の前。武訓を称えるさまざな人々の中に一群の小学生がいて、女性教師に武訓のお話をしてとせがむ。目をきらきらさせている子供たちを見回しながら、女性教師は語りはじめる――。

　五歳で父親を失った武訓は、母親とともに乞食をして歩くことになりました。大道芸人のマネをしてカネを恵んでもらう武訓。集めたカネを手に、学問しようと私塾を訪れますが、乞食故に叩き出されます。やがて母親も死に、放浪生活に入るのですが、文字を知らないがために絶えずさげすまれ、騙されます。また、同じような運命にある無数の貧乏人の子供たちを見ました。たまりかねて暴動による謀反に走る人間もいる中で、貧乏人の苦難の根本は文字を知らないことにあると考えた武訓は、授業料の要らない義学を興すことを決意します。資金集めのために、武訓は乞食をして歩きました。そのためには躰を打擲（ちょうちゃく）されるのも厭いませんでした。やがて最初の義学が開くと、子供を義学に通わせるよう貧民の両親の前に跪いて頼み、無頼の生活を送っている貧民の子弟には、義学で学問をするよう跪いて説きました。

　武訓の評判が上がると、権力者たちはそれを利用することを企んで、やがて西太后（せいたいごう）からは朝廷にのみ許される黄色のチョッキを賜ります。武訓は、狂気を装ってそれを拒否しました。こうして武訓は、三カ所の義学を創設するのです。

武訓は歴史的制約から、ああしか出来なかったのですと、女性教師は言う。いまこそ、共産党の力で貧しい階級が本当に開放されて、武訓の理想がやっと実現されたのよ。いまこそ、武訓の精神を受け継いで、しっかりお勉強しましょうね》（梗概）

映画はなかなかに評判がよく、賞賛の声が上がったが、その要点は、「封建支配者の愚民政策を暴き」「勤勉で勇敢で賢明な中華民族の崇高な品質を典型的に描いた」（孫兪「編導『武訓伝』記」『光明日報』一九五一年二月二十六日付）ことにあった。

これと平行して劇画『武訓画伝』（李士釗編　孫之儁画　上海万葉書店）が出されたが、これには郭沫若が書名を揮毫し、かつ「貧しい出でありながら教育の重要さをわきまえ、乞食をしてカネを蓄え学校を作った。おのれを棄てて人のために尽くした」武訓を「奇跡」と称える「序言」を書いたのである。こうして、一九五一年初頭から三月にかけて、一種の武訓ブームが起こった。この間、民国時代から児童教育で知られ、武訓の顕彰者の一人でもあった教育界の権威陶行知（タオシンヂー）［一八九一～一九四六］の名もしきりに取りざたされた。

『武訓伝』批判

これに対して真っ向から批判ののろしを上げたのが『人民日報』社論「映画『武訓伝』の討論を重視すべきである」（五月二十日付）であった。のちに毛沢東の執筆であったことが明らかにされる（『人民日報』一九六七年五月二十日付）この論文は、武訓のような人間は、中国人民が、外国の侵略者に反対し、国内の反動的支配階級に反対して偉大な闘争を進めていた満清末年の時代に身を置きながら、封建的経済基盤や上部構造にはみじんも手をかけようとせず、逆に封建文化を熱狂的に鼓吹した。あまつさえ、おのれに欠けている封建文化を鼓吹する地位を手に入れんがためには、反動的封建支配者に卑屈に媚びを売ることにこれ勤めたのである。かかる醜悪な行為を、われわれは賛美すべきであろうか。かかる醜悪な行為を人民大衆に向かって賛美する、それも〈人民に奉仕する〉という革命の旗印を持ち出して賛美し、革命的農民闘争の失敗の引き立て役として賛美する、などということが、われわれに許せるであろうか。かかる賛美を認めたり容認することは、農民の革命闘争に泥を塗り、中国の歴史に泥を塗り、中国民族に泥を塗る反動的宣伝を正当なそれとして認め、容認することである。

映画『武訓伝』の出現、とりわけ武訓と映画『武訓伝』への賛美がかくも多きに達したことは、わが国文化界の思想的混乱がどれほどのものかを物語るものである！

と、真っ向からこれを否定し、批判を呼びかけるものであった。

この社論を契機に、それまでくすぶっていた批判に一気に弾みがつき、全国で批判運動が展開された。長文の批判論文が『人民日報』はじめ主要新聞に次々と発表されるかたわら、共産党内では学習基本文献を指定し、期間を限定しての批判が進められた。こうしたなかで、孫兪や夏衍など、映画製作に関わった人々も自己批判の文章を発表した。

決定打は武訓歴史調査団による「武訓歴史調査記」（『人民日報』一九五一年七月二三日～二八日付）によって与えられた。調査記は『人民日報』社と党中央文化部によって組織された十三人からなる武訓歴史調査団が武訓の故郷を二十数日にわたって調査した結果の報告書で、武訓が「乞食の身なりをした（穿着叫化子服装的）」「大ごろつき、大高利貸、大地主（大流氓、大債主和大地主）」であったことを大量の聞き取りや残されたさまざまな証文の類によって明らかにした。同時に、武訓とは対照的に、同じ頃、武装闘争の道を歩んだ黒旗軍の指導者宋景詩（そうけいし）の存在をも発掘した。これを受けて、郭沫若は「『武訓歴史調査記』を読む」（『人民日報』一九五一年八月八日付）を発表し、武訓を「大ごろつき、大ペテン師（大流氓、大騙子）」と決めつけるとともに、おのれが一九四五年冬に重慶での武訓記念会で武訓の功績を称える演説をしたことや、前記の『武訓画伝』に題字や序文を書いたことを自己批判した。

建国後に初めて文化界を揺るがした『武訓伝』批判は、おおよそこうした経過で約四ヶ月で終わったが、その〝効果〟は以下の諸点にしぼることができよう。

まず第一に、物事の評価の基準をなによりも階級的なそれに置くことが求められる社会が始まったことを、人々に初めて認識させたことである。ことは映画にとどまらず、武訓顕彰に熱心であった教育学者陶行知に対する批判もほとんど平行して進められたから、広く文化界における価値評価の基準を問うそれともなった。義学を興すために甘んじて屈辱に耐えるスクリーンの武訓に思わず涙した人々〔そうした観客が少なくなかったことを、批判開始前の映画評は示している〕は、もはや〝人情〟一般が通用しなくなった時代がきたことをしたたかに思い知らされたのである。

第二に、それは反論の許されぬ文字どおりの批判〝運動〟であった。初めのうち、孫兪や李士釗などは、歴史上の人物評価には歴史的限界を前提とすべきだという線で抵抗を試みていたが、批判の基調は『人民日報』の「社論」で決められており、その線に沿って、圧倒的な勢いでキャンペーンが展開され、やがてすべてをなぎ倒していった。文化界は、このときはじめて〈専政〉の意味を知ることとなった。

第三に、批判には大衆動員の形が取られた。党内外における批判会や新聞への投書などの形が主要なものだが、調査団による百六十数人もの地元の人々への聞き取り調査も、その一つの形であった。そして、それらがすべて「社論」を補強すべく組織されたことは、言うまでもない。

第四に、この段階ではまだほとんど目立つことはなかったが、毛沢東による独断専行がすでに始まっていた。前記調査団の主要メンバーの一人で、三人の「調査記」執筆者の一人でもある人物に李進（リーヂン）という人物がいて、「調査記」の初めには「中央文化部」との肩書きがついていた。ほかの二人、袁水拍（ユエンシュイパイ）［人民日報社　詩人］、鍾惦棐（チュウンディエンフェイ）［中央文化部　映画評論家］等がそれなりに知られた人であっただけに、無名の李進が憶測をよんだが、この人物がほかならぬ毛沢東夫人の江青（ヂアンチン）［一九一五〜九一］であったことが後に明らかとなった。彼女の調査団への参加は、毛沢東との結婚［一九三八年］に際して政治活動参加を禁じた党内の約束に違反しており、これは毛沢東の独断であったと今日では見られるのである。

3　『紅楼夢研究』批判から胡適批判へ

『武訓伝』批判からしばらくは、五二年九月に第二回文代大会を開いて文学工作者協会を作家協会に、戯劇工作者協会を戯劇家協会にそれぞれ改称して専門色を強めるなど、文芸界は体制整備を進めた。この間、後述するように五二年末に胡風文芸思想批判の動きはあったものの、肝心の胡風がぬらりくらりと批判をかわして沈黙をまもったため、さしたる運動にはならなかった。そうしたなかで、五四年九月に突如起こったのが『紅楼夢』研究をめぐる批判運動で、これによって文芸界は、学術研究領域を含めて、根底から衝撃を受けることとなった。

『紅楼夢研究』批判

『紅楼夢研究』は、民国時代から『紅楼夢』研究の権威として知られた北京大学教授兪平伯［一九〇〇～九〇］が一九五二年九月に刊行した書物［棠棣出版社］であるが、これが批判の対象とされるにいたったについては、いささか経緯の説明が必要であろう。

『紅楼夢』は、言うまでもなく清朝の曹雪芹［一七一五？～六三？］の手になる長編小説である。貴公子賈宝玉と彼をめぐる十二人の美女を中心に、華やかな貴族の屋敷内での愛憎模様を描いたこの小説は、清朝時代から、小説の舞台や作中人物のモデル、作品の解釈などをめぐってさまざまな議論があって、〝紅学〟と呼ばれた。新文化運動のなかでこれに近代的解釈を加え、〝新紅学〟の道を拓いたのがかの胡適［一八九一～一九六二］で、ヨーロッパ留学から帰国したばかりの若き日の兪平伯は、その影響下に二三歳で『紅楼夢辨』を著し、『紅楼夢』は作者曹雪芹の自伝であると主張した。建国後に、新時代に合わせて社会的背景などを論じた部分を加筆したのが『紅楼夢研究』である。兪平伯はこの後、雑誌『新建設』五四年三月号に「紅楼夢簡論」を発表して、「紅楼夢の基本的観念は色と空である」との新たな論点を打ち出した。

これに対して、山東大学を卒業したばかりの若い研究者李希凡［一九二七～二〇一八］と藍翎［一九三一～二〇〇五〕の二人が、真っ向からこれを批判する論文「『紅楼夢簡論』およびその他について」を書いた。彼等によれば――『紅楼夢』を曹雪芹の自伝とみなしたり、「色」や「空」の観念の表現とみなすのは、階級観念を欠いた誤った見方である。『紅楼夢』は腐敗した封建支配集団内部の「生きた現実の人生の悲劇」を描いたリアリズムの作品であり、曹雪芹の偉大さは「リアリズムの創作方法が遅れた世界観にうち勝っている」点にある。

二人はかねてからこの論文の構想を文連機関誌『文芸報』に持ちこんだが無視され、やむなく書き上げた論文を母校山東大学の研究紀要『文史哲』に掲載した。これはやがて『文芸報』に転載されるが、その際には「作者の意見には、明らかに周到さが不足し、全面性が不足しているが」などという保留的コメントがつけられていた。間もなく二人は、より全面的な兪平伯批判の第二論文「『紅楼夢研究』を評す」を書いて、『光明日報』十月十日付に発表することとなる。この間に、二人の論文、とりわけ第一論文の発表をめぐって複雑な動きがあって、そこからこれが、単なる学術批判を超えた批判運動になるのであるが、そのきっかけを与えたのは、党中央政治局および関係者に宛てた毛沢東の手紙〔一九五四年十月十六日付〕であった。

毛沢東の手紙　手紙は当時公表されなかった〔公表は十二年後の文革中。『人民日報』一九六七年五月二七日付〕が、その内容は、李・藍二人の前掲二論文を「三十数年来のいわゆる紅楼夢研究の権威的作家〔原文：権威作家〕の誤まてる観点に向けて初めて真剣に火蓋を切ったものである」と高く評価した上で、『文芸報』が当初二人に門前払いをくわせ、のちに転載を求められた『人民日報』編集部が「小物の文章だ」「党機関紙は自由討論の場ではない」などの理由でこれを拒否した態度を「ブルジョア作家と観念論の面で統一戦線を張り、甘んじてブルジョア階級の虜となっている」として厳しく批判したものである。そうして、これを契機に「古典文学領域で三十数年にわたって青年を毒してきた胡適派のブルジョワ観念論に反対する闘争」を展開せよ、と呼びかけたものであった。

兪平伯批判から胡適批判へ

公表されなかった毛沢東の手紙を承けるかたちで、『人民日報』十月二十三日付には鍾洛（チュウンルオ）の長大な論文「『紅楼夢』研究中の誤った観点に対する批判を重視しなければならない」が発表された。この論文は、兪平伯については、「個人の愛好」から「資料整理」の面で功績があったことを認めつつも、「ブルジョワ階級の立場、観点、方法」からして「紅楼夢のリアリズムを否定した」ことを「容認できない」とした。

ここまでは李・藍論文を擁護したものだが、鍾論文は一歩進めて、兪平伯の「自然主義の観点は胡適の観点を受け継いだものだ」と断定し、若き日の兪平伯が『紅楼夢辨』においてしきりに胡適の名を挙げて論拠とし、建国後に『紅楼夢研究』を出版するに際してもたんに胡適の名前を削っただけの部分が多々あることを指摘した。その上で、「胡適派の〝新紅学家〟たちのブルジョワ階級の立場、観点、方法が全国解放後もいまなお古典文学研究工作において支配的地位を占めているという危険な事実」に注意を喚起して、これとの闘争を呼びかけ、「専門に古典文学研究工作に従事していると否とを問わず、文芸工作者は各自すべてこの思想闘争を重視しなければならない」と述べた。

ついで、十一月六日付の『光明日報』は郭沫若が文連主席・中国科学院院長の肩書きで長文の談話を発表し、胡適批判を呼びかけた。

かくして批判の重点は、兪平伯批判から胡適批判へと向けられ、これ以後、約半年の間に数多くの批判論文が書かれ、兪平伯もやがて「断固として反動的な胡適思想と一線を画そう」（『文芸報』一九五六年第五号）を発表して自己批判した。

この当時、胡適は台湾にあって、国民党政権のイデオローグとして台湾やアメリカで活躍していたから、胡適批判は思想面における国共内戦の継続として、その政治的効果は抜群であった。ただ、大陸に残った既成知識人の少なからざる人々が、民国時代に直接間接に胡適の影響を受けていたから、彼等はこれ以後肩身の狭い思いを強いられることとなった。三年前の『武訓伝』批判がジャブであったとすれば、兪平伯——胡適批判は、いわばボディーブローとしての効果を文芸界や学術界に与えた。これ以後、階級闘争至上論がまかり通るようになり、欧米型の自由な発想や言論は、大陸文化界から姿を消すことになる。

『文芸報』批判

毛沢東の手紙は、兪平伯——胡適批判を巻き起こすかたわら、『文芸報』批判の波をもかきたてた。『人民日報』一九五四年十月二十八日付には袁水拍（ユエンシュイパイ）〔一九一九～八二〕の論文「『文芸報』の編者に質（ただ）す」が掲載されたが、これは、毛沢東の手紙にもあった李・藍二人の「小物」に対して初め門前払いを食わせ、ついでやむなく彼等の論文を載せる際にも評価を割り引くようなコメントを加えたことを非難するかたわら、おなじ『文芸報』が、一年前の五三年第九号で兪平伯の『紅楼夢研究』を「詳細な考証と校勘とで過去の〝紅学〟の戯言を一掃した大きな功績」と称えたことを取り上げ、無名の「小物」には冷淡で、「有名人や老人に対しては、ブルジョワ階級のシロモノを宣揚していようがいまいがお構いなしに持ち上げる」のは「ブルジョワ階級の貴族の旦那の態度だ」と決めつけたものである。

これに対しては、『文芸報』編集長の馮雪峰(フォンシュエフォン)がいち早く「わたしが『文芸報』で犯した誤りを自己批判する」(『文芸報』一九五四年第二十号)を発表して自己批判したが、ことは当然これだけでは収まらなかった。

4 胡風事件

胡風発言

『紅楼夢研究』批判と『文芸報』批判という関連する問題をめぐって、全国文連と中国作家協会主席団が一九五四年十月三十一日から十二月八日にかけて八回にわたる討論会を開いたのは、運動の展開からみて自然であったが、そのなかから胡風批判という思いもかけぬ副産物が飛び出したのは、予想外の展開であった。きっかけは、胡風の発言であった。

胡風はこの席上で二度にわたって長時間の発言をし、周揚や袁水拍など、党の文芸官僚を名指ししながら、彼等を「通俗社会学」しかわからぬ官僚主義者と激しく攻撃したのであるが、これには前史があった。

胡風が三十年代から周揚を初めとする中共文芸グループとそりがあわず、四十年代には文芸における〈主観〉の役割をめぐって両者の間で激しい論争があり、第一回文代大会における茅盾報告があらためてその問題をむしかえしたことは前述のとおりである。

建国後、胡風およびそのグループ［と言っても、付き合い仲間というほどの漠然としたものに過ぎないが］は、はっきり言って干された。胡風自身について言えば、一九五二年十二月には文学工作者協会［のちの作家協会の前身］が胡風文芸思想討論会を開き、そのメイン報告として林默涵（リンモオハン）「胡風の反マルクス主義の文芸思想」、何其芳（ホオチーファン）「リアリズムか、それとも反リアリズムの道か」がそれぞれ『文芸報』一九五三年第二、三号に発表された。また、かつて「主観を論ず」［一九四五年］を発表して胡風グループの主要論客とみなされてきた舒蕪（シューウー）が「初めから『文芸講話』を学習する」［『長江日報』一九五二年五月二十五日付。『人民日報』六月八日付で転載］を書いて自己批判する、などのこともあった。しかし、胡風はかたちばかりの自己批判をしただけで、問題はそれ以上進まず、くすぶったままであった。

胡風意見書から胡風批判へ

そうしたなかで、胡風は、一九五四年四月頃から数人の若い仲間の意見も吸収しつつ、党の文芸政策に関する長文の意見書を執筆し、七月にこれを党中央に提出した。「解放以来の文芸実践情況に関する報告［関於解放以来的文芸実践情況的報告］をお届けします」という書き出しで始まる「党中央政治局、毛主席、劉副主席、周総理」宛の手紙をつけたこの意見書は、約三十万華字あるところから〈三十万言の手紙［三十万言書］〉とも呼ばれるが、その内容は、前記林默涵・何其芳論文を「通俗社会学」による機械論だと痛烈に批判しつつ、世界観至上論、労農兵生活唯一論、思想改造優先論、民族形式継承論、題材決定論の「五本の刀［五把刀子］」が党のセクト主義的官僚支配と相まって文芸の根を枯らしていると、激しく論じたものであった。

こんにち冷静に読めば、胡風の議論は文芸論として筋の通っている点が多いが、その内容は、一方では林黙涵や何其芳、さらにその背後にいる周揚など、党の文芸官僚の誰彼に対する激しい不信感を噴出させながら、他方では、魯迅の晩年以来、党の〝助手〟として働いてきたおのれが認められないことへの不平不満をぶちまけるといっただだっ子じみたところもあって、なかなかに複雑なものであった。しかし、これに対する党中央からの直接の反応はなかった。

こうした流れを承けて、兪平伯批判・『文芸報』批判の討論会の席上、上述のように胡風はかねてからの党の文芸官僚たちに対する批判を開陳したのである。のちに明らかにされた当時の私信を読むと、胡風はさまざまな情況から、自分の意見が、周揚よりもっと上の党中央〔たとえば周恩来〕に受け容れられる可能性があると情勢を楽観視していたようである。けれどもその見通しは裏切られ、周揚は「我々は闘わなければならない〔我們必須戰鬪〕」〔『文芸報』一九五四年第二三・二四号〕と題する討論会の総括で、「胡適派ブルジョワ唯心論に対する闘争」「『文芸報』の誤り」と並べて、「胡風先生の観点と我々の観点との分岐」なる一章を設けて、胡風は「批判に名を借りて真のマルクス主義を否定している」〔要旨〕としてこれを叩いたのである。胡風は慌てて「自己批判」を提出するが、それの公表は、後述するように批判の炎に油を注ぐという皮肉な結果になった。

「文芸上の小集団」から「胡風反革命集団」へ

『文芸報』一九五五年第一・二合併号が胡適批判と並べて、胡風発言への批判を特集したのが、批判運動開始のシグナルであった。かたわら、『文芸報』は胡風の意見書の主要部分を林黙涵・何其芳の論文と合わせて、討論の参考資料に供するとの前書きをつけて、別冊のパンフレットとして配布した。ただ、この段階の批判は、「反マルクス主義、反社会主義リアリズム」（林）ないし「ブルジョワ階級および小ブルジョワ階級」（何）として胡風およびその同調者を断罪しつつも、それはあくまで「文芸上の小集団」（林）、ないし「革命文芸内部の反対派」（何）としての位置づけであった。

ところが、その年の五月十三日付の『人民日報』が、突如舒蕪の「胡風反党集団に関する若干の材料」を掲載したことで、ことは急激な展開をみせた。これは、一九四四年から五〇年にかけて胡風が舒蕪に与えた手紙三十三通、路翎に与えた手紙一通を四項目に分類して「必要な説明」をくわえ、「これによって胡風の思想およびその反党セクト活動の実質をみなさんによりよく知っていただく一助としよう」〔舒蕪のまえがき〕としたものであるが、その内容は、周揚や劉白羽（リューバイユイ）、林默涵など、党の文学官僚を悪しざまに罵りつつ、文壇に自分たちの地歩を築こうとの野心を剥き出しにした衝撃的なものであった。

しかも、この「資料」の見開きのページには、胡風の「私の自己批判」〔一月から三月にかけて執筆との説明あり〕が掲載された。これによって、「胡風および彼が領導する反党反人民の文芸集団が、いかに早くから中国共産党および非党員の進歩的作家に敵対し、彼らを敵視し憎悪してきたか」〔『人民日報』編者まえがき〕に読者の目を向けつつ、「私の自己批判」の欺瞞性を浮き立たせ、胡風とそのグループの「仮面を剥ぎ、真相を暴露」〔前掲まえがき〕しようとしたものである。その効果は抜群で、ことは一挙に政治問題化し、文芸界のみならず、全国に「胡風反党集団」を糾弾する声が上がった。

これ以後、『人民日報』は同様の手法で胡風の私信を「胡風反革命集団に関する第二の材料」〔五月二十四日付〕、「胡風反革命集団に関する第三の材料」〔六月十日付〕と二度にわたって特集した。そのたびに、前記「若干の材料」とおなじように前書きをつけ、分類して注釈を施すなどしたが、その際になされた手紙の引用はしばしば批判者の都合のよいように断章取義的であった。この間に、胡風に対するレッテルも、「胡風反党集団」〔「若干の材料」〕から「胡風反革命集団」〔第二、第三の「材料」〕へとエスカレートさせられたが、各種の「まえがき」や注釈の執筆を含めて、すべてを取り仕切っていたのが毛沢東その人であったことが、のちに次第に明らかとなった。

胡風は、夫人の梅志（メイヂー）〔一九一四～二〇〇四〕とともに五五年五月十七日に逮捕されたが、むろんなんらの法的手続きも取られなかった。以後、一九七九年一月四日に釈放通知を受けるまで、一時期〝監外執行〟で仮釈放になった〔六五年一二月～六六年二月〕ことはあるものの、四半世紀弱を囚われの身で過ごすことを余儀なくされた。

胡風およびそのグループにはなんらの「反党」「反革命」の証拠もなく、胡風自身もその点を一貫して否定し、完全な冤罪であった。にもかかわらず、ことは彼一人にとどまらず、全国で「胡風反革命集団」〝摘発〟が行われ、「連座させられた者二一〇〇人、うち逮捕された者九十二人、隔離審査された者六十二人、停職者七十三人、正式に〈胡風分子〉とされた者七十八人、うち〈骨幹分子〉とされた者二十三人、一九五八年に停職・強制労働になった者六十二人」などの数字が報告されている〔中共中央八十年七十六号文献〕。胡風自身は、一九六五年十一月に「懲役十四年、政治権利剥奪六年」の判決を受けた。

胡風の文学理論の根底には、ベルグソン流の生命の燃焼哲学がある――文学は純粋な生命の燃焼である。作家は現実に立ち向かい、「自我拡張」のための「むち打たれ血のにじむ闘争」を通じて初めて真のリアリズムに到達することができる［「民主闘争に身をおきて」一九四五年］。

こうした考え方は、文学を現実の反映であるべきだとして作家の立場を重視し、そのための世界観の改造こそ急務だとするマルクス主義文学論とは、対立せざるをえない。

かくして、胡風と中共党員グループとは三〇年代から対立をつづけてきたのであるが、胡風事件は、この文学思想上の対立を政治的に裁いてしまった。しかも、なんらの事実的根拠もなかったのであるから、これは文字通り思想を犯罪とみなす〝文字の獄〟であった。毛沢東＝中共による上述の巧みな演出もあって、ほとんどの文学者が「胡風反革命集団」糾弾の声を上げた［その一人の巴金は、のちのちまでそのことで誠実におのれを責めつづけることになる］が、やがて彼等は、「右派分子」とか「修正主義者」とかのレッテルがおのれに向けられたとき、それに反論する論拠を失うこととなった。これが、この事件の第一の意味である。

これに関連して、これ以後の中国大陸では、公の思想である毛沢東の著作にたてつく存在は少くなり、もっぱら毛沢東の著作の解釈権を争うようになった。これが、文芸領域にとどまらず、学術研究の分野にも広くおよぶこの事件の第二の意味である。

第三に、胡風事件は、その前年に制定された憲法の「言論、出版、集会、結社、デモ、示威の自由」

胡風事件の意味

［八七条］を初めとする諸規定を公然と無視することによって、人々の間の法治への夢を、その最初の段階で完全にうち砕いてしまった。私信が平然と断罪の根拠とされる社会で、人々は何を安全のよりどころとしうるであろうか。

第四に、中共党内について言えば、この事件を契機に、毛沢東の独断専行の体制が出来上がってしまった。胡風が党の文芸官僚のだれかれ（たとえば周揚）に不満や憎悪を抱いていることが明らかであるにしても、「反革命」活動を組織的に行っていた事実がないことは周恩来を初めとする指導者たちにわかっていたはずで、今日では、数々の資料がこれを明らかにしている。にもかかわらず、彼等の誰も、毛沢東の死までは、毛の鼻息をうかがうのみで、この冤罪事件を晴らすことができなかった。のちの文化大革命の悲劇は、このときすでに種を蒔かれていたのである。

5 建国初期の作品

老舎『竜鬚溝』・夏衍『試練』

既成作家の中で、新政権になっていち早くこれに呼応する話劇『竜鬚溝（ロンシュイゴウ）』を発表して高い評価を受けたのは老舎（ラオショ）［一八九九〜一九六六］であった。

《竜鬚溝、竜の鬚(ひげ)の溝とは、民国時代に北京の盛り場天橋(ティエンチャオ)の東にあったドブ。生活排水から糞尿、付近の皮革工場や染め物屋から出る廃液などが溜まって悪臭を放ち、たまに子供の死骸も浮いていようかというドブのほとりの貧民街。

民国の末年、落ちぶれた寄席芸人の瘋癲(ふうてん)の程(チョン)は、人生にまったく希望を失ってどぶ鼠のように生きている。やけになって酒に溺れる人力車夫の丁四(ディンスー)。手仕事で暮らしを立てている王大媽(ワンダーマー)は、何事もお天道さまの定めと、あきらめている。そんな彼等の上にのしかかって、カネを搾り取る悪徳ボス。大雨の日、金魚の水草を探しに出た丁四の娘は、溢れたどぶにはまって死ぬ。そんななかでも、病気で治療もままならない身でありながら、左官屋の老趙(ラオヂャオ)だけは、希望を失わないよう、みんなを励ます。

共産党が権力を取って、まず手をつけたのは竜鬚溝の改修だった。王大媽をはじめ、住民たちは、ドブ改修の名目で暴力団にカネばかり取られてなにもしてもらえなかった長年の経験から、一銭金も出さずに改修ができるなどとは、なかなか信じようとしない。いまや治安委員となったかつての地下党員の老趙は、そんな住民をまとめて、それぞれが力を出し合えるよう導いていく。改修工事は未経験のため、掘り始めた暗渠が大雨で溢れるといった局面もあったが、市長が先頭に立って住民の安全を守る。人々はようやく新政権を信じるようになる。一九五〇年の夏、竜鬚溝のドブは暗渠に変わり、その上に立派な通りができる。そのなかで、丁四が労働者に生まれ変わり、瘋癲の程がふたたびお得意の寄席節で新社会を称えるなど、人々も生まれ変わる》(梗概)

一九五〇年七月に書かれた三幕六場のこの話劇は、『北京文芸』創刊号に第一幕が、『人民戯劇』三巻一期(一九五一年五月)に全幕が発表されたが、なによりも北京解放二周年を祝って一九五一年二月に北京人民芸術劇院の手で上演されたことで、記念すべき作品となった。その内容は、実際に北京市新政府の下で行われたことを踏まえていた上に、貧民や売春婦といった最下層の存在の救済に力を入れた建国当時の新政権の実態をも反映する作品であっただけに、やや紋切り型な新旧対比のプロットの展開も当時は素直に受け入れられて、観衆の高い評価を得た。老舎が愛してやまなかった北京の下町の言葉がふんだんに散りばめられて、地方色豊かな味わいも作品を引き立てた。北京市政府はこの話劇をもって、老舎に〈人民芸術家〉の称号を贈ったが、それは、新政権と既成文学者との幸せな結びつきの一幕でもあった。それだけに、それから十五年後に文化大革命で老舎が襲われた運命は、それ自体が中国共産党体制下の文芸の悲劇的あり方を象徴することにもなった。［後述一八三ページ参照］

このほか、建国初期の話劇で記憶すべき作品に、夏衍（シャイエン）『試練（考験）』（『人民文学』一九五四年八期）がある。

――第一次五カ年計画が始まった。新華モーター工場に工場長として赴任した丁緯（ディンウェイ）は、先任の副工場長がかつての戦友楊仲安（ヤンヂュウンアン）であることを知って喜ぶ。だか間もなく彼は、楊が昔の経歴を鼻にかけておごり高ぶり、階級のレッテルで機械的に技術者を差別し、家父長的な一元支配を行っていることに気がつく。革命戦争時代の伝統と経済建設という新たな課題の矛盾をどう解決するか。技術や人材の問題にどう対処すべきか。戦友という〝場〟を軸に、五幕の人間くさいドラマが展開する。

この時期の多くの作品がそうであるように、この戯曲でも人物が概念的であるのは免れないが、テーマそのものは時代の最先端をとらえていた。

趙樹里『三里湾』　延安時期から毛沢東『文芸講話』路線の旗手として知られた趙樹里（チャオシューリー）［一九〇六～七〇］は、建国間もなく、婚姻法に後押しされて自由結婚をつらぬく農村の若い男女を描いた短編『結婚登記（登記）』（『説説唱唱』一九五〇年六期）を発表して健在ぶりを示したが、やがて農業集団化運動を描いた画期的な長編『三里湾』（『人民文学』一九五五年一～四期）を発表する。

《売国奴粛清、小作料引き下げ、土地改革、農業集団化など、共産党の指導下でいつも模範村でありつづけてきた大行山脈の村の一つ三里湾（サンリーワン）。初級農業合作社［土地や農具は私有で、共同経営］を設立したこの村で、一九五二年の秋、より生産を上げるために水利建設問題が持ち上がる。測量の結果、水を引くためには、〝包丁の柄〟と呼ばれる土地に水路を通さねばならないことがわかる。その土地はもともと馬有寿（マーイヨウショウ）のものだったが、有寿はある思惑から、この土地を県の小役人をしている次男の有福（イヨウフー）に与えている。さて、村長の范登高（ファンドンガオ）は闇商売に手を出しているような男で、農業合作社には反対、ひそかに馬有寿をそそのかして水路が〝包丁の柄〟を通ることを拒否させ、共同化を妨害しようと図る。この問題に、村の若い男女の恋愛、各家庭の利害や思惑などがからんで、ことは複雑を極めるが、党組織はそれらの感情のもつれや利害衝突を逆手に取って、次第に反対派を切り崩して、水路建設を実現してゆく》（梗概）

この小説の特長は、趙樹里に独特の語りにある。さまざまないきさつを経て最後には結ばれる三組の男女とその家族を中心に、複雑な人間模様が語り物のノリでユーモラスに展開する。その際、くすぐりとしてひときわ効いているのが登場人物のあだ名で、主要人物の一人馬有寿は女房に頭が上がらぬだらしなさから〝糊塗塗（フートウトウ）〟［うすらバカ］、やり手のその女房は〝常有理（チャンイヨウリー）〟［屁理屈屋］、計算高い上の息子は〝鉄算盤（ティエスワンパン）〟［鉄のそろばん］、気性の荒いその嫁は〝惹不起（ロオブウチー）〟［触らぬ神に祟りなし］といった具合である。

趙樹理の数ある小説のなかでももっとも優れたものの一つで、土地革命の初期の姿を活写した作品として、いまでも歴史的価値を失わない。総じて人間に対する信頼感に溢れたこの作品の世界は、たとえば農業集団化をめぐって中共党内の路線闘争がいまだ顕在化していない段階のそれではあるが、こうした歴史の段階がかつてたしかに存在したのである。

その他の長編小説

このほか、建国初期の長編としては、柳青（リューチン）『鉄壁の守り（銅墻鉄壁）』、杜鵬程（ドゥポンチョン）『延安を守れ』、知侠（ヂーシャ）『鉄道遊撃隊』，高玉宝（ガオユイバオ）『高玉宝』などがある。

『鉄壁の守り』（人民文学出版社　一九五一年）は国共内戦のなかで、人民解放軍の糧秣確保に命をかける陝西北部の人々を描く。題名は、毛沢東の有名な言葉、「真の鉄壁の守りとはなにか。大衆である。誠心誠意、革命を擁護する大衆である」（「大衆の生活に心を寄せ、工作方法に注意せよ」一九三四年）から取られているが、作品の終末には毛沢東や周恩来なども登場する。柳青については後述。

『延安を守れ』（人民文学出版社　一九五四年）は、文字どおり一九四七年三月から九月にかけての延安防衛戦を描いた作品である。作者の杜鵬程［一九二一～九一］は延安で革命に参加し、四七年に新華社記者となり、ルポルタージュや小説を書くようになる。『延安を守れ』は出世作であるとともに、代表作ともなった。この作品にも毛沢東が群衆の歓声の中に登場するが、戦争文学としては初期の傑作の一つと言える。一九五八年には、鉄道建設現場を舞台に、建国後の日常性のなかでの幹部の悩みを描いた長編『平和な日々の中で（在和平的日子裏）』を発表するなどしたが、十分な評価を与えられずに終わった。

『鉄道遊撃隊』（上海新文芸出版社　一九五四年）の作者知侠［本名劉知侠。一九一八～九一］は延安抗日軍政大学出身で、軍に所属して文筆活動をつづけた。抗日戦争中の津浦線沿線における抗日ゲリラ部隊の活動を描いた『鉄道遊撃隊』は、ほとんど事実にもとづいて書かれたと言われる。人物描写はやや類型的だが、波瀾万丈のストーリーで多くの読者を惹きつけ、映画にもなった。

　人民による新国家建設の文学的象徴として一時期もてはやされた長編に高玉宝〔一九二七～二〇一九〕の長編『高玉宝』〔日本語訳は『ま夜中に鳴くニワトリ』〕〔中国青年出版社　一九五五年〕がある。この作品の場合、なによりも読者を惹きつけたのは作者の経歴で、遼寧省の貧農の家に生まれ、少年時代に流浪生活を送った高玉宝は、一九四七年に人民解放軍に入隊するまでまったく文字を知らなかったのである。建国後に文字を学ぶかたわら、記号や絵文字をまじえながら苦難の体験を書きつづったのが長編『高玉宝』となった。抗日戦争から内戦期にかけて、肉親を殺され流浪するなかで、機知を働かせて憎む連中に復讐をつづけつつたくましく生きる姿を描いたこの自伝小説には、作り物にないリアリティーがあって、建国間もない〝貧乏人の国〟の人々の誇りをつよく刺激し、わが国でも広く読まれた。

路翎『窪地の〝戦闘〟』ほかの短編小説

　いわゆる胡風グループ〔そのようなグループが組織として存在しなかったことは前述〕の一員と建国前から目されていた路翎（ルーリン）〔一九二三～九四〕〔拙著『中国現代文学史』二三七ページ参照〕は、この時期に朝鮮戦争に取材したすぐれた短編を発表したが、なかでも『窪地の〝戦闘〟（窪地上的〝戦役〟）』（『人民文学』一九五四年三期）は傑作と呼んでよい作品であった。

《朝鮮戦争のさなかの前線の村――

中国人民志願軍のある偵察班が、母娘二人暮らしの金家に宿泊する。班長の王順は、可愛がっている初年兵の王応洪に宿の娘金聖姫が好意を寄せているらしいのに気がつく。朝鮮娘との恋愛は、軍律で厳しく禁じられている。それとなく注意する王順に応洪はむきになって否定する。いっぽう、聖姫のほうはひたむきな愛情をつのらせるが、応洪はことさらによそよそしくする。

出撃命令が下った。身支度をしていた応洪は、聖姫が洗ってくれた上着のポケットに、彼女が縫ったくつ下カバーと二人の名前を刺繍したハンカチが入っていることに気がつく。

作戦は成功したが、応洪は戦死する。数日後、金家を訪ねた王順は、応洪の写真と彼の血に染まったハンカチを聖姫に手渡す。蒼白になりながらも、毅然として遺品を受け取る聖姫の姿に、応洪の死の意味がしっかりと受け止められたことを王順は感じる》(梗概)

作者は二人の悲恋を直接描くのではなく、王順という第三者の眼を設定した。王順は一等功臣の称号を授けられた勇士だが、故郷の平和な村に残した妻や幼子のことをときに思い浮かべたりする。この王順を一方にすえることで、作品は、登場人物たちが一人の人間として戦争と平和の意味を問う奥行きを与えられた。

ところが、この作品に対しては、侯金鏡「路翎の三編の小説を評す」(『文芸報』一九五四年十二号)をはじめ、激しい批判が寄せられたのである。その要点は、志願軍兵士と朝鮮娘との悲恋を通じて軍律の非人間性を描いたこと、階級的観点をおろそかにしてもっぱら個人の内面を描いたこと、などであった。今日では問題にもならないこうした言いがかりにも似た批判に対して、路翎は長文の論文「なぜこのような批判がありうるのか――『窪地の〝戦闘〟』などの小説に対する批判について」(『文芸報』一九五五年一・二号、三号、四号）を書いて反論したが、やがて胡風事件が起こると、「胡風反革命集団の中核幹部の一人」として逮捕・投獄され、一九七六年に釈放されるまで、文壇から姿を消すことになる。その意味で、この短編をめぐる批判と反批判とは、胡風意見書および胡風批判と表裏の関係をなすことになったのである。

　このほかでこの期の短編の秀作としては蕭也牧『夫婦の関係（我們夫婦之間）』（『人民文学』一九五〇年三期）、李准『その道を歩んではならない（不能走那条路）』（『河南日報』一九五三年十一月二十日付）、王願堅『党費』（『解放軍文芸』一九五四年十二期）、峻青『夜明けの川岸（黎明的河辺）』（『解放軍文芸』一九五五年二期）などを挙げることができよう。

　『夫婦の関係』は、権力獲得後に都会での生活が始まったことでゲリラ時代の価値観が崩れ、ことごとに感情的に衝突して危機を迎える夫婦の物語である。小説はハッピーエンドに終わっているが、革命が早くも新たな試練を迎えたことをこの作品は示した。作者の蕭也牧（シャオイエムウ）［一九一八～七〇］は浙江省の没落資産家の家の生まれで、抗日戦争中に革命に参加。建国後に革命回憶録として知られる『紅旗飄々』を編集。文化大革命で非命に倒れた。

　農村を題材とした質の高い作品を数多く書いた作家李準（リーヂュン）［一九二八～二〇〇〇］の処女作が『その道を歩んではならない』である。土地革命で土地を手に入れ、できたゆとりで新たに土地を買おうとする労農夫と、それに抵抗して社会主義の道を進もうとする息子との矛盾を描いた作品で、このテーマとしては初期のものに属する。この後も彼はさまざまな形で農業集団化を描きつづけるが、人物描写のきめ細かさに特長があった。

『党費』も、解放軍の作家王願堅（ワンユエンチエン）［一九二九～九一］の事実上の処女作である。国共内戦期に、山村に孤立させられた党員の農婦が、山岳地帯のゲリラ部隊からやって来た連絡員に党費として漬け物を託し［山では塩は金より値打ちがある］、身を犠牲にして党組織を守る物語。危機一髪の場面設定は、この後もこの作家の得意技となった。

さらに『夜明けの川岸』も、処女作ではなかったが、峻青（チュインチン）［一九二三～二〇一九］にとっては出世作となった。抗日戦争下の山東省を舞台に、命を犠牲にして八路軍の幹部を護送する一家四人を描く。題名は、一家と国民党軍との激しい戦闘が増水した夜明けの川岸で行われるところからつけられた。すでに延安時代から短編を発表していた峻青であるが、この一作で、無駄のない引き締まった文体と柔らかな叙情で、文壇に独特の地歩を築いた。

困難だが、新国家建設の希望に満ちてもいたこの時期の気分をなによりも率直に謳ったのは、詩人たちで、李季や聞捷、邵燕祥などで代表させることができよう。

李季『玉門詩抄』・聞捷『トルファン情歌』・邵燕祥『遠き彼方へ』

延安期に陝北民謡〝信天游（シンティエンイヨウ）〟のリズムにのせた長編叙事詩『王貴と李香香』で一躍注目をあびた李季（リーチー）［一九二二～八〇］は、一九五二年から新たな生活体験を求めてゴビ砂漠の玉門石油開発基地に一家を挙げて移住し、党宣伝部副部長の肩書きで石油労働者と生活をともにするなかから、石油労働者を歌ったそれまでになかった叙情詩を生み出した。それが『玉門詩抄』（作家出版社　一九五五年）である。

歌声に驚いてゴビの野生馬が走り、
談笑が処女地のしじまを駆逐する。（「旗」第三スタンザの冒頭二行）
（歌声驚走了戈壁上的野馬群，歓笑駆走了処女地的静寂）

二十五首の詩は、処女地を開拓するに等しい油田開発の厳しい労働の暮らしをさまざまな角度から歌い上げたもので、沸き上がる感情を抑え切れぬことをうかがわせる素朴で力強い表現は、この時期に独特なものであった。

おなじ体験をもとに長編叙事詩『生活の歌（生活之歌）』（『中国青年』一九五四年二一、二二期）も書かれたが、こちらは石油開発のなかで成長してゆく一人の若者を歌ったもの。序章と終章を含む全八章の長編だが、わかりやすい口語風な表現に特長があり、広く朗唱された。李季の長編叙事詩としては、このほかに三部作『楊高伝』［第一部『五月端陽』一九五八年『収穫』五期、第二部『当紅軍的哥哥回来了』一九五九年『人民文学』一月号、第三部『玉門児女出征記』一九六〇年『解放軍文芸』一月号］が代表的なものとしてある。

延安期から党機関紙の記者として働くかたわら文学活動を始めた聞捷（ウェンジエ）［一九二三～七一］は、一九五二年に新華社新疆分社社長となってから本格的に詩を書き始めるが、その出世作が「トルファン情歌」（『人民文学』一九五五年三期）であった。五首からなる構成詩は、ウイグル族やハザク族など新疆の少数民族の若者の瑞々（みずみず）しい愛を歌って、新しい境地を拓いてみせた。

リンゴの樹の下のそこのお兄さん、
どうぞもう、もう歌わないで。
娘は水路のほとりをやって来ます、
若い胸をおどらせながら。
どうして胸がおどるのかしら?
どうしてこんなにドキドキと?・・・・(「リンゴの樹の下で」の第一スタンザ)
(苹果樹下那個小火子,/你不要、不要再唱歌;/姑娘沿着水渠走来了,/年軽的心在胸中跳着/她的心為什麼跳着?/為什麼跳得失去節拍?・・・・)

これらはのちに詩集『天山牧歌』(作家出版社　一九五六年九月)に収録された四つの構成詩の一つとなるが、題材の新鮮さと感性の柔らかさは他の追随を許さぬものがあった。

聞捷にはこのほか一万行を超える長編叙事詩『復讐の炎(復仇的火炎)』がある。新疆のハザク族の反乱と人民解放軍によるその鎮圧を歌った三部作で、第一部『動揺せる時代(動蕩的時代)』、第二部『反乱の草原(叛乱的草原)』はそれぞれ一九五九年と六二年に作家出版社から出されたが、第三部『目覚めし人々(覚醒的人們)』は初稿の一部が『上海文学』その他に分載されたものの、文革で詩人が迫害された際に原稿が失われた。少数民族の生存権が重要視されるようになった二十・世紀から見れば、そのテーマの扱い方には別の評価があり得ようが、どの様な詩人も歴史の限界の中でしか生きられないことも認めなければなるまい。

時代の青春を直接謳った詩人としてなら、この二人以上に取り上げるべきは邵燕祥［一九三三～二〇二〇］かも知れない。『遠き彼方へ（到遠方去）』（一九五二年十一月二十三日）は、彼の詩名を人々に記憶させることになった一編の叙情詩の題名であるとともに、この詩を含む詩集（新文芸出版社　一九五五年五月）のタイトルでもある。

天安門広場で恋人に別れを告げる若者――これから向かう建設現場は、鉄道も油井もまだなにもない砂漠。しかし、やがてはこの手がすべてを生み出すだろう。いつかまた会う日まで、互いに時間に取り残されないように。

平易な口語で書かれた四行十スタンザの詩は、軽く韻を踏んでいることもあって、朗唱するとひときわ叙情性が増したが、李季や聞捷と違って、邵燕祥が謳ったのは学生や工場労働者など、都会の若者の心であった。そして、それはまた、中国新文学の詩壇に拓けた新たな領域でもあった。

『アシマ（阿詩瑪）』

第一回文代大会において民間文芸研究会が発足したことは前述のとおりだが、このことが示すように、新国家が力を入れた文学活動の一つは民間文学の採集であった。なかでも、いわゆる少数民族の語り物の採集・整理および漢訳は、民族政策の一環として力を注いだ分野で、その最初の成果が雲南省サニ族［イー族の中の一部族で、独自の象形文字〝東巴文字〟で知られる］の長編叙事詩『アシマ』（雲南人民出版社　一九五四年七月）であった。

美貌で歌の上手なアシマは、サニ族の心のヒロインとして様々に語りつがれ、歌いつがれてきた。一九五三年五月、雲南省人民文工団が組織した文学、音楽、舞踏、文献などの分野からなる工作組が数ヶ月にわたってサニ族地区に入り、二十種を超えるアシマ物語のほかに、それとかかわりのある語りや民謡を多数採集した。それらを整理して、おおよそ次のような十三章からなる長編叙事詩に整理した。

《美しい少女のアシマは歌の上手な聡明な娘に育って、サニ族の誰からも愛されていた。その兄のアヘイも働き者。この美しい娘に目を付けたのが土地の豪族ロップバラ家で、彼女を息子の嫁にと申し出るが、アシマはきっぱりとこれを断る。ロップバラ家は力づくでアシマをかっさらってしまう。救出に乗り込んだ兄のアヘイは、知恵と武術のかぎりを尽くしてアシマを助け出す。腹黒いロップバラ家は、山岳の神を動かして断崖を崩して洪水を起こし、その帰途を襲う。押し流されたアシマはこだまと化して、いつでもサニ族の人々の呼びかけにこたえるようになる》（梗概）

原材料となったアシマ物語のバージョンはいろいろあって、必ずしもこのように善悪の対立が明確なものばかりではなかったらしい。それをこのようにいわば階級対立の物語に整理したのには、明らかに時代の影が見られるが、それにしても超自然的な神々への祈りの支配するこの世界で、こだまと化したアシマの歌声には人間救済への素朴な願いがこもっていて、新鮮に人々の心を打った。それゆえ、その後も手を加えられつつ版を重ね、六十年代には映画にもなったのである。

〈七月派〉詩人の運命

胡風事件によって、彼とかかわりのあった多くの文学者が弾圧されたことは前述のとおりだが、なかでも建国前から雑誌『七月』にちなんで〈七月派〉と呼ばれた若い詩人たちは、文字どおり壊滅的打撃をうけた。そのおもな名前を挙げれば、阿壟（アーロン）〔一九〇七〜

六七〕、魯藜〔一九一四～九九〕、方然〔一九一九～六六〕、冀汸〔一九二〇～二〇一三〕、緑原〔一九二二～二〇〇九〕、蘆甸〔一九一八―二〇〇〇〕、牛漢〔一九二三～二〇一三〕、化鉄〔一九二五～二〇一三〕などである。抗日戦争期に頭角を現したこれらの詩人たちを導いたのは、

「人民はどこにいるか？　君の周りにいる。詩人の前進と人民の前進とは補い合うのだ。起点はどこにあるか？　君の足下だ。生活のあるところ闘争がある。闘争はつねにこのときこの場所から前進するのだ」（「人民のために歌わんとする歌手たちへ」　一九四八年）

という胡風の詩論であったが、ひたすら新国家への賛歌を求める〈党〉と、

人生を背負い、ひたすら理想を見つめ、黙って歩きつづけ
人類の魂の中に輝いているあの星の光を探そう（魯藜「冬の歌」の最終二句　一九五二年）
（你沈黙地走去，肩負着人生，貫注着理想／去探尋那閃耀在人類霊魂裏的星光）

と歌いたがるグループとの間には不協和音が絶えず、やがて「胡風反革命集団」の摘発とともに姿を消すことになった。

Ⅲ 〈双百〉期の文学〔一九五六年〕

1　政治・社会情況

一九五六年は、中華人民共和国が国内外で一つの節目を迎えた年であった。

国内で言えば、この年、中国は国家建設の面で最初のカーブを曲がろうとしていた。そのことを端的に物語るのは、九月十五日に開幕した中国共産党第八回大会［→二十七日］であった。その「政治報告」で、党副主席の劉少奇（リュウシャオチー）は、「わが国における社会主義と資本主義の間の誰が誰にうち勝つかという問題は、すでに解決された」と誇らしげに述べ、「いまや革命の嵐の時期はすでに過ぎ去って新しい生産関係がうち立てられ、闘争の任務は社会の生産力の順調な発展を守ることに変わってきている」と指摘したのである。そうして、「さしせまった任務の一つは、比較的完備した法律を系統的に整備することに着手し、わが国の法制を健全なものとすることにある」とも述べた。つい一年前の胡風事件を考えると、考えられないような変貌ぶりであったが、総じて言えば、大会は、あと一年で終わろうとしている第一次五カ年計画の完了を待って、第二次五カ年計画から中国が社会主義的現代化社会を目指す発展段階に入ることを明確に宣言したのである。

国外では、この年の二月、ソ連共産党第二十回大会でフルシチョフによる秘密報告でスターリン批判が行われた結果、ソ連邦ではそれまでの厳しい独裁体制からいわゆる〝雪解け〟時代が始まった。ことはすぐさま東欧社会主義諸国に飛び火した。三月にはハンガリーで自由化を目指す知識人の組織ペトフィークラブが組織され、やがて六月にはポーランドで暴動が起こった。そして十月に起こったハンガリーの暴動は、既成の社会主義体制を崩壊させる瀬戸際まで発展した。これに対して、社会主義体制擁護を旗印にソ連軍が戦車を派遣して介入し、発砲によって数百人の死者を出してこれを弾圧した。

この間、中共は、『人民日報』編集部論文「プロレタリア独裁の歴史的経験について」〔四月四日付〕、同「再びプロレタリア独裁の歴史的経験について」〔十二月二十九日付〕の二論文を発表して、スターリンの犯した個人崇拝の誤りを認めつつも、スターリンの生涯はプロレタリア独裁を守った「偉大なマルクス・レーニン主義的革命家」のそれであったとして、功績が七割、誤りが三割とするいわゆる〝三七開（サンチーカイ）〟の評価を示した。スターリンを全面否定したソ連共産党と中共との間のこうした見解の相違は、のちに六〇年代の中ソ論争へと発展することになる。同時にそれは、のちのプロレタリア文化大革命への道を開くものでもあったが、この時点では誰にもそのような予測は不可能であった。むしろ、スターリンの個人崇拝の誤りの教訓を生かして、第八回党大会における党中央政治局員鄧小平（ドンシャオピン）の「党規約改正についての報告」では、官僚主義批判とならんで「個人崇拝」批判を強調し、採択された新しい「党規約（党章）」からは、それまで党活動の指針とされてきた「毛沢東思想」なる用語が削除された。したがって、この面ではソ連共産党二十回大会の路線を受け入れたわけである。そのあたりのことについて、毛沢東には強い違和感があったと思えるが、それが明らかになるのは、翌年以降である。

2　〈百花斉放・百家争鳴〉の提唱

スターリン批判は、中国文芸界に一定の〝自由化〟現象をもたらした。すくなくとも、一九五六年の春以降に一斉に活発な作品が発表された点から見ると、それは二月に始まるソ連の〝雪解け〟と軌を一にしているかに見える。そういう側面はたしかに否定できないが、こまかく見ると、スターリン批判に先立って、中共＝毛沢東が知識人政策に一定の修正をくわえつつあったところにスターリン批判がかぶさって、その流れにいっそう弾みをつけたというのが実状であったように思える。

毛沢東の路線転換

一九五六年一月一四日から二十日にかけて、中共中央は知識人問題に関する会議を開き、席上周恩来が「知識人問題について」と題する報告を行ったが、その内容は、旧知識人の「大部分」が「団結、教育、改造」を通じて「すでに社会主義に奉仕する」「労働者階級の一部分」となり、かつ「労働者階級出身のかなりの数の知識人も生まれ」たことによって、「わが国の知識界の姿にはこの六年間で根本的な変化が生じた」として、知識人を「社会主義建設事業における偉大な力である」と高く評価したものである。

すぐつづいて一月二十五日、毛沢東が最高国務会議での演説で〈百花斉放・百家争鳴〉〔これを略して〈双百〉と呼ぶことがあるので、本書でもそう呼ぶ場合がある〕を提唱した。その内容は公表されなかったが、これを承けてなされたに相違ない後述する陸定一演説からみて、芸術・学術活動の活発化を促すものであったことは間違いない。

さらに四月二十五日には、毛沢東が中共中央政治局拡大会議で「十大関係を論ず」なる長い演説をおこなったが、これは「党内外、国内外のあらゆる積極的な要素、直接的間接的な要素をすべて突き動かして、わが国を強大な社会主義強国に築きあげよう」との主旨のもとに、工業、農業、国防を中心に十側面にわたって壮大な国家建設の構想を述べたものである。

これらを総合するに、この時期の中共＝毛沢東は、国家建設の新段階を迎えて、知的活動領域でも、胡風事件で冷え切っていた知識人たちの活力を引き出すべく、新たな模索を始めていたようである。そこへソ連共産党二十回大会がやってきた。

陸定一「百花斉放、百家争鳴」

スターリン批判に後押しされるように、五月二十六日、中共中央宣伝部長の陸定一（ルーディンイー）が科学者や芸術家を集めて「百花斉放，百家争鳴」〔『人民日報』一九五六年六月十三日掲載〕と題する講演を行ったが、それは、その前年の胡風事件がウソのような内容であった。その主要なくだりを一部引用する。

中国共産党は、文芸工作については百花斉放を主張し、科学工作については百家争鳴を主張します。

われわれの主張する〈百花斉放・百家争鳴〉は、文学芸術工作および科学研究工作において独立思考の自由、弁論の自由、創作と批判の自由、おのれの意見を発表し、おのれの意見を堅持し、かつおのれの意見を保留する自由を提唱するものです。

文学芸術に対して、党はただ一つ、「労・農・兵に奉仕する」ということしか求めません。今日で言えば、知識人を含むすべての労働人民に奉仕するということです。社会主義リアリズムをわれわれはもっともよい創作方法と考えますが、決して唯一の方法ではありません。労・農・兵に奉仕するという前提の下で、いかなる作家もおのれが最良と認める方法を用いて創作し、たがいに競争すればよいのです。題材の問題で、党は制限を加えたことはありません。労・農・兵しか描いてはいけない、新社会しか描いてはいけない、新人物しか描いてはいけない等々の制限は、間違っています。労・農・兵に奉仕しようとすれば、むろん新社会や肯定的人物を称え、進歩を称え、後れを批判せねばなりませんから、文芸の題材は広くあるべきなのです。文芸作品に現れるのは、この世に現に存在しているものや歴史上で存在したものでもよいし、天上の仙人や言葉をしゃべる禽獣のようなこの世に存在しないものでもよいのです。文芸作品は肯定的人物や新社会を描くことも許されるし、否定的な人物や旧社会を描くことも許されるのです。おまけに、旧社会が無くては新社会は引き立て難く、否定的人物がいなくては肯定的人物は引き立て難いのであります。したがって題材問題での戒律は、文芸工作を窒息させて公式主義や低級な趣味をはびこらせる有害無益なものであります。芸術の特徴の問題や典型創造の問題などは、文芸工作者が自由に討論すべきで、さまざまな異なった見解を許容し、自由討論を通じて徐々に一致すればよいのです。

最後の引用は、原文がひとつづきなので訳文にも敢えて段落がつけてないが、ここに主張されているたとえば「題材」うんぬんのくだりは、これを胡風「意見書」の中においてもほとんど違和感を感じないほどの内容である。陸定一演説は、党中央のしかるべき機関での予備的承認を承けてなされたものに相違ないが、ここまで踏み込んだ発言の背景には、やはりソ連の〝雪解け〟の影を感じないわけにはいかない。〈百花斉放・百家争鳴〉の〝提唱者〟とされる毛沢東その人がここまでの〝自由化〟を認めていたかどうか、翌年以降の展開からみれば否定的にならざるをえないが、毛にしても、この段階ではスターリン批判の流れに一時身を任せざるをえなかったものであろうか。

3 『重放的鮮花』の作家たち

文化大革命が収束し、〈改革・開放〉政策が始まった一九七九年五月、上海文芸出版社から『重放的鮮花』というタイトルの一冊の短編集が出版された。これには十七人の作家の二十編の短編やルポルタージュが収められているが、これらが〈百花斉放〉期の代表的作品である。ここに言う「放」は〈百花斉放〉の「放」、すなわち花が咲くことを意味するが、それが「重放」、「重ねて放(さ)く」とは、一九五七年の〈反右派闘争〉でひとたび〈毒草〉として否定されたこれらの作品が「鮮やかな花」として再評価されたことを意味した。以下にまず、そこに収録された主要な作家と作品を紹介しよう。

劉賓雁『橋梁工事現場にて』

時代の先頭を切るようにして文学界の情況を切り拓いたのは、劉賓雁(リュービンイエン)［一九二五〜二〇〇五］のルポルタージュ『橋梁工事現場にて（在橋梁工地上）』（『人民文学』一九五六年四期）であった。

《一九五四年秋、黄河上流の橋梁工事現場。洪水期を目前に、橋脚架設工事の完成が急がれているが、橋梁架設隊長の羅立正(ルオリーヂョン)は、上の指示ばかり当てにしている技術主任の周維本(ヂョウウェイベン)に頼り切って、思い切った技術革新を提案する技師の曹剛(ツァオガン)を上に逆らう不穏分子として毛嫌いする。洪水が襲ったとき、上の指示待ちで適切な対応ができなかった羅立正は架設途中の橋脚を流されるが、曹剛のグループのみは、労働者の創意を生かし、臨機に突撃的処置を執って、橋脚を守る。しかし、ことが終わって、責任を取らされてほかへ配置転換になったのは、なぜか曹剛だった。やがて、右翼日和見主義に反対して建設の速度を上げよとの毛沢東の指示が下りてくる。羅立正は、「しきたりにとらわれていた」と形ばかりの自己批判をし、架設隊の保守派の典型として周維本を批判にさらす》(梗概)

この作品は広い意味での報告文学=ルポルタージュのジャンルに入るが、発表されたときは〈特写(トオシエ)〉と銘打たれていた。特写はもともと映画用語で、クローズアップを意味したが、文学においても特に問題意識の強いルポルタージュをこう呼ぶ。『橋梁工事現場にて』の場合、官僚主義批判の意図は明らかだが、文学作品がこのような形で党批判を行ったのは、建国後、これを嚆矢とする。表現上である種のぼかしはかけられているにもせよ、現実そのものをふまえているだけに、その衝撃は強烈であった。

劉賓雁はこれにすぐつづけて『本紙部内報(本報内部消息)』(『人民文学』一九五六年六期)、『本紙部内報(続編)』(『人民文学』一九五六年十期)などをたてつづけに発表する。これらの作品では、現実を鋭くえぐった記事(ということは、執政党である共産党の指導の欠陥を暴いたということだ)はすべて一般の眼に触れない社内報に回して、上にも下にも抜け道をこしらえてすり抜ける党機関紙の編集長が描かれる。

劉賓雁はこうして文学界に衝撃的な新分野を拓くのだが、こうした動きは必ずしも彼個人の独創というよりも、ある意味ではソ連文学の輸入でもあった。

周知のようにソ連文学界では、スターリン批判に先立って、一九五三年末あたりから〈生活に関与せよ〉というスローガンが叫ばれて、ありのままの現実を描く動きがさかんになった。その先頭にたったのがオヴェーチキン〔一九〇四～六六〕で、オーチエルク（記録文学）という独特のスタイルを確立した彼は、『地区の日常』と題する連作〔一九五二～五六〕でソ連共産党支配下のコルホーズの沈滞した生活とそれを突き破ろうとする新しい力の葛藤を鋭く描いた。一九五四年には、おなじ流れに属するニコラーエワ〔一九一一～六三〕『MTS所長と農業技師』のような作品も発表されている。そして、一九五四年十二月の第二回ソ連作家大会は、こうした方向を肯定したのである。

劉賓雁の一連の作品が、ソ連文学界のこうした動きに励まされて生まれたことは確かである。個人的にも劉賓雁は、オヴェーチキンとつきあいがあった〔劉賓雁「オヴェーチキンとともにありし日」『文芸報』一九五六年八号〕から、その影響は否定しえない。が、ともかくこうして、建国後の文学に劉賓雁は新たな地平を拓いたのである。

劉賓雁は一九二五年、長春（チャンチュウン）で中東鉄道のロシア語通訳の子に生まれた。幼・少年期をハルピンで過ごすが、日本軍の東北進出の中で父が失業。姉の援助で北京の高級中学に学ぶが、やがて退学。四三年に天津で抗日救国連合会に参加し、四四年に入党。各地での教員生活を経て五一年から『中国青年報』記者。『橋梁工事現場にて』がルポルタージュ作家としての出世作であった。翌五七年には『中国青年報』で最初の〈右派分子〉に区分されて追放。六十年代に一時期『中国青年報』資料部にもどるが、文革で再度追放。七九年に名誉回復されて以後は後述（二四〇ページ以下）。

王蒙『組織部に新たにやってきた若者』

この時期の作家で、劉賓雁とくれば必ず対のようにして持ち出される作家が王蒙（ワンモン）［一九三四〜］で、作品は『組織部に新たにやってきた若者（組織部新来的青年人）』（『人民文学』一九五六年九期）である。この短編、原稿の段階での題名は『組織部来了個年軽人（組織部に若者がやってきた）』で、作者もそっちを好んでいるようだが、ここでは『重放的鮮花』が採用している雑誌発表時の題名を採る。

一九三四年、北京で大学講師の経歴を持つ人を父親として生まれた王蒙は、四五年に跳び級で平民中学に入学するほどの秀才であった。かつ早熟で、その頃から党の地下組織に接触して左翼文献に親しみ、四八年に入党。建国後は新民主主義青年団［のちの共産主義青年団］の幹部として活動するかたわら、五三年から小説の筆を執り始める。『人民文学』一九五五年十一月号に掲載された児童文学『小豆児（シャオドウアル）』が公表された最初の作品だが、いまでも王蒙の名を挙げればまず取り上げられる出世作は『組織部に新たにやってきた若者』である。

《なりたての小学教師から党の地区委員会組織部に配転になった林震（リンチェン）。いよいよ念願の社会の心臓部で働けると、理想に燃えて胸を弾ませる。ところが、ぴーんと緊張しているはずの神聖な組織部を支配しているのは、意外にもダルな雰囲気であった。就任四日目、麻袋工場へ党員育成情況の調査に出向き、ゴリゴリの官僚主義者の工場長がガンだとわかり、同行した直接の上司韓常新（ハンチャンシン）に訴えるが、ドロ沼に首を突っ込むのはやめておけと逆に忠告される。そういうかたわら、韓常新はろくに調査もしなかったくせに、美辞麗句の決まり文句を並べた文句のつけようのない、しかし屁の役にもたたない報告書をたちまちのうちに書き上げてみせ、林震を唖然とさせる。それならと、組織部副部長の劉世吾（リューシウー）に直訴するが、そんなことはわかっておるが時期尚早だと軽くいなされてしまう。失望して悩む林震を、同僚の女性 趙慧文（チャオホエイウエン）が励ますが、彼女もまた夫との不和を抱えていた。

慧文に支えられるようにして、林震はあきらめず、麻袋工場労働者に新聞に投書するようすすめ、それが効を奏して『北京日報』で取り上げられる。そこでやおら腰を上げた劉世吾は、みずから工場に乗り込み、一週間で工場長の罷免をはじめとする一連の処置を執って、あっという間に問題を解決してみせる。組織部での総括会議では、、結果のみが事務的に報告される。なぜ問題解決がここまでのびたかなど、本質的問題をきちっとすべきだという林震の抗議は、文学青年の感傷として一蹴される。林震はまたも落ち込むが、そんな林震を、毎日の仕事の一つ一つをおのれに恥じないように厳格にこなす以外に道はない、と慧文は励ます。林震が組織部にきて最初の春が過ぎ、初夏がきた。林震は、おのれの理想に忠実であるため、いまの組織部の抱える問題を訴えるべく、地区委員会書記の事務室のドアをノックする》（梗概）

柔らかな感性に包まれた作品である。そこには、権力獲得後、ほっと一息ついた段階の〈党〉の抱えていた問題が、数人の登場人物の上に集中的に表現されていた――内戦期に学生運動の闘士だった劉世吾は、身なりをかまわず、ソ連の翻訳小説も読むくだけた人柄の老練な中堅幹部だが、いまやいささか仕事に倦怠を感じ、マンネリに陥っている。いっぽう、いつもぱりっとした服装で決めていて、どんな報告もさらさらと書いてのける韓常新は、上の顔色を読むことにたけていて絶対に誤りは犯さず、派手な結婚式で人脈を作り、間もなく組織部副部長にのし上がるという、典型的な新時代の能吏型人物。それと同世代の趙慧文は、逆風に耐えておのれに誠実に生きようとしてはいるが、情況に風穴を開けるだけの馬力はとてももてない。そして、理想は高いが、純粋培養されたためあまりにも世間知らずで幼稚な林震は、革命に遅れてやってきた新世代と言えよう。

王蒙がこの短編で提起したのは建国五年にして早くもはじまった〈党〉と社会の動脈硬化の問題であったが、全体として好評だった発表当時でも、そうした深みで読まれるよりは、個々の登場人物が社会主義の現実を忠実に反映しているか否かといったレベルでの議論に終始し、やがて反右派闘争が始まると、「党の敵対面から官僚主義に反対した」（姚文元）として政治的レッテルを貼られることになる。

陸文夫『路地の奥』

ごく初期の作品からほとんど完成された作風をもつ作家がいるが、陸文夫（ルーウェンフー）［一九二八～二〇〇五］もそうした一人で、ほとんど処女作にちかい『路地の奥（小巷深処）』（『萌芽』一九五六年十月号）からして、作品の舞台から文体まで、その後の変転を経て変わることのない独特の文学世界がすでにそこにはあった。

《クリークの美しい町蘇州（スーヂョウ）の裏通り。紡績女工の徐文霞（シュイウェンシャ）はそこにひっそりと暮らしている。職場では模範労働者としての栄誉に輝く彼女だが、心はともすれば暗い過去のいまわしい記憶にさいなまれる。大学出の年下の技師張俊（チャンヂュイン）の示す好意に胸をふるわせながらも、いざとなると臆病になってしまう。悪夢はついにやってくる。ある日、通りでばったり出会ったかつて客だった男に、妓女だった時分の源氏名で呼ばれたのだ。いまはブローカーをしているらしい男の脅しに、文霞はカネを渡してしまう。そのうち男の要求はエスカレートし、ついに肉体関係を迫られた文霞は、男を叩き出すと、張俊のもとに駆けつけて、一切をうち明ける。びっくり仰天した張俊だが、長い間考えたすえ、文霞のもとを訪ねて、閉じられた門を叩く》（梗概）

中国共産党が権力獲得後に行った政治の中で、際だって効果を上げたことの一つは売春一掃であったが、作中の徐文霞もそれで救われた一人である。しかし、生まれ変わって光が当たっているかに見える彼女の中になおひそむ暗い過去に焦点を当てたところに、この作者が生来もつ疎外された存在へのいたわりの眼があった。そうした眼にふさわしい余分な装飾を嫌ったスケッチ風な文体が、読者の心にしみとおる叙情を生む。舞台もそれにふさわしい蘇州である。この後も陸文夫は、こうした眼と文体とで多くの蘇州物を書き、改革・開放期になると旧文人風に〝陸蘇州〟などと呼ばれることになるが、その間、彼もまた地獄を経験しなければならなかった。

一九二八年、江蘇省泰江（タイヂアン）県に生まれた陸文夫は、長江沿岸で幼少期を過ごし、四五年蘇州高級中学に入学後、蘇州と終生の縁を結ぶことになる。国共内戦の終わりに蘇北の解放区に入って革命の洗礼を受けたのち、人民解放軍の南下とともに新華社記者として蘇州にもどってくると、五三年頃から小説を書き始め、『路地の奥』で一躍文壇に登場する。おなじ時期の作品に、名もない小駅の駅長の喜怒哀楽を描いた短編『平原の賛歌（平原的頌歌）』（『雨花』一九五七年一月号）があり、これも『重放的鮮花』に収録されている。陸文夫の生涯はこのあたりまでは順調で、五七年の春からは記者生活に別れを告げて専業作家として江蘇省文連創作組に移る。折からの〈百花斉放・百家争鳴〉の風に励まされて、高暁声（ガオシャオション）〔一九二八～九九〕などとともに同人雑誌『探索者』を計画する。その「宣言（啓事）」は、「社会主義リアリズムを最良の創作方法とは認めず、ましてや唯一の方法とは認めない」として、「社会主義建設の道をさらに探索」すべく「自由結合によって雑誌を創り」、「雑誌によって次第に流派を形成する」ことを目指す、とした。資金の関係で雑誌は出せず、「宣言」も公表されなかったが、五七年後半に反右派闘争が始まると、これをもって右派分子（彼の場合は「レッテルを貼らない右派分子」という一ランク下の評価ではあったが）に区分され、以後ほぼ二〇年にわたっていたぶられつづけることになる。

劉紹棠『キャンパスの若草』

十七歳で第一創作集『若葉は茂る（青枝緑葉）』（一九五三年　上海新文芸出版社）を出した劉紹棠（リューシャオタン）〔一九三六～九七〕は、その時期〝神童作家〟と呼ばれた。河北省通（トウン）県に生まれた劉紹棠は、北京市二中在学中の四九年から新聞や雑誌に作品を発表しはじめ、五二年には短編『紅い花』で早くも認められるという早熟ぶりであった。五三年にはわずか十七歳で共産党に入党。五四年に北京大学中文系に入学するが、間もなく退学し、創作に専念。五五年に発表した中編小説『運河の櫂の音（運河的槳声）』（上海新文芸出版社）は農業集団化を描いた佳作であったが、美しい情景描写とテーマの厳しさとがマッチしないとの批判もあった。

こうした劉紹棠がこの期に発表したのが『キャンパスの若草（西苑草）』（『東海』一九五七年四月号）で、前記『橋梁工事現場にて』よりちょうど一年おくれている。

――北京大学をモデルにしたと思われる西苑大学。中文系二年生の蒲塞風（プウサイフォン）は恵まれた才能の持ち主だが、思索が好きで、共産主義青年団のやる歌や踊りの集団活動にはどうしてもなじめない。この「独立思考」型の学生を主人公に、すべての時間を共青団の活動にささげているその恋人の伊洛蘭（イールオラン）（彼女はおなじ市内の東山大学である学部の共青団書記をしていて、蒲と会うのも週一回、それも時間がむだだと二時間に限定している）を一方の軸に、蒲の文学評論の論文に生意気だと難癖をつけてその発表を邪魔する指導教授の蕭漁眠（シャオユイミエン）を他方の軸として、物語は展開する。その間にあって、蒲を理解し、個性ある存在を認めようとしない硬直した周囲の人間から蒲をかばう同級生の黄家萍（ホワンヂアピン）がいる。

いま読むと、登場人物は平板でストーリーの展開もいまひとつひねりに欠けるが、それにもかかわらず『重放的鮮花』がこの作品を収録したのは、この作品に、動脈硬化に陥った共青団＝党や既成体制に対する人間性の抗議と要求があるからにほかあるまい。これより先、劉紹棠は、党地区委員会書記の椅子をめぐって醜い権力闘争をやる農村幹部を描いた短編『田野の夕焼け（田野落霞）』（『新港』一九五七年三月号）も発表していて、このほうが発表当時は評判が高かった。

鄧友梅『断崖』　人間性に眼を向ければ、当然愛情の問題が浮かびあがってくる。『断崖（在懸崖上）』（『文学月刊』一九五六年九期）は夫婦の愛情の危機という角度から、建国後でははじめてその問題をあつかった作品である。

《建築設計院に勤める〝わたし〟は、会計事務員の妻と結ばれて、幸せであった。そこへ、彫刻を手がけるカーリャという混血の娘が赴任してくる。カーリャは〝わたし〟が既婚者であることを知りながら、コケティッシユに誘惑する。〝わたし〟もその新鮮な魅力にうち勝てず、妻との早まった結婚を後悔する。次第に冷たくなる夫に、たまりかねた妻は離婚を申し出る。〝わたし〟はいよいよ本気でカーリャに求愛するが、そこではじめてカーリャはたんに男と遊びたかっただけだと知る》（梗概）

小説の結末は、夢から醒めた〝わたし〟が妻の心をこめた別れの手紙を読んで真の愛情に目覚めるというハッピーエンドであって、その点ではあまいと言わざるをえないが、ともあれこうしてまた、一つのタブーが破られたことは間違いない。

作者の鄧友梅（ドンイヨウメイ）［一九三一～］は天津生まれ。抗日戦争後期に八路軍に入る。四三年、日本軍から逃れて天津を放浪中に工員募集で日本人経営の金属工場労働者となるが、のち強制的に山口県の徳山ソーダへ連行される。四五年春、米軍の爆撃の機に帰国し、再度八路軍に入る。のち根拠地の中学に学び、文工団員を経て新聞記者となり、五一年頃から小説を発表。『断崖』は彼の出世作であった。

その他の小説

このほかに『重放的鮮花』に収録されている小説は、耿简（ゴントウン）『旗竿にしがみつく男（爬在旗杆上的人）』（『人民文学』一九五六年五月号）、公劉（グンリュー）『太陽の故郷（太陽的家郷）』（小説集『国境一条街』）、何又化（ホオイヨウホワ）『沈黙』（『人民文学』一九五七年一月号）、南丁（ナンディン）『科長』（『新港』一九五七年二月号）、阿章（アーヂャン）『寒夜の別離』（『萌芽』一九五七年三月号）、白危（バイウェイ）『窮地の農会主任（被囲困的農会主任）』（『人民文学』一九五七年四月号）、耿龍祥（ゴンロンシアン）『入党』（『江淮文学』一九五七年六月号）、方之（ファンヂー）『生理用品の楊さん（楊婦道）』（『雨花』一九五七年七月号）、李国文（リーグオウェン）『改選』（『人民文学』一九五七年七月号）、宗璞（ヅウンプウ）『あずき（紅豆）』（『人民文学』一九五七年七月号）、豊村『美（美麗）』（『人民文学』）一九五七年七月号）などである。これらの作品も、さまざまな角度から建国後の曲がり角にさしかかった社会の矛盾を描いているが、かなりの作品が一九五七年に発表されているのは、一九五七年五月に始まる反右派闘争まで〈双百〉政策の空気がつづいたからである。むしろ、五七年に入ってからのほうが、動きは活発であった。

なお、『重放的鮮花』には流沙河［一九三一～二〇一九］の散文詩『草木篇』（『星星』一九五七年一月号）が収録されていることにも触れておかなければならない。「ポプラ（白楊）」「藤」「サボテン（仙人掌）」「梅」「毒きのこ（毒菌）」の五篇からなるアフォリズム風の詩である。

彼女は花でご主人に媚を売るのを嫌って、全身に銃剣をまとった。ご主人は彼女を花園から追い出し、水も与えなかった。原野で、砂漠で、彼女は生き、子孫を増やした・・・・（『サボテン』）

（她不想用鮮花向主人献媚，遍身披上刺刀。主人把她逐出花園，也不給水喝。在野地裏，在沙漠中，她活着，繁殖着児女・・・・）

情況に逆らって生き抜く強靭な生命力への共感がこれらの詩のモチーフであるが、これらも間もなく党への憎悪を歌った〝毒草〟として批判のやり玉に挙げられることになる。

4　雑誌『収穫』創刊号

一九五七年七月、人民文学出版社が双月刊の文学総合雑誌『収穫』（主編は巴金と靳以）を創刊したのは、〈双百〉期の文芸界の動きの最後を飾るものであったとも言えよう。すでに反右派闘争は始まっていたが、三百ページを越える雑誌の編集作業は早くから手がつけられていたはずで、その勢いが七月あたりまでなだれ込んだと見られる。創刊号は魯迅『中国小説的歴史的変遷』の新校訂テキストを巻頭に載せるとともに、長編小説として艾蕪（アイウー）『百煉成鋼』と康濯『水滴りて石を穿つ』の二作を、それに老舎の戯曲『茶館』を掲載している。『収穫』は「発刊のことば」で「老作家」への期待を強調しているが、その編集方針の具体化がこれで、いずれも力作であった。

艾蕪『百煉成鋼（ひゃくれんせいこう）』　題名の『百煉成鋼』は長期の鍛錬に耐えてはじめて鋼＝本物になれることを表す成語だが、この小説の場合は、製鉄所での製鉄をめぐる人間模様が主題となっているところから、製鉄労働者の成長と鋼の精錬の二重の意味が重ねられている。溶鉱炉を中心に、革新と保守、善と悪とが激しくぶつかり合う曲折に富んだストーリーの展開だが、最後に潜み隠れていた階級敵があぶり出され、人々はそれぞれに一歩成長するという大筋の流れは、むしろ反右派闘争を経過してのちの五八年以後に書かれた小説を先取りしたような印象がある。ただこの小説が、建国以後で最初に現れた工場を描いた長編の成功作であることは間違いないし、三〇年代からの作家の新時代への挑戦としても評価すべき作品であった。［艾蕪については、拙著『中国現代文学史』二一二頁参照］

康濯『水滴りて石を穿つ（水滴石穿）』

康濯（カンジュオ）［一九二〇～九一］は延安期に『文芸講話』で文学に目覚めた作家で、『二人の家主（我的両家房東）』（一九四六年）いらい、繊細なタッチの短編を得意としてきたが、『水滴りて石を穿つ』はそうした感性をベースに書かれた長編の秀作である。

《河北省から山西省へ入る三九〇〇本もある大小の道。その一本の西大道（シーダーダオ）を河北省側からずーっと上った峠の村・泉頭荘（チュエントウヂュアン）。そこをさらに山西側に行くと、鉄鉱石が出るので知られる赤焦鎮（チーヂャオヂェン）。その赤焦鎮から泉頭荘に嫁にきた申玉枝（シェンユイヂー）は、朝鮮戦争で夫を失った寡婦だが、男まさりの彼女は子供を育てながら村の労働模範となり、最初の互助組［農作業互助組織］も彼女が組織した。玉枝は入党を申請するが、当然認められるべきそれがいつまで経っても棚上げされる。その理由を、党の支部書記から、彼女が男女関係でふしだらだという噂があるからだと言われる。ところで美貌の彼女に眼をつけたのは村長の張山陽（ヂャンシャンヤン）で、男やもめの彼はたびたび誘いの言動をみせ、ついには貯金通帳まで見せて結婚を迫るが、玉枝はかえって共同組合の売り場主任張永徳（ヂャンイユンドオ）の実直な人柄に惹かれる。そんなある夜、玉枝の家に暴漢が押し入り、暴行しようとする。騒ぎで眼を覚ました子供が泣き叫んだので暴漢は逃げるが、玉枝は暴漢は村長に相違ないと党支部書記に訴える。かねてから玉枝の男女関係の噂が村長の親戚の女から出るのを怪しく思っていた支部書記は、県委員会に調査を上申するが、梨のつぶて。しかし、玉枝はめげず、里の赤焦鎮の伝統の祭り〝打鉄火（ダーティエホウオ）〟［溶鉱炉を築いて鉄鉱石を溶かし、鉄水を柄杓でふりまいて花火のように鑑賞するこの地方に独特の行事］を復活させるかたわら、互助組を合作社に発展させて社長となり、張永徳とも結ば

れる》(梗概)

物語のなかで、どちらかと言えば引っ込み思案の張永徳を、玉枝が村はずれの水源のある洞穴に連れて行く場面がある。岩の割れ目から一滴ずつ滴り落ちる水滴が下の岩を穿ち、その岩の下から清水が流れ出している。玉枝は、あなたはこの水滴のような人だと言い、自分もあの水滴のようになりたいとも言う。これが二人を結びつける愛情の表現で、題名の由来でもある。黙々としてなすべき事をなす下積みの存在への賛歌がこの小説のテーマであることは間違いないが、そうした存在を脅かしかねない邪悪な存在としての村長を他方に設定したところに、〈双百〉期の時代の空気が感じられよう。ただ村長は、必ずしもたんなる〈悪〉ではない。中年の男やもめが美貌の寡婦に思いを寄せるのは、それ自体自然なことだし、ほかに汚職などの悪事を働いているわけでもない。ただ、彼は村長という権力者であり、その権力で思いを遂げようとしたところから、ことは狂ってくる。おそらくここに、いまや支配者=体制と化した〈党〉が抱える厳しい現実があり、作者はそうした現実、くどくも言えば、かつては農民の解放者であった党の一部が農民の支配者となりつつあるという農村の現実をありのままに見つめようとしているのである。短編で鍛えたきめ細かい描写がすみずみまで行き届いており、〞打鉄火〟をはじめとする地方の風物もふんだんに織り込まれ、渾然とした作品である。残念ながら、〈党〉を含む現実への自由なアプローチはこの小説あたりを最後に姿を消してしまう。

老舎『茶館』

新文学の一角を担ういわゆる話劇の歴史に最初の実りをもたらしたのは曹禺（ツアオユイ）［一九一〇～九六］『雷雨』（一九三四年）であったが、その後の展開を大きな流れとして見た場合、老舎『茶館』が次の画期をなすことは疑いない。登場人物だけで五十六人を数えるこの三場の話劇で、老舎は北京の茶館を舞台に、清末から民国時代の終わりにかけての半世紀の中国を描き切ったのである。

《第一場――

北京の裕泰（ユイタイ）大茶館。一八九八年秋の北京。康有為らの変法維新運動は失敗し、時代の空気はとげとげしい。茶館の主人王利発（ワンリーファー）は二十歳過ぎ。若死にした父親の後を継いで、張り切っている。が、客はさまざまで、常連には女衒をやっているあばたの劉（リュー）のような男もいれば、正義感の強い常四爺（チャンスーイエ）のような人間もいる。ほかに常の親友で、おしゃべりで人はいいが臆病者の松二爺（スウンアルイエ）も、この茶館では欠かせない人物だ。茶館のオーナーの秦仲義（チンヂュウンイー）は実業救国の夢を描いている。そんななかで、貧農の娘順子（シュウンヅー）は、みんなの眼の前であばたの劉の手で宦官の龐（パン）の妾に売られる。あまりの惨さに〝清の王朝もおしまいじゃ〟と呟いた常四爺は、目明かしの宋（スウン）や呉（ウー）らの手でぶち込まれる。

第二場――

十数年後の裕泰茶館。辛亥革命後の軍閥混戦や外国勢力の侵略のあおりをくって、北京中の茶館はすべて破産。唯一生き残った裕泰も、店の半分は学生下宿に改造し、残った店も開ける目途がたたない。そこへ、さまざまな勢力があれこれ言いがかりをつけてはカネをしぼりとる。王利発にはいまや妻の淑芬（シューフェン）との間に子供もいるが、すっかり愚痴っぽくなっている。あばたの劉は外国人相手の女衒に変身し、かつての目明かし宋や呉たちはもっぱら学生をつけねらっている。他方で、常四爺は野菜売りになって自活の道を歩みはじめており、龐が死んだあと龐家ときっぱり縁を切った順子は、義理の息子の大刀（ダーダオ）を育てながら、裕泰で働くようになる。いっぽう、劉や宋、呉などは、互いに小さな利権をめぐって醜い争いをくりひろげる。

第三場――

抗日戦争勝利後の北京は国民党とアメリカの天下である。王利発の息子大拴（ダーシュワン）が店を切り回す年齢になっているが、裕泰茶館はますます寂れて、客もなく、たまにあっても料金前払いと聞いて逃げてしまう。あばたの劉の息子は、裕泰を乗っ取ってアメリカ人相手の売春業の拠点にしようと画策している。いっぽう、宋や呉の息子たちはいまや国民党特務で、北京西郊の共産党軍根拠地にいるらしい大刀との関係で、裕泰を嗅ぎ回っている。危険を感じた順子は、裕泰を去って身をかくし、大拴夫婦も一時よそに避難する。誰もいなくなった裕泰茶館に、常四爺と秦仲義が相次いで訪ねてくる。秦はおのれの実業救国の夢が破れたことを嘆き、常は良心に従って生きてきた結果がしがない落花生売りさと自嘲する。また、常の口から、あの人のいい松二爺が餓死したことがもらされる。王利発は、悪いことはなにもしていないのに、どうして食う物も与えられないのかと愚痴る。三人はおのれの葬式じゃと、ふざけて常が拾ってきた紙銭を撒く。やがて秦も常も去ったあとへ、国民党憲兵司令部の沈（シエン）科長を連れた劉が裕泰の接収を告げに乗り込んでくる。王利発は静かに奥に引っ込むが、間もなく首を吊ったことを、劉の口から観客は知る》（梗概）

茶館は人々の集う場であるとともに、北京＝中国の伝統がにょきっと顔をさらしている場でもある。空間と時間とが交わり合うこの場所を舞台に選んだことで、幕が開けば観客はそこに生々しい時代の動きを肌で感じ取ることができる。こうした巧みな舞台設定の上で、ドラマチックな仕掛けを避けて、さまざまな人物の関わり合いをむしろ淡々と描くなかから、半世紀にわたる激動の時代のうねりがおのずと浮かび上がる。登場人物の台詞は概して短いが、ほんの一言二言でその人物の性格を浮き彫りにできたのは、老舎が語り物や相声（シアンション）［漫才］などの寄席演芸に通じていたことと無縁ではなかったろう。とりわけ、北京語の魅力をふんだんに生かしたことで、他の追随を許さぬ作品となった。この戯曲は、五八年三月、北京人民芸術劇院の手で上演されていらい同劇院の十八番となるとともに、その後に二〇世紀中国を代表する話劇として欧米や日本でもくり返し上演されて今日にいたっている。

5　リアリズム論の深化

〈双百〉期はまた、文学理論の上でもリアリズムをめぐって新展開をみせた時期でもあった。それを代表するのが、何直『リアリズム――広い道』（『人民文学』一九五六年九期）であった。何直（ホオヂー）は作家秦兆陽（チンヂャオヤン）［一九一六～九四］がこの論文のために使ったペンネームで、論文には「リアリズムに対する再認識（対於現実主義的再認識）」という副題がつけられている。

何直『リアリズム――広い道』

広い道（現実主義――広闊的道路）

何直がこの長文の論文で力説していることはただ一点、リアリズムをいわゆる〈社会主義リアリズム〉のドグマから解放し、リアリズムに本来の力を取りもどそうということであったが、その論点は冒頭の以下のくだりに集約できる。

文学のリアリズムは、だれかが決めた法律ではない。それは文学芸術の実践のなかで形成され、まもられてきた法則である。それは現実に厳格に忠実であり、現実を芸術的に真実に反映し、逆にまた現実に影響をあたえることをもって、自己の任務としている。それは、文学芸術実践における客観的現実と芸術自体にたいするひとびとの根本的態度と方法を指すのである。このいわゆる根本的態度と方法とはひとびとの世界観をさすのではなく（それは世界観によって影響され制約されるが）、文学芸術創作の全活動において、ひとびとが無限に広い客観現実を対象とし、よりどころとし、源泉とし、また現実に影響をあたえることを目的とする、ということをさす。そしてその現実反映とは、現実を機械的にひきうつすことではなく、生活の真実と芸術の真実を追究するということである。（加藤平八訳　『東洋のリアリズム』所収　一九五九年新読書社）

のちの眼から見れば、なぜこのような当たり前のことを力みかえって言わなければならないのか不思議に思えようが、じつはこの当時、作家たちの頭上には〈社会主義リアリズム〉なる理論が重くのしかかっており、何直はそれに懸命に抵抗しているのである。

〈社会主義リアリズム〉理論は一九三〇年代にソ連で提起され、一九三四年の第一回ソ連作家大会でソ連作家同盟規約に次のように規定された。

社会主義リアリズムはソ連文学芸術および文学批評の基本的方法であって、現実をその革命的発展において、真実に、歴史的具体性をもって描くことを芸術家に要求する。そのさい、芸術的描写の真実さと歴史的具体性とは、勤労者を社会主義の精神において思想的に改造し教育する課題と結びつかなければならない。

「現実をその革命的発展において、真実に、歴史的具体性をもって描く」という「要求」そのものが、なにを「革命的発展」と見るか、なにを「真実」ないし「歴史的具体性」と見るかなど、すべて個人によってさまざまであるはずだから、曖昧で、やっかいなしろものであった。一党独裁の下では、けっきょくその基準は、現実には執政党たる〈党〉によって与えられるほかはないから、それ自身が文学者の手足を縛る枷(かせ)にほかならい。が同時に、その曖昧さは、逆手にとれば、これが〈真実〉だとして〈党〉の足下をすくう武器ともなりうるものでもあった。

そこで狡知にたけた〈党〉が滑り込ませたのが、「そのさい」以下の付帯条件であった。これは要するに〝お説教文学〟を書けということを、もって回って言っているに過ぎないが、これでは文学者は手も足も出なくなる。

そこで何直が主張したのは、「現実を革命的発展において、真実に、歴史的具体性をもって描」けば、それ自身が「勤労者を社会主義の精神において思想的に改造し教育する」ことになるのではないか、という一点であった。あるいは、「現実を革命的発展において、真実に、歴史的具体性をもって描く」こと以外に「勤労者を社会主義の精神において思想的に改造し教育する」ことなどできないのではないか。だとすれば、「そのさい」以下の付帯条件は、いたずらに文学者の手足を縛って「教条主義」をはびこらせるだけの無用の長物ではないか。いまやリアリズムを復権させるべきである。上記の引用はこうした文脈で言われたそれであり、さらに端的に、したがってわたしの考えでは、（中略）当面のリアリズムは社会主義時代のリアリズムと呼ぶことができるのである。

とも言う。

ソ連作家同盟規約の「そのさい」以下の付帯条件については、一九五四年一二月に開かれた第二回ソ連作家大会でもシーモノフの副報告「ソビエトの芸術的散文」（『第二回ソヴェト作家大会』所収　一九五六年合同出版社）などでこれを否定する方向で問題にされていたから、何直もそうした動きに励まされてもいるわけだが、ここでもその主張は、かの胡風の意見書と驚くほど重なっていることを指摘しておきたい。

劉紹棠『リアリズムの社会主義時代における発展』

作家の立場から、何直よりさらに率直に「教条主義」を否定し、リアリズムの復権を訴えたのは劉紹棠で、その論文『リアリズムの社会主義時代における発展（現実主義在社会主義時代的発展）』（『北京文芸』一九五七年四期）は次のように始まる。

偉大な芸術作品の誕生は、三つの要素で決まる。一、その時代が提供する創作素材。二、天才的作家と作家の天才（作家の生活に対する洞察および概括能力と芸術的素質）。三、理論上の指導思想。

このうち作家個人にはどうしようもない一，二はさておき、三の「教条主義こそは最大の癌（症結）」

であるとするのが劉紹棠の立論の主旨で、たとえば以下のように言う。

教条主義の理論とは、一方的に作品の政治性を強調して作品の芸術効果を抹殺し、複雑多彩な生活の真実を無視して眼をつぶって〝まさかこれがわれわれの生活だというのじゃあるまいね？〟などと作家に詰問し、肯定的人物や否定的人物、さらには肯定的人物より格の上の理想的人物などを機械的に規定し、教育的意義からして英雄を描くさいには欠点を描いてはならないとするなど、こうしたたぐいの戒律や機械的な理論である。

何直にくらべて物言いがより露骨なのは、前述のように早くから〝神童作家〟と呼ばれた彼には、おのれの「天才」にたのむところがあったからでもあろう。それだけに、作家たちを苦しめた教条主義の実体が情け容赦なく浮き彫りにされている。反面から言えば、そうした「戒律」を振りかざすことでにらみを利かせていた〈党〉の文芸官僚たちの痛いところをついたわけで、この後にくる反右派闘争で、劉紹棠はしたたかにそのしっぺ返しをくらうこととなる。

茅盾『夜読偶記』　こうしたなかで、概念や定義の応酬から一歩退いたかたちで、国内外の文学史の展開をたどりつつリアリズムの優位性を説き、ひいては社会主義リアリズムの擁護論を展開したのが茅盾（マオドゥン）［一八九六～一九八一］で、「社会主義リアリズムその他について」と副題されたこの論文は『文芸報』一九五八年第一期から十期にかけて断続的に連載され、のちに百花文芸出版社から単行本で出された。

茅盾によれば、内外の文学史を通じて長い発展の歴史をもつ創作上のリアリズムはさまざまな段階をへてきたが、「自然現象、社会現象、および人間の内面世界を忠実に反映している」点で共通している。それは、「階級社会で被抑圧的地位におかれ、解放をもとめ、社会の前進をおしすすめた勤労人民の創造したものである」「社会経済と階級闘争の歴史的発展の各段階に応じてそれにふさわしい内容、形式ともにより豊かな、ないし新たな特徴をそなえたリアリズム文学がしばしば現れたが、十九世紀の批判的リアリズムをその最高峰とする」

『詩経』に始まる中国の文学作品やヨーロッパの文学史に豊富な例をとりつつ茅盾がこう述べるとき、それはまさに「十九世紀の批判的リアリズム」賛美そのものと読めるし、異論はありえようが、叙述には説得力がある。ところが、言うまでもなく長い論述はこれでは終わらず、「批判的リアリズムはリアリズム創作方法のもっとも完成された段階とみなすことができるとも言える」と言いつつ、最終章で「批判的リアリズムまでを、われわれは旧リアリズムと総称しよう。それ以後(ゴーリキーの小説『母』から)は、新たな段階、すなわち社会主義リアリズムである」「現実と理想を結びつけること、ないしわれわれが常用するべつの言い方では現実をとおして理想の未来図を指し示すことは社会主義リアリズムにしてはじめてなしとげうる任務である。なぜなら、社会主義リアリストは弁証法的唯物論と史的唯物論によっておのれの頭脳を武装しているからであり、つまり彼らの世界観は在来のリアリストとはまったく異なるからである」と説くとき、茅盾はまったくのつまらぬ公式論者となってしまう。これは茅盾が心を裏切ったというより、理論と現実の逆立ちした当時の情況がここにも露呈していると見るべきであろう。

Ⅳ　反右派闘争と丁玲批判［一九五七年］

1　政治・社会情況

一九五七年二月二十七日、毛沢東は最高国務会議で「人民内部の矛盾を正しく処理する問題について」と題する講演をおこなったが、そこでは社会主義制度の下では人民の根本的利益は一致しているとし、敵対矛盾と人民内部の矛盾を区別し、人民内部では「団結――批判――団結」によって矛盾を解決することを主張した。そして、政治的にはいわゆる民主党派との間での「長期共存、相互監督」を提唱し、経済分野では「国家利益と集団利益と個人利益のバランス（兼顧）」を打ち出し、文化科学の面ではあらためて「百花斉放、百家争鳴」〔いわゆる〈双百〉〕を強調した。

さらに三月六日から中共中央は党内外の人士八百余名の参加する全国宣伝工作会議を開いて毛沢東の上記講話を伝達するとともに、十三日には毛沢東が講演を行って〔のちに「中国共産党全国宣伝工作者会議における講話」と題して公表〕再度〈双百〉の方針を強調するとともに、知識人の存在意義について多くの言葉を費やした。

前年の〈双百〉政策提起の流れを引き継ぐこれらの動きは、中共＝毛沢東がいよいよより開かれた国造りへ向けて動き出したことを人々に印象づけた。

こうした流れのなかで、四月十日付けの『人民日報』は「ひきづづきのびのびと（放手）〈百花斉放、百家争鳴〉の方針を貫徹しよう」と題する社論で自由な意見の開陳をあおった。ついで四月二十七日には中共中央の名で「整風に関する指示」を出して党内で官僚主義、セクト主義、主観主義に反対する整風運動を行うことを呼びかけ〔『人民日報』五月一日付けで掲載〕、五月二十七日付け『人民日報』は「なぜ整風を行うか」と題する社論で、「全国で民主生活を拡大し、批判と自己批判を拡大する手だてを講じて、指導者と大衆の間の矛盾の発見と解決をはかる」ことを呼びかけた。

こうして四月下旬から全国を巻き込んだ整風運動が党の内外で進められたが、その主要な方法は上から下までの社会組織単位における集会や座談会、さらに壁新聞などであった。ここで注意すべきは、党の官僚主義、セクト主義、主観主義などをめぐって「指導者と大衆の間の矛盾」について発言・提言することは、党員、非党員を問わず、無言の圧力のもとでの一種の〝義務〟だったという点である。何かを発言することが、〈党〉を支持していることのアリバイ証明だったし、またこの時期の人々は、みずから望んでそれを証明しようとしたのでもある。徹夜で頭を絞って発言をまとめたという事後の証言は、無数にある。かくして四月下旬から五月上旬にかけて、〈党〉の官僚主義に対する激しい批判が噴出した。とりわけ中央レベルでは民主党派から、〈党の天下〉思想や〈素人が玄人を指導〉しようとすることへの批判が激しく起こった。なかでも人民大学の学生林希翎（リンシーリン）は北京大学や人民大学での演説で「ソ連も中国も社会主義ではない」「人民内部の矛盾、指導者と被指導者の矛盾は支配と被支配の矛盾だ」などと述べて、学生の喝采を浴びた。五月の中国は、北京をはじめとして騒然となった。

これに対して危機感を強めた毛沢東は、五月十五日、早くも「ことは変化しつつある」なる党内指示で十パーセントの「右派分子」の動向に注意せよと耳打ちしていた。そして、六月八日、ある匿名の脅迫状をきっかけに、『人民日報』は社論「これはなぜか（這是為什麼）」で「階級闘争の観点で当面のさまざまな現象を観察せよ」と呼びかけ、同時に「力を結集して右派分子の攻撃に備えることに関する指示」を党内に流した。かくして、「民主生活を拡大」することをうたい文句に始まった〈整風運動〉は、一転して「階級闘争」としての〈反右派闘争〉に方向転換し、全国で〈右派分子〉摘発が始まる。そのさい、上記の毛沢東の党内指示にあった「十パーセント」という数字が各単位での摘発の数的目安とされるなどの無理が行われた。ちなみに、右派分子とは、〈地富反壊右〉と列挙されるなかの〈右派〉である。〈地〉は地主、〈富〉は富農、〈反〉は反革命分子、〈壊（ホワイ）〉は壊分子、つまり殺人者や強姦犯などの悪人。〈右派分子〉とはそれらとならぶ階級敵の謂いで、本人が職場追放や強制労働などで弾圧されるばかりでなく、子供までが就職や結婚で社会的差別の対象とされたのである。

この反右派闘争によって五十五万人もの人々が〈右派分子〉に区分されたが、もっとも良心的な党内外の知識人のほとんどが根こそぎにされたこと、ただでさえ弱かった法制が根底から破壊されたことなど、胡風事件につぐ深刻な打撃を新中国社会に与え、その影響は二十一世紀の今日にまでおよんでいる。文革終了後の一九七八年から八〇年にかけて九十九パーセントの右派分子が名誉回復されたが、反右派闘争そのものについて、中共は「拡大化」の誤りは認めたものの、基本方向は「正しかった」としたままである［中共中央十一期六中全会『建国以来の党の若干の歴史問題に関する決議』一九八一年］。

2　文芸界の整風

文芸界は整風から反右派闘争への動きの激しかった領域の一つであったが、そのおおまかな動向を、ひとまず『文芸報』によってたどってみよう。

作家協会の整風

一九五七年四月から、『文芸報』はそれまでの半月刊の雑誌からタブロイド版の週刊紙に移行し、評論とともに、文芸界の消息なども多く載せるようになった。なかでも「文芸茶座」と名づけたコラムは、文芸界の官僚主義を名指しでちくりと皮肉ったりして活発であった。これも〈双百〉政策の一環として採られた文芸刊行物出版体制改革の現れの一つであった〔ただし、翌五八年からはもとの半月刊雑誌にもどった〕が、その紙面で見るかぎり、五月十九日付けに掲載された姚雪垠（ヤオシュエイン）〔一九一〇～九九〕「胸のうちを話そう（打開窗戸説亮話）」が、

> かげでは創作にたずさわる友人が数人集まると不満をぶちまけたり、腹の立つろくでもないことどもを片っ端からやり玉にあげたりするくせに、おおやけの場ともなればまるで「西部戦線異状なし」になってしまう。（中略）そのもっとも注意に値する原因は、文芸機関や団体に長期にわたって民主生活が欠けたり、民主的危機感が希薄であるためだ。

と述べたあたりが、文芸界における整風運動のはしりであるように見える。その後、黄薬眠（ホワンイヤオミエン）「文芸批評のさまざまな顧慮を除こう」（六月二日付）、李汗（リーハン）「文芸刊行物には個性解放が必要だ」（同上）、張友松（チャンイヨウスウン）「わたしは昂然と胸を張って戦いに入る――人民文学出版社およびその上級に対する批判」（同上）、唐摯（タンチー）〔＝唐達成〕「煩瑣な公式主義で創作を指導してよいのか――英雄人物を創造することをめぐるいくつかの論点を周揚同志と意見を戦わせたい（商榷）」（六月九日付）などの発言がつづく。そして六月十六日付けで「作家協会が整風中に言論の路を開いた（作協在整風中広開言路）」との表題で二十七人もの文学者の発言が特集される。これは、五月下旬から六月上旬にかけて作家協会が党内外文学関係者を招いて開いた数回にわたる座談会での発言の要約で、そのさわりを重複を避けつついくつかピックアップすると、

茅盾――大部分の作家から見て、作家協会は政府が文芸方針を貫徹するためのお役所で、彼ら自身の協会ではない。

臧克家――党外人士の工作に対して重視すべきだ。

杜麦青――党外の指導的同志は地位はあれども権限はない。

碧野――党と非党との間を氷の壁が隔てていて、敬して近づきがたい感を抱かせる。

黄秋雲――上に立つ人が狭量すぎる。周揚同志が劉紹棠同志を評して〝天狗になっている〟などと言ったのは、人の積極性を傷つけるもので、よくない。

李諤――あるレパートリーを上演するかどうか、党宣伝部の責任者の一言で決まる。

蘇中――実際情況をつかみもしないで、数人の指導的同志が相談してはことを決める、これが最大の官僚主義だ。

丁力――『人民文学』の原稿のようなものまで検閲するのはよくない。編集部に独立思考させるべきだ。

呂剣――『人民文学』は作家協会の刊行物なのに（中略――吉田）ごく小さな範囲で、解放区の限られた作家しか作品の発表を許されない。

舒蕪――毛主席の『文芸講話』があればすべての問題は解決ずみで、真埋は行き止まりみたいだ。『文芸講話』は方針で、すべての問題が解決されたわけではない。それは真理の路を拓いたが、路を歩くのはわれわれだ。

楊覚――党内の団結問題が厳しく、セクト主義がある。

陳夢家――ある人はいまでも昔のレッテルを他人に貼りたがる、〝新月派〟詩人陳なにがしなどなど。

もともとが要約であるものから、さらにほんの一部を抜き出しただけではあるが、それでも文学者たちが日頃抱いている不満は、ある程度率直に感じとれよう。それはまた、指導的立場で文芸界を仕切っていた限られた党文芸官僚を除く党員文学者にも、大なり小なり共通するそれでもあったと思える。党中央宣伝部副部長であった周揚の名がしばしば出てくるのは、そのあたりの消息を物語っていよう。

反右派闘争へ

ところが、この翌週の六月二十三日付けの『文芸報』の第一ページは「共産党なくして新中国なし（没有共産党就没有新中国）」なる見出しのもとに、「社会主義から逸脱した謬論」への警戒を呼びかけ（王瑶「すべてのすべて（一切的一切）」、「マルクス・レーニン主義は不要だ、社会主義は不要だ、共産党の指導は不要だ」とする「毒薬」に反対することを呼びかけ（高植「良薬と毒薬」）た。これが『文芸報』が反右派闘争に転じた一つの現れであった。ついで七月一日付けは「ブルジョワ右派分子の陰謀を徹底的に粉砕しよう」なる見出しの下に特集を組んだ。さらに七月十四日付けでは張光年（ヂャングワンニエン）・侯金鏡（ホウヂンヂン）、陳笑雨（チェンシャオユイ）［＝馬鉄丁］ら『文芸報』編集責任者三人の「われわれの自己批判」と題する「共同発言（連合発言）」を巻頭に掲載したが、その内容は、『文芸報』が五月十九日付けの第七号以降第十二号まで「ブルジョワ右派分子」の「毒草」を掲載したことの誤りを、たとえば前記の姚雪垠の文章はじめ、文芸界における党の官僚主義を批判した発言を片っ端からやり玉に挙げて自己批判したものである。これ以降、『文芸報』は全面的に反右派闘争の場と化すのであるが、ここからほぼ文芸界全体の動向が伺えると考えてよい。

ところで、個々の文学者において反右派闘争がどのように進められたか、その一例を劉紹棠に取ろう。前述したように十七歳で入党した〝神童作家〟であった彼に対しては、平素からの傍若無人な言動に対する反発も手伝ってか風当たりがとりわけつよく、〈堕落したブルジョワ右派分子〉なるレッテルを貼られた彼は、共産主義青年団中央宣伝部、作家協会青年作家工作委員会、中国青年報の三つの単位の主催する千余人の参加する批判大会での批判にさらされた。それも十月七日から三度にわたり、作家協会主席茅盾、同副主席老舎、作家協会書記処書記 厳文井（イエンウエンヂン）、同副書記 郭小川（グオシャオチュワン）をはじめ、『中国青年報』編者、劉の入党紹介者、劉の関係した農村や工場の代表、北京大学学生などから、「浅薄無知なくせに傍若無人、かつ反党反社会主義的な事実や原因」をこもごも批判されたという。『文芸報』十月二十日付けはタブロイド版九ページにわたって、この批判大会の報道記事、および関連する批判論文で埋めた。劉紹棠本人の発言が許されなかったことは、言うまでもない。

こうした形のつるし上げを経て多くの文学者が〈右派分子〉として追放されたのだが、劉紹棠の場合で言えば五八年三月に党籍を剥奪され、以後もっぱら北京郊外の鉄道工事や水利工事現場、さらには故郷の農村での労働に従事することになる。六二年に〈右派分子〉のレッテルはは ずされるが、〈摘帽右派［レッテルをはずされた右派分子］〉のレッテルはついてまわり、わずか短編一編を除いて作品を発表する機会は与えられなかった。党籍を回復して文壇に復帰するのは、文革収束後二年以上も経った七九年一月のことであった。

王蒙『ボルの敬礼を（布礼）』に見るある〈反右派闘争〉

反右派闘争はその経過から見ると、俗な言い方をすれば、毛沢東＝中共指導部が党内外の不満分子に言わせておいてからこれを弾圧したように見える。事実、毛沢東その人も、毒草は芽を出させて摘むと言っておいたのだから「陰謀」ではなく「陽謀」だと居直ってみせたことがある［「『文匯報』のブルジョワ的方向は批判すべきである」一九五七年七月一日］のは、かえってその陰謀性を裏から語っているようにもみえる。

しかし、個々の文学者たちの内的体験について見れば必ずしもそう短絡できないことを示すのは、たとえば王蒙の中編小説『ボルの敬礼を（布礼）』（『当代』一九七九年三期）である。

《――一九四九年一月の解放を間近にした北方の中規模都市。主人公の鍾亦成（チュウンイーチョン）は、十七歳の中学生でありながら、すでに党歴二年半の党員候補であった［このあたりが作者と経歴とダブる］。地下党員たちは権力奪取を前に、地下組織の単線連絡から集団行動に移り、地区の秘密党員は廃棄された地下のボイラー室に集まる。見知らぬ顔。

しかし「布礼(ブウリー)！」〔布は布爾什維克(ボルシェヴィキ)の略語。ボルシェヴィキの敬礼を！〕と声を掛け合うだけで無限の信頼の生まれるほんものの〝同志〟の関係がそこにあった。

一九五七年七月、青年幹部として活躍中の鍾亦成は、突如右派分子として批判にさらされる。問題は、新聞に載った彼の小さな詩だった。氷雪に閉ざされた大地の下でやがてくる開花の季節を待つ野菊を歌ったその詩が、党の仕切る現実を諷刺したものだというのだ。晴天の霹靂だったが、鍾亦成は真剣にそれを受け止める》（梗概の一部）

批判にさらされた鍾亦成の内面の葛藤は、たとえば次のように描かれる。

> 鍾亦成本人にとっても、それは〝胸部外科〟手術であった。なぜなら、党、革命、共産主義、これらこそは彼の真っ赤な心だったから。いまや人々は、ほかならぬその党の名において彼のその心をえぐり出そうとしているのだった。ならば、彼としても党に対する熱愛、擁護、信頼、尊敬、服従などからして、みずからメスを執ってともにえぐるか、少なくとも「ここだ。ここからえぐってくれ・・・・」と指ささねばならなかった。
>
> 天地は真っ暗になった。おれは〝分子〟なのだ！　おれは敵だ！　おれは裏切り者だ！　おれは犯罪者だ！おれは悪人だ！　おれは狼だ！　おれは悪魔だ！（以下略）
>
> 鍾亦成は夜っぴて眠れなかった。ほとんど食べず、飲みもしないのに、たえず小便をし、たえず汗をかいた。二十分ごとに小便をした。五日後には体重は一二四斤〔一斤は五百グラム〕から八九斤におち、体つきもすっかり変わった。そんな様子を目にした宋明(スウンミン)同志は、こう彼を励ました。「換骨奪胎するんだ！　まだ始まったばかり

なんだぞ！」

ここにはたぶん王蒙その人の体験が色濃く投影されていると思えるが、こうした〈党〉に対する物神崇拝とそこから起こるカルト集団的マインドコントロールの状態は、反右派闘争全体を覆う情況でもあったと思える。その際、マインドコントロールされていたのは、批判される側ばかりでなく、『布礼』の宋明がそうであるように、批判を通じて相手の〝思想改造〟を〝援助〟しようとする側もその盲目性においては変わりなかった。こうしたことに人々が目覚めるには、さらに大きな文化大革命の悲劇を経なければならなかったのである。

3　丁玲批判

丁玲批判の経過

ところで、文芸界の反右派闘争のなかでひときわ大きな山は、じつは八月に始まった丁玲批判であった。それは反右派闘争の一部ではあったが、文学史的にはその範囲だけではくくりきれないものをもっているので、以下にとくに取り出して、やや詳しくその内容を検討する。

丁玲批判が一般の目にさらされたのは、『人民日報』一九五七年八月七日付けに突如として出された「文芸界の反右派闘争の重大な進展——丁玲・陳企霞反党集団を撃破（攻破）」というタイトルの記事であった。つづいて『文芸報』八月十一日付けに、より詳しいタブロイド版三ページの報道が載った。それらによれば、作家協会党グループが六月六日から断続的に開いていた拡大会議で、この「反党集団」が摘発されたという。

丁玲は言うまでもなく『太陽は桑乾河を照らす』でスターリン文学賞を受賞した女性作家として中国文壇を代表する作家であったから、ことの経過に通じた少数の党文芸官僚を除いて、まさに晴天の霹靂のニュースであった。上記の報道で伝えられた〝事実〟は、おおよそ以下のようであった。

もともと一九五五年、作家協会党グループ拡大会議が丁・陳の「反党活動」に対して、①党の指導と監督を拒んだ、②反党小集団を作った、③両面派の手段で党の団結を乱した、④個人崇拝を唱え、ブルジョワ個人主義をあおったなどの諸点で「厳しい批判と闘争」をおこなった。その際、丁玲が一九三三年に国民党に逮捕された際に転向した事実を長期にわたって隠してきたこと、一九四二年に延安で『解放日報』編集長であった時期に雑感「三八節に感あり（三八節有感）」ほか中共支配下の抗日根拠地解放区を誹謗する文芸活動をおこなったこと、建国後は『文芸報』を独立王国として党の指導と監督を拒んだこと、丁玲は文学講習所所長時代に〈本一冊主義（一本書主義）〉〔一冊よい本さえ書けば誰からも打倒されない〕を唱えて立身出世主義をあおったことなどが問題とされた。

ところが丁・陳はこの結論に一貫して不満で、このたびの整風運動の機に乗じて一挙に逆転をはかった。具体的には、一九五七年六月六日に始まった作協党組拡大会議の第一、二、三回会議で「公然と一九五五年の彼らに対するつるし上げの〝責任〟を追求するとわめきたてた」。第四回会議以降、会議は反撃に転じたが、八月三日の第十回会議で、陳企霞がようやく初歩的自白を始めただけで、丁玲やその夫陳明などはまだ頑強に抵抗してお

り、党グループ会議はひきつづき開催中である。《要約》

これ以後、丁・陳反党集団批判のキャンペーンがつづくなかで、批判の範囲も拡大し、もと『文芸報』編集長だった馮雪峰（フォンシュエフォン）が「丁・陳集団の参加者、胡風思想の同伴者（同路人）、文芸界の反党分子」のレッテルを貼られたのをはじめ、詩人艾青（アイチン）、羅烽（ルオフォン）〔東北作家〕、白朗（バイラン）〔東北作家〕、李又然（リーイヨウラン）〔文学講習所教員〕などが「丁・陳反党集団の手先（爪芽）」とされた。

このほか、この前後に作協党組拡大会議で批判の対象とされたおもな人々をそのレッテルとともに『文芸報』の紙面で拾うと、呉祖光（ウーヅウーグワン）〔劇作家〕＝「徹頭徹尾の右派分子」、鍾惦棐（ヂュウンディエンフェイ）〔映画評論家〕＝「党の文芸路線を攻撃」、王若望（ワンルオワン）〔文芸評論家〕＝「反党反社会主義の戦術」、黄薬眠〔文芸評論家・北京師範大学教授〕＝「進歩学者の上着を着た政治陰謀家」、陳涌（チエンイユン）〔文芸評論家〕＝「反党的文芸思想」、蕭乾（シヤオチエン）〔ジャーナリスト・『文芸報』副編集長〕＝「洋奴政客」、江豊（ヂアンフォン）〔中央美術学院院長代理〕＝「反党言行」、徐懋庸（シュイマオイヨン）〔哲学者〕＝「〝苦悶主義〟を宣伝」、など、それだけ読むと、文芸界はまさに百鬼夜行の感を抱かしめた。

九月十六日、十七日、作協党組拡大会議は第二十五回会議で総括をおこなったが、これには常時出席者二百余人のほかに、作家協会の各地の分会や党宣伝部の各級メンバー、文芸刊行物の編集責任者など一三五〇余人が参加したというから、一大キャンペーンの場であった。席上、周揚が中共中央宣伝部副部長の肩書きでおこなった長文の総括演説は「文芸戦線上の大弁論（文芸戦線上的一場大弁論）」とのタイトルで翌五八年二月二八日付け『人民日報』で公表されたが、これが文芸界の反右派闘争の勝利宣言であった。これに呼応して、『文芸報』一九五八年第二期〔二月二六日発行〕は〈再批判〉の総タイトルのもとに一九四二年に延安抗日根拠地で批判の対象とされた王実味（ワンシウェイ）「野百合の花」、丁玲「三八節に感あり」、同「医院にて（在医院中）」、蕭軍（シャオヂュイン）「同志の〝愛〟と〝忍〟を論ず（論同志之〝愛〟与〝耐〟）」、羅烽「やはり雑感の時代だ（還是雑文的時代）」、艾青「作家を理解し、作家を尊重せよ（了解作家，尊重作家）」を再度特集して、それぞれに批判をくわえた。

こうした中で、丁玲は〈党籍剥奪、一切の職務からの追放〉の処分をうけ、一九五八年七月、〈右派分子〉のレッテルを貼られて人知れず黒竜江省北大荒（ベイダーホワン）の国営農場に送られ、文壇から姿を消す。その後、政治犯を収容する北京の秦城監獄に入れられたり、山西省の山村に移されたりしたが、彼女の党籍が回復されて名誉回復が完全におこなわれるのは、一九八〇年一月のことであった。

丁玲とともに批判された人々も、程度の差こそあれ、おなじような目にあった。

なお、丁玲とともに丁・陳反党集団の一翼を担わされた陳企霞（チエンチーシャ）〔一九一三～八八〕は三〇年代から小説を書き始めた人だが、三五年に入党。延安時代から党の文芸工作に従事し、建国後は全国文連の秘書長を経て、『文芸報』の創刊号〔一九四九年九月〕から五四年第二一期〔十一月十九日発行〕まで、編集長馮雪峰の下で副編集長であった。

丁玲批判の淵源

いわゆる丁・陳反党集団などが存在しなかったことは、文革終息後に明らかにされた資料でいまや明らかだが、にもかかわらずあそこまで問題がこじれた最大の原因は、一九三〇年代にまでさかのぼる周揚と馮雪峰の確執にあったと思われる。とりわけ魯迅の死の前夜の一九三六年春、延安から党中央の密命をおびてひそかに上海にもどった馮雪峰が、周揚や夏衍などを一貫して無視し、もっぱら魯迅や非党員たる胡風を頼ってことを運んだことが、周揚の自尊心をいたく傷つけたと考えられる。当時、上海の共産党地下組織は国民政府の弾圧で事実上壊滅状態にあったから、馮雪峰の側からすれば、誰を信用してよいか不明だったとの言い分はあろう。しかし、延安の党中央からの特派員として振る舞う馮雪峰にまったく無視された周揚の側にも別の鬱屈した感情が働くことは、これまたやむを得ない――だれがこの上海で苦しいこの数年を頑張ってきたというのだ。しかも馮雪峰は、魯迅の権威をかさに、胡風を使って、自分たちの苦心の文学スローガン〈国防文学〉に反対させ、終生消えない重荷を押しつけたではないか。

さらに、三三年五月に国民党に逮捕され、南京で軟禁状態にあった丁玲［この間の〝転向〟問題が終生丁玲を苦しめる。丁玲は一貫して〝転向〟を否定しつづけたが、彼女の言い分が公然と認められるようになったのはその死＝一九八六年以後のことである］は三六年六月、監視のゆるんだ隙をついて上海経由で西安から延安へと劇的な脱出行をおこなうが、この段取りを仕切ったのも馮雪峰であった。その間、胡風が重要な役割を果たしたのに対して、周揚はまったく無視されたのである。

およそこうした経緯から、周揚の中に、馮雪峰、丁玲、胡風などの存在がある種の不快な存在として居座ったことは間違いない。

延安時代から建国以後にかけて立場は逆転し、周揚は中共中央で文芸界を仕切る存在にのし上がった。

その彼に対して、馮雪峰も丁玲も胡風もその足下にひれ伏すほどヤワではなかった。むしろ、さほど注目されることもなかった若干の文学評論以外にほとんど文学的実績のない〝指導者〟に対して、三人三様に、腹の中で含むところがあったと見たほうが自然である。前述の胡風の〈意見書〉など、直接名指しして反論している林黙涵や何其芳の向こうには周揚の姿がすけて見えるし、丁玲の〈本一冊主義〉にしても、そのとおりの言葉では言わなかったにしろ、文学講習所の若い人にとにかくいい作品を書きなさいと勧めるとき、一九二〇年代から作品を書いてきた人の誇りがあったはずで、その点で周揚のほうがひそかに引け目を感じることがなかったとすれば、人の普通の感情のありようとして不自然であろう。

かくして建国直後から、周揚の仕切る中共文芸官僚によって胡風、馮雪峰、丁玲などへの執拗な批判がつづき、その総仕上げがいわゆる丁玲批判であったともいまでは見える。

むろん、こうした個人的確執のみですべてを説明することは、適当ではない。大きく言えば、ともすればイデオロギー的純正化をもとめて〈左〉へと突っ走りたがった当時の国際共産主義運動の流れの中に毛沢東の〈党〉もおかれていて、反右派闘争やその一部をなす丁玲批判も、一九五七年の中共におけるその波紋の一つとも言えよう。ただ、現代中国の歴史の波紋に、ときとして個人の体臭が濃くしみついているのもまた否定できない。

Ⅴ　文学者たちの苦闘〔一九五八——一九六五年〕

1　政治・社会情況

反右派闘争以降の毛沢東は、基本的には急進的な〈左〉の政策をとりつづけた。その核心は、国内政策で言えば〈三本の赤旗（三面紅旗）〉であり、国際政策で言えば〈三つの世界（三個世界）〉論であった。これらはむろんアプリオリにあったものではなく、この期を通じて毛沢東のイニシヤチブのもとに徐々に形成されていったもので、やがて文化大革命へと行き着くのである。

一九五八年五月、中国共産党第八回代表大会第二回会議は「大いに意気込み、高い目標を目指し、より多く速く立派に無駄なく社会主義を建設しよう（鼓足幹勁，力争上遊，多快好省地建設社会主義）」という〈総路線〉を決議した。ついでこれを具体化すべく、鉄鋼生産や農業収穫、その他の社会建設の速度を飛躍的に引き上げようという〈大躍進〉政策が打ち出され、農村では〈人民公社〉を建設して全面的集団化を一気に実現することが決められた。これをまとめて〈三本の赤旗〉と呼んだが、客観的条件を無視して大衆動員に頼った急進政策はたちまち破綻せざるを得なかった。ところが、いまや個人崇拝にもとづく絶対的権力者となっていた毛沢東がその誤りを認めようとしなかったところから、事態は国家破産寸前まで追いやられることとなった。

十五年で英国を追い越すというスローガンの下、大衆動員によって手製の溶鉱炉で鉄鋼生産を飛躍的に引き上げる運動は、いたずらに人々の熱狂をかきたてただけで、鍋釜まで溶かして作った鉄は物の役に立たず、経済バランスをめちゃめちゃにしたのみならず、森林破壊などの取り返しのつかない損失をもたらした。また、人民公社化によってもたらされた極端な平均主義は農民の生産意欲を急速に失わせた。くわえて、上のご機嫌取りのためにする官僚たちによる誇大な生産高が上へ上へと積み上り、それが膨大な税金となって農民を収奪することになったところへ、五九年からは大干魃などの自然災害が三年間つづいたため、五九年から六〇年にかけて全国的に飢饉が発生し、一五〇〇～四〇〇〇万人が餓死したといわれる。一九六〇年七月以降、中ソ対立が激化し、ソ連が技術援助の専門家をいっせいに引き上げたことが、情況をますます悪化させた。

こうした事態に対して、五九年七～八月の廬山（ルーシャン）会議で彭徳懐（ポンドオホワイ）国防部長らが党内で異議を唱えたが、毛沢東は彼らを右翼日和見主義として切り捨てた。しかし、事態は深刻化するばかりで、ついに六二年一月の党中央拡大工作会議［七千人大会］で毛沢東は大躍進政策の行き過ぎを一部認めて自己批判を余儀なくされた。これ以後、大躍進に歯止めがかかり、劉少奇国家主席指導のもとに、工業では過大目標引き下げや過剰投資抑制、農村では請負制や自由市場復活などの調整政策が取られ、経済はようやく危機的情況を脱する。

しかし、毛沢東はなおも〈左〉の立場を放棄せず、上記七千人大会から半年後には「絶対に階級闘争を忘れてはならない（千万不要忘記階級闘争）」なる号令を発する［中共八期十中全会］かたわら、翌六三年からは〈農村における社会主義教育運動〉を発動して、またも方向を〈左〉に切ろうとした。これに対して、劉少奇はことを実務レベルでの腐敗摘発に抑えようとしたが、毛沢東は終始階級闘争を志向し、両者の間で激しい綱引きが展開した。

ただ、毛沢東はもういっぽうで六三年六月から中ソ公開論争を発動して、ソ連〈修正主義〉批判を激しく展開した。この当時、世界は第三世界の反乱の高まりにともなって反米・反帝国主義運動の高揚期を迎えていた。これが中国国内に反映し、世界革命のリーダーとしての中共党員の自尊心をいたく刺激して、ことソ連〈修正主義〉批判をめぐっては、一九六〇年代前半の中共内部のボルテージは上がるいっぽうであった。この矛先が国内に向けられ、穏歩前進の国内路線に〈修正主義〉のレッテルが貼られたとき、劉少奇ら調整派は絶対的受け身に立たざるをえなかった。言い方を変えれば、きびしい現実を前にして劉少奇の調整路線はそれなりの説得力を持ちはしたものの、〈修正主義〉批判という否定すべからざる抽象的タテマエ論の壁は厚く、それを突破するだけ力を劉少奇たちは当時の歴史的条件下では持ち得なかったのである。かくして、六六年以降の文化大革命に突入することになる。

このように一九五八～六五年は、政治情況が、継続革命・階級闘争を要とする毛沢東の〈左〉の路線を機軸に、劉少奇の調整路線がそれにからまって、〈左〉→右→〈左〉へとぶれた時期であった。文芸界にもそれにつれて揺れがあったことは、言うまでもない。

2 大躍進政策と〈両結合〉提唱

大躍進政策は、文芸界にもそれに呼応する動きを生まずにはおかなかった。その理論面での現れが、いわゆる〈革命的リアリズムと革命的ロマンチシズムの結合〉、略称〈両結合〉の提起である。

〈革命的ロマンチシズムと革命的リアリズムの結合〉

これを最初に口にしたのは毛沢東であったとされる。一九五八年三月、成都で開かれた各省・市・自治区第一書記を招集した会議は毛沢東が大躍進政策を打ち出したことで知られるが、その席上、毛沢東は「中国詩の出路は、第一は民歌、第二は古典である。この基礎の上に新詩が生まれるが、その形式は民歌で、内容はリアリズムとロマンチシズムの対立統一である」と述べた。ついで五月の中共第八回大会第二次会議ではこれをさらに発展させて、「プロレタリア文学芸術は革命的リアリズムと革命的ロマンチシズムを結合させた創作方法を取るべきである」と述べた。

これらを承けて、中共中央機関誌『紅旗』創刊号〔六月一日発行〕掲載の論文「新民歌は詩の新しい路を切り開いた」で、中共中央宣伝部副部長周揚は以下のように述べて、これを指針とした。

毛沢東同志は、われわれの文学は革命的リアリズムと革命的ロマンチシズムの結合であるべきだと提唱している。これは全文学史の歴史的経験に対する科学的総括であり、当面の時代の特徴と需要に基づいて提起された正確きわまりない主張であって、わが文芸工作者全体がともに奮闘する方向とすべきである。

こうしていわゆる〈両結合〉の方向がそれまでの社会主義リアリズムに替わってさかんに言われるようになり、やがて第三回文代大会［一九六〇年七月］で「過去の文学芸術中のリアリズムとロマンチシズムの優れた伝統を批判的に継承し総合し、新たな歴史的条件の下で、マルクス主義の世界観の基礎の上に両者をもっとも完璧に結合させて形成されたまったく新しい芸術方法」［周揚のメイン報告「わが国の社会主義文学芸術の路」］とまで位置づけられるにいたるのである。この時の文代大会はまた、中ソ対立を反映して「現代修正主義との闘争」を呼びかけ、のちの文化大革命への伏線をひいてしまった。

〈両結合〉の提起とともに、その具体的例証として挙げられたのは毛沢東の旧体詩であった。

毛沢東詩詞

毛沢東が旧体詩を作ることは建国前から知られており、とりわけ一九四五年秋、国共の重慶会談の際に『大公報』その他に発表された詞『沁園春　雪』は、その雄大な構想が、それまでの延安での謎めいた存在から毛が一躍歴史の檜舞台へ登場したことと相まって、人々に強烈な印象を残した。その毛沢東が、雑誌『詩刊』創刊号（一九五七年一月二五日発行）で『旧体詩詞十八首』を雑誌編集長臧克家（ヅァンコオヂア）［一九〇五～二〇〇四］宛の手紙「関於詩的一封信」の影印とともに一挙に発表したのである。それらは、毛の書がそうであるように、奔放な感情をたたきつけた生き生きとした作品で、その風格はたしかに、〝理〟を表現することに汲々としていた同時代の他の痩せた旧体詩の追従を許さぬものであった。したがって、それから一年後に〈両結合〉が提唱されたとき、人々が思わずつい一年前に発表された提唱者その人の旧体詩を思い浮かべたのは、ある程度自然であったとは言えよう。

しかしそこにはむろん、ようやく高まり始めた毛沢東への個人崇拝の現れもまたあったのであって、これ以降、文革終息にいたるまで、毛沢東の詩詞はことあるごとに〈両結合〉の模範として語られ、表現世界に君臨したのである。その意味で、文学作品としての評価とはべつに、毛沢東詩詞の出現が当代文学史上に一つの渦を作ったことは認めねばならない。

新民歌の採集

〈両結合〉の目玉として打ち出されたのは、新民歌であった。その例として、前述の周揚論文に引用されているものの一つを以下に掲げよう。

天に玉帝はおらず、／地上に竜王はおらず、／おいらが玉帝、／おいらが竜王、
三山も五嶺も道を空けろ、／おれさまのお通りじゃ。
（天上没有玉皇，地上没有竜王，我就是玉皇，我就是竜王，喝令三山五嶺開道，我来了。）

周揚によればこれは「治水闘争における気概」を歌ったものだという。五言の反復のリズムや素朴な押韻など、中国語で読めば日本語訳より調子はよいが、それにしてもここにはイデオロギー的作為が明らかで、周揚が言うように「集団化された農民」の「大胆な幻想」（前述論文）とはとても受け取れない。し

かし、当時はすべて〈両結合〉とのかかわりでその方向で語られ、やがて郭沫若・周揚編『紅旗歌謡』（紅旗雑誌社　一九五九年十二月）が出版される。そこには「党への賛歌（四十八首）」、「農業大躍進の歌（一七二首）」、「工業大躍進の歌（五十一首）」、「祖国防衛の歌（二十九首）」など合計三百首の新民歌が収録され、「編者のことば（編者的話）」で「大衆的共産主義文芸の萌芽（群衆共産主義文芸的萌芽）」とまで持ち上げられることになる。

とはいえ、それらは概して先に挙げた作品と大同小異の中身の乏しい大言壮語に等しいものがほとんどで、間もなく誰も話題にしなくなった。ただ一点、指摘しておかなければならないのは、この時代の空気である。いまから見れば大失敗に終わった大躍進だが、当時はたしかに民衆の間に熱狂とも呼ぶべき前向きのエネルギーの噴出があった。そのことは、たとえば山本市朗『北京三十五年』（上下　岩波新書　一九八〇年）などを読めば明らかだが、そうした空気の中では、今日では空疎に聞こえる新民歌にもそれなりの説得力はあったのである。

人民公社史

大躍進と並んでというより、大躍進の中核として推進されたのが人民公社化の運動で、その中から人民公社史という記録文学がさかんに書かれたことも、ここで挙げておかなければならない。主要なものは、『麦田人民公社史』（著作グループ　作家出版社　一九五九年九月）、『緑樹は茂る（緑樹成蔭）』（新民社著作委員会・四川省文連　作家出版社　一九五九年九月）、『東に昇る太陽（旭日東昇）』（『熱風』編集部　福建人民出版社　一九五九年十月）などである。これらはすべて集団創作のかたちで書かれた記録文学であるが、建国前のゲリラ闘争の時代から掘り起こして、建国後の土地革命による土地入手から互助組へ、さらに初級合作社、高級合作社を経て人民公社にいたる歩みを描くことで、歴史を総括しようとする試みであった。これと平行して、工場史、鉱山史、軍隊史などもこの時期にしきりに書かれた。なかでも、五八年九月から出版されはじめた人民解放軍の回憶録シリーズ『星火燎原』（中国人民解放軍三十年征文委員会編集）はその代表的なものである。

胡万春『変わり者』

小説の分野で〈両結合〉を実践した人に胡万春（フーワンチュン）［一九二九～九八］がいる。上海の貧しい雑役夫の子に生まれ、八歳で一家離散。十三歳で酒屋の徒弟となるかたわら、学費免除の貧民小学校で二年学ぶ。四六年に製鋼所に入り、旋盤工、仕上げ工、整備工、圧延工などを経験。五一年から労働組合の宣伝委員となって、作品を書くようになり、生粋の労働者出の作家となった。五三年以降、多くの短編小説を発表したが、とくにこの時期はたくましい労働者の姿を数多く描いて注目をあびた。その代表作が『変わり者（特殊性格的人）』（『文芸月報』一九五九年六月号）である。

《黄浦江（ホワンプウヂャン）の畔の製鉄所転炉輸送責任者として赴任した私は、出勤初日、埠頭で奇妙な画家に出会う。上半身はだかの熊のようなごついその男が描いているのは、繊細な水彩画であった。

それから四ヶ月後、転炉輸送線路が突然沈下する事故が起こる。四日以内に修復できないと、製鉄所全体の生産ラインがストップする。緊急事態を前に、所長の方（ファン）が現場責任者に推薦したのは、資材調達課長の王剛（ワンガン）。やがて私の前に現れたのを見ると、あの〝水彩画家〟であった。〝合金〟とあだ名で呼ばれる王剛は、ときに豪快に笑い飛ばしながら、人々の度肝を抜くような大胆な手を次々と打って労働者たちのけつを叩き、わずか三日で路盤沈下をくい止めてみせる。ひとまず事故が解決してからも、細部の処理のため、みんなが寝てからも起きていて、三日間、ほとんど寝ない。そのくせ、その功績を人から口にされると、なに、みんなの働きさと照れ、「いい絵を描きたいなア」と呟きながら、鼾をかき始めるのだった。》（梗概）

作品の中で作者は所長の方に王剛のことを、「たしかにあいつの気性は合金に似ておる。やわらかなアルミの要素もあれば、堅い鋼の要素ももっておる」と評させているが、それが、共産主義へ向けて全面的に発達した人間像を描こうというこの作品のテーマでもあった。王剛の経歴の一部が作者のそれと重なるところから言えば、胡万春はおのれの理想像をもろに歌い上げたとも言えよう。そのかぎりにおいてこの作品はひとまず成功してはいるが、こうした理想的人間像をつねに裏切っているのが現実であるかぎり、これは現実から遊離した偽りの歌を歌う危険を無限にはらむ道でもあった。そして事実、胡万春の場合も、これ以後の作品は類型化して、新鮮さを急速に失ってしまう。

3　調整政策と〈中間人物論〉

文芸政策調整と〈中間人物論〉

一九六二年に入って、中共中央は大躍進政策にブレーキをかけ、調整政策に転じるが、文芸界はそれより早く、〈両結合〉の流れからある種の軌道修正をはかった。その最初のシグナルは『文芸報』一九六一年第六期の巻頭論文［無署名。のちに『中国新文学大系』（一九四九―一九七六）二『文学理論巻』二に収録されたものに「張光年執筆」とある」「題材問題」であった。この論文の主旨は、大躍進以来、「当面する重大な題材」を取り上げて「現在の大衆運動における新人物、新事績」や「出来合いの模範的人物や模範的事例」を描くことが絶対化され、それが文芸創作を「一面化し、狭隘化」していると批判し、「どの題材を選択するかは作家の完全な自由であるのみならず、作家の異なった情況にもよるから、しいて一律にすべきではない」として、「題材問題における戒律を徹底的に打破する必要がある」と主張したものであった。これ以後、題材の自由化は演劇界をも巻き込んで討論がすすめられ、創作活動に一定の活況をもたらした。

ついで一九六二年四月には、中共中央宣伝部が《文芸八条》を下達した。その内容は、①百花斉放・百家争鳴の貫徹執行、②創作の質的向上、③民族遺産の継承発展と外国文化の吸収、④文芸批評の正しい展開、⑤創作時間の保証、⑥人材の育成、⑦団結強化、⑧指導方法と指導作風の改善などからなっていた。それ自体は平凡に見えるが、全体として文芸作品の質的向上、内外の文学遺産の継承、指導の改善など、その志向する方向は明らかであろう。

こうした流れをうけてこの年の八月、中国作家協会は大連（ダーリエン）で〈農村を題材とする短編小説創作座談会〉をひらくが、そこで作家協会副主席 邵荃麟（シャオチュエンリン）［一九〇六～七一］がおこなった報告がのちに〈中間人物論〉として批判されることとなる。のちの批判者が争って引用したのは、以下の下りである。

英雄人物はわれわれの時代の精神を反映している。だが、全体として言えば、中間状態の人物を反映するのがやや少ない。両端は小さく、中間が大きい。立派な人物や悪人は比較的少なく、広範な各階層は中間的であり、彼らを描くことが大切だ。矛盾はしばしばこれらの人々の上に集中している。

しかし邵の報告全体を読めば、その主旨がむしろ以下のような部分にあったことは明らかである。

いかに内部矛盾の複雑さを表現し、思想改造の長期性、困難性、複雑性を見つめるか、生活の中の複雑な闘争をより深く認識し、理解し、分析し、総括し、人民内部の矛盾をより正確に反映するかが、われわれの作家の新たな任務である。

農業が国民経済の基礎だというなら、リアリズムはわれわれの創作の基礎である。リアリズムなくして、ロマンチシズムはない。われわれの創作は現実生活に向かって一歩突っ込み、着実に現実を反映しなければならない。

〔以上の引用はすべて『邵荃麟評論選集』上冊（人民文学出版社　一九八一年）による〕

これでわかるように、邵の主旨はあくまで「着実に現実を反映」せよというところにあった。「日常の中に偉大さを見つけるもよし、微笑みとともに生活を見つめるもよし、眉をしかめて生活を見つめるもよし、各人がおのがじし風格を発展させればよい」という文句も見える。この大連会議では、ほかに茅盾や周揚なども報告をおこなったとされるから、これらの論点は邵荃麟個人のそれにとどまらず、中共中央宣伝部に共通の認識でもあったはずで、いわば文芸面における調整政策の一つの到達点であったとも言えよう。のちに文化大革命が始まると、これが〈中間人物論〉および〈リアリズム深化論〉として集中砲火をあび、邵荃麟は獄中で病死することになる。

柳青『創業史』をめぐる論争

ところで、大連会議へと流れていくこの時期の文芸調整の中で高く評価され、ついで〈中間人物論〉批判が始まるといちはやくやり玉に挙げられた作品に、柳青（リューチン）［一九一六～七八］の長編『創業史』がある。発表はすこし時期が早い［『延河』一九五九年四月号～十一月号。中国青年出版社単行本　一九六〇年六月］が、調整期の文学の有り様をさまざまな意味で反映している典型的作品と言ってよい。

《一九五三年早春。陝西（シャンシー）省の省都西安市から南へ八〇キロの下堡郷（シャバオシアン）第五村。土地革命で念願の土地を手に入れて、独り立ちの百姓になる〝創業〟の夢にとりつかれた梁三（リャンサン）爺さんだが、このところ鬱々として楽しまない。義理の息子の生宝（ションバオ）が家の百姓仕事を放り出して、互助組とやらいう共産党の〝創業〟の夢に熱を上げているからだ。

二〇年まえ、貧しい梁三は飢饉で流れてきた子連れの女を拾って妻にした。そのときの男の子が生宝だが、やっと一人前に育てたと思ったら、共産党に入れあげてまともな百姓の道を歩もうとせぬ。おまけに義理の父子のこととて、文句のひとつもまともに言えず、ストレスはたまるばかり。

いっぽう、正義感に富む生宝にしてみれば、土地は手に入れたものの、農具はおろか種籾を買うカネもない周りの貧しい農民たちを放っておくわけにはいかない。党員候補の彼は、やむにやまれず互助組を組織し、種籾の共同買い付け、農作業の共同化、共同出稼ぎなどでかつての貧農や雇農たちに急場をしのがせる。それは大きく言えば党の指導する農業集団化の道だったが、生宝たち貧しい農民にとっては、それこそぎりぎりの生存をかけた道だった。

かくして、独り立ちの百姓か、集団化か――二つの〝創業〟の道の争いが、梁三爺さん――梁生宝を中心に繰り広げられる。数千年にわたって個体経営しか知らぬ農民にとって、集団化を受け入れることは、貧農といえども身を切られるように辛いことだった。中農や富裕中農たちが個人経営の威力を見せつける中で、わずかな噂やちょっとした目先の利益にも動揺を繰り返す貧農たち。やり手の古参党員の中にも、ひそかに個人経営を目指す人間も出てくる。こうした中で、識字班で文字を習っただけで半文盲の梁生宝は、ひたすら貧農や雇農とともに歩みつつ、集団化の道を模索する。そんな彼の片腕は馮有万（フォンイヨウワン）だが、孤児育ちだけに気性が荒く、なにかと言えば腕力にものを言わせようとする。さらに生宝の理解者に徐改霞（シュイガイシャ）がいるが、親の決めた婚約を解消した改霞は生宝に惹かれる。生宝も彼女を思っているが、いざとなると臆病で、二人はすれ違ってばかりいる。こうしたエピソードを含みつつ、生宝たちの努力で初級農業生産合作社が誕生し、二つの〝創業〟の劇にやがて第一幕が下りる。そんな喜びの日、農業生活協同組合で配給の油を買う行列には、〝息子〟が買ってくれた真新しい服をぎこちなく着た梁三がみんなの配慮で先頭に並び、幸せの涙を流していた》（梗概）

ともすれば善玉と悪玉の類型的物語になりがちなこのテーマだが、『創業史』がその弊を免れて優れた人間の物語になり得たのは、作者の才能のほかに、その経歴が深くかかわっていると思われる。

陝西省呉堡（ウーバオ）県の山村に生まれた柳青は、一九三四年に西安中学入学後、学生運動のかわたら小説を書き始め、三六年に中共に入党。三八年には延安に移る。四二年の整風運動に参加するなかで『文芸講話』に感激し、その方向に従って陝北の農村に入って農村工作に従事すること三年、その経験をもとに長編『種まきの記（種穀記）』（一九五〇年三月）を書く。建国後もその方向を堅持し、五二年からは長安県［西安市南方」の副書記として皇甫（ホワンプウ）村に住み着いて土地集団化の全過程に参加した。こうして書き上げられたのが長編小説『創業史』であったから、ここには作者自身が苦楽を共にした農民たちの喜怒哀楽が肌のぬくもりとともに描かれることとなった。

この作品は公表直後から評判が高かったが、はじめのうち評価はもっぱら主人公の梁生宝に向けられた。たとえば馮牧（フォンムウ）「『創業史』を読む」（『文芸報』一九六〇年第一期）は早い時期に書かれたそうした評論の代表だが、そこではまず「農民の中の新たな指導者の生き生きとして典型的意義に富む描写」として梁生宝が取り上げられ、ついで根性のある貧農の高増福（ガオヅォンフー）や有能だが中農化してゆく郭振山（グオヅェンシャン）などに眼を向けている。

こうした読み方に真っ向から挑戦したのが厳家炎（イエンヂャイエン）「『創業史』中の梁三爺さんの形象を語る（談《創業史》中梁三老漢的形象）」（『文学評論』一九六一年第三期）であった。厳によれば「芸術形象として『創業史』でもっとも成功しているのはほかでもなく梁三爺さんである」「梁三爺さんは肯定的英雄像（正面英雄形象）の系列には属さないが、大きな社会的意義と独特の芸術的価値を備えている」と言うのである。その理由は、

> 一方では生活の実在の姿に照らして、個別農民（個体農民）としての彼［＝梁三爺さん］が互助共同化事業の発展の過程でいかに苦しみ、疑い、動揺し、はては自ら反対したかを余すところなく描き出すかたわら、他方では人物に対する環境の制約とのかかわりのなかで、生活の中の位置や歴史的条件からしてけっきょくは新しい道を歩むことになる梁三爺さんの必然性をも余すところなく掘り下げて描くことによって、生活の発展の弁証法をかなり深刻かつ全面的に浮き上がらせた。

厳家炎のこの議論は、前述の大連会議で邵荃麟が述べたところを梁三爺さんという具体的形象に即して展開したものと言ってよい。時間的には厳のほうが先だから、その意味で、厳は大連会議を先取りしたとも言えよう。

ともあれこうした流れの中で、六一年から翌六二年にかけて、文学作品における平凡な人間像の意味が見直されるようになった。冰陽（ビンヤン）「邵順宝（シャオシュウンバオ）、梁三爺さんに思うこと・・・・」（『文芸報』一九六二年第九期）で邵順宝〔唐克新の短編『沙桂英』の登場人物で、人は悪くないがこす辛い〕や梁三爺さんのほかに梁斌『紅旗譜』〔後述〕の厳志和（イエンヂーホオ）、周立波『山郷巨変』〔後述〕の亭面糊（ティンミエンフー）、李準『李双双小伝』〔後述〕の喜旺（シーワン）、趙樹理『三里湾』〔前述〕の糊塗塗（フートウトウ）や常有利（チャンイヨウリー）などをずらっと並べて、「良くもなく悪くもなく、良くもあり悪くもあり、中くらいの平凡な大衆（不好不壊、亦好亦壊、中不溜児的蕓蕓衆生）」の文学的重要性を訴えたのは、短文だが率直な発言であった。

4　文芸界の〝左〟旋回

〈修正主義〉批判の高まり

一九六三年六月一四日、中共中央は「国際共産主義運動の総路線にかんする提案」と題するソ連共産党あての公開状を発表し、これより中ソ公開論争が始まるが、これにともなって〈修正主義〉批判の空気が急速に高まり、その影響は当然文芸界にも波及した。直接の反映としては、張光年「現代修正主義の芸術的見本――ゴ・チュフライの映画およびその言論を評す」(『文芸報』一九六三年第十一期)がその早い時期のもので、映画『人間の運命』その他でソ連映画界の〝ニューウエーブ〟として注目されていたチュフライを「現代修正主義の政治路線に属する」として徹底的にこき下ろしたものである。「平和主義」や「人道主義」を批判し「革命的英雄主義」を主張した張光年の論調自体は目新しいものではないが、これに「現代修正主義」なるレッテルがかぶせられたところに、この時期の特徴があった。この頃から〈修正主義〉という言葉が、その中身を問われることなく、アプリオリに〝悪〟を示すおぞましいものとして中国大陸をのし歩くことになる。

前述のように、毛沢東はこの時期、対外的にソ連〈修正主義〉批判、国内的には社会主義教育運動の二正面作戦で〈左〉に舵を切ろうとはかりつつあったわけだが、文芸分野でもその方向を追求し、一九六三年十二月には「戯劇、曲芸[寄席演芸]、音楽、美術、舞踏、詩および文学など」が「多くの部門でいまなお〝死人〟が支配している」、「封建主義と資本主義の芸術を提唱することに熱心で、社会主義の芸術を提唱することに熱意がない」などと叱る党内批示を出し、また六四年六月には以下のような批示を出した。

これらの協会[文連所属の各協会――吉田]と彼らが掌握している刊行物の大多数(少数のよいものもあるとのことだが)は、十五年このかた、基本的には(すべての人間ではないが)党の政策を執行せず、お役人さまになりはてて労・農・兵に接近しようとせず、社会主義の革命や建設を反映しようとしなかった。ここ数年は、はては修正主義すれすれまで転がり落ちている。真剣に改造しないと、かならずや将来のある日、ハンガリーのペテフイークラブのような団体に変わるであろう。

この批示は七月十一日、正式文書として党内に下達された〔公表は『人民日報』一九六七年五月二八日付け〕が、これを承けて文連所属の各協会は整風に入り、映画では『北国江南』、『早春二月』、『林商店（林家鋪子）』、『不夜城』などへの批判が、また歴史小説では陳翔鶴（チエンシアンホオ）『広陵散』および『陶淵明《挽歌》を書く』、孟超（モンチャオ）『李慧娘』などへの批判が六四年後半から六五年にかけて相次いだ。

〈中間人物論〉批判

こうした空気の中で、『文芸報』一九六四年第八・九合併号は、突如として編集部論文「〝中間人物を描け〟はブルジョア階級の文学主張である」を巻頭に掲げ、〈中間人物論〉批判を開始した。批判の要点は、「〝中間人物〟なる特殊な概念を作り出し、〝中間人物を描け〟なる一連の理論的主張を持ち出すことで、社会主義文芸創作のもっとも主要なもっとも中心の任務――英雄人物を創造する任務と張り合おうとした」という点にあった。

この論文のすぐ後には「〝中間人物を描け〟に関する資料〔材料〕」がつけられていて、「作家協会副主席の一人である邵荃麟同志」が「一九六〇年から六二年の夏にかけて『文芸報』編集部でくり返しその主張を鼓吹」し、一九六二年八月の大連会議で「正式に〝中間人物を描け〟なる主張を作家たちに持ち出すとともに、〝リアリズム深化〟の理論を持ち出した」として、すべての責任を邵荃麟一人に押しつけた。ここでは、先に挙げた冰陽の文章が、詳細に紹介された上で批判を加えられている。

一時期の文学界を風靡するにいたった文学理論がたった一人の手で持ち出されるなどということが中共指導下であり得るはずもなかったし、今日では大連会議で茅盾〔作家協会主席〕や周揚〔党中央宣伝部副部長〕なども発言していることがわかっている。それにしても、なぜ邵荃麟一人が責任をかぶることになったのか、裏の事情はいまも不明である。いずれにしても、この論文を契機に〈中間人物論〉は文芸界で悪の標的とされて、それが文革終了までつづくのである。それにともなって、『創業史』に対する評価も一変し、梁三爺さんの形象は「少数の後れた人物の精神状態を反映したものに過ぎない」（朱寨「梁三爺さんに対する評価から〝中間人物を描け〟なる主張の本質を見る」『文学評論』一九六四年第六期）とし、もっぱら梁生宝の形象が持ち上げられるようになる。

京劇革命の波紋

こうした文芸界の〝左〟旋回の上で画期をなしたのはいわゆる京劇革命であった。京劇革命は延安時代から中共が模索してきた文芸革命の課題のひとつであったが、この時期はとくに〈現代戯〉＝現代物が焦点となった。それをめぐる議論は六三年からさかんになり、京劇を含めた伝統劇による現代物の可能性をめぐってさまざまな試みがなされたが、その最初の集大成が、一九六四年六月五日から七月三一日にかけて北京で開かれた全国現代物京劇競演大会（全国京劇現代戯観摩演出大会）であった。全国十九の省、直轄市、自治区の二十八劇団が参加したこの競演で披露された現代物京劇のレパートリーは三十七にのぼり、なかでも『赤い信号灯（紅灯記）』、『威虎山を智取す（智取威虎山）』などは高い完成度を示して注目された。

《『赤い信号灯』――抗日戦争下の東北の小さな町。鉄道転轍手李玉和（リーユイホオ）は、共産党の地下党員で、山岳抗日ゲリラに無線乱数表を中継する任務を与えられるが、それをかぎつけた日本憲兵隊長鳩山に逮捕される。李玉和は拷問に屈せず、殺されるが、娘の鉄梅（ティエメイ）が祖母の励ましの下で父の意志を受け継いで、任務を全うする。》（梗概）

ごくありきたりの物語ではあるが、京劇の場合、伝統的レパートリーでもそうだが、魅力はストーリーそのものにはなく、歌と台詞と動きとでいかに緊迫感のある場面を作るかにかかっている。『赤い信号灯』の場合、最大の仕掛けは、李玉和一家の設定にあった――この一家三代にはじつは血のつながりはなく、十七年前の京漢鉄道大ストライキの際、軍閥の血の弾圧の中で結ばれた間柄で、一家に伝わる赤い信号灯はそのとき殺された祖母の連れ合いが残したものであった。李玉和が逮捕されたあと、祖母がなにも知らずに育った鉄梅に〝一家〟の歴史を語り聞かせる場面が山場の一つだが、このほかにも京劇の特徴である〈唱做念打（チャンヅウオニエンダー）〉［歌、所作、台詞、立ち回り］の四要素を随所に生かした優れたできばえであった。

また『智取威虎山』は、曲波の長編小説『林海雪原』［後述］が原作だが、大興安嶺の原始林を舞台に、馬賊の山寨に単身乗り込む人民解放軍の兵士を主人公に、生き生きとした緊張感にあふれる舞台を作り出した。とりわけ、〈唱〉には新鮮な魅力があって、のちのちまで多くの人に口ずさまれた。

こうしてこの競演大会が伝統劇の現代物に一つの方向を示したことはたしかであった。問題は、これを契機にいわゆる〈文化革命〉が呼号されるようになり、文芸界で〈左〉の風が激しく吹き始めたことである。その一つのシグナルは、中共機関誌『紅旗』が大会の閉幕を祝って掲げた社論「文化戦線上の一つの大革命」［第十二期　六月三十日発行］で、「京劇改革は大事業である。それはたんなる文化革命であるにとどまらず、社会革命である」として、以下のように問題を突きつけた。

プロレタリア階級とブルジョワ階級という二つの階級の闘争、社会主義と資本主義の二つの道の闘争の中で、われわれの文学芸術はいったいどっちの側に立つのか。労働者階級や貧農・下層中農の思想感情を反映するのか、それとも資本主義勢力や封建主義勢力の思想感情を反映するのか。人口の絶対多数を占める労働者、農民、兵士に奉仕するのか、それとも少数の搾取階級に奉仕するのか。

ここでは第八回党大会［一九五六年］で提起された「わが国における社会主義と資本主義との間の、だれがだれにうち勝つかという問題はすでに解決された」という認定はきれいに姿を消して、ことはすべて「二つの階級の闘争」の問題として語られている。社説はこうして「厳しい階級闘争」へと読み手の眼をむけさせ、「京劇改革、および演劇、演芸、映画、文学、音楽、舞踊、美術など文学芸術面のさらなる革命化」を呼びかける。これ以後、「階級闘争」としての「文化革命」が文芸界での至上命令として鼓吹されることとなる。

これと密接にかかわって、もう一つこれ以後の文芸界の展開にとって見過ごすことができないのは、この京劇革命に江青が深くかかわり始めたことである。競演大会で江青がおこなった講演は、のちに「京劇革命を語る――一九六四年七月、北京における現代物京劇競演大会出演者との座談会における講話」として『人民日報』一九六七年五月十日付で公表され、文革推進の基本文献の一つとされるのだが、その内容は、「いまや舞台はすべて帝王将相、才子佳人であり、封建主義一色、ブルジョア階級一色である」としてそれまでのすべてを否定し、「現代生活を表現し、労・農・兵の形象の創造」を主張するなど、前記『紅旗』社説と瓜二つである。文革中に明らかにされたところによれば、このほかにも江青はリハーサルでの指導を何度もおこなって、しきりに活動した形跡がある〔青藍社翻訳室訳『江青同志論文芸――江青政治・文学・芸術論集』青藍社　昭和四九年〕。言うまでもなく江青は毛沢東夫人であり、彼女の発言は毛沢東その人とダブって聞こえたはずである。文芸界を「修正主義すれすれ」と批判した毛沢東の二度にわたる前述の批示を考え合わせれば、一九六三年後半から六四年前半あたりで、文芸界には毛沢東――江青という〈左〉のラインが根を下ろし始めていて、そのいわばお披露目がこの競演大会であったとも見られる。

興味深いのは、党中央政治局員彭真（ポンヂェン）〔一九〇二～九七〕が七月二十日におこなった「現代物京劇競演大会における講話」〔『戯劇報』第七期〕である。その内容は江青の講演とはまったく対照的で、現代物と伝統演目の「二本足（両条腿）」で歩くことを主張し、京劇独特の風格の保持をつよく訴えるものであった。彭真の発言は党中央を代表してのそれで、こちらは公表された。それに対して、江青の講演は当時公表されることはなかった。文革でこの関係が逆転するわけだが、それはのちのことで、当時について言えば、にもかかわらず一方で前記『紅旗』社説は江青の線で書かれていたのである。まさに二つの路線の闘争が始まっていることが今日では明らかに読みとれるのだが、当時それを指摘する声は、中国内外を通じてなかった。

金敬邁『欧陽海の歌』

〈左〉の風に煽られて一九六四年後半からは「労・農・兵の形象」の追求が盛んに言われ、『人民文学』はじめ文学雑誌で労・農・兵のルポルタージュ特集が組まれ、労・農・兵の〈業余作家〉が持ち上げられたりしたが、作品として見るべきものがそうにわかに出るはずもなかった。そうした中で、「建国以来わが党が育てた作家が社会主義時代を描いたすばらしい作品」、「われわれの文学創作史上の新たな里程標」（中央政治局員陳毅の談話『文芸報』一九六六年第三期）とまで評価されたのが、金敬邁［一九三〇～二〇二〇］の長編小説『欧陽海の歌』（『収穫』一九六五年第四期）であった。

《貧しい農民の子に生まれた欧陽海は、幼い頃乞食をしていた。そんな彼を解放してくれた人民解放軍は、子供の頃からのあこがれであった。一九五八年、念願かなって解放軍兵士となった欧陽海は、英雄になりたくてチベット解放の前線へ行くことを志願するが、平凡な日常の訓練でおのれを磨くことが大切だとさとされる。それ以後彼は、さまざまな訓練を通じて次第に組織的規律を身につけ、しばしば表彰される。そんな彼に、名誉欲からでなく、誠心誠意人民に奉仕する思想を身につけるよう、指導員は言う。中共入党後の欧陽海は、人民のために命をささげた模範的人物に学び、劉少奇『共産党員の修養を論ず』や毛沢東の著作に照らしておのれを律し、他人には優しくおのれには厳しく、人知れず善行を積む。一九六三年十一月野営訓練中でのこと、とある峡谷で接近してくる列車に驚いた軍馬が大砲を引いたまま線路に飛び出す。五十メートルに接近する列車。一瞬の判断で線路に飛びついた欧陽海は、馬を線路の外に押し出すが、みずからは命を落とす》（梗概）

欧陽海は人民解放軍広州部隊所属の実在の人物で、これは彼の事績をもとにしたいわゆる〈真人真事〉小説であった。この作品に対する当時の評価の要は、「これは政治を突出させたすばらしい作品であり、毛沢東思想を成功裏に運用してわれわれの時代の英雄と英雄の時代を表現したすばらしい作品であり、革命的英雄主義の賛歌であり、毛沢東思想の賛歌である」（馮牧「文学創作で政治を突出させた優れた範例――『欧陽海の歌』の成果から〝三鍛錬〟を談ず」『文芸報』一九六六年第二期）という点にあった。ここにはすでに「毛沢東思想」にすべてをあずける文化大革命につながる発想が見られるが、今日読めば、主人公の日常の善行を描いた場面は単調で、どうしてこれが「すばらしい作品」と読まれたのか、不思議に見える。思うに、書き手も評論家も〈政治突出〉へと流れていく時代の雰囲気にどっぷり漬かっていたとしか言いようがない。が、それもまた文学史の一コマであった。

作者の金敬邁は一九三〇年生まれ。幼い頃は靴磨きをしたこともあった。四九年に高級中学を卒業し、人民解放軍に入る。この長編で一躍有名になるが、文革中は七年間獄中にあり、七八年に名誉回復された。

5　革命史小説の流行（その1）

ほとんど外国の援助を受けることなく、一九二一年の結党からわずか三〇年足らずで全国権力を獲得した［台湾やチベットを除く］中国共産党がみずからの足跡を誇り、そこから数多くの革命史小説が生まれたのはごく自然のことであった。以下によく読まれたものを紹介するが、その順序は必ずしも作品公表の時系列にはこだわらない。

楊沫『青春の歌』　中国ではむろん、日本でも五〇年代末から六〇年代にかけてもっとも広く読まれた小説の一つと言ってよい。一九五八年一月、作家出版社初版。正義感に富んだ地主階級出身の一人の女性が九・一八事件［いわゆる〝満州事変〟］以降の抗日学生運動の激流の中で次第に成長していく物語は、多くの知識人がたどった道でもあったから、それだけに共感を呼んだのである。

《北京の封建地主官僚の妾の娘に生まれた林道静（リンダオヂン）は、正妻の手で国民党公安局長のもとに嫁がされるのを嫌って家を逃げ出し、助けを求めて北戴河（ベイダイホオ）近くの村に従兄を訪ねる。だが、小学教師の従兄は土地の顔役と衝突して解雇されて行方知れず。絶望した道静は海へ投身自殺をはかる。それを助けたのが夏休みで帰郷していた北京大学の学生余永沢（ユイイユンツォ）で、やがて二人は愛し合うようになる。しかし、時代は急変し、九・一八事件が起こり、抗日救国の学生運動が高まる中で、道静は非合法共産党員の盧嘉川（ルーヂヤチユワン）を知り、その導きで急速に救国運動に心を引かれてゆく。いっぽう、余永沢は胡適流の〝読書救国論〟の信奉者で、そんな道静にブレーキをかけようとし、二人は摩擦を繰り返したのち、袂をわかつことになる。救国学生運動にかかわって何度か逮捕されたり、農村での農民闘争を体験するなかで、革命運動に若い命をささげる地下党員や卑劣な裏切り者などを身近に眼にした道静は、幼稚な理想主義者の殻を脱ぎ捨て、たくましく成長して党の一員となる。一九三九年一二月、全国を揺るがした〝一二・九〟運動の学生デモの隊列の先頭に、警官隊の放水に立ち向かう林道静の姿があった》（梗概）

これは、民国時代の学生運動を正面から描いた最初の長編小説であった。ヒロイン林道静の設定はいささか通俗的だし、彼女を取り巻く人物像も早くからその類型性が指摘されていた。にもかかわらず、この小説は当時の読者に広く迎えられ、映画化もされた。思えばあの当時、革命闘争の記憶はつい先頃の出来事としてまだ人々の胸の熱い思いとともに生きており、人々はその思いを刺激してくれる素朴な物語を求めていたのである。その意味で、通俗性や類型性こそが、この小説が人々に受けたカギであったとも言えよう。

作者の楊沫（ヤンモオ）〔一九一四〜九五〕は北京の高級官僚地主の家に生まれた。西山温泉女子中学に学ぶが、家の経済情況悪化のため中退し、小学教師や家庭教師、書店の店員などを経験。一九三六年に共産党に入党、抗日戦争中から婦人救国会運動にかかわり、かつ『黎明報』『晋察翼日報』などの編集に携わる。建国後は映画関係の仕事をするかたわら、みずからの若き日の体験に重ねて『青春の歌』を書く。文革後にその続編『東方欲暁』（八〇年）を発表したが、残念ながらもはや読者を捉えることはできなかった。

通俗性と言えば、『青春の歌』以上に旧小説や寄席の語り物的な波瀾万丈の緊迫感で読者を魅了した長編に曲波『林海雪原』（作家出版社　一九五七年九月）がある。

曲波『林海雪原』

作者の曲波（チュイボオ）〔一九二三〜二〇〇二〕は一九三六年に八路軍に入隊した生え抜きの軍人で、この物語は彼自身の体験をもとに書かれたと言われる。

《一九四六年、国共内戦が始まると、東北地方では奥深い原始林地帯を根城にする国民党系匪賊の討伐が焦眉の急となった。大量の兵員を動員しての正規戦に適さない山岳・森林地帯で、人民解放軍は小分隊を組織し、敵の懐深く潜入して各個撃破する戦術に出る。かくして、少剣波（シャオヂエンボオ）率いるわずか三十六人からなる小分隊と、〃大ごろつきの許（シュイ）（許大馬棒（シュイダーマーバン））〃とか〃奥山の鷹（座山雕（ヅウォシャンディヤオ））〃などとあだ名される匪賊との間で虚々実々の戦いが展開される。一本のロープを伝わって数百メートルの深さの谷を越え、断崖を下るなどのスペクタクルな場面あり、謎の人物を追跡するスパイ合戦ありという波瀾万丈のストーリー。そうしたなかで、情報を伝えるため原始林を二百キロも一気に往復する孫達得（スウンダードオ）、トロイの馬となるべく匪賊に変身して〃奥山の鷹〃の山砦に単身乗り込む楊子栄（ヤンツーロン）など、忘れがたい人物が活躍する》（梗概）

物語の中心にいる小隊長の少剣波のイメージはあまりに完璧すぎるし、その彼を慕う衛生兵白茹(バイルー)はその天真爛漫［天真活発］さがほとんど少女のそれにちかく、かえって真実味が感じられないなどの欠点はあるものの、とにかく敵味方の虚々実々の駆け引きはほとんどゲーム感覚で面白い。その白眉は、楊子栄が匪賊に化けて威虎山(ウェイフーシャン)の山砦に根城を置く〝奥山の鷹〟［じつは国民党中央先遣挺身軍第五旅団長 崔老三(ツウイラオサン)の呼び名］のもとに乗り込むくだりであり、この部分のみを拡大して、のちに現代物京劇『智取威虎山（威虎山を智取す）』が創られた。〈唱(チャン)〉［歌］〈做(ヅウオ)〉［所作］〈念(ニエン)〉［台詞］〈打(ダー)〉［立ち回り］の京劇四要素をたくみに結合した出来栄えで人気を呼び、バックの伴奏をオーケストラにするなどの大胆な試みもなされた。のちに文化大革命中にいわゆる〈革命模範劇〉の一つとされたところから、文革終息後はその推進者であった江青への恨みや反感も手伝って不当に低く評価されたきらいがあった。やむを得ない歴史的経緯とはいえ、江青などの関与の要素を剥ぎ取れば、これや前述『赤い信号灯』などが京劇改革の成功した試みの一つであることは確かで、歴史的には適度に再評価されるべきであろう。

李英儒『野火と春風は古城に闘う』

いっぽう都会を舞台にした諜報ゲリラ戦物では、この長編が代表的なものだ。原題『野火春風闘古城』で、一九五九年、作家出版社初版。

《河北省保定(バオディン)を思わせる北方の街。抗日戦争がようやく苦しい対峙期を乗り切って反攻に転じようとしていた一九四三年冬。日本軍占領下のこの街に単身乗り込んだゲリラ隊長 楊暁冬(ヤンシャオドゥン)は、郊区武装工作隊の梁(リャン)隊長、地下党員金環(チンホワン)やその妹銀環(インホワン)、かつての戦友の遺児韓燕来(ハンイエンライ)兄妹などと呼応し、敵の封鎖線を突破して同志護送の秘密ルートを拓こうとする。彼らの前に立ちはだかるのは傀儡省長呉賛東(ウーヅァンドウン)や傀儡治安軍指令高大成(ガオダーチョン)らで、彼らを背後で操っているのは日本軍顧問の多田。両者は虚々実々のきわどいつばぜり合いをくり返す。

楊らの地下活動は困難を極めるが、彼らの付け目は傀儡側の内部矛盾であった。とりわけ傀儡治安部隊連隊長の関敬陶(ダワンヂンタオ)は、一定の民族的正義感を抱いている。楊らは、敵が〝掃討〟に出た留守をついて関を捉え、説得ののちこれを釈放する。これに疑いを抱いた多田は関を監禁するかたわら、捕捉した金環の口から、関と共産党のつながりを探ろうとするが、金環は故意に関の悪行を罵ってびんたを食らわせ、かつ隙をついて簪で多田の喉を刺して重傷を負わせ、銃殺される。

が、地下党員の中にも裏切り者が出て、楊は捉えられる。高大成らは楊の寝返りを演出すべく、新聞記者を呼んでの大宴会に楊を〝招待〟するが、楊は公然と高らを罵って、相手の面目を失墜させる。高は楊の母親を捉え、楊を軟化させようとする。息子の足を引っ張ることをきらった母親は、ビルから飛び降りて自殺する。いっぽう韓燕来たちは拘置所に潜入して楊を救出するが、手違いから、今度は梁隊長ほかの地下工作員が逮捕されてしまう。緊急事態を前に、楊はゲリラ本隊の到着を待たずに、護送途中を急襲して梁たちの救出をはかることを決意する。敵の意表をついたこの作戦は、それまで優柔不断だった傀儡治安部隊の関敬陶が決起したこともあって成功し、楊は新たな任務に出発する》(梗概)

以上のあらすじに、市立第三病院の看護婦銀環と楊暁冬の恋愛がからむ――無邪気な女学生であった銀環は、姉の影響で地下工作にからむことになり、傀儡市政府に勤める地下党員高自萃(ガオヅービン)にあこがれる。が、市の議員を叔父に持つ高自萃は、地道な活動を嫌がって、かっこよい行動にのみ走りたがるいっぽう、ともすれば無意味な遊びに誘うので、銀環はしらけてくる。そんなところへ現れたのが楊暁冬で、私心なく抗日にすべてを捧げる楊の行動に初めて革命の意義に目覚めた銀環の心は、たちまち尊敬から愛情に変わる。物語の終わりに二人は結ばれるが、その間にはかなりの曲折があり、それはこの小説の書かれた時代の公のモラルのありようを示すものとして、その当否は別にして、後代には興味深い。

ただ、ストーリーの展開に偶然的要素が多すぎるのが発表当時から指摘された欠点だが、べつの側面から見れば、それによって息もつかせぬ緊迫感が生まれていることもたしかなので、功罪相半ばしているとも言えよう。李英儒（リーインルー）［一九一四～八九］は一九三八年に八路軍に参加した軍人出身。一九五四年に長編『滹沱（フートゥオ）河の戦闘（戦闘在滹沱河上）』で認められる。『野火春風闘古城』は、抗日戦争中の故郷の保定で地下工作に従事したときの体験をもとに書かれたと言われる。

羅広斌・楊益言『紅岩』

しかしながら、この時期にもっとも広く読まれたベストセラーと言えば、やはり出版後の二年間で四百万部を売ったとも言われる『紅岩』（中国青年出版社　一九六一年）を挙げなければなるまい。

一九四九年十一月、国民党政府は最後の拠点であった重慶（チュウンチン）を放棄して大陸から撤退するが、これに先だって重慶郊外にあった中米合作所と呼ばれる強制収容所で証拠隠滅を図り、政治犯の大量虐殺を行った。この小説は、その中でわずかに生き残った二人によって書かれた。

中米合作所は抗日戦争中の一九四一年に中米合作秘密協定にもとづいて設置された機関で、重慶西郊の歌楽山（ゴオロオシャン）山麓に四千平米もの広大な敷地を有し、鉄条網で厳重に囲まれた内部には、特務要員養成のためのさまざまな施設のほかに、政治犯収容の監獄が置かれていた。一九四九年秋、人民解放軍が怒濤の南進をつづける中で、十一月に入ると国民党特務機関は収容所内の政治犯を次々と処刑し、その数は合わせて八百人を越えたと言われる。とりわけ二十七日午後から二十八日未明にかけて、渣滓洞（ヂャヅードウン）および白公館（バイグングワン）と呼ばれる獄舎では集団虐殺がおこなわれ、一挙に三百三十一人もの政治犯が殺された。このとき生き残ったのはわずかに三十四人で、羅広斌（ルオグワンビン）も楊益言（ヤンイーイエン）もその奇跡の生存者であった。彼らはもう一人の生存者劉徳彬（リュードオビン）とともに、その希有の体験を一九五八年、『烈火の中で永遠に生きる――重慶〝中米合作所〟で殉難した烈士たちのこと（在烈火中永生――記在重慶〝中米合作所〟死難的烈士們）』として発表する（『紅旗飄々』第六集　中国青年出版社）。のちにこれに小説的ふくらみが加えられて『紅岩』が書かれることになるが、その間には羅、楊の二人にとどまらず、じつにさまざまな人の手が加えられたことがいまでは知られている。

《中国人民解放軍が全戦線で攻勢に転じた一九四八年、抗日戦争期に国民党政府の臨時首都であった長江中流の霧の街重慶では市民や労働者の闘争が高まり、嘉陵江（ヂャリンヂアン）沿いの農村・山岳地帯でもそれと連携したゲリラ戦が展開していた。こうしたなかで、中共重慶市労働運動書記の許雲峰（シュイユインフォン）は甫志高（フーヂーガオ）に命じて党の連絡拠点として書店を開かせるが、功をあせった甫は、目立たぬようにとの許の指示に背いて店を拡大して進歩的書籍を置き、身元も確かめずに新しい店員（じつは特務）を入れたり、任務外の学生運動にまで手をのばす。それに気づいた許は素早く防衛措置を取るが、時すでにおそく、甫は逮捕され、彼の裏切りによって許はじめ、主要なリーダーたちが次々と逮捕され、中米合作所と称する政治犯収容所に入れられる。国民党特務機関は硬軟両様の手口で彼らを屈服させようとするが、許らは頑強に抵抗し、逆に獄中の秘密党組織の活動を強化する。万策尽きた特務機関は、許を特設牢獄のなかでも光も射さない渣滓洞と呼ばれる地下牢に閉じこめる。

いっぽう、農村ゲリラ地帯に派遣された女性党員の江雪琴（ヂアンシュエチン）は、派遣先の田舎町で夫の首がさらされているのを目撃して衝撃を受けるが、夫の意志を受け継いで戦いをつづける。やがて、彼女も甫志高の密告で逮捕され、中米合作所の白公館と呼ばれる獄舎に入れられるが、指の爪に竹串を刺される拷問にも平然と耐え、獄中の仲間から敬意をこめて江姐（ヂアンヂエ）［江姉さん］と呼ばれる。

ところで、かれら共産党員たちは知らないことだったが、白公館には、かの西安事件で蒋介石に武力で抗日を迫った楊虎城（ヤンフーチョン）将軍やその関係者たちも入れられていた。

しかし、人民解放軍の長江突破によって情況は一挙に緊迫化する。獄中の党組織は、潰走直前の敵の大虐殺を予想し、内外呼応しての集団脱獄を企てる。鍵は獄外のゲリラ部隊との連絡であった。この危機一髪の際に現れたのが華子良（ホワヅーリヤン）という秘密党員であった。ここ数年、狂気を装い、ほかの囚人達からも狂人と信じられていた彼は、食料買い出しなどの際の運び役として獄外に出る機会のある唯一の囚人であった。獄内外の党組織と手はずを整えた華は、所用で獄外へ出たまま、突然姿を消して、特務たちを驚かせる。いっぽう、地下牢の許雲峰は脱獄にそなえて、秘密のトンネルを素手と手鎖で掘る。

迫る危機に慌てた国民党特務機関は、予定を繰り上げて許雲峰や江姐を処刑する。その日の夜半、人民解放軍が重慶に迫るなかで、渣滓洞と白公館の囚人たちは一挙に暴動を起こし、かろうじて駆けつけた華子良の部隊と呼応して、大きな犠牲を払いつつも大脱獄を成功させる》（梗概）

小説には言うまでもなく虚構のふくらみが施されている。その最大のものは最後の計画的獄内蜂起と集団脱獄で、現実にそのようなものはなくて、一方的集団虐殺が行われてほとんどの政治犯が殺されたことは前述のとおりである。小説の題名の『紅岩』は、抗日戦争中、重慶郊外の紅岩（ホンイエン）村に中共の出先機関が置かれていて、周恩来などがそこで活動していたところから、革命の伝統を象徴する意味でつけられた。その意味で、終始革命教育という明確な目的意識の下に完成されていった小説で、良くも悪くも毛沢東期の文学を代表する作品と言ってよい。

なお、作者の一人羅広斌をめぐっては、その異母兄が国民党の高級将校であったところから、〝脱獄〟したのではなくて〝釈放〟されたのだという説が早くからあり、のちの文革中に羅はこのことをめぐって造反派の間の派閥闘争に巻き込まれたらしく、一九六七年二月十日、重慶市文連のビルから飛び降り自殺したとされる。

『真紅の太陽』・『苦菜花』・『戦火の中の青春』・『小城春秋』

この系列に属する長編で、なお数編挙げるべきものがある。

まず、呉強『真紅の太陽（紅日）』（中国青年出版社　一九五七年）。この小説は国共内戦の帰趨を決めたとも言われる一九四七年の山東省における莱蕪（ライウー）・孟良崮（モンリヤングー）戦役を描いたものだが、人民解放軍の華東野戦軍の側を描くにとどまらず、敵対する国民党軍の精鋭部隊四十七師団にも踏み込んで、戦争の全貌を描き出そうとしたところになによりも特徴があった。登場人物を指揮官から兵卒まで広く配置し、軍中の日常生活から戦闘場面までを多層的に描いた。その際、たとえば四十七師団長張霊甫（チャンリンフー）などもいたずらに戯画化することを避け、軍人としてそれなりにひとかどの人物として描き出すことにつとめている点など、リアリズムが強調された前述〈双百〉期の空気の反映が見られる。この小説は一九五九年、一九六四年に改訂版が出されたが、それはいたずらに解放軍の英雄性を強調する方向での改悪であった。作者の呉強（ウーチアン）［一九一九〜九〇］は一九三〇年代から上海で文学活動を始めたが、抗日戦争期に新四軍に加わってからは軍の宣伝部門で活動し、国共内戦の過程も体験した。『紅日』のほかに、長編小説『堡塁』（一九七九年）がある。

このほか、抗日戦争を背景にした長編小説では馮徳英（フォンドオイン）［一九三五～二〇二二］『苦菜花（クーツァイホワ）』（解放軍文芸出版社　一九五八年）や雪克（シュエコオ）［一九二〇～八七］『戦火の中の青春（戦闘的青春）』（新文芸出版社　一九五八年）などがある。

『苦菜花』は山東半島突端の貧しい村を舞台に、日本軍や傀儡勢力との戦いに立ち上がる農民を描いた作品で、波乱に富んだ錯綜したストーリーの展開が特徴で、さまざまな人間像を描き出しているが、なかでも終始中心に位置する馮大娘（フォンダーニャン）が、ごく平凡な農婦から次第に階級的に目覚めていく過程をヒューマニスティックに描いたことで、しばしばゴーリキー『母』になぞらえられた。題名の〝苦菜花〟は食べられる雑草で、根は苦いが香りよい花を咲かせる。

いっぽう『戦火の中の青春』のほうは、日本軍の〝掃討〟で壊滅的打撃を受けた抗日根拠地を再度立ち上げる女性ゲリラ隊長の物語だが、残酷な党内闘争を執拗に描き出したところに、他の抗日戦争小説との違いがある。ただ、ヒロイン許鳳（シュイフォン）があまりに突出し過ぎているのが、作品のリアリティーをかえって薄めているのは、やはり欠点と言わなければならない。

時期的にこの系列でいっとう早く出たのが高雲覧（ガオユインラン）『小城春秋』（作家出版社　一九五六年）である。題名の〝小城〟＝小さな街とは、この作品では廈門（アモイ）を指す。家族ぐるみの「械闘（シエドウ）」［凶器を帯びた集団の喧嘩］で死人まで出した何家（ホオ）と李家（リー）。その末裔の何剣平（ホオヂエンピン）と李鋭（リールエイ）は、偶然廈門の街で革命党員として出会う。やがてこの二人をめぐってさまざまなレベルの愛憎模様が次々と織りなされ、最後の脱獄闘争へと向かって展開する。この脱獄は一九三〇年に実際にあった事件で、二〇年代末から文芸活動を始めた高雲覧〔一九一〇～五六〕は、一九三三年にそれを題材に『前夜』（上海湖風書店）の題名で中編小説を発表している。『小城春秋』はそれを根本から書き直した作品だが、主として知識人を中心とした革命史小説という点では前述の『青春の歌』の系列に属する。

周而復『上海の朝』

権力奪取後の中国共産党にとって、言うまでもなく〈革命〉は途絶えることなく継続すべきものであったわけだが、農村根拠地から展開してきた党が執政党として直面した最大の課題は都市の経営であった。とりわけ、まったく未知の世界である資本家とどう付き合うか。この課題に正面から取り組んだほとんど唯一の小説が、これである。原題は『上海的早晨』で、全四部。第一部は一九五八年に、第二部は一九六二年にそれぞれ作家出版社から出されたが、文革で中断。第三部、第四部は一九八〇年に相次いで人民文学出版社から出された。作者の周而復（ジョウアルフー）〔一九一四～二〇〇四〕は、中国革命支援のために命を捧げたことで有名なカナダの医師ベチューン〔一八九〇～一九三九〕の伝記小説『ベチューン医師（白求恩大夫）』（一九四八）で知られていたが、この長編を書いたことで文壇での地位を不動のものとした。

《中共による権力奪取直後の上海。未知の共産党新政権に怯えつつも、大陸にとどまってしぶとく生き残りをねらう資本家たち。その一人が滬江（フーヂアン）紡績工場社長の徐義徳（シュイイードオ）で、ドルとスピンドルの一部を香港に隠匿するいっぽう、かつてのご用労働組合のボス陶阿毛(タオアーマオ)を新労組に潜り込ませ、税務署幹部方宇(ファンユイ)を買収するなど、着々と抵抗を布陣する。かたわら原綿に粗悪原料を混入することで暴利をむさぼろうとしたため、現場では作業効率が極端に落ち、その結果として強いられた労働強化のため、過労で流産する女性工員もでる。ここぞと労働者の不満を煽りたてる陶。こうしたなかで、党支部書記の女性工員余静(ユイヂン)は、地区統一戦線部長楊健(ヤンヂエン)の指導下に、労働者とともに徐の企みを少しずつ暴いていく。これとはべつに、徐の妾の弟で福佑(フーイヨウ)薬局の経営者朱延年(ヂューイエンニエン)は、解放前からつづけている投機にのめり込み、幹部を抱き込んでニセクスリ売りにも手を出している。除や朱は、上海経済界の大物たちが〝学習〟と称して催している火曜食事会に顔をつらね、上海の政界に足場を作るチャンスを虎視眈々とねらっている。やがて〈三反〉〔党幹部の汚職・浪費・官僚主義摘発の大衆運動。一九五一年発動〕運動が始まった。共産党はまず党内の汚職・腐敗を徹底的に洗い出すことから着手し、それにからむ資本家たちの実態を明らかにしていく方法を取ったため、徐らは逃れるすべがなく追いつめられていく》（第一部梗概）

この小説の設定では、滬江紡績工場の規模は労働者と職員を合わせて二千人あまり、その中で党員はわずか六人、共産主義青年団員も九人しかいないとされている。おそらくこれは建国直後の一般的情況をある程度反映していたはずで、事実上の人民解放軍による軍事管制で反抗を封じ込めていたとはいえ、いわゆる資本主義の社会主義的改造がいかに困難な課題であったかを端的に物語るものである。中共が取った政策は、資本主義的生産と経営をつづけさせつつ（それ以外に戦乱で荒廃した国民経済を維持する手はなかった）、徐々に統制を強めて国営化へもっていくというものであったが、第一部はその初期の段階を描いたわけである。この第一部では、梗概からもわかるように資本家側の姿がより生き生きと描かれているが、それは事柄の展開の主導権がなかば以上彼らに握られていたという客観的制約の反映でもあったに違いない。それだけに、描かれる人間像も個性的で、印象深い。

ついで第二部は、〈五反〉［党幹部の贈賄、脱税、横領、手抜き工事、経済情報窃取の五点摘発。一九五二年］運動の中で徐義徳が追い詰められて表面的に罪を認めるにいたる過程を描く。それでもなおも諦めず、資本家たちは硬軟様々な手で抵抗するが、時代の波には逆らえず、やがて徐は地区の政治協商会議に吸収されるいっぽう、息子の徐守仁（シュイショウレン）は無頼行為に走って公安局に逮捕される（第三部）。徐守仁は獄中での態度がよくて釈放され、やがて名門復旦大学に入る。労働者の中でも先進的人間が続出し、社会情況が一変するなかで、資本家たちの自覚も高まり、一九五六年一月、全上海の私営工商業はいわゆる〈公私合営〉に入り、社会主義的改造が完成する（第四部）。

ほかの多くの例にもれず、この小説でも後半になるに従って人物は類型化し、ストーリーも成功への賛歌を歌って単調化してしまうのは残念だが、それでもこの作品が歴史の稀有な一場面を記録したことは将来とも認められるであろう。

6　革命史小説の流行（その2）

中国共産党は言うまでもなくみずからをそれ以前の革命の伝統を受け継ぐものと位置づける。その意味で、現代史に先立つ近代史も文学の対象とならなければならない。こうして書かれた革命近代史小説のなかで比較的優れた作品として、李六如『六十年の変遷』、梁斌『紅旗譜』、欧陽山『三家巷』などを挙げることができる。

李六如『六十年の変遷』

李六如（リーリュールー）［一八八七～一九七三］は同盟会のメンバーとして辛亥革命を経験した人だが、中国共産党の初期党員でもあって、一九二七年のいわゆる秋収蜂起に参加。その後一時期シンガポールや香港での活動を経て、三十年代から建国まで共産党ゲリラ地区で幹部として活躍し、毛沢東弁公室秘書長をつとめたこともある。こうした経歴をもつ李六如が抗日戦争期の延安時代から暖めていたのがこの歴史小説で、構想は全三巻、「第一巻は清末の変法維新前後から辛亥革命の失敗まで、第二巻は北洋軍閥支配から大革命失敗まで、第三巻は十年の内戦から全国解放まで」をあつかい、「それらの時代の政治や社会の変遷、様々な矛盾、中国革命の長期性や曲折性、屍を乗り越えてつづいてきたあくなき闘争の歩み、失敗と成功の経験や教訓などの輪郭を描く」（第一巻「自序」）ことをねらった野心的な作品であった。第一巻は一九五七年に、第二巻は一九六一年にそれぞれ作家出版社から出されたが、第三巻は文革で中断、文革終息後の一九八二年に未完成の遺稿が人民文学出版社から出された。その意味では未完成に終わったが、第一、二巻だけでも、時代の証言として十分に読むに値する。

作品は、主人公季交恕（ヂーヂャオシュー）が光緒十三年［一八八七］に湖南省平江（ピンヂアン）県に生まれたとする設定からして作者のそれと重なり、自伝的要素がかなりつよいが、余分な感傷を入り込ませない簡潔な文体は激動の歴史をむしろ淡々と描いて、かえって読者を引き込む。とりわけ孫中山や袁世凱、毛沢東、蒋介石などをはじめとする歴史上の実在の人物が数多く登場するのも、人民共和国になってからの文学作品では珍しく、それと知って読めば臨場感を楽しめる。

梁斌『紅旗譜』

文革終息後のごく一時期だが、五十～六十年代前半の文学作品が再評価されるなかで、読んで面白い長編小説の代名詞として〈三紅一創〉という言い方が流行ったことがある。〈一創〉は『創業史』、〈三紅〉は『紅岩』『紅日』（以上は前出）、それにこの『紅旗譜』（第一部）を指した。一九五八年、中国青年出版社刊。

《清朝末期、河北省鎖井鎮。滹沱河の堤防に建つ廟の大鐘は、明代は嘉靖年間に近郷四十八ケ村が共同出資して治水工事を行った記念に鋳造されたもの。地方ボスで地主の馮蘭池は、明代からつづく家柄を誇るが、年貢のカタにその鐘を潰して売り、かつ廟の周りの共有地を乗っ取ろうと企む。正義感の強い雇農の朱老鞏は、気心の知れた厳老祥とともに敢然とこれに立ち向かうが、憤りのあまり血を吐いて死ぬ。息子の虎子はやむなく東北地方へ流浪し、厳老祥も村を追われて行方不明となる。

二十五年が過ぎた。朱老忠と名をあらためた虎子が、大貴に二貴の二人の息子を連れて村にもどってくる。村では厳老祥の息子の厳志和が、これも運濤、江濤の二人の息子とともに苦難に耐えていた。一方、ボスの馮蘭池はいまや馮老蘭といま風に名を改めて農民たちを搾取しつづけているが、息子の貴宝は、新時代に合わせて商業にも手を広げたく思っている。かくして、三代にわたる闘いは、五四運動後の新時代を迎えて新たな展開を見せる。

運濤は出稼ぎに出た先で、ふとしたきっかけで地下党員の賈湘農を知り、その導きで北伐革命軍に加わる。弟の江濤も賈の教えている高等小学校から保定の師範学校にすすみ、学生運動に参加するようになる。しかし、蒋介石による四・一二クーデターは事態を一気に悪化させ、運濤は捕縛されて済南の獄に繋がれる。救出に赴くための旅費を捻出すべく、厳志和は命より大事な良田を馮老蘭に売り渡さねばならなかった。朱老忠は気の弱い志和に替わって、江濤とともに徒歩で済南に向かう。ようやく面会できた二人に、運濤は凛然たる革命の意志を披瀝する。こうした兄に励まされた江濤は、故郷での農民運動に火をつけ、馮老蘭父子との間で激しい闘争を展開し、その中で朱老忠や厳志和などが党の隊列に加わる。

九・一八事変を契機に、抗日運動が急速に高まる。江濤の第二師範の学生運動はその中心となり、学校は国民党側の武装勢力に包囲される。闘争の炎を農村へ広めるべく、江濤たちがその包囲を突破しようとした矢先に、国民党系の軍隊が武力介入し、江濤は捕まり、この間の闘争を一貫して指導してきた賈湘農はじめ、おおくの犠牲者が出る。しかし、残された人々はさらなる闘いを準備すべく、広大な農村へと散っていく》（梗概）

以上の第一部につづいて、第一次国共内戦期から抗日戦争初期にかけての農民暴動を描いた第二部『播火記』（一九六三年、百花文芸出版社および作家出版社）、第三部『烽煙図』（一九八三年、中国青年出版社）が出されたが、描かれた人物の多様性やストーリーの吸引力は第一部におよばない。

梁斌［一九一四〜九六］は河北省蠡県の生まれ。一九三〇年、保定の省立第二師範に入学し、学生運動のリーダーとなる。このあたりの経歴は、『紅旗譜』の主要人物の一人江濤に反映されていよう。三二年、保定の左翼運動の拠点だった第二師範が武力解散させられたのち、北京に流れてから文学活動を開始。抗日戦争中は演劇にもかかわりつつ文化活動に参加するかたわら、故郷蠡県の農民暴動や第二師範の闘争にまつわる小説を断片的に発表。それらが建国後に『紅旗譜』全三部に集大成された。時代の制約を受けてステレオタイプ化されていることは否めないにしても、幼少期から青年期にかけての見聞を基礎にしたと思える第一部の人間描写には捨て難い迫真力がある。

この長編を『紅旗譜』と並べてこの場所に置くのは、ある意味では不適当かも知れない。

欧陽山『三家巷』

というのは、作品の冒頭ではたしかに清末の時代が語られるが、それはいわばマクラであって、物語はいきなり二十世紀二十年代半ばの香港海員大ストライキをめぐって展開するからである。

——広州（グワンヂョウ）下町の三家巷（サンヂヤシャン）と呼ばれる裏通り。前世紀の末に金物細工屋の周大（ヂョウダー）が越してきた頃は、隣の屋台商売の陳（チエン）、通りのはずれに獄卒の何（ホオ）などをはじめ貧しい人々が雑居していたが、二十年後の一九一〇年代末には周、陳、何の三家が残って、文字通り三家巷となっていた。周大の息子の周鉄（ヂョウティエ）は父親の仕事を継いで金物細工屋だが、息子三人に娘一人の子宝に恵まれている。いっぽう陳家の当主陳万利（チエンワンリー）はアヘンの密輸にかかわったとの噂もあるが、ともかく外国との商取引で買弁成金にのしあがっている。彼の不満は、陳家とちがって娘が四人もいるのに、男の子は一人しかいないことだ。さらに何家の何応元（ホオインユエン）も高利貸で新興地主に変身し、三人の妾との間に二男一女をもうけている。こうして、いまやすっかり様変わりした三家巷で、周鉄、陳万利、何応元などとその息子や娘たちの若い世代は、香港海員大ストライキを迎えた騒然たる時代の嵐のなかで、さまざまな人間模様を描いていく。

欧陽山（オウヤンシャン）［一九〇八～二〇〇〇］は湖北省荊州（ヂンヂョウ）出身。一九二〇年代半ばから文学活動を始め、一九三二年には広州でプロ作家同盟を結成して労働者向けの広東語の文学雑誌『広州文芸』を創刊するなど、一貫して左翼文芸運動に関わった。四〇年に入党、翌年延安に入って整風運動に参加。『文芸講話』の実践として、農業協同化運動を通じて生まれ変わる農民の姿を描いた長編小説『高乾大』（一九四七年）を書いて中共党内における文学的地位を確立した。

『三家巷』は全五巻の構想で書き始められた長編『一代風流』の第一巻として、一九五九年に出版された（広東人民出版社）。ついで第二巻『苦闘』が六二年に出版された（広東人民出版社）が、翌六三年半ばからこの小説に対して階級闘争の歴史を歪める有害な作品だとする批判が出されるようになったのは、文学で言えば中間人物論批判へと傾斜していく修正主義批判を先取りしたものであった。やがて文化大革命が始まると、欧陽山は打倒対象とされ、第三巻『柳暗花明』の完成原稿および第四巻『聖地』の未完成原稿は押収されて失われた。それらは文革終息後にあらためて書かれ、第三巻は八一年に、第四巻は八三年に、そして第五巻『万年春』は八五年にそれぞれ完成・出版された。かくして、五四運動期から一九四九年の人民共和国成立までのおよそ四半世紀にわたる「三家巷」の人々の離合集散を描いたこの物語を完成させるのに、欧陽山は二八年の時間をかけることになった。その点から言えば、第三巻以降の人間描写が類型化してしまったのもやむを得ないと言えようが、それを割り引いても、広州を舞台にした前世紀の歴史の一証言としてのこの作品の意味は失われない。

7　農業集団化小説

執政党となった中共が直面した最大の課題は言うまでもなく農業問題で、その中心はいわゆる農業集団化であった。土地改革によって地主の土地は小作農や雇農に分配されたが、その結果現れたのは独立経営の能力を持たない無数の零細農家であった。そこで急場をしのぐべく、一九五〇年代初期に互助組と呼ばれるもやい経営とも言うべきゆるやかな組織がなかば自然発生的に生まれるが、中共はこれを二、三年のうちに合作社へと急速に集団化させ、五八年には一気に全国を人民公社化したことは前述のとおりである。これは全国をすみずみまで巻き込んだ壮大なドラマであって、当然文学表現の対象となったが、事後に振り返ってみると、前述した趙樹理『三里湾』や柳青『創業史』の二作を除くと、意外に傑作と呼べる作品に乏しい。その原因の一つは、この問題をめぐって急進路線を進めようとする毛沢東がしばしばより現実的な調整路線との間で摩擦を起こし、現場のきしみが作家たちを戸惑わせたということがあったかも知れない。

周立波『山郷巨変』　そんななかにあって、周立波（ヂョウリーボオ）［一九〇八～七九］『山郷巨変』（上巻出版一九五八年、下巻出版一九六〇年）は、プラスとマイナスの両面を含めて農業集団化小説のひとつの到達点を示すものであった。

《一九五五年の冬、湖南省のある県。二十歳を過ぎたばかりの県共産主義青年団書記鄧秀梅(ドンシューメイ)は農業合作化推進の任務を帯びて、奥地の清渓郷(チンシーシャン)に向かう。途中の山道で、竹を三本担いだ中年の農民に出会う。名前を盛佑亭(ションイヨウティン)といい、話し好きでどこか抜けたところのあるその口から、竹林は土地改革で分配されたものだが、もうじき集団化されると聞き込んだ女房に言われて町へ売りに行くところだと聞かされ、合作化が早くも波紋を呼んでいることを知る。清渓郷の党支部書記は古参党員で人当たりのよい李月輝(リーユエホエイ)で、郷では上村と下村にそれぞれ互助組が組織されていたが、集団化に熱心な劉雨生(リューユイション)が組長をつとめる上村はともかく、下村は組長の謝慶元(シエチンユエン)からして、党員でありながら腰がふらついている。劉雨生にしても、互助組で走り回って家のこと顧みない亭主に不満で、女房が子供を連れて里に逃げ帰る始末。そうしたなかで、鄧秀梅は盛淑君(ションシュヂュイン)など若い娘たちを動員して宣伝隊を組織して合作社の将来性を説かせるいっぽう、李月輝とともに劉雨生を先頭に立てて、村人を説得する。しかし、貧農の符賤庚(フーヂエンゴン)までが「何十人もがひとつになれるわけがない」と公然と言うし、個人農家の道を行くことに決めた裕福な王菊生(ワンジュイション)の女房などは、家禽の産んだタマゴまで共有で、女房たちも共同生活させられるなどと言いふらす。そんな中で、ひょうきん者で〝抜け作〟の渾名のある盛佑亭は一家を挙げて入社し、張り切り者の陳大春(チエンダーチュウン)も父親の説得に成功する。しかし、農民たちの私有欲はつよく、牛持ちの張秋菊(ヂャンチュージュイ)は牛が共有にされる〔じつは初級合作社段階では牛や農具などの生産手段は私有で、年末の分配にそのことも考慮されるのだが〕ことを恐れて密殺して牛皮を売ることを企て、間一髪鄧秀梅に阻止される。さらに、平素から振る舞いのおかしい龔子元(グンヅーユエン)が山まで共有になると言いふらし、村人はてんでに竹や樹木の伐採に走ろうとするが、李月輝たちはこれも抑える。あれこれ曲折を経ながら、一月後の一九五六年元旦には、清渓郷の地区農家の七十六パーセントを吸収して五つの初級農業合作社の成立大会が開かれる。その一つ、劉雨生が代表をつとめるそれは常春農業合作社と名付けられた。》(上巻)

《しかし、毛沢東の急進政策の下で、家畜や農具などは私有で分配も所有土地に応じて按分される初級合作社は、ただちにすべてを公有とする高級合作社へと転換が図られた。全国で展開されたそうした動きの中で、その年の春耕を目前に、常春初級合作社も近くの二つの合作社や個人農家の一部を吸収して人口九百人の常春高級合作社へと発展し、劉雨生が社長に、謝慶元が副社長に就任したが、謝の腰ははなから引け気味だったし、いきなり共同労働の暮らしに入った農民たちも戸惑い気味だ。そんななかで個人農家の張秋菊は張り切ってみせるわ、龔子元が農民の不安を煽るわして、社員たちも動揺する。劉雨生は社委員会で集団耕作の分業やその報酬などを取り決めていくが、椿油の分配をめぐっては、売り上げはぜんぶ椿山の持ち主のものとすべきだという謝と持ち主六割、社四割を主張する劉とで論争になる。結果は謝の主張が通るが、謝はいまひとつ面白くない。植えつけが始まり、上村で苗の根腐りが起こる。社は下村の謝に援助を求めるが、謝は袖の下をもらって、苗を個人農家の張秋菊に回そうとする。そこへ県が救いの手をのべ、緊急事態はひとまず回避されるが、龔子元の挑発で謝慶元は女房と喧嘩になる。そんなところへ、謝が飼育を請け負っていた牛が何者かに傷つけられるという事件が起こって、謝は責任を問われる。一連のいきさつですっかりくさった謝慶元は、水草しきみの毒で自殺をはかる。〝抜け作〟などが糞を食わすなどの迷信的治療を言い立てるなかで、劉雨生は謝を病院に搬送して命を助け、これ以後、二人は互いに分かり合う。田植えが始まると、合作社と数軒の個人農家は競い合いになるが、集団の力はことごとく個人農家をしのぐ。長雨による洪水で水田に危険が迫ると、劉雨生は死の危険をおかして氾濫を食い止め、村での威信を高める。収穫の秋、合作社は倉庫を消毒するなどして、大豊作を迎える。いっぽう、個人農家の中には、合作社との競争のあまり、過労で倒れる者も出るが、劉雨生たちはそれにも救いの手をさしのべる。それで目が醒めて合作社に入る個人農家が出るいっぽう、ことごとに合作社に嫌がらせをしてきた龔子元がじつは隠れ潜んでいた逃亡地主で、国民党の特務だったことも暴露される。常春合作社では祝賀大会が開かれ、劉雨生は〈生産先鋒〉の四文字の書かれた赤旗を手にし、村人たちは豊作の甘酒に酔う。そんななかで、劉雨生は村人に祝福されて、恋人の盛桂秀（ショングエイシュー）と結ばれる。》（下巻）（梗概）

周立波の略伝とその出世作の長編小説『暴風驟雨』についてはすでに述べた［拙著『中国現代文学史』二

八六ページ」が、人民共和国成立後の周立波は、はじめ北京石景山（シヂンシャン）製鉄所の復興を題材とした長編『鉄水奔流』（一九五五年　作家出版社）を書く。しかし、その経歴からしても、農村こそは彼の取り組むべき題材であった。そこで一九五五年、一家をあげて故郷湖南省益陽（イーヤン）に移住し、農業労働にも参加しながら益陽一帯の農業集団化運動を体験、その中で書かれたのがこの『山郷巨変』である。上巻の題名は雑誌『人民文学』に連載された際には『椿の花咲く頃（茶子花開的時候）』となっていたのが、下巻で『山郷巨変』に統一された。

社会史的に読めば『暴風驟雨』につづくの次の歴史的段階を描いたとも言えるこの作品のなによりの特長は、『三里湾』や『創業史』が初級合作社段階までをあつかうにとどまったのに対して、人民公社成立前夜の高級農業合作社成立までを描き切ったことにある。これによって、文学的評価とはべつに、当時の農業集団化運動の実情をうかがう資料としても役に立つ側面が出てきた。その最たるものは、上巻と下巻の間の時間的切迫である。上巻で、主人公たちが苦心惨憺して初級農業合作社を成立させたのが一九五六年の元旦。ところが、下巻の冒頭ではそれからひと月も経たないうちに高級合作社へと〝発展〟してしまっている。念のために言えば、初級合作社では土地、役畜、大型農具などは私有のままで共同耕作し、収穫分配も出資を基準にし、一部共同労働分をも按分するというあくまで私有制を基本とするものであったが、それでも農民の私有欲の抵抗がはげしかったことは、上巻にも描かれているとおりである。ところが、高級合作社ともなれば、生産手段のすべてを一挙に公有化し、分配も労働に応じて受け取るという完全な社会主義に移行するのである。本来ならば、生産の向上や収入の増加をともなう初級社の段階を数年経て

次の段階に移行すべきところを、一気に高級社に移行している。そこの事情を、上巻冒頭では、

初級社以後、毛主席と党中央および各級党委員会は全国農村を指導して深刻かつ広範な変化の波を起こした。ごく短期間に、あらゆる初級社が高級社に転化したのだ。全国各省同様、清渓郷の常青初級農業社も鄧秀梅と李月輝がひと月休みなく奔走して二つの小社を合併し、かつ個人農家数軒にも拡大して、人口およそ九百人の高級社を設立し、それまでのように常青社と呼ぶことになった。

とわずか数行で片づけているが、本来ならここには農民の激しい葛藤があるはずのものである。それをこうしてわずか数行で片づけてしまっているのは、作品のリアリティーを著しく損なうものと言わねばならないが、しかしこれは必ずしも作者のみの責任ではなく、毛沢東の号令でことがいわば行政命令的に上から一方的に進められたという現実そのものの反映でもあった。ともあれ、こうして『暴風驟雨』『山郷巨変』（上、下）を通読することで、土地革命から人民公社成立直前までの概況を小説を通じて概観することができるのである。

文学作品として見た場合の欠陥が登場人物の類型性にあることは、発表直後からも指摘されている。党幹部や積極分子と後れた農民というういわば人民内部の対立構造を横軸に、最終的には逃亡地主で国民党スパイであることが暴露される男を縦軸に配置した構成はいかにも図式的で、いきおい人物描写も平板にならざるをえない。作者は劉雨生と女房との離婚騒動に見られるように、人物の内面の暗部に光りを当てようとつとめてはいるが、それも十分に掘り下げられるにはいたっていない。

ただ、作品の冒頭から登場する盛佑亭がいわば狂言回しの位置にいて、随所で生彩を放っているのが救いである。〝亭面糊〟[抜け作の亭]なる渾名で呼ばれているこの男、貧しい出身でありながら、私心，虚栄心，人の善さなどを合わせ持つ複雑な性格の人物で、その行くところ、苦い笑いや混乱が巻き起こる。阿Qの系統をひくこうした人物像は『三里湾』の〝常有理〟や『創業史』の梁三老漢などにも共通するものがあるが、彼等を脇役に据えることによって、作者ははじめて階級的公式の縛りからある程度の自由を手にし得たと言えるかも知れない。しかし、この人物についても、前述の中間人物論のなかではとかくの批判がなされたのであった。

李準『李双双小伝』

人民公社化によって、農村でいちばん恩恵を受けたのは、たぶん女性であった。

それまでは家事労働から農作業まで牛馬のように働かされながら、家の中では事実上発言権を奪われてきた女たちが、人民公社制の下では一人前の労働力として認められることになったのである。これによって、女たちは、始めて家の内外で発言力を手にすることになる。そのあたりの事情を鮮やかに描き出してみせたのが、李準[一九二八～二〇〇〇]の短編『李双双小伝』(『人民文学』一九六〇年三期)であった。

孫喜旺の嫁は李双双だが、彼女は滅多にその名で呼ばれることはなく、村人は「喜旺の嫁さん」とか「喜旺とこのおばさん」などと呼び、亭主にいたっては「ガキのおっ母ア」、はては「うちの飯炊き」と言い捨てる始末。双双はまだ三十前だが、たてつづけに子供を産んだため、家内労働にしばられて世間に出るチャンスがない。そんな彼女の名が一挙に県新聞でまで喧伝されるようになったのは、一九五八年の人民公社化がきっかけであった。この年、春節がすむと、全国的な水利建設運動が展開され、孫庄生産大隊の男たちも勇躍してダム建設に動員された。やがて春の田起こしが始まったが、人手不足でにっちもさっちも行かなくなる。そんなとき、共同食堂をこしらえれば、女性を家事労働から解放して農作業に振り向けられるではないかと提案する壁新聞を書いたのが李双双であった。前の年の文盲一掃運動で文字を覚えたての双双が書いたたどたどしいその壁新聞は党書記の目にとまり、村人の多くもそれがいいとなって、百戸ばかりの村には共同食堂ができる。双双は、解放前に町の食堂で働いたことのある亭主の喜旺を調理師に推し、自分は子供を託児所に預けて、養豚場で働くことにする。こうした双双の行動は、亭主関白主義の喜旺にはことごとく気に障り、夫婦の間には喧嘩が絶えなくなる。が、理屈でも事実でも、喜旺は女房が正しいことを一歩一歩認めざるをえない。物語は、漫才の呆けと突っ込みよろしく、この夫婦の掛け合いのかたちで展開しつつ、農業集団化の春を歌いあげる。富裕中農の男がひそかに隠していた揚水機が偶然見つかるなどのスリリングなエピソードも交えて、世界は平明で、テンポも心地よい。

いわゆる共同食堂［中国語では〝公共食堂〟］が人民公社や〝大躍進〟政策の象徴的罪過とされる後世の眼で読めば、この作品の楽天性はむしろポンチ絵のようにすら見えるかも知れない。しかし、これも間違いなく、共産主義社会がそう遠くないところに揺曳していると信じられていたあの時代の作品なのだ。これは一九五八年から二年間の物語である。そして、この急進政策が破綻して、地方によっては餓死者すら出るようになるのは、この作品の二年後からなのである。この物語の背景に全国的水利建設事業があることは先に述べたとおりだが、農婦李双双のイメージには、建国十周年を目前に、〝大躍進〟の神話に憑かれた人々の姿が凝縮されていよう。そして、人民公社化によって農村女性が家事労働から解放されていったことも、また歴史の真実の一部でなければならない。この作品は同名で映画化されて、喜劇タッチの演出が当時喜ばれた。

河南省洛陽付近の小地主の家に生まれた李準の出世作は一九五三年に発表した短編『その道を行ってはならない（不能走那条路）』（『河南日報』一九五三年十一月二十日）であった。破産農家の土地を買って自作農の道を行こうとする父親を事実で説得し、その農家を助けて集団化の道を歩ませる息子の物語は、農業集団化を始めた党の政策にぴったり呼応する作品として毛沢東はじめ党中央から歓迎され、全国各紙に転載された。河南方言をいかした簡潔で人情味豊かな語り口は、時々の党の政策に忠実に応えることとともに、それ以後、李準の一つの特色ともなったが、『李双双小伝』はその頂点に立つ作品と言えよう。この時期の李準は、ほかにも『二つの世代（両代人）』、『植えつけの頃（耕耘記）』など、農業集団化にともなう女性の解放を描いた味のある短編を数多く残した。

8　日常性への視線

革命にはある種の狂気ないし熱狂がともなう。毛沢東という革命家は、ある意味では権力奪取後もその狂気や熱狂を維持しつづけようとして階級闘争や反修正主義の鞭で人々に不断の緊張持続を強要し、ついにあの文化大革命にたどりついたという見方もできようが、言うまでもなく、そのような持続は事実として不可能である。とりわけ、革命をその手で担った世代の次の世代の登場は、不可避的に社会に革命時代とは違った新たな課題を突きつけるはずである。それは、広く言えば革命の熱狂の去ったあとの日常性とどう向き合うかの問題でもある。そうした情況をいち早く先取りした作品に王蒙『組織部に新たにやってきた若者』があったことは先に指摘したが、こうしたテーマに真っ正面から取り組んだ作家に茹志鵑（ルーヂーヂュエン）［一九二五～九八］がいた。

茹志鵑『阿舒』

《取材のため私が泊まった生産隊長の家の娘の名は阿舒（アーシュー）。十七になるが、家の事情で修学が後れて小学六年生。かの女の母親は娘が「苦労知らずで世間知らず」だと愚痴をこぼし、党書記の老農夫は「子供に心配させることはない」とたしなめる。いずれにしても、みんなから可愛がられて育った阿舒は十七歳。夜になると、作家の私の部屋に押しかけて、「お話して」。私は、解放前の農民の暮らしを話そうとする。ところが、「悲しい話」ではなく、「面白くて楽しい話」をしてくれという。阿舒は何でも楽しくやってのける。ある夜、家で飼っているアヒルの群れの姿が見えなくなる。やきもきする母親にせかされて探しに出た彼女は、私を連れてたらい船に乗り、懐中電灯をたよりに楽しげに菱の実を採りながら、アヒルを呼ぶ。アヒルは難なく見つかり、おまけに旬の菱の実にもたっぷりありついた。「お母さんは苦労性」だと彼女は言うが、その母親は老党書記と朝から晩まで生産隊のことで走り回り、いつもほかの生産隊と較べてうちは後れているとこぼしてばかり。なぜそんなにほかと競争ばかりするのか、不思議でならない阿舒に、ある老人が、虫けらのように生きる者もおれば、竜のように生きる者もおるのじゃと呟くが、阿舒はきょとんとする。

そんな阿舒だが、人民公社の活動家大会にピカピカの借り着で出席してみて、ほかの裕福な生産隊の若者たちの活発さに圧倒される。おまけに阿舒の生産隊の老党書記は、麦の作柄が悪かったことで国家の足を引っ張ったと、深刻な自己批判をする。すっかり考え込んだ阿舒は、買ってもらう約束だった自転車を諦めると言うが、あなたが自転車を諦めるだけでことの解決になるかしらと私に言われて、途方にくれる。黙り込んでしまった阿舒だが、大会からの帰り道で突然呟く、「党書記の叔父さんが竜なんだわ」、と。

秋になり、稲の刈り取りを終えると、次の年の植えつけに備えての堆肥作りが始まった。村の娘たちで組織した河泥さらえ［肥えた河泥は最良の肥料になる］のグループの先頭には、小学校を卒業したばかりの阿舒の姿があった。》（梗概）

集団のために黙々と自己犠牲的に行動する老共産党書記のイメージはおなじみのものだが、彼らが燃える思いを寄せた革命前の世界が直接には繋がらない世代が登場しつつあるというのが、この小説における茹志鵑の発見である。歴史の教科書の予習をしている阿舒が、「ここらはむかし誰の租界だったの？」と訊ねる場面があるが、作者自身もがそこでなかば流浪の暮らしを送った旧上海は、革命わずか十年にして、十七歳の阿舒にとってはもはや教科書の上ですら理解できないのである。しかし、老書記が言うように、

「子供に文句を言うてなんになる？」

だとすれば作者は次に、この阿舒がやがて生産隊の会計係になった物語『第二歩』を書かねばならない（『上海文学』一九六二年一月号）。そこでの阿舒は、ささいなことで村のおばさんから批判される。一生懸命努めてきて誉められことを期待していたのを逆に批判され、不当だと思って言い訳しようとする彼女を、

老書記は軽くたしなめて、発言させない。ますます不平をつのらせる阿舒。そのうち阿舒は、老書記が誰から批判されても当不当を争わずニコニコと受け入れるのに気づく。あらためて考えると、老書記は黙々とみんなのために働きづめなのに、村のみんなはそれを当然のこととしていて、とくに誉めようなどとは誰も思いつかない。阿舒は次第に、真の大衆の信頼とはなにかに気がつく。そうなんだ、あの批判はおばさんの自分に対する信頼の現れだったのだ。こうして阿舒は、第二歩を踏み出すのだが、それはまた日常性の支配する時代に寄せる作者の思いでもあった。

茹志娟は上海の貧しい家庭に生まれた。幼くして母の死や父の失踪で一家は四散、一時はキリスト教系の孤児院にいたこともある。そんななかで断続的に学校に通ったが、前後合わせて四年足らずであった。抗日戦末期に新四軍に入り、文工団で民間演芸や唱い物の歌詞作りなどの文芸創作に従事した。一九四七年に中共に入党。一九五〇年に上海『文滙報』に処女作『何棟梁と金鳳』を連載。出世作は一九五八年、雑誌『延河』一九五八年三月号に掲載された『百合の花（百合花）』だった。国内戦の最前線の村を舞台に、戦死する若い解放軍兵士と農家の若嫁との間の姉と弟とのそれに似たあるかなきかの心の通いを描いたこの短編小説は、その瑞々しい繊細な感覚を茅盾から絶賛されたことで文学界に彼女の地歩を確立させた。それ以後、『高いポプラの樹（高高的白楊樹）』（上海文芸出版社　一九五九年）、『静かな産院（静静的産院）』（中国青年出版社　一九六二年）などの短編集には、建国後十年ばかりしてようやく安定期を迎えた社会の一隅で目立たず、しかし誠実に生き抜く人々の姿を描いた作品が収録されたが、登場人物の心の揺れや息づかいを空気の震えのような細かなタッチでとらえた文体は他の追随を許さず、短編小説に独自の境地を拓いた。

文革中にはこうした繊細な感受性そのものが階級性を逸脱したものと批判された。文革終息後にいち早く発表した『ミスカッティングされた物語（剪輯錯了的故事）』（『人民文学』一九七八九年第二期）は、建国後の大躍進時代と一九四〇年代後半の国共内戦時代とを交互に場面転換しつつ、内戦期には貧農と一体化していた中共幹部が建国後に官僚化していく過程を批判的に描いて全国優秀短編賞を得たものの、その筆致は硬直化していて、かつての柔らかな感性は失われていた。その後に『草原の小道』（『収穫』一九七九年第三期）以後は叙情的作風がもどったが、時代の展開の速さはそんな彼女に成熟した作品を生む余裕を与えなかったかにみえる。

杜鵬程『平和な日々の中で』

日常性は個々人の内面にさまざまな反応を呼び起こすが、その人の社会的存在の有り様によっては、社会的ひずみを連鎖させることにもなる。

杜鵬程の『平和な日々の中で（在和平的日子裏）』（『延河』一九五七年八月号。一九五八年　東風文芸出版社）は、問題をそこまで押し広げて描いた作品である。

――建国後数年。舞台は秦嶺（チンリン）を切り拓いて嘉陵江（ヂャリンヂァン）沿いに鉄道を敷設するという困難をきわめる工事現場。七月一日［共産党創立記念日］を期しての全線開通の至上命令を前に、カギを握る第九工区はひときわ緊張する。そんなある日、工員二人が死亡する事故が発生。当然、安全担当の副工区長・梁健（リヤンヂエン）の責任がまず問われたが、上にいい顔をしようと工事を急かせた工区長兼党書記の閻興（イエンシン）に責任があるとして、梁健は責めを負おうとはしない。閻興と梁健、この二人は解放戦争時代に肩を並べて国民党軍と戦った戦友だったが、平和な日々の中でようやく人生に倦怠感を覚え始めた梁健と、なおも時代の先頭に立って前進しようと意気込む閻興との間の齟齬は深まるばかりだ。二人の間は、使用期限切れセメントの混入を梁健が許可したせいで強度不足の橋脚ができてしまったことをめぐって、ますますぎくしゃくする。やがて雨期がきて、嘉陵江の水位は急速に上昇し、工区はあちこちで水没するが、それでも閻興は工期を守り、七・一開通目指してぎりぎりまで工事を継続する。そうした中で、対岸の工事現場で働く数千の労働者の安全を保障する頼みの綱の仮橋が流される。ここでも、梁健は橋の補強をみずから監督せず、かっこばかりつけていて腰の定まらない若い技術員に任せてしまったことが原因だった。閻興はじめ、労働者たちの必死の努力で危機は乗り越えられるが、その中で若い現場監督の一人は救出作業で負った傷がもとで、破傷風で死ぬ。そうした中で、強い自責の念にとらえられながらも、梁健は終始自分を余計者のように感じるのだった。

以上の梗概は否定的人物である梁健に焦点を当てすぎており、作品が強調して描いているのが社会主義建設の英雄たる閻興であるのは言うまでもない。周囲には彼を支えるさまざまな人物が配されており、鉄道は梁健の蹉跌を乗り越えて、予定どおり開通する。その意味では、この作品も当時さかんに書かれた社会主義賛歌の一つであることは間違いない。ただ一点、「残酷にして長期の戦争には勇気が求められるが、平和な生活にはより大きな勇気が求められそうだ」「見よ！　残酷な戦争で尻込みしなかった人間が、いまややっていけなくなっているではないか！　俗に〈平地で転ぶ〉というが、まったくそのとおりだ！」という視点を持ち込んだことに、この作品の独自性があった。毛沢東時代の終わった時点で見れば、梁健の存在こそが時代を検証する一つの視座であった——はたしてこの社会に人間性はあるのかと。杜鵬程はいわば作家の本能でそのことに気づいたのだが、作家にその側面からの追求を許さなかったのは、その時代をアプリオリに正当とする固定観念のしばりであったろう。そうした限界はありながらも、この作品が新たな文学地平への可能性を、萌芽としてではあれもっていたことは、文学史として記憶されていい。

杜鵬程［一九二一～九一］は陝西省韓城県の貧しい農家に生まれ、商店の丁稚などをしながら、わずか二年ほど田舎の学校に通った。抗日戦争中に延安地区に入って幹部養成のための各種の学校で学ぶなかで文学に接し、『辺区群衆報』で新聞工作にたずさわるかたわら、戦争体験をもとに文芸作品を書き始める。出世作は一九四七年の延安防衛戦争を描いた長編『延安を守れ（保衛延安）』（一九五四年　人民文学出版社）で、国共内戦の転機となったこの戦争を共産党の側からみた神出鬼没の移動作戦として再現したものだが、総指揮者として彭徳懐（ポンドオホワイ）将軍を実名で登場させ、毛沢東も群衆の歓呼に応えるかたちでちらと姿を見せる。中共の指導者を実名で登場させたことで、この作品は暗黙のタブーを破ったかたちになったが、のちに大躍進政策の誤りを批判して彭徳懐が毛沢東によって失脚させられると、この小説は文革終息までお蔵入りさせられた。

汪曽祺『羊番小屋の一夜（羊舎一夕）』

《長距離列車の鉄道沿線にある国営農場の羊番の小屋。列車の音が聞こえる。「北京行き216だ！」夏だったら見にとんでいくところだが、いまは冬だ。羊番の老人は孫に会うための休暇で、今夜小屋にいるのはの三人の少年だけ。もう一人いるのだが、素人芝居の支度で出かけている。みんな夢がある。家の貧しさから小学校を終える前にこの農場の果樹園にきた小呂（シャオリュイ）の夢は一人前の園芸人になることで、やっとの思いで手に入れた剪定鋏をサンドペーパーで磨きながら、つぎは接ぎ木挟を買う算段をしている。その隣では、羊飼いの老九（ラオヂュー）が皮紐で羊追いの鞭を編むのに余念がない。この農場育ちの老九は、隅々まで知り尽くしたこの大自然の中で羊を追うのが大好きだ。だが、次第に工場労働者に憧れるようになり、叔父の引きである鉄鋼工場への就職が決まって、三日後には出発することになっている。いま編んでいる鞭は、彼の後を継ぐべくやってきた留孩（リューハイ）のためのものだ。その留孩は、いまは出かけている丁貴甲（ディングエイヂャ）といわゆる乳兄弟。生まれてすぐ母親を亡くした丁貴甲は留孩の母親に育てられたのだ。幼い頃から丁貴甲に、果樹園やら家畜やら農業機械やら汽車やら映画やら、いろんな動物や草花がいっぱいあって素晴らしい国営農場のことを聞かされて育った留孩は、やっとこさ夢がかなってこの農場へやってきた。ところが、六年前に農場に来た頃は結核を病んでガリガリだった丁貴甲のほうはもう満で十八歳、仕事でも遊びでもなんでもござれの逞しい若者に育っていて、目下の理想は解放軍に入隊することで、女の子のことなど念頭にない。とはいえ、まだどこか子供っけが抜けず、もどってくるや小呂たちとふざけまくり、小腹が空くと焼いたジャガイモに舌鼓をうつ。こうして夜が更け、やがてひっそりとなり、四人は眠りにつく。》（梗概）

「これは平凡な一夜に過ぎない。だが、人はこうして一日一日、一夜一夜、成長していく」という終末ちかくにおかれたこのことばに作者のメッセージは集約されていよう。「四人の子供とある一夜」なる副題のあるこの作品は、民国時代のいわゆる〈京派〉文学の最後を担った作家〔拙著『中国現代文学史』二二九頁参照〕の手になるものらしく、装飾性を可能なかぎり削り落としたスケッチ風な筆致がかえって忘れがたい印象を与える。ここまでくれば、日常性こそが人間存在の根拠として押し出されているとさえ言えよう。作品の末尾には「一九六一年十一月二十五日完成」とあり、発表されたのは『人民文学』一九六二年第六期である。この時期は、前述の中共中央工作会議での毛沢東の〝自己批判〟をはさんで中共が大躍進政策から調整政策へと移る過程にあり、そうした揺れる時代の隙間がこうした作品の公表を可能にしたものであろうか。

『ひとつ鍛えるべえ（鍛錬鍛錬）』・『知ったかぶり（三年早知道）』

日常性や平凡さからさらに一歩すすめて、英雄的存在のむしろ対局ともいうべきいわばマイナスの人間像を描いた作品もある。趙樹理『ひとつ鍛えるべえ』（『人民文学』一九五八年第九期）や馬烽（マーフォン）［一九二二〜二〇〇四］『知ったかぶり』（『火花』一九五八年第一期）などの短編がさしずめそれである。

『ひとつ鍛えるべえ』の題名は、登場人物の一人である八方美人の生産隊長王聚徳（ワンヂュイドオ）が、ことを荒立ててでも筋を通そうとする人間を前にすると「鍛錬鍛錬」せねば使い物にならぬわいと考えるところからくる。足が痛いと称して働こうとしない怠け者の女〈足痛屋〉や、のべつ食ってばかりいる女〈卑しんぼ〉などのことも、王聚徳は事実上ほったらかし。欲の皮だけは突っ張った二人の女はそれにつけ込んで、なにかとトラブルを引き起こす。作品は、責任感のつよい副隊長が周りの者を立ち上がらせて事態を前向きに導くというありきたりの結末に向かうのだが、それはそれとして、〈足痛屋〉だの〈卑しんぼ〉だのとあだ名される女たちの印象はつよく読後に残る。

おなじようなことは『知ったかぶり』にも言え、なんにでも口を出して知ったかぶりをする主人公趙満囤（ヂャオマンドゥン）のこすからさたるや、その矮小さにおいておぞましい。

これらの作品は、人間の弱点を描いたことによって時代の偽装にわずかに風穴を開けることになった。ただ、作者たちもこの時代の〈たてまえ〉の中で生きていたので、作品の結末はハッピーエンドに書かれざるを得なかった。にもかかわらず、前述の〈中間人物論〉批判にあっては農民のイメージを矮小化したとして非難され、文革でそれがさらに蒸し返されることになるのである。

9　詩壇の動向

建国から文革までの時期の詩壇の特徴を謝冕（シェミエン）は「政治叙情詩の勃興および極盛」と表現している（『中国新文学大系一八四九―一九七六』序言）。人民共和国の建国は、疑いもなく人々の心を奮い立たせていたし、国内戦勝利はすぐさま朝鮮戦争へとつづいていた。〈社会主義〉や〈共産主義〉の理想もつよく人々をとらえていた。そうした中でじつにたくさんの政治叙情詩が作られ、放送で、集会で、さかんに朗誦された。その先鞭をつけたとも言えるのが、石方禹（シファンユイ）［一九二五～二〇〇九］『平和のフォルテッシモ（和平的最強音）』（『人民文学』一九五〇年三巻一期）であった。

ストックフォルムから伝わる音は
世界のフォルテッシモ。

（斯徳哥爾摩伝出来的声音／是世界上的最強音。）

で始まる五章五八九行からなる長編自由詩で、朝鮮戦争におけるアメリカを侵略者と非難し、世界の「人民」の名において世界平和を訴えたものだが、終始平易な口語を駆使して自由なスタイルで書かれたこの詩はナマの政治的アジテーションそのもので、抑揚のきいた中国語で朗誦されるとき、強力な煽動的効果を生んだのであり、その意味で建国直後に民族共通の価値観の表出を求めていた時代の要請にマッチしたと言えよう。ただ、その後に映画制作にかかわるかたわら石方禹が発表した同種の長詩がほとんど反響を呼ばなかったのは、詩人としての力量に限界があったことを示していよう。

このテーマで建国後の詩壇をリードしたのは、ともに延安時代に詩人として出発した賀敬之と郭小川の二人であった。

賀敬之『雷鋒の歌』・郭小川『将軍三部曲』

抗日戦争期に延安で歌劇『白毛女』の作詞者（丁毅との共作）として頭角を現した賀敬之（ホオヂンヂー）［一九二四～］は、『延安にもどろう（回延安）』（『延河』一九五六年六月号）、『高らかに歌え（放声歌唱）』（『北京日報』一九五六年七月一日、二二日、九月二日）、『山門峡の歌』（『詩刊』一九五八年五期）などの叙情政治詩とでも呼ぶべき独自の詩境を拓いた。それらの詩は、その時々の政治的要請に応えて党や革命を称える主題は明確でありながら、ことばは叙情的含蓄に富んで柔らかく、展開はときに幻想をともないつつ柔軟に飛躍した。口語自由詩でありながら、韻律や構成美にも意を注いだ。その一つの到達点が『雷鋒の歌（雷鋒之歌）』（『中国青年報』一九六三年四月十一日付）であった。

雷鋒（レイフォン）とは一九六二年に執務中に事故死した解放軍兵士で、四六時中人民に奉仕することで貫かれたその精神を称えて六三年、毛沢東が「雷鋒同志に学ぼう」と呼びかけた。この詩はそれに呼応したもので、その意味では文字どおり政策文学であったが、それが多くの若者の心をとらえたのは、その時代を生きる若者たちの心に共鳴するものがあったからである。詩人は雷鋒の事績のあれこれを称えてお説教を垂れる愚を避け、雷鋒の生き様を前に読者の生き様を問うた。

これぞ
われらが大地
われらが母が
雷鋒の名において
歴史に与えた
答えだ――
人は、
かく
生きよ。
道は、
かく
歩け！

（這就是／我們的大地／我們的母親／以雷鋒的名義／給歷史的／回答——／人呵，／応該／這様生！／路呵，／応該／這様行！／・・・・）〔最終スタンザ〕

ほんのすこしだけ価値観の軸をずらしてみれば、ひたすらいわゆる〈善行〉を積み重ねる雷鋒のような存在が権力にとって最良の補完物であることは明らかだが、権力そのものが至高の存在であることに一点の疑いもたれなかった当時にあっては、この詩は人々を励ます力を十分にそなえていた。やがて次の世代の若い詩人が、雷鋒的存在をふくめた世界そのものに「ぼくは信じないぞ（我不相信）」（北島『回答』）」と不信の手袋を投げつけることになるのだが、それまでにはあの文化大革命を隔てた十数年の時間が必要であった。

賀敬之がいわば時代の応援団長として旗を振ったとすれば、郭小川の場合は時代の伴走者でありつづけることを志向しつづけたと言えるであろう。抗日学生運動から八路軍へという時代の再先鋭のコースをたどって詩人となった彼は、五十年代から六十年代にかけて『熱き戦いに飛び込め（投入火熱的闘争）』（一九五六）、『雪と谷（雪与山谷）』（一九五八）など十冊を超える詩集を出した。それらが熱烈な政治詩であることでは賀敬之と共通する時代の烙印を背負っているものの、郭小川は絶えず対象の内面に思索の触覚を伸ばそうとしている点で、ひと味違った風格を生んだ。それはまた、技巧上での絶えざる模索とも結びついていた。人間の内面に対する探求は、彼をしてしばしば一篇の小説で書かれるべき物語を長篇叙事詩として結実させた。その一つの到達点が『将軍三部曲』（一九五九年。一九六一年作家出版社）で、抗日戦争から国共内戦へと戦う将軍像を描いた三千行を優に超える三部構成の叙事詩だが、詩人の筆は外側から将軍の英雄像を描くことよりも、その内面の豊かさを浮かび上がらせることに注がれる。たとえば、一大決戦の前夜、月光下の根拠地の村の夜を歩く将軍を唱った第一部「月下」の一節。

将軍はため息とともに、
川岸を歩く。
頭をめぐらして、
あたりの　風景を眺めやる。
岩、
木々、
落ち葉、
蛍、
小道、
涼風。
将軍が言う、
「ごらん、
すべてに命があるんだぞ」
（将軍長出一口気，／在岸辺走動。／旋転着頭，／観看四囲風景：巨石，／樹叢，／落葉，／流蛍，／小路，／清風。／将軍説：／〝你瞧啊，／一切都有生命。〟）

「巨石，樹叢，落葉，流蛍，小路，涼風」と二音節が軽やかに奏でるのは、将軍の視線の動きであるとともに、すべての存在に宿る「生命」への将軍の深い思いであることが最後の「你瞧啊，一切都有生命啊」で示される。残酷な命のやりとりである決戦前夜に向けられるこうした視線は、もっぱら英雄を描くことが求められていたこの当時にあってはやはり得難いそれであったと言わざるを得ない。

詩人のこうした視線が生み出したもっとも深刻な詩的ドラマは、一九五七年に書かれた『一人と八人（一個和八個）』であった。抗日戦争下の共産党の戦時監獄を舞台に、無実のスパイ嫌疑で囚われた八路軍の政治指導員王金（ワンヂン）が、たまたま獄を共にすることになった八人のろくでなしども〔本物のスパイ一人、やくざ者三人、逃亡兵四人〕を説得して日本軍の掃蕩作戦を突破するという極限情況を描いた九章・一二〇〇行のこの長詩は、表現の生硬さはあるものの、たしかに詩壇に一つの新境地を拓いたものであり、すくなくとも新たな詩境の模索として評価されるべきものであった。ところがその逆に、この作品は、「誤った傾向や不健康な感情がある」との理由で党内での批判の対象とされ、作品がようやく公刊されたのは詩人の死から三年も経た文革収束後〔『長江』一九七九年第一期〕であった。

10　演劇界の波紋

政治路線をめぐって左右に烈しくせめぎ合う情況は、生のことばや表現で観客にはたらきかける演劇界ではひときわ鋭敏に感応したが、情況に振り回されたその典型が呉晗(ウーハン)が書いた歴史劇『海瑞の免官（海瑞罷官）』（『北京文芸』一九六一年一月号）であった。呉晗［一九〇九〜六九］は明代史専攻の北京大学教授で、北京市副市長の要職にあったが、党内に〈直言敢諫〉の気風を盛り上げるようにとの毛沢東の間接的な示唆があって、時の皇帝に身分を超えて諫言したため罷免・投獄されたことで知られる明朝の硬骨の大臣海瑞(かいずい)を題材としたこの歴史劇を書いた。

呉晗『海瑞の免官（海瑞罷官）』

《元宰相徐階(じょかい)は蘇州一帯で勢力を張り、徐家は二十万畝(ムー)もの土地を非合法に独占していた。なかでも次男の徐瑛(じょえい)は地方官僚と結託してしたい放題。農民 趙玉山(ちょうぎょくざん)の息子の土地を瞞して強奪、追い詰められた息子は血を吐いて死ぬ。おまけに、目をつけたその妻や娘まで屋敷に連行、地方官に訴えた玉山は殴打されて殺される。おりしもこの地方に赴任してきた海瑞は玉山の遺族の訴えを取り上げ、ことの次第を明らかにする。かつて海瑞が皇帝の怒りに触れた際に取りなしたことのある徐階は、次男を見逃してくれと情に訴えるが、海瑞はあくまで法によって裁こうとする。徐階は中央政府への伝手を動かして海瑞を罷免させるが、後任官着任寸前に、海瑞は自らの死

を覚悟した上で、法に則って徐瑛を処刑し、民の恨みを晴らす。》（梗概）

この脚本は発表間もなく、京劇の名優馬連良（マーリエンリャン）［一九〇一～六六］によって上演されて大当たりを取り、記録映画にもなって海外でも上映された。呉晗はこの後もしきりに海瑞を称揚する論評を発表し、ちょっとしたブームの観さえあった。

ただ、当時の政治情況をからめて見れば、『海瑞罷官』は、既述のようについ先年の一九五九年、廬山会議で毛沢東の大躍進政策の失政を敢えて批判したため右翼日和見主義者として罷免された彭徳懐国防部長を称えた作品として十分読めるものであった。さすれば、さしずめ海瑞を罷免した皇帝は毛沢東と読める。その意味で言えば、おそらく毛その人の示唆なしにはとても手がけられるような内容ではなかったろう。こうした作品を書くように仕向けた毛沢東の真意は不明だが、のちに文化大革命で重要な役割を担うことになる毛沢東夫人の江青などは、かなり早くからこの点をとらえて難癖をつけようとしていたようである。果たせるかな、四年後の一九六五年十一月、毛沢東―江青ラインの直接の指導下に姚文元（ヤオウエンユエン）が「新編歴史劇『海瑞の免官』を論ず」（『文匯報』十一月十日）を発表し、この戯曲を「プロレタリア階級独裁と社会主義革命に反対する」「毒草」であると決めつけた。これがあの文化大革命の幕開けとなり、呉晗は真っ先に批判のやり玉に挙げられ、獄死することとなる。

『海瑞の免官』にとどまらず、この期の話劇界の特徴の一つは歴史劇が盛んに書かれたことで、その先鞭をつけたのは田漢（ティエンハン）［一八九八～一九六六］『関漢卿』（『劇本』一九五八年五月号）であった。

田漢『関漢卿』・郭沫若『蔡文姫』・曹禺『胆剣篇』

関漢卿（かんかんけい）は元曲の代表的作家として知られ、生涯に六十曲を超える雑劇の台本を書いたとされるが、金末から元初にかけて活躍したといわれるその伝記はよくは分かっていない。それだけに自由な想像が許されるわけで、関漢卿の代表作とされる『竇娥冤（とうがえん）［竇娥の冤罪］』の創作にまつわるエピソードを描いた九場のこの話劇は、歴史上の人物である関漢卿、およびこれも元雑劇の作者として知られる王実甫（おうじっぽ）、それに『竇娥冤』という雑劇を除けば、すべては田漢の想像の産物である。

——モンゴル人の支配下にある元の都の大都（だいと）で、劇作家の関漢卿は貧しい若嫁が無実の死に追いやられる事件を見聞きし、怒りをこめて雑劇『竇娥冤』を書き上げる。当局の厳しい対応が予想されるなかで、敢えて主役を演じようという名女優も現れる。初演は成功するが、反響の拡大を恐れた当局は、投獄して改作を迫る。関漢卿は屈せず、終に大都を追われて、南方へと追放される。

田漢に特有の身振りの大袈裟な芝居で、善悪に判然と分かれた人物配置は図式的だし、なにより主人公の関漢卿が終始正義の味方で力みかえっているのが、舞台の底を浅くしている。登場人物の台詞にしばしば現代生活の論理が露骨に剥き出しになっていることも、上演当時から指摘されていた。そうした意味で、決して成功作とはいえない。ただ、発表当時の歴史的情況の中においてみれば、別の側面も見えてこないではない。『竇娥冤』を書いたことで追放される関漢卿の姿は、その前年の一九五七年の反右派闘争で右派分子として社会的に葬られた多くの文学者と重なって見えないわけではないし、その目で読めば、罪に問われて怒る関漢卿を「漢卿、きみの言うことはもっともだよ。だが、いまは風向きが悪いんだ。皇帝陛下や大臣らがきみの言うことを聴くはずがないじゃないか！」となだめる買収役の平凡な台詞にさえ、ある種の風刺が感じられもする。当時の中国政治は、それほどに危険な熱を帯びていたのである。

その点で、郭沫若［一八九二～一九七八］『蔡文姫』（『収穫』一九五九年第二期）にはそうした剣呑さはなく、歴史劇として重厚な味を出している。匈奴に囚われること十二年にして二児を生み、のち子を残して帰国した後漢の女性詩人蔡琰（さいえん）［一七七?～二四九?］の物語はよく知られているが、作者はこの劇で、帰国を促す使者を迎えて以後、子への愛と祖国への思いに引き裂かれる蔡琰の苦悩をドラマの中心に据えた。その点だけで言えばごくありふれたテーマなのだが、それが観客の心をつかむ作品に仕上がりえた要因の一つは、作者自身が「わたし自身の体験を融合せしめた（把我自己的経験融化在裏面）」（「序『蔡文姫』」上記『収穫』）と述べていることに関わっていよう。周知のように、若さ日の郭沫若は日本への亡命十年ののち、一九三七年夏、抗日への激情やみがたく、日本人の妻と三人の子供を残して一人祖国に脱出した人であった。かねてより早書きの作者は、五幕物のこの脚本の初稿を七日間で書き上げたと言っているが、おそらくその間、かつてのおのれの日本脱出体験が日夜炎となって作者の心で燃え盛って蔡文姫の台詞に結晶したに相違ない。

いまひとつこの脚本で指摘すべきは、これも上記の序文で作者自身が強調していることだが、曹操を英傑として描いた点である。小説『三国演義』の影響などでとかく悪玉のイメージのある曹操の再評価は魯迅もやっていたが［「魏晋風度及文章与薬及酒之関係」］、それに真正面から挑戦しようというのは、歴史家でもある作者らしい野心であった。ただ、こちらのほうは、作者が序文で強調しているほどには成功しておらず、理想化された曹操が薄っぺらなのは、概念操作のもたらしたやむを得ない結果と言うべきであろう。

〝臥薪嘗胆〟と言えばよく知られた故事だが、それを越王勾践を主人公にして描いたのが『胆剣篇』（『人民文学』一九六一年七・八月号）である。曹禺（ツァオユイ）、梅阡（メイチエン）、于是之（ユイシヂー）の三人の署名の下に、曹禺執筆とある。この時期に流行したある種の集団創作かとも思われるが、重厚なせりふはまさに曹禺その人のものであるのに相違ない。こうした歴史物はとかくステロタイプになりがちだが、この戯曲では、主人公の勾践を弱点をも備えた人間として描くかたわら、呉王夫差、范蠡、伍子胥などの個性的な人物像をからませて、目配りのきいた作りになっている。この期に書かれた歴史劇の中では出色の作品と言えるであろう。

歴史劇論争

歴史劇がさかんに書かれるなかにあって、一九六〇年から歴史劇をめぐる論争が起こった。問題を提起したのは前述の呉晗で、「歴史劇には歴史上の根拠が必要であり、人物にはすべて根拠がなければならない。（略）人物も事件もすべて虚構であるものは、絶対に歴史劇とすることはできない」と述べ、「人物も事件もすべて虚構であるもの」は〈故事劇〉と呼んで〈歴史劇〉と区別すべきである」と言った（「歴史劇を談ず」『文匯報』一九六〇年十二月二十五日）。呉晗は、これ以後も「再談歴史劇」（『文匯報』一九六一年五月三日）、「論歴史劇」（『文学評論』一九六一年第三期）など、さかんに発言した。

これに対して、過去の歴史は支配階級によって歪曲されているから、一定の歴史時期の歴史発展の可能性にしたがって「生活を総合し、生活を豊富にし、歴史事実を虚構し創造」することによって正しい人民の歴史劇を創造すべきだといった、のちの文革に直結するような乱暴な意見も出された（辛憲錫「簡談歴史劇」『文匯報』一九六一年一月十二日）が、まともな反応の一つとして、李希凡の「〈史実〉と〈虚構〉」（『戯劇報』一九六二年第二期）がある。呉晗が歴史家らしく論点の重点を〈史実〉においたのに対して、「戯曲としての歴史劇は、その他に芸術的真実の規律に従わねばならない」として、作品の芸術的追求に重点を置いて発言をした。

この二人の発言をめぐって、一九六一年から翌六二年にかけて多くの論文が書かれたが、それらはけっきょく〈史実〉と〈虚構〉のどっちに重点を置くかによる水掛け論であった。その間にあって、文壇の長老格の茅盾が「歴史と歴史劇について」と題する長文の評論を雑誌『文学評論』誌上に連載（一九六一年第五～六期）し、呉越の興亡をめぐる膨大な史料とその〈史実〉をもとに書かれた古今の多くの歴史劇（それらの中で『胆剣篇』を高く評価）の優劣を論じつつ、「問題はただ一つ、いかにして歴史劇をして芸術たらしめ、かつ歴史的真実を裏切らしめないかにあるのだ」とのべ、論点を歴史劇創作の原点にひきもどすことによって決着をつけたかたちになった。今日からみて、歴史劇論争はそのものとしては不毛に近かったが、文芸創作の根幹にかかわる虚構の問題意識を深めるものとしての意味はあったとおもえる。

沈西蒙（執筆）『ネオンの下の歩哨（霓虹燈下的哨兵）』・陳耘『若き世代（年青的一代）』

世界の魔都と呼ばれた民国時代の上海でもいちばんの繁華街の南京路（ナンジンルー）。そこに進駐してきた山東省の農民主体に編成された人民解放軍の第八中隊――というのは、一九四九年から翌五〇年にかけて実際に起こったことであった。伝えられるところでは、この第八中隊は質素倹約でひたすら人々に奉仕して尊敬を集め、やがて軍の内外から〈南京路の模範第八中隊〉、中国語で〈南京路上好八連（ナンジンルーシャンハオバーリエン）〉と称えられるようになった、という。

『ネオンの下の歩哨』（『劇本』一九六三年二月号）は、歴史のこの一場面を劇化にしたものである。高層ビルのネオンサインに照らされてアメリカ映画の広告と歌劇『白毛女』の広告が浮かび上がるという第二場の舞台装置が、この劇の主題を象徴している。『白毛女』は、貧農の娘の悲惨な運命とその反逆を描いた歌劇で、抗日戦争時代に共産党支配地区の一つ延安で作られ、共産党の人民解放政策を具現したものとして評判が高かった。その『白毛女』を引っ提げて進駐してくる人民解放軍とはどんな軍隊か。それまで西洋文明の中に漬かっていた上海市民の不安と期待。他方、近代都会を知らない農民軍にとっても、上海をどう治めるかはまったく新たな課題であった。彼らの前にはもはや銃弾は飛んでこないが、代わりに襲いかかるのは、ほんのささいな拾い物に始まる日常性の物質的誘惑であった。劇の冒頭でいまや地下にもぐった国民党の特務は「三月でおまえらにカビを生やさせてやるぜ」と呟くが、まさに誘惑は目に見えぬカビのように不断に襲ってくる。それに対して第八中隊の兵士たちは、〈人民の物は針一本私しない〉を初めとする有名な人民解放軍の軍律を厳格に守り抜くことで市民の信頼を勝ち取っていく。なお、この劇の作者名として前記『胆剣篇』とおなじく「沈西蒙執筆」とあるほかに、こっちははっきりと「沈西蒙、漠雁、呂興臣集体創作」としてあって、集団創作であることが明らかである。

こうしてこの劇は、たんに都市管理の問題にとどまらず、ひろく権力獲得後の日常性の中で執政党となった中共とその軍が革命性をいかに持続しつづけるかという課題を提起したわけだが、おなじテーマを若い世代の生きざまの問題としてつきだしたのが『若き世代（年青的一代）』（『劇本』一九六三年八月号）であった。

> 《卒業後の進路は、いつでもどこでも学生にとって最大の関心事だが、ここ上海の地質学院でも卒業を間近にした学生たちは落ち着かない。［当時の中国では、就職は国家による統一分配だった］そんななか、一年前の卒業生林育生(リンユイション)が青海(チンハイ)省から病気でもどってくる。彼は病気を理由に上海への転職を訴えてあれこれとコネをたどり、かつ卒業年度を迎えた恋人夏倩如(シャチエンルー)をも上海に引き留めようと画策し、結婚を急ぐ。そんな育生に倩如は不審をもつが、はたせるかな、育生の病気診断書は青海省での厳しい石油探査生活に耐えかねてこしらえたニセ診断書とわかって、大騒ぎになる。そんな中で、革命で犠牲になった育生の両親が残した血の遺書が明らかとなる。そこには、革命の伝統を継承するように両親が後代に託した燃えるような思いが綴られていた。衝撃を受けた育生は、公然と誤りを認め、青海省の探査隊もどることを決意する。それに刺激されて、まわりの若者たちも、それぞれに祖国の求めに応じて各地へ赴き、そこで根を下ろす決意をするのだった。》（梗概）

ストーリーには育生の対極に、足の怪我を物ともせず青海で頑張る地質学院の元卒業生蕭継業(シャオジーイェ)を配置し、もっぱら彼の口から生きざまの理想を語らせることで、テーマを浮かび上がらせる。劇の最後で、登場人物の一人の女子学生が舞台から直接観客に向かって「わたしたちはもうじきお別れして、それぞれの持ち場に赴き、そこで根を下ろし、芽を出し、花を咲かせ、実を結びます」と叫ぶが、この真っ直ぐ延長線上に文化大革命で辺境の農山村へと入って行ったいわゆる〈下放知識青年〉たちの姿がある。その意味で、文化大革命はすぐそこまで来ていたのである。

Ⅵ　文化大革命〔一九六六―一九七六年〕

1　文革の由来と経過

大躍進政策の失政から一九六二年初頭に自己批判を余儀なくされた毛沢東が、すぐさま中ソ公開論争を通じたソ連〈修正主義〉批判へと党を導き、くわえて農村における〈社会主義教育運動〉を通じて再度党内で〈左〉の主導権を掌握していったことは前章で述べたが、やがて彼は、党と国家の権力構造を根底から覆す革命を発想するにいたる。そこで発動されたのがいわゆるプロレタリア文化大革命であったが、その合い言葉は〈反修防修〉、すなわち修正主義に反対し、修正主義を防止せよ、であった。その主要な論点は、後にこの革命を根底から否定した中国共産党によって次のように総括されている。

〈反修防修〉

この〈文化大革命〉は毛沢東同志が発動し、指導したものである。彼の主要な論点はこうであった――ブルジョア階級の代表的人物や反革命の修正主義分子がもはや党や政府や軍および文化領域の各界にもぐり込んでおり、かなりな規模の多くの職場の指導権はもはやマルクス主義者と人民大衆の手中にはない。党内の資本主義の路を歩む実権派［原文は「走資本主義道路的当権派」。略して「走資派」］は中央でブルジョア階級の司令部を形成していて、修正主義の政治路線と組織路線を持ち、各省、市、自治区および中央の各部門にはすべてその代理人がいる。これまでのあれこれの闘争では問題を解決することができなかった。文化大革命を実行し、公然と、全面的に、下から上へと広範な大衆を立ち上がらせて上述の暗黒面を暴露してこそ、はじめて走資派に簒奪された権力を再度奪回することができる。これは実質的に一つの階級が一つの階級を倒す政治大革命であり、今後も何度もおこなわねばならない。(「建国以来の党の若干の歴史問題に関する決議」一九八一年六月二十七日中国共産党第十一期中央委員会第六回総会)

こうした認識の下に〈走資派〉との闘争に「広範な大衆を立ち上がらせる」原動力として毛沢東が目をつけたのは学生層であった。生産の現場から遊離しているがゆえに、しがらみなく知的思考にふける特権を与えられたこの階層は、すでに一九六五年段階で各大学・高校で〈毛沢東思想学習グループ〉を組織され、マッチ一本で毛沢東思想擁護=反修正主義へと燃え上がる状態にあった。翌一九六六年、毛沢東が文化大革命の号令を発するや、北京の学生らは〈紅衛兵〉なる組織を立ち上げ、それはたちまち全国へと広まった。〈紅衛兵〉とは、〈毛主席を守る紅い衛兵〉の謂であって、その炉心で燃えていたのは毛沢東個人に対する狂信的崇拝であった。

おりしも、廬山会議で罷免された彭徳懐に代わって国防部長となった林彪(リンピャオ)[一九〇七~七一]の指導下に解放軍内で編纂されていた『毛主席語録』が「全党、全軍、全国のすべての活動の指導指針」として大々的に出版されると、紅衛兵たちは赤表紙のその小型本を打ち振って、街頭に飛び出した。これ以後、『語録』は文革期を通じて毛沢東思想への忠誠の象徴となり、公式の場でこれを掲げたり、それを暗誦することが強制された。さらに、大小さまざまな毛沢東バッヂも売られて、人々の胸を飾った。かくして、紅衛兵、『毛主席語録』、毛沢東バッヂが文革十年を象徴する三点セットとなったが、その基調は極端な毛沢東崇拝であった。より高度で純粋な社会主義社会実現のための〈修正主義〉批判を、封建主義そのものにほかならない個人崇拝をテコに推し進めるという逆立ちした構造こそは、文革が所詮は失敗に終わらざるを得なかった理由を象徴している。

文革十年は、今日から見れば、狂気のような個人崇拝と破壊のそれであったが、これを当時の国際環境において見ると、ベトナム戦争に反対する反米運動を頂点として、アジア・アフリカ・ラテンアメリカのいわゆる第三世界の武装解放戦争、および資本主義世界の学生・市民の反乱との三つが絡み合った構造という側面があると思える。その意味で、これの世界史的評価は中国国内だけに視野を絞っては十分に明らかになるとは思えないが、ここではもとよりそこまで論点を広げる余裕はないので、さしあたりことを中国での文革にしぼってその展開を素描するにとどめよう。

文革の胎動

文革は社会全体の総変革を目的とした運動であったから、そのおよぶ範囲はとうぜん政治、経済から思想、文化、風俗、習慣まで社会の隅々まで波及したが、その最先端はつねにイデオロギー分野にあり、なかでも文芸がつねに最先端で問題提起をしつづけた。

のちの文革からみて、あれが最初のシグナルだったかと思えるのは、一九六三年一月に当時は党の華東局第一書記として毛沢東の信任厚かった柯慶施（コオチンシ）が提起した〈十三年を描こう〉というスローガンだった。それは要するに、社会主義になってからの十三年を描いたものこそ社会主義文芸で、それ以外は認めないとする極論であって、当然反論が起こったが、毛沢東はむしろ柯の提起した方向を支持し、その年の十二月には次のような意向を党内文献への〈批示〉の形で示していた。

「各種の芸術形態――演劇、演芸、音楽、美術、舞踏、映画、詩、文学などには問題が少なくなく、かかわる人間は多いが、社会主義改造は多くの部門でいまだにわずかな効果しかあげていない。多くの部門では、いまだに〈亡者〉が支配している」「多くの共産党員が、封建主義や資本主義の芸術の提唱に熱を入れ、社会主義の芸術の提唱に熱が入らないとは、何とも奇怪至極ではないか」（後に『人民日報』一九六七年五月二七日付で公表）。

こうした流れは、翌一九六四年六月に開かれた〈現代もの京劇競演大会〉で毛沢東夫人の江青〔一九一五～九二〕や、後の文革で一時期運動のリーダーシップを握ることになる党中央政治局員の康生（カンション）などが、こもごも既製の多くの演劇や映画を社会主義の経済基礎を破壊する〈大毒草〉として否定することによって、一段とエスカレートする。こうした動きに呼応して、毛沢東が文連傘下の文芸団体を「ペトフィー・クラブのような団体」と決めつけた〈批示〉を党内文書として正式に下達したことは先に引用した〔一一六ページ〕とおりである。

文革始動　一九六五年十一月十日付の上海の新聞『文匯報』は、突如として姚文元の長編の論文「新編歴史劇『海瑞の免官』を評す」を掲載した。普通にはこれが文革の最初の烽火とされるが、それはなぜか。

歴史劇『海瑞の免官』が書かれたいきさつは既述のとおりだが、後に毛沢東その人が、この劇の「急所は〝免官〟にある。我々は五九年に〔廬山会議で〕彭徳懐を罷免した。彭徳懐は海瑞でもある」と述べた〔厳家其・高皋『文化大革命十年史』上三十二頁〕ように、ことは毛が推進した大躍進政策に対する彭徳懐に代表される批判を認めるか否かにかかっていた。前述のように、毛は一九六二年の七千人会議でひとまず自己批判するのだが、ひそかにそれに不満で、それ以後中ソ論争などを通じて〈反修正主義〉論調へと党内を煽りつつ、ここに来て一挙にかつての自己批判を全面的に覆し、新たな〈大躍進〉政策を継続しようとしたのである。その意味で言えば、文革とは、毛沢東個人に矮小化して言えば、七千人会議での偽りの自己批判に対する全面的な否定の延長線上に展開された政治投機であったとも言えよう。

こうした毛の心の動きに呼応したのが夫人の江青で、京劇改革を手がかりにようやく文芸界への足がかりを掴んだ彼女は、周恩来はじめほとんどの党中央指導者の目を欺き、党上海市第一書記だった上述の柯慶施や同宣伝部長の張春橋（チャンチユウンチャオ）［一九一七～二〇〇五］などと結んで、上海の雑誌『解放』の一編集者に過ぎなかった姚文元に論文を執筆させ、最終段階で毛自身が何度も手を入れて、上海で発表させたのである。

長文の論文の内容は、中国が経済的困難に直面していた一九六一年に、農地の返還を命じた歴史上の人物・海瑞を賞賛する歴史劇を発表した呉晗を批判して、地主や富農の支配を復活させようとしたとするものであったが、上記の歴史的いきさつを知る者にとって、これがたんなる一歴史劇評価にとどまるものでなく、廬山会議以来くすぶりつづけてきた政治路線にかかわることは明白であったはずである。党中央の機関紙『人民日報』がこの論文を転載拒否するかたわら、林彪の指導する『解放軍報』はこれを転載するなど、初めから動きはきな臭かったのであるが、やがて、この論文をめぐる論争は党中央を巻き込んで急速にエスカレートし、翌六六年二月頃には党中央に誰の目にも明らかな亀裂が入ることになる。実は、これこそが毛沢東のねらいであった。

こうして路線闘争に着火するかたわら、毛沢東は江青を使って文芸界を根底から覆すに足る綱領的文書を作成した。それが、「林彪同志の委託によって江青同志がひらいた、部隊の文学・芸術活動についての座談会の記録要項」〔以下、「部隊文芸座談会紀要」と略称〕である。長文のこの紀要の要点は以下の四点にある。

「部隊文芸座談会紀要」

①「文学・芸術界は、建国以来、それ〔毛沢東の文学・芸術理論を指す〕を基本的に実行しておらず、毛主席の思想と対立する反党・反社会主義の黒い糸がわれわれに独裁をおこなってきた。この黒い糸とはほかでもなく、ブルジョワ階級の文学・芸術思想、現代修正主義の文学・芸術思想が、いわゆる三十年代の文学・芸術と結びついたものである。〈真実描写〉論、〈リアリズム大道〉論、〈リアリズム深化〉論、〈題材決定〉反対論、〈中間人物〉論、〈硝煙臭〉反対論、〈時代精神融合〉論などが、その代表的な論点である」として、建国以来の文芸の成果を総否定した。

②五四運動以来のいわゆる〈新文学〉についても、「いわゆる三十年代の文学・芸術に対する盲信をうち破らなければならない。（略）その文学・芸術思想は、実際にはロシアのブルジョワ文芸評論家ベリンスキー、チェルヌイシェフスキー、ドブロリューポフおよび演劇界のスタニスラフスキーの思想であった。かれらは帝政ロシア時代にブルジョワ民主主義者であって、その思想はマルクス主義ではなく、ブルジョワ思想であった」として、これを総否定した。唯一の例外として魯迅を挙げているが、その口調は言い訳めいて、弱い。

③さらに、「中国と外国の古典文学にたいする盲信をうちやぶらなければならない」と言い、「ロシアと

ヨーロッパのいわゆる古典を無批判にうけついで、悪い結果をもたらした」「スターリンの教訓をくみとらなければならない」として、内外の古典文芸をも切り捨てた。

④では、すべてを否定したうえで、ことをどの方向に向かわせようとするのか。それについては、「われわれのいう新しいものをかかげ、独特なものを打ち立てるとは、社会主義の新しいものをかかげ、プロレタリア階級の独特なものをうちたてることである。労働者、農民、兵士の英雄的な人物をつくりあげるよう努めねばならず、これは社会主義文学・芸術の根本的な任務である」というきわめて抽象的な記述があるのみである。そもそも新たな文芸創造の道など、誰にも提起できるはずもないが、この程度の政治のことばでしか方向を指し示し得なかったところに、文革が既存文化への批判と破壊に終わらざるを得なかったことが早くも示されていたといまでは言えよう。

文革発動

こうした予備的動きを受けて、一九六六年四月以降、文革はいよいよ社会運動となって激しい展開を見せるが、その幕を開けたのはその年の八月一日から開かれた中共八期十一中全会であった。この党中央委員会総会で、毛沢東は様々な手段を使って強引に「プロレタリア文化大革命についての決定」を取り付ける［後に辛うじて半数を超える賛成票を得たという意味のことを述べたことがある］かたわら、生まれつつあった〈紅衛兵〉組織に支持の手紙を書くことで、個人崇拝の気分を煽り立てた。極めつきは八月十八日に天安門広場で開いた文革祝賀大会で、全国各地から集まった数万の〈紅衛兵〉代表に向かって、朝日を浴びて『東方紅』の音楽とともに天安門楼上に姿を現した毛沢東が手を振ったのを皮切りに、毛沢東を称え、文革を煽り立てる演説が半日もつづき、その間、広場の〈紅衛兵〉たちは「毛主席万歳」を叫びつづけた。それは、個人崇拝を盛り上げるべく念入りに演出された宗教儀式にも似た大集会であった。この日を境に、毛沢東の名前は「偉大領袖」「偉大導師」「偉大統帥」「偉大舵手」なる四つの形容付きで呼ばれるようになり、『毛主席語録』と毛沢東バッヂは人々の手放せぬ存在となった。

　個人崇拝の異様な情熱に駆られた中学・高校生を主体とする〈紅衛兵〉たちは、翌八月十九日、「搾取階級の旧思想、旧文化、旧風俗、旧習慣［これらを〈四旧〉と呼んだ］」を叩き潰し、「資本主義の道をあゆむ実権派を闘争によって叩き潰し、ブルジョワ階級の反動的学術〈権威者〉を批判」［いずれも上記決定中の文句］すべく、北京の街頭に飛び出した。彼らの合い言葉は〈造反有理（ヴァオファンイヨウリー）〉。造反に理（ことわり）有り。謀反こそが正義だ。一九三九年にスターリン生誕祝賀大会の演説の中で自ら述べたこの言葉を、毛沢東は、八月一日付の清華大学付属中学〈紅衛兵〉からの手紙への返信の中で「反動派に対する造反には道理があります」として繰り返し、それは、上記党中央委員会総会で正式文書として公表されていた。造反とは、封建時代に民百姓が役人に反抗することを意味し、中国語では、大道に裸で大の字に寝て「さあ、殺せ！」と喚くに似た、野放図な煽動性がある。未成熟で単純な若者たちは、この言葉を口にすることによって、いささか与太者めいた破壊の開放感をより掻き立てられたかも知れない。

　〈紅衛兵〉たちの攻撃目標は、真っ先にパーマネントやスカート、ラッパズボンやハイヒールなど、資本主義的な服装をとがめ、伝統的な通りの名前を「封建的」として「革命的」なそれへとあらため［たとえば《東安市場》を《東方市場》に］、七十年もつづいた北京ダックの店《全聚徳》の看板は叩き壊されて《北京烤鴨店》に改められた。これらがほんの手始めで、これがメディアで煽動的な調子で全国に報道されるや、全国的な文化大破壊がつづき、伝統文化や西欧文明の影響を受けた文化は片っ端から破壊された。国宝級の書画や善本が街頭に山と積み上げられて焼かれ、寺院や伝統的文化資材は破壊され尽くした。中国の過去に何度もあった農民一揆の破壊は、規模の大小はあれ、所詮は部分的なそれにとどまったが、国家権力をすみずみまで掌握した共産党の指導下におけるそれは、いかなる隅も逃さぬ徹底したものであった。

ただ、ことは〈紅衛兵〉が先鞭をつけ、行動も派手で目立ったが、学生のやれることなど知れたもので、徹底した破壊をやったのは大地の民百姓たちだったという事実は指摘しておかねばならない。そこには、長きにわたって〈文化〉から隔てられてきた大地の民の怨念の噴出のごときものがあったように思える。

老舎と趙樹理

北京での「四旧破壊」活動が始まって四日目の八月二十三日、〈紅衛兵〉たちは北京市文化局に保存されていた京劇の衣装や道具に目をつけ、これを孔子廟で焼いたが、その際、市文化局の指導者たち三十余人は「牛鬼蛇神〔妖怪変化を意味するが、文革中は高級知識人への侮蔑のレッテルとされた。彼らを拘禁する場所は〝牛棚〟＝牛小屋と呼ばれた〕」「反動的学術権威者」などの看板を首からぶら下げられ、頭を虎刈りに刈られて、その上から墨汁をぶっかけられた。そのうちに著名な作家老舎〔当時は北京市文学芸術界連合会主席であった〕がいるのを見つけた〈紅衛兵〉たちは攻撃の矢を彼に集中し、殴打し、唾を吐きかけるなど、およそ考えられるかぎりの暴行と人間的屈辱を深夜にいたるまで加えたが、六十七歳の老舎は自分に向けられた〝反共〟〝反社会主義〟〝反毛沢東〟などの不当な非難に終始頑強に反駁し続けた。血だらけになって家にもどった老舎は、翌日も〈紅衛兵〉たちに命ぜられたとおり文連に出勤すべく家を出たが、勤務先に姿を現すことなく、その翌日、市内の太平湖（タイピンフー）に浮いているのを発見され、自殺として処理された。文革終息後に〈名誉回復〉されて、身近な人々の手であれこれといきさつが書かれているが、真相はなお不明なところが多い。ともかく、こうして建国後はじめて〈人民芸術家〉の称号を贈られた老舎は、文革の幕開けとともに、命を絶った。

　老舎を民国時代からの文学界を代表する作家とすれば、延安時代から毛沢東の「文芸講話」の下で生まれた〈人民文学〉の旗手とされたのが趙樹理であったが、彼の場合はもっと長時間の苦痛にさらされた。文革開始直後から「ブルジョワ階級の反動的権威者」「周揚の黒いグループが打ち立てた〝突撃兵〟」なるレッテルを張られた趙樹理は、この時期から四年にもわたって故郷の山西省で大小の批判・闘争会という名の吊し上げ大会に絶えず引き出され、何キロもある鉄の看板を首からぶら下げられて町から村へと引き回され、三つ重ねた机の上に立って拝跪を繰り返さされ、挙げ句突き落とされて腰を折り、骨は肺を貫いた。それでもなお生き延びていたが、とうとう一九七〇年九月二十三日、太原市での五千人による批判会で立たされた机から落ちて、五日後に死んだ。あと一日で六十四歳だった。その趙樹理にどういう〈罪〉があったかは、若い一時期、国民党に捕まって反省院に入れられていたという以外は「これについては、当時の趙が無名の平党員で、国民党側も問題にしていなかったことが早くから明らかになっていた」、あれこれの作品がいわば毛沢東好みでなかったという以外になかった。にもかかわらず、死にいたるまでいたぶりつづけられたのは、要するに、彼が文革推進グループから名指しされたからであり、べつの側面から言えば、中国のある人が後に言ったように、彼が「権威者」、つまり有名だったからである。事情は、老舎の場合も、ほかの多くの知識人のそれも同じことである。

文芸ファッショの横行

①文革のファッショ支配の最大の特徴は、それが思想の罪を問うという形を取ったことにあった。中国伝統の表現でいえば、いわゆる〈文字の獄〉である。

その走りが五十年代の胡風批判にあることは前述したとおりだが、文革では批判対象が国内外のすべてのイデオロギー分野に際限なく拡大され、マルクス、エンゲルス、レーニンを除くすべてのそれがやり玉に挙げられ、中国国内ではわずかに魯迅のみが例外あつかいされた。

②次にその批判が大衆運動の形態を取って、暴走したことが特徴として挙げられる。序章とも言うべき一九六〇年代前半では、前述したようにあれこれの文芸作品にいわば難癖をつけて〈修正主義〉なるレッテルを張るための長文の批判論文で叩きまくるとか、内部での批判大会なる吊し上げの会を長期にわたって開くなどの形を取っていたが、一九六六年四月十九日付けで『解放軍報』社説「毛沢東思想の偉大な赤旗を高くかかげ、社会主義文化大革命に積極的に参加しよう」が発表されるや、批判は一挙に大衆運動を煽る方向へとエスカレートし、やがて〈紅衛兵〉の登場とともに、上述した老舎の場合のような大衆による公開吊し上げへと急展開を遂げることになる。それにともなって、もともときわめて微弱だった法的抑制すら一切無視され、集団的暴力が無制限にエスカレートした。〈紅衛兵〉たちは修正主義者やブルジョア学術権威者などのレッテルを貼った対象をほしいままに引きずり出した上で、殴打をはじめとしておよそ考えられるかぎりの人間的侮辱を与え、三角帽子を被せて街頭を引き回した。そうした知識人たちを総じて〈牛鬼蛇神（ぎゅうきじゃしん）（牛や蛇の化け物）〉と呼び、〈牛棚（ニューポン）（うしごや）〉と呼ばれる私設監獄に閉じ込め、便所掃

除などの劣悪な仕事に従事させた。

③やがて運動は個々の著名な文学者や学者に対する批判にとどまらず、大小にかかわらず知的営為に携わるすべての知識人を巻き込み、彼らを〈五七幹部学校〉に追いやることになる。〈五七幹部学校（略称：五七幹校（ウーチーガンシャオ））〉とは、生産労働を通じて政治・軍事・文化を学ぶことを強調した毛沢東の一九六六年五月七日付の書簡に基づいて作られた思想改造のための集団農場であったが、事実上は懲罰的強制労働場であった。こうした中で多くの文学者たちが老舎や趙樹理のように命を落とすことになる。萩野脩二「文学者の死について」（『中国〝新時期文学〟論考』所収）は、一九六四年から七九年にかけて非命に倒れた文学者九十九人を挙げているが、それらは文革終息後にいわゆる名誉回復されて各種の追悼文が発表された著名人に限ってのことで、それ以外の無数の知識人の辿った悲惨な運命は、いまとなっては辿るすべもない。ともかく、知的存在それ自身が犯罪視され、憎悪の対象となる、奇妙に倒錯した十年であった。

④憎悪は人間にとどまらず、文化材へも向けられた。無数の貴重な書物や絵画が焼かれて灰となり、歴史的価値のある寺院や墳墓が破壊された。破壊は曲阜（チュイフー）の孔子廟からチベットの寺院までおよんだ。全国の図書館は閉鎖され、閲覧は許されなくなった。かくして、文化大革命は文化の大荒廃を生んだ。

2　文革期の文学

文革勃発二年目の一九六七年五月、毛沢東の『文芸講話』発表二十五周年を記念して、毛沢東思想を強調する一連の行事が行われた。その目玉は、首都北京で三十七日間にわたって行われた『智取威虎山（智慧で威虎山を取る）』など現代物京劇の八つのレパートリーの一挙上演で、『人民日報』社説（五月三十一日付）はこれを「革命文芸の優れた模範（様板）」と称え、これをもって「反革命修正主義文芸の黒い路線の破産」と断じた。中でも、文革の冒頭から目立った動きを示していた毛沢東夫人江青の京劇革命における特殊な功績を強調し、かつ、一九六四年七月の現代物京劇競演大会における江青の講演を「京劇革命を語る」と題して公表〔『人民日報』五月十日付、および雑誌『紅旗』〕するとともに、京劇革命が「プロレタリア階級の新文芸の発展に新紀元を拓いた」と激賞した。極めつきは、前述の「林彪同志の委託によって江青同志がひらいた、部隊の文学・芸術活動についての座談会の記録要項」を公表（五月二十九日付）したことで、これによって江青は、文革における主導権を一挙に獲得することとなった。この間、大小の集会で、江青の特殊な貢献が強調されたことは言うまでもない。

江青と〈革命模範劇〉

これ以後、一連の現代物京劇にバレー『白毛女』などもくわえて〈革命模範劇（革命様板戯）〉と呼ばれる一連の舞台芸術がすべて江青の指導下に完成された革命文芸とされて舞台を独占し、その他はすべて禁止された。のみならず、江青は演出の細部まで細かく規定し、些細な変更も許さないという文字通りの独裁をおこなった。俳優や演出者をはじめ、関係者への人事的統制が厳しく行われたことはいうまでもない。くわえて、六八年五月には上海の作曲家の于会泳（ユイホエイイユン）［一九二五～七七］が「三突出」なる理論を提起して、これの流れを補強した。「三突出」とは、登場人物のなかでは肯定的人物を突出させ、肯定的人物のなかでは主要な英雄的人物を突出させ、主要な人物の中ではもっとも主要な中心人物を突出させるというもので、これは、文革後期に書かれた小説などでも踏襲され、その結果として、表現世界はすべてがペンキ絵のような平板な単調さに陥った。

ちなみに、〈革命模範劇〉とされたのは現代物京劇『智取威虎山』、『紅灯記』、『沙家浜（さかひん）』、『奇襲白虎団』、『海港』、バレー『紅色娘子軍』、『白毛女』、交響曲『沙家浜』の八演目であった。

『紅灯記』の場合

ただ、文革中はこれらのレパートリー創造のほとんどが江青一人の功績とされたが、それはむろん誇張というより、ためにする虚言で、交響曲『沙家浜』を除いた七演目は、実は文革前夜にはほとんど基礎工事は終わっており、江青はその最終段階で演出上であれこれと細部に関与し、やがて文革の浪に乗ってそれを簒奪して政治資本としたというのが実情であった。それを、『紅灯記』について見よう。

《抗日戦争期に、森林地帯に展開する共産党ゲリラに無線通信の暗号解読表を届ける任務を遂行する鉄道員一家があった。

――十七年年前、一九二三年の京漢鉄道の大ストライキ。労働組合の指導者であった李（リー）おばさんの連れ合いは殺され、陳（チェン）という弟子夫婦も幼い娘を残して殺される。その子を助けたもう一人の弟子の張玉和（チャンユイホオ）は、血まみれで李おばさんのもとに逃げてきた。それ以来、もともと李、張、陳という姓を異にする三人は、李おばさんとその息子の李玉和、および孫の李鉄梅（リーティエメイ）という親子三代の一家として、東北地方のいまの鉄道に流れて生きてきた。転轍手の李玉和は、地下党員として師匠の残した赤い信号灯をいまも守っているが、李鉄梅はまだ一家の来歴を何も知らない。

さて、李玉和のもとへ、暗号電文解読表をゲリラ部隊に届けよとの党の密命が下され、それを嗅ぎつけた日本軍憲兵隊長の鳩山から呼び出しがかかる。死地の談判に赴く〝息子〟の玉和に李おばさんは普段は飲ませない別れの酒を飲ませ、玉和はそれに応えて決意のアリアを絶唱する。父親の異様な出立に戸惑う鉄梅に、李おばさんは、いまがそのときと、この〝一家〟の血塗られた歴史を語って聞かせる。驚愕する鉄梅だが、やがて〝父〟の残した赤い信号灯を受け継ぐことを誓う》（梗概）

京劇では〈唱做念打〉、つまり歌［唱（チャン）］、しぐさ［做（ヅゥオ）］、せりふ［念（ニエン）］、立ち回り［打（ダー）］の四要素が基本となるが、『紅灯記』では、李玉和の別れの歌は〈唱〉が、李おばさんが一家の歴史を語る下りは〈念〉がとくに優れた効果を上げて、京劇としての鑑賞に堪えうるものとなっていた。

ところで、この劇の源流となったのは一九六三年に長春映画製作所で撮られた映画『自有後来人（後継者）』である。これが、間もなく上海の滬（こ）劇や蘇州の昆（こん）劇に改編され、それを中国京劇院が京劇に移植し、一九六四年七月の現代物京劇競演大会（前述）に参加して好評を博した。このときの印象を、著名な演出家の黄佐臨（ホワンヅウオリン）は「あれほど高い芸術境地に運ばれたためしはなかった」（『解放日報』一九六五年三月十六日付）と述べている。そこには、『紅灯記』が文革前にすでにどれほどの完成度に達していたかの明確な反映があるが、江青がこの劇に関わるのは、上記競演大会後の合評会〔周恩来なども参加してさかんに発言している〕に参加してからのことである。その意味で、こと『紅灯記』に関わるかぎり、江青に発言権はほとんどなかったのが実情である。

同様のことは、ほかの〈革命模範劇〉についても言えるが、文革中にそれらが江青の文芸界へのファッショ支配とあまりに深く結びつけられたが故に、各レパートリーそのものまでが一緒くたにネグレクトされているかに見えるのは、不幸と言わざるを得ない。むろん、「革命」の二文字が被せられているのであれば、後世の評価に限度はあろうが、京劇革命そのものにはそれなりの歴史的評価がなされるべきであろう。

模範劇の諸相

以下に、歴史的所産としての『紅灯記』以外の〈革命模範劇〉の諸作の内容を簡単に紹介する。

『智取威虎山』―前述した曲波の長編小説『林海雪原』にもとづき建国直前の東北における解放軍と馬賊との戦いを描いた作品。小説出版間もない一九五八年頃から北京や上海で京劇化の試みが進んだが、上海京劇院のテキストが基調になり、一九六五年には基本テキストがほぼ完成し、かなり早い時期から伴奏に交響楽団を加えるという大胆な試みもなされた。馬賊に変身して敵の山塞目指して雪の密林をスキーで進む主人公の楊子栄（ヤンヅーロン）が志を歌う独唱は広く人気を呼んだ。

『沙家浜』―江南での抗日戦争を描いた滬劇『蘆蕩火種（芦沼の炎）』を一九六四年に著名な作家汪曽祺らが京劇に改作、翌年完成後に毛沢東じきじきの提案で『沙家浜』と改名。その年の秋に中央楽団の手で九楽章からなる交響曲に作曲され、国慶節で公表された。もとの京劇の歌唱を生かし、民族楽器を多用したこの交響曲は確かに新鮮で、文革中に京劇版に先立って江青の手でいちはやく革命模範劇に指定された。

『奇襲白虎団』―〝白虎団〟とは、朝鮮戦争時の大韓民国首都第一師団。中国志願軍がこの師団を破った戦闘を山東省京劇団が創作し、一九六四年の競演大会に参加して好評を得た。

『海港』―第三世界支援の党の路線に反対する修正主義者がアフリカへの支援物資の穀物にガラス繊維を故意に混入するなどの妨害を働く。それと戦う女性党員を描く。もともとは上海の地方劇〔淮劇〕のレパートリーであったものを、文革勃発後の一九六九年から江青やその腹心の張春橋などの直接関与の下で京劇に仕立て直した。それだけに、いわゆる模範劇の中でも路線闘争意識の露骨な作品となった。

『紅色娘子軍』―軍服姿の女性兵士のバレー群舞で、人々を驚かせた。一九三〇年代の海南島が舞台で、女性軍部隊が地方ボスと戦う。一九六〇年代初めに当たりを取った映画を、一九六四年に中央バレー団がバレー化した。それに着目した江青が文革前夜から直接手を入れ、数年かけて大幅に修正して完成させた。

『白毛女』―もとは抗日戦争期に中共が根拠地を置いた延安で一九四五年に制作された歌劇で、その主題歌の「北風吹いて」は一世を風靡した〔拙著『中国現代文学史』二六八ページ参照〕。これを一九五五年に最初にバレー化したのは日本の松山バレー団で、一九五八年には国交の無かった北京で公演した。これに刺激を受けて、一九六四年に上海舞踏学校のスタッフが黄佐臨の指導下に、中国伝統の舞踊を生かしながらバレー化し、翌年の第六回〈上海の春〉で上演して、大好評を博した。伝えられるところ、江青は初めはバレーに興味を示さなかったが、毛沢東がこれを高く評価して以後、にわかにこれを〈革命模範劇〉の一つに指定し、かつより〝階級闘争〟を強調すべく、あれこれと難題を出したという。が、そうした外野席での騒ぎが終わってみれば、もとの歌劇として見ても、バレー化された作品としても、やはりこれは、時代的限定をつけた上で言えば第一級の文芸作品と言ってさしつかえなかろう。

総じていわゆる〈革命模範劇〉は、一つにはかの江青が深くこれにかかわったことで文革のいびつな側面がそこに集中したことと、これらが十年にわたってほとんど唯一の文芸として繰り返し強制的に押しつけられたことから生まれた嫌悪感とで、その名を耳にしただけで極端な反感をその後の中国の中で呼び起こすこととなったが、冷静に見ればそれらのほとんどは文革前夜にその骨格は出来上がったもので、その意味では彼の地の芸術家たちによる限られた歴史的条件の下での創造活動の成果であったことは、それとして評価すべきであろう。

浩然『金光大道』・姚雪垠『李自成』

著名な作家たちが名利追求のブルジョワ出世主義者や社会主義に反対する修正主義者としておしなべて打倒・追放されるなかにあって、ただ一人この時期に活躍したのが浩然（ハオラン）［一九三二～二〇〇八］で、複雑なニュアンスを込めて、「八つの革命劇と一人の作家が文芸界を牛耳っている」と皮肉られた。

河北省唐山（タンシャン）の貧しい炭鉱夫の子供として生まれた浩然は、小学校に三年、私塾に半年しか学ぶことができなかったが、その頃から親しんだ古典小説がのちの文学への素地となった。十四歳で革命活動に参加し、一九四六年にわずか十六歳で共産党に入党。下積みの党活動のかたわら表現への道を志して各種の新聞にルポを投稿するうち、一九五六年に老舎編集の『北京文芸』に短編『カササギが飛んできた（喜鵲登枝）』が掲載されたことで、文壇に登場。それ以後、柔らかな感性で農村生活を描いた短編で独特の境地を開拓して短編集を次々と出版。一九六四年には最初の長編小説『うららかな空（艶陽天）』（第一巻）を完成。この年から北京市文連に籍を移して専業作家となって同長編を書き継ぎ、文革前夜の一九六五年末に全三巻を完結させた。

『うららかな空』は、百花斉放・百家争鳴から反右派闘争へと揺れ動いた一九五七年の北京郊外のある農業生産合作社を舞台に、農民にとって死活問題で、かつ時間的に寸秒を争う麦の収穫という課題を前にした、集団化をめぐって争われる二つの道の争いを描いたもので、北京方言を生かした地方色や、幼児誘拐殺人といったスリリングなエピソードを含む起伏に富んだ筋立てを通じて浮かび上がる複雑な人間関係など、この当時としては出色の読ませる小説であった。

文革が勃発すると、浩然の場合はその貧苦の出身ゆえに造反派に吸収されて初期には北京市文連革命委員会副主任になったこともあるが、その後は郊外の農村で下放生活を送りつつ、一九七〇年には第二の長編小説『金光大道』を書き上げ〔出版は七二年〕、一躍文学界で唯一存在を示すこととなり、一九七三年には中共第十回大会にも出席するなどした。

《建国初期の土地改革を終えたばかりの華北の百戸あまりの村・芳草地（ファンツァオディー）。土地は与えられたものの、ろくな家畜や生産用具を持たないもとの貧農や小作人たちは、春の田起こしを目前に、いささか途方にくれている。そんなとき、誤って中農に区分された富農・馮少懐（フォンシャオホワイ）は、大型ラバを購入して村中に見せつける。そんな馮の動きの背後には、〈豊かになろう〉というスローガンを唱える村長・張金発（チャンチンファー）の存在があった。そんな中で、打倒されたもと地主孟福璧（モンフービー）［あだ名は歪み口］も新政権の中に潜り込もうとこそこそ動きをはじめ、村の中では個人利益を追求するさまざまな動きがさかんになる。

村の治安主任の高大泉（ガオダーチュエン）は個人利益第一の考え方は間違いだと張金発を批判するが、張は耳を貸さず、やがて春耕が始まると、馮少懐は農具や家畜を手段に貧農たちから収奪を始める。これに対抗すべく、高大泉は貧農の周忠（ヂョウヂュウン）や鄧三（ドンサン）おばさんらとともに村に最初の互助組を組織し、乏しさを分け合い、互助労働によって馮少懐の妨害を排除して、土地革命後の最初の春耕の危機を乗り越える。

それでも敗北を認めない馮少懐は、高大泉の弟でお人好しなところのある二林（アルリン）をそそのかし、分家騒ぎを起こさせる。みんなは心配するが、大泉は、たとえこの家が爆破されても、自分は集団化の道を行くと言いきって動揺を押さえきる》（『金光大道』第一部梗概）

この長編は一九七二年に第二部が書かれて完成［出版は七四年］し、七五年には映画化もされて、文芸娯楽に乏しい当時にあってはそれなりに人気を呼んだが、作品としては『うららかな空』のほうが完成度が高い。にもかかわらずここに挙げたのは、この作品が良くも悪くもこの時期を代表すると思えるからである。その最大の特徴は、主人公高大泉の形象にある。いかなる困難にもつねに敢然と立ち向かうそのイメージはあまりにも完璧過ぎて不自然である。主人公の名前の〈高〉〈大〉〈泉〉も、泉が全（チュエンチュエン）の同音であることは明白で、さすればそこに完璧な人間像を描こうとの作者の意図が露骨に見てとれ、前述の「三突出」理論がもろに影を落としていることは明らかである。

浩然とならんで文革期に作品の公刊を許された数少ない小説家の一人に姚雪垠（ヤオシュエイン）［一九一〇～九九］がいる。一九三〇年代なかばから小説を書き始めたこの作家は、かなり早くから明末の農民蜂起を描く構想を温めていて、一九六三年にはその最初の結実である『李自成』第一巻（上・下）を中国青年出版社から出していた。文革が始まると、彼も激しい批判にさらされるが、かねてから李自成好きで、『李自成』第一巻も前半を読んでいた毛沢東が、姚雪垠を批判から保護して小説の続編を書かせるようにとの指示を文革初期に出したことで救われ、小説の販売も許された。そうした経緯で姚雪垠は文革中も続編を書き継いだが、審査のきびしさから出版はのびのびになり、第二巻（上・中・下）の出版はけっきょく文革終息直後の一九七六年十二月にずれ込んだ。姚雪垠はその後もこの作品を書き続け、第三巻を一九八一年に、第四、五巻を一九九九年にそれぞれ出版し、最初の予定通り全五巻を完成させて世を去ることになる。

こうして書かれた『李自成』全五巻は、明末の農民蜂起軍のリーダー李自成を中心に、張献忠などさまざまな農民軍内部の複雑な人間像、崇禎帝を取り巻く明王朝内部の利害の衝突や陰謀などを通じて明末清初の歴史の大動乱を描いた類例を見ない歴史小説となった。何より特筆すべきは、この長編が厳密な歴史考証に基づいて描かれていることで、この点は茅盾なども早くから、旧小説の弊を脱して客観的歴史に合致した芸術描写になっていることを評価している。

ただ、文革期に書かれた第二巻、および第三巻について言えば、特定の時代の空気の中、上記のような毛沢東の特別な配慮の下で書かれたという陰は、李自成や高夫人の向こうに毛沢東や江青夫人の姿が透けて見えることや、農民蜂起軍のイメージに無理な理想化が施されていることなどに濃厚に見て取れる。ただ、あの時代を考えるなら、そのことのみで作家の非をあげつらうべきではないし、また作品の値打ちがゼロになるわけのものでもなく、歴史小説として一定の評価は与えられるべきであろう。

張揚『再度の握手』

文革下の極度の文化統制の圧力は、ある種の地下文学の流れを生み出した。それは、ひそかに書き写されるいわゆる手抄文学で、その代表的な作品が張揚（ヂャンヤン）の小説『再度の握手（第二次握手）』である。

《一九五九年の秋、北京の薬学研究所教授蘇冠蘭（スーグワンラン）の家を外国風の服装をした中年の女性が突然訪れる。出迎えた夫人の葉玉菡（イエユイハン）に、女性は「奥さまですね？」と確かめるが、なぜかその家の主人には会おうとせず、謎のように立ち去る。不思議に思った玉菡の問いに、冠蘭は苦痛の表情を浮かべつつ、やがてその名を告げる―あれが丁潔瓊（ディンヂエチュン）だよ、と。驚く玉菡。

三十年前の一九二八年、学生時代の夏休みを上海で過ごしていた蘇冠蘭は海水浴の事故から助け出したことで丁潔瓊と知り合う。ともに自然科学専攻の二人は、アメリカに留学して科学による救国の道を進むことを誓い、当時首都になったばかりの南京駅頭で握手して別れた。

しかし、その後の事態は思うにまかせず、アメリカ人がらみのさまざまな邪魔がはいって、冠蘭のアメリカ留学は流れてしまい、潔瓊ひとりがアメリカに旅立つ。彼女はアメリカで原子力研究で博士号を取り科学者への道を進むが、広島への原爆投下反対にかかわって、一時投獄される。

国内に取り残された蘇冠蘭のほうは、抗日戦争から国共内戦とつづく混乱の中で苦闘するが、そんな中で、父親の友人の娘で、おなじ薬学研究者の葉玉菡と結ばれ、建国後は薬学研究所の責任者の地位につく。

一方、かつての蘇冠蘭との誓いを忘れられない丁潔瓊は、真剣に彼女に愛を求めるアメリカ人研究者の手を振り切って祖国に帰り、北京の蘇冠蘭の家を訪ね、初めて蘇に妻がいることを知る。深く傷ついた潔瓊は、ひとたびは辺境へと身を退くことを考えるが、さまざまな人の説得で、祖国の科学のために北京に残ることを決意し、蘇冠蘭と再度の握手をする。

それから五年後、中国最初の原爆実験が成功する》（梗概）

作者の張揚は一九四四年生まれで、湖南省で育った。一九六三年に中国科学院薬学研究所に勤務する伯父の家で耳にした話から『浪（浪花）』なる短編を書いたのがこの作品の濫觴で、それは一万字ほどの悲劇だったという。その後、絶えず手を入れ、文革初期の七〇年頃までには二十万字ほどに膨らみ、題名も『帰国（帰来）』となっていた。ただ、一切の出版が停止されていた文革下で、この小説は無数の手で書き写され、ストーリーも増幅され、題名もさまざまに移り変わったが、おおよそ一九七四年頃には現在の『第二次握手』に落ち着いた。だが、これとて厳密に言えば原作者のものとは言えないかも知れない。

張揚は一九七五年一月、この小説のゆえに、〈反党小説を書いた〉〈知識人を持ち上げた〉〈科学救国を鼓吹した〉〈愛情を称えた〉などの罪で投獄され、死刑を宣告され、さまざまな程度でこれにかかわった多くの人が連座させられた。

今日読めば多分に図式的で、この作品のどこがそれほど非難されるに値したのか不可解だが、当時の情況で江青などの権力者たちを刺激したのは、この小説がかなり露骨な周恩来賛美を行ったことにあったにされると、四百万部をこえるベストセラーとなった。

張揚が釈放されたのは文革終息から三年余を経た一九七九年一月のことで、その年の七月に正式に出版されるまでの間、この作品はナマで煮えていたのである。その意味で、この作品の存在も歴史の一頁であるには相違ない。とくに、辺境に身を隠そうとするヒロイン丁潔瓊を北京駅頭で周恩来が直接説得する場面など、後になればほとんど読むに堪えないほどのものだが、ことほど左様に、これが書き写され伝えられた当時の政治はナマで煮えていたのである。

白洋淀詩派・『天安門詩抄』

文革という特殊な歴史的環境下で下放知識青年（以下略称〈知青〉）という特殊な階層が生まれた。〈下放〉（シャファン）=下に放（お）りるとは、知的労働と肉体労働との格差を埋めるという理念の下、都市の学生を農山村に定住させることで、建国後の中共の知識人政策の柱の一つであったが、文革によってそれが全面展開され、一九六八年には毛沢東の呼びかけによって当時都市の高校に在学していた学生およそ一六〇〇万人が雲南、貴州、湖南、内蒙古、黒竜江などの辺境に下放していった。志願の形は取られていたが、実際は強制であった。その中には革命の理想に燃えていた若者たちも少なくなかったが、彼らはじきに自分たちがそれでなくとも極貧の農民たちにとっては厄介者で、決して歓迎される存在でないことに気づく。のみならず、女子学生の中には人民公社幹部から強姦されるといった悲劇も頻発した。かくして、多くの〈知青〉たちが農民にも労働者にもなりきれない半端者としての鬱屈を抱くことになった。そうしたエネルギーの一部は、さまざまな歌や詩の形で発散されたが、それらは決して地上で公にされることの許されない地下文学とも言うべき流れをつくった。前記の『再度の握手』は、そうした中でたまたま地上の浮かび出ることのできた幸運な存在であったが、今となってはその全貌を再現することの不可能な大量の〈知青文学〉が活字化されることなく消えていったと思われる。そうした流れの中から、やがて文革終息後のいわゆる〈新時期文学〉の担い手たちが生まれることになるのだが、そうした胎動を如実にしめしたのが後に〈白洋淀詩派〉と呼ばれることになるグループであった。

白洋淀（バイヤンディエン）とは河北省の中心に位置する沼沢地帯で、北京に近く、当時は北京の知識青年たちの下放地点の一つであった。一九六九年末に北京三中からそこに下放した三人の同級生がいた。薑世偉（ヂアンシウェイ）［一九五〇〜］、岳重（ユエヂュウン）［一九五一〜］、栗世征（リーシヂョン）［一九五一〜］たちで、それぞれ後に詩人芒克（マンコオ）、根子（ゲンヅー）、多多（ドゥオドゥオ）としていわゆる〈朦朧詩〉による次の文学世界の開拓者となるのだが、この時点での彼らはそうした未来を予感すべくもなく、暗黒の中で未来を手探りしていた。そうした若者たちはほかにも無数にいたが、その中で白洋淀グループは際だった存在であった。

文革による長期の抑圧情況は人々にはけ口への要求を育み、それが絶対的存在である毛沢東への崇拝の反面で、極左路線に対して終始調和＝穏健政策を取った周恩来への期待と信頼とがふくらんだ。文革末期、毛沢東は神聖不可侵の〈神〉であったが、周恩来は頼れる〈指導者〉であった。その周恩来が一九七六年一月癌で死去すると、人々は悲しみにくれた。文革推進派の当局が周に対する追悼行為を押さえ込もうとしたことで、人々の悲しみは怒りとなって爆発し、死者を弔う伝統の清明節の四月五日に向けて民衆の手向けた花輪が人民英雄記念碑のある天安門広場を埋め尽くした。これを撤去しようとする当局と民衆はついに衝突した。いわゆる〈天安門事件〉である。建国以来初めての民衆による反体制実力行動は、初め当局によって〈反革命事件〉とされるが、文革終息後に「大衆の自発的な革命的行動」と再評価され、このことが次の〈改革・開放〉政策への転換の契機となった。

が、それはともかく、事件の過程で中国民衆は追悼の花輪とともに、無数の周恩来追悼の詩をささげた。その中には、当然〈文革〉への呪詛も含まれていた。口語自由詩から旧体詩まで含むそれらの詩をいち早く収集したのが北京第二外国語学院漢語教研室の十六人の教師たちで、かれらはそれを『天安門革命詩抄』と名付けて、周恩来逝去一周年の一九七七年一月八日、童懐周（トウンホワイジョウ）［同懐周（トウンホワイジョウ）＝同に周恩来を懐う＝と同音］のペンネームでガリ版刷りを天安門広場に貼り出した。文革終息後とはいえ、事件の名誉回復がなされていない情況では危険な行為で、事実逮捕者も出た。のちに詩集は増補され、『天安門詩抄』としていくつもの版本が出たが、これらの詩は文革という特殊な情況下での民衆による文学として記憶されてよい。その中で、人口に膾炙した一首。

欲悲聞鬼叫，　悲しまんと欲すれば鬼の叫ぶを聞き、
我哭豺狼笑。　我哭けば豺狼どもが笑う。
灑泪祭雄傑，　泪を灑ぎて雄傑を祭らんと、
揚眉剣出鞘。　眉を揚ぐれば剣は鞘を出づ。

作者の王立山（ワンリーシャン）［一九五三〜］は北京から黒竜江省の生産建設兵団に下放してトラクター手をしていた知青であった。

Ⅶ　新時期文学［一九七七―一九八九年］

文革が終息し、以下に述べるような経過で中国はいわゆる〈改革・解放〉期を迎える。文学も毛沢東ドグマから解放されて多様な展開を見せるが、この時期の文学が何時の頃かとくに〈新時期文学〉なることばで総称されるようになる。その最盛期は一九八〇年代で、やがてれいの天安門事件が起き、一九九〇年代に入ると、時代は継続していながら、八十年代の勢いは失われた。そこで、本書の叙述もそこまでを一つの区切りとする。

1　文革終息と〈第二の解放〉

〈四人組〉逮捕・〈文革〉終息

一九七六年、現代中国は建国以来の文字通りの激動を迎えた。

まず、一月八日、国務院総理として建国から国の屋台骨を背負ってきた周恩来が死去した。当局が追悼行為を押さえ込もうとしたことから民衆の鬱積した不満が爆発して四月五日の〈天安門事件〉となったことは前章で述べたが、この事件は民衆がもはや文革にうんざりしていることをまざまざと示すものであった。

ついで、七月六日には人民解放軍の創立者の一人である朱徳が急逝。すぐつづいて、七月二八日にはマグニチュード七・八の直下型大地震が河北省東部の工業都市唐山を襲い、約二五万人の命を奪い、百万都市は廃墟と化した。

そして、九月九日には毛沢東がこの世を去った。国民の間の喪失感は強かったものの、死者を悼むよりも国の行く末への不安が勝ったかに見えた。毛夫人の江青はじめ文革をリードしてきたリーダーたちの中には、次の権力の座をねらっていち早く広報用の個人写真を撮らせるなど露骨な権力欲への動きもあったが、先手を打ったのは葉剣英（イエヂエンイン）［一八九七～一九八六］を初めとする文革を生き残った軍の長老たちで、毛沢東の指名で周恩来亡き後に国務院総理兼党第一副主席の地位にあった華国鋒（ホアグオフォン）［一九二一～二〇〇八］を巻き込み、十月六日、いわゆる〈四人組〉と呼ばれる文革派のリーダーたちを不意を襲って逮捕し、権力を奪取した。〈四人組〉の原文は〈四人幇（スーレンバン）〉で、「幇」には裏社会の非合法組織の臭いがあるが、江青をはじめ、張春橋、姚文元、王洪文（ワンホンウエン）［一九三五～九二］の四人を指す。彼らは毛夫人である江青の特殊な地位を活用して、上海を拠点に一貫して文革の指導権を握り、文革末期には王洪文が党副主席、江青と張春橋が政治局常務委員になるなど、党の枢要な地位を占めるに到った。その派閥活動の露骨さにたまりかねて、晩年の毛沢東が「四人幇を作るな」と叱ったのが〈四人組〉なる呼称の由来とされるが、ともかくその〈四人組〉が逮捕されたことで、十年におよんだ文革は終息した。

しかし、それはいわば宮廷クーデター式の政変であって、下からの体制変革ではなかった。そのことがその後の展開に大きな意味を持つことになるのだが、それは後述するとして、当時の情況に即して言えば、〈四人組〉逮捕後の華国鋒は毛沢東路線を踏襲し、文芸界を含めてさしたる活性化は見られなかった。

中共十一期三中総会へ

一九七八年に入ると、文革なき文革路線を進む華国鋒グループと、復権を図る鄧小平（ドンシャオピン）ら古参幹部との対立が激しくなった。華国鋒らは、「毛主席の決定や指示はすべてこれを守る」として自らの正統性を主張したが、党副主席として実権を握りつつあった鄧小平を中心とする改革派は「実践は真理を検証する唯一の基準である」［『光明日報』一九七八年五月十日　特約評論員論文］として真っ向からこれに論戦を挑んだ。ここに一九七八年後半、〈すべて〉派と〈実践検証〉派との間で真理検証をめぐる論争が展開されるが、この過程で、この年の秋には天安門事件の再評価や民主化を求める若者たちの運動が壁新聞や非合法集会などのかたちで急速に展開した。こうした中で、北京市革命委員会は十一月、前章で述べたように天安門事件を四人組の圧政に抗議した「大衆の自発的な革命行動」として逆転評価した。事件を契機に毛沢東の指名で党第一副主席の地位に上った華国鋒の立場は決定的に弱体化した。

こうした流れに乗って、鄧小平はこの年の十二月に開いた中国共産党第十一期中央委員会第三回総会で、党と国家の活動の重点を従来の政治優先・継続革命路線から経済建設に移行することを決定、二十一世紀中葉までに三段階を踏んで国家を中進国水準にすべく、GNP（国民総生産）をそれぞれ倍増ないし四倍増するという具体的数値目標を明らかにした工業、農業、国防、科学技術の〈四つの現代化〉の道を示し、〈思想開放〉の大号令を発した。これによって、農業経営請負や都市の個人経営などが広がり、社会は一挙に活性化した。人々はこれを〈第二の解放〉と呼んだ。

民主と人権運動の挫折・鄧小平体制の形成

天安門事件再評価を求めて盛り上がった七八年秋の若者たちの運動は、七九年に入ると一歩進んで、より広範な〈民主〉と〈人権〉を要求する運動へとすすんだ。かかわったのは文革期に紅衛兵であった無名の若者たちで、彼らの手段は、文革中に「公民の権利」として憲法に書き込まれることになった壁新聞〔中国語では〈大字報〉。とくに北京市西単の中南海の壁に代表的なものが貼り出されたので〈民主の壁〉と呼ばれた〕、および非合法集会、そしてアングラ雑誌〔中国語では〈地下刊物〉〕などであった。

さまざまな流れが出現したが、もっとも過激だったのは北京の公園の労働者魏京生（ウェイジンション）〔一九五〇～〕が主宰した『探索』で、「民主」という「第五の民主」なき「四つの現代化」は画餅に過ぎぬと断じ、鄧小平を「新たな独裁者」として警戒せよと呼びかけた。それに対して、徐文立（シュイウエンリー）〔一九四三～〕の『四五論壇』は穏歩前進的な立場を取った。さらに、王軍濤（ワンヂュインタオ）〔一九五八～〕らの『北京の春』のように共産党を支持する立場からの内部改革を訴えるグループもあった。また、政治とは一線を画すことを明言した北島（ペイダオ）〔一九四九～〕らの『今天（ＴＯＤＡＹ）』は斬新な象徴詩で若者の感性を一変させ、政治を超えた影響を与えたが、それについては後述する。いずれにしてもわずか三ヶ月ほどの間に多くの発言がなされ、その多くは失われたが、重要なものは台湾の中共雑誌社編『大陸地下刊物彙編』（全二十集）で見ることができる。

総じて、若者たちの主張は西欧的な政治原則を要求する主張で、とりわけ「人権」が公然と口にされたのは建国以来、初めてであった。一党独裁の根底が揺るがされることに危機感を感じた鄧小平は、八〇年三月の中央理論工作会議で遵守すべき〈四つの基本原則〉として①社会主義の道、②プロレタリア独裁、③共産党の指導、④マルクス・レーニン主義と毛沢東思想を決定し、その最初の生け贄として魏京生を逮捕し〔三月〕、懲役十五年に処した〔十月〕。これ以後、民権運動家の逮捕・投獄がつづき、アングラ雑誌は没収され、壁新聞の権利も憲法から抹殺された〔八十年九月〕。かくして、民権運動は、わずかに『今天』が拓いた象徴詩運動を除いてひとたび抹殺されてしまうが、その原因は、弾圧の厳しさのほかに、市民社会を経験していない中国民衆に民権運動家の主張を受け入れるだけの〈民度〉の成熟が無かったことにも求められよう。もっとあからさまに言えば、文革十年を経験した民衆は、〈政治〉の激動に飽き飽きしていた。その情況は、次に述べる六・四事件の一時期を除いて、基本的にはその後も変わってはいない。

　これを、支配する〈党〉と鄧小平の側から言えば、一九八〇年初頭において、〈四つの現代化〉なる希望と〈四つの基本原則〉なる壁を中国民衆の前にしつらえて見せたわけで、それ以後、曲折を経つつも、二十一世紀に入っても基本情況は変わらないままである。

改革開放と保守派の抵抗・天安門事件へ

　とはいえ、〈総設計師〉と呼ばれた鄧小平の下で、一九八一年から党総書記の地位についた胡耀邦（フーヤオバン）〔一九一五～八九〕は同じ年に国務院総理となった趙紫陽（チャオヅーヤン）〔一九一九～二〇〇五〕とともに〈右派分子〉の名誉回復や旧地主、旧資本家の社会的権利回復、言論・表現の一定の自由許容などの政策を進め、社会は活気づいた。そうした動きは旧来のイデオロギーや特権に縛られた保守的党官僚たちの絶えざる警戒心を刺激し、抵抗に遭った。その代表的なものが一九八三年から展開されたいわゆる〈精神汚染反対〉のキャンペーンであった。

　しかし、いったん開かれた西側世界の魅力には抗しがたいものがあり、八十年代半ばからは北京大学をはじめとする各大学で〈民主〉を求める討論会がさかんに開かれ、そうした中から天体物理学者方励之（ファンリーチー）〔一九三六～二〇一二〕のように〈全面的西欧化（全盤西化）〉を公然と提唱する人も現れ、科学技術大学の学生らは学長の直接選挙を要求するにいたった［一九八六年］。こうした動きに一定の理解を示した胡耀邦は、やがて鄧小平らの党長老たちによって〈ブルジョワ自由化〉を野放しにしたとして党総書記の地位を追われるにいたった［一九八七年一月］。

一九八九年四月、その胡耀邦が心臓発作で急死すると、その名誉回復を求めた北京の学生たちの追悼活動は大規模な非合法デモや集会に発展。これを党が『人民日報』社説［四月二六日付］で「動乱」と決めつけたため学生・市民の一層の反発をまねき、官僚汚職への憎しみもからまって、デモ活動は全国各都市へと広がった。五月に入って学生たちが北京の天安門広場で大規模なハンストに入ると、これを支持する百万人を超える市民や知識人らが民主や言論の自由を求めて北京の街頭を埋めるにいたった。鄧小平を中心とする共産党指導部はこれに対して戒厳令を布告、六月四日未明から戦車部隊による血の弾圧を加えて、運動を鎮圧した。この時の死者の数は数百人から数千人までいろいろに言われているが、詳細はいまだに明らかにされてはいない。が、ともかくこれによって人々は、共産党によるいわゆる〈改革・開放〉の残酷な本質をしたたかに思い知らされることとなった。

ただし、巨視的に見れば、鄧小平は共産党の独裁という建国以来の一貫する政策を継承したに過ぎないとも言える。ただ、文革終息から九十年代のいわゆる〈社会主義市場経済〉体制に移行するまでの十年間に独裁にある種の緩みが生じ、それが八十年代の十年間に文学を含むイデオロギー分野でつかの間の開花現象を生んだことは確かである。とはいえ、それらがしっかりとした根を下ろすには、時間が余りにも短か過ぎたともいえようが、それを論ずるまえに、いまは取り敢えずその間の文学上の現象を素描することとしよう。

2　価値観の反転・〈傷痕文学〉

文芸雑誌の復刊　長期にわたる文芸ファッショが生んだ荒廃に耐えかねるようにして、文革末期の一九七六年に入ると、一部の文芸雑誌の復刊が見られた。『詩刊』（七六年一月）、『人民文学』（同上）、『人民戯劇』（同三月）、『人民電影』（同上）などがそれである。そこには、なんらかの程度で毛沢東その人の指示がはたらいていたようであるが、掲載されたのが文革礼賛の作品ばかりとあっては、情況に変わりはなかった。

内外文学作品の解禁　こうした情況は文革終息後もしばらくつづいたが、雪解けのための努力が、内外の文学作品の閲読を一切禁じるという〈文革〉期の極端なファッショ情況からの脱却から始められたのはごく自然であった。その一例として、『人民日報』一九七八年一月七日付の「北京図書館が大量の中外図書を解放」という記事から一般閲覧が許された外国文学の作家名のみを列挙してみよう。

バルザック、フロベール、ロマン・ロラン、ユーゴー、プーシキン、トルストイ、ディケンズ、ハーディー、ゲーテ、マーク・トウェーン、セルバンテス、ダンテ、夏目漱石、シェークスピア、ハイネ、イプセン、タゴール、小林多喜二。

　これに、郭沫若「女神」を初めとする五四時期からの文学作品名がつづくが、こうした内外の基礎的文学作品にあらたに触れるというまれにみるプリミティブな地点から、この時期の文学活動は始まったのである。

　その際に、文学など読まない大衆を含めて、表現世界への強烈な刺激を与えたのが日本映画であったことは記憶されてよい。とくに、一九七八年に北京、上海など全国八大都市で行われた日本映画祭で上映された『君よ憤怒の河を渉れ』〔佐藤純彌監督　中国訳『追捕』〕と『サンダカン八番娼館』〔熊井啓監督　中国訳『望郷』〕の二作品は、不条理な世界を生きる登場人物たちの姿が文革で痛めつけられた観客の共感を呼び、その後の文学世界のために地ならしの役目を果たした。

劉心武『担任教師』・盧新華『傷痕』

　何事によらず、最初の壁を突破するのは容易ではないが、この場合、それはある短編小説によってなされた。『人民文学』一九七七年十一期に掲載された『担任教師（班主任）』がそれである。

《一九七七年の春、光明中学三年三組の担任・張俊傑（チャンチュインチエ）のもとに非行少年の宋宝琦（スウンバオチー）を受け入れるようにという難題が持ち込まれる。息子が警察に捕まり、もとの居住地にいられなくなった両親がこの地区に越してきたためだ。

　このニュースが伝わると、三年三組は大騒ぎになり、登校拒否を言い出す女生徒も出る。張先生は宋宝琦の持ち物を手がかりに、クラスの共産主義青年団書記の謝恵敏（シエホイミン）にクラス討論を組織させる。乱闘用のチェーンやぼろぼろのトランプ。それに、表紙の千切れた本。それは、文革前に出版されたイギリスの女性作家・ヴォイニチの小説『虻』で、張先生にとって、学生時代に仲間たちと熱くなって議論した作品だった。そのある頁にラブシーンの挿絵があるのを目にした謝恵敏は、読んでもいないのに、「エロ本」だと顔色を変える。

ことの重大さに、宋宝琦の家を訪ねた張先生は、そこに知性のかけらもない少年を見いだす。『虻』を盗んだのは売るためで、虻という文字さえ読めず、そのくせ中の女性の挿絵に髭を描いたりして遊び、先生を前にすると「エロ本を読んだりして、済みませんでした」などと言う。

張先生は、クラスの模範生・謝恵敏と非行少年宋宝琦の二人が、当局の許さないものは〈悪〉と決めつけてしまい、若い心に本来あるべき柔軟性がすっかり失われていることに、あらためて愕然とする。》（梗概）

小説は、謝恵敏や宋宝琦の対立面に、知的両親の下で育って比較的柔軟な考え方をする女生徒の石紅（シホン）を設定するなど、構成や筋立てなど図式的で、作品としては習作の域を出るものではない。にもかかわらず、この小説は、少年少女の心の荒廃を描くことによって、文革がもたらした災害の最深部を抉ってみせることで新たな文学世界の幕を開けることとなった。

当時の情況はなお厳しいもので、この年、つまり一九七七年の二月には、時の党主席・華国鋒が〈毛沢東の決定した政策や指示はすべて遵守せよ〉という趣旨のモットーを高々と提唱しており、文革の波はまだ勢いを失ってはいなかった。おまけに、発表の舞台は党の文芸部門の顔とも言うべき作家協会機関誌『人民文学』である。掲載を決めた当時の編集長はクビを覚悟したというエピソードもあるくらいであった。そうした情況下で、この小説は、おずおずとではあれ、文革のもたらした残酷な現実を描いてみせたのである。この少年少女たちの物語をのぞき見た読者は、政治のお説教や厚化粧を剥ぎ取った隙間にこちこちに硬直した人の心が露呈しているのを瞥見させられた。描かれたのがなお幼い存在であるだけに、印象は却って強烈であった。作品が突き出したのは、一口に言えば〈人〉はこれでよいのかという問いであり、素朴であれ、そこに新たな文学の地平がかすかに開かれたのである。

作者の劉心武（リューシンウー）は一九四二年生まれで、長く中学教師をしており、作品はその体験から生まれた。この一作で文学界に登場した劉心武は、長編『鐘鼓楼』（八四年）など、都市市民の日常を描く作品で知られるようになる。

これを受けて、文学界に大きな流れを作ったのは盧新華『傷痕』であった。作者の盧新華（ルーシンホワ）は一九五四年生まれの上海・復旦大学の学生で、この小説は学生寮の壁新聞として貼り出された［一九七八年四月頃］のが評判を呼び、やがて『文滙報』［一九七八年八月十一日付］に転載されて大反響を呼んだ。

《一九七八年の春節、上海行きの夜行列車に下放先の遼寧省の農村から帰郷する王暁華（ワンシャオホワ）の姿があった。母が待っている上海。彼女が母親と決別して、列車に飛び乗ったのは九年前だった。

文革が始まって間もないあの日、女手一つで自分を育ててくれた母親が革命中に党を裏切ったと知らされたときのショック。そんな母親との関係を一切断ち切ることを決意して、彼女は農村へ下放したのだった。

だが、裏切り者の娘は、下放列車の中からしてつまはじきされた。唯一声をかけてくれたのは蘇小林（スーシャオリン）という男子生徒。それ以後、同じ地方に下放した暁華を、蘇小林は何かとかばってくれた。

それでも、母親のレッテルはどこまでも小林を束縛し、下放生活の厳しさに耐えてどんなに努力しても共青団への入団は許されなかった。手紙や小包も開けないで送り返すなど、母親とはきっぱり一線を画していると蘇小林や友人が証言してくれても、上の評価は変わらない。それどころか、自分との交際が蘇小林の前途を邪魔しているらしいと知る。暁華はすっかり落ち込んで、小林とも距離を置くようになり、かつての積極さも失っていく。

やがて、〈四人組〉が逮捕され、文革が終わった。七七年の末、母親からの手紙がきた――自分の裏切り者の汚名は冤罪で、名誉回復された自分は学校で働いているが、躰が弱っているので、会いにもどってほしい、うんぬん。

こうして九年ぶりにもどってきた暁華を待っていたのは、病に倒れた母親が入院したとの知らせだった。急いで駆けつける暁華。だが、母親はその日の朝に息を引き取っていた。遺体にすがりついて号泣する暁華に、蘇小林が母親の日記の最後のページを示す。そこには、「娘の傷痕は、わたしのそれよりもっと深いだろう」とあった。》（梗概）

この小説がまだ壁新聞だったころから、作者はどうして自分のことをこんなに詳しく知っているんだろうという読者の反応があったことがいくつも伝えられている。そこには、現実とフィクションの区別すらつかなかった毛沢東時代からつづく未熟な精神生活のありようが如実に反映されているには違いないが、同時にそれは、幼稚とも言えるこの物語が文革時代を生きた人々、とりわけ〈紅衛兵〉世代の心の世界を初めて掬い取っていたことをも物語っている。これに類する物語は、文革十年を通じてざらにあった。この小説の新しさは、それを〈傷痕〉＝心の傷として、センチメンタルな次元で取り出してみせたところにあった。この小説の出現で、中国の読者たちは長く禁じられていた〈泣く〉ことを覚え、ここからいわゆる〈傷痕文学〉の幕が開けた。

〈傷痕文学〉と呼ばれる作品は数多く、その概況は次にゆずるとして、小説『傷痕』からじかに伸びた作品をさしずめ二作紹介しよう。

鄭義『楓』・魯彦周『天雲山伝奇』

まず、文革そのものを描いた作品として、鄭義『楓』〔『文滙報』一九七九年二月十一日付〕を挙げよう。

文革初期のいわゆる造反派は派閥を作って大小さまざまな武闘をくりかえしたが、この小説は、そうした中で対立する派閥に属した恋人たちの悲劇を描いたもので、男の組織がビルの屋上で女性の組織を追い詰め、女性は信念に殉じて投身自殺する。それを契機に、男のほうは運動に自信を失って放浪するが、やがてその地区の実権を握った女性の組織に捕まり、恋人を自殺に追いやったとして銃殺される、というのがあらすじである。ここには、〈傷痕〉と言いすててしまうにはあまりに悲惨な現実があるが、特徴的なのは、「目を醒まして」と呼びかける女性と「きみこそ投降しろ」叫ぶ男性という二人の恋人たちの死をもって購うほどの対立の根拠が何も示されていないことである。強いて言えば、〈毛主席〉に対する忠誠心が目盛りとでも言おうか。ほとんどばかばかしいほどのことだが、それがあの文革の熱狂の正体であった。

作者の鄭義（チョンイー）は一九四七年生まれ。清華大学付属中学で文革に参加、後に山西省に下放。『楓』の後、一九八五年には改革・開放の波に襲われる山西の古き伝統の村を描いた中編小説『老井』（『当代』一九八五年第二期）が反響を呼んだ。

文革の傷痕への内省は、当然のようにより根源的な場所へと人々を導く。それは、文革に先立って、その導火線ともなった一九五〇年代半ばの反右派闘争である。その問題をいち早く掘り出したのが魯彦周『天雲山伝奇』（『清明』一九七九年第一期）であった。

《一九五六年春、天雲山特別区総合考察隊の政治委員として赴任した羅群（ルオチュイン）は先任政治委員呉遥（ウーヤオ）の政治優先で知識人を軽んじる作風を改めることで成果を上げ、その過程で若い技手の宋薇（スウンウェイ）と恋仲になる。だが翌年、反右派闘争が始まると、知識人を重視する羅群は右派分子のレッテルを貼られ、辺鄙な農村に追放される。宋薇は羅群との恋愛関係を解消し、呉遥と結婚する。いっぽう宋薇の親友馮晴嵐（フォンチンラン）は逆境の羅群に同情し、村の小学校教師をしながら羅群を助け、羅群も苦しい中で希望を棄てず天雲山考察をつづけ、分厚い調査報告をまとめる。その一方で、野心家の呉遥は党地区書記へと出世街道を進み、妻の宋薇も夫のおかげで地区の党組織部副部長になる。

　文革が終わった。宋薇はかねて気になっていた羅群の再審査請求の検討を始めようとするが、呉遥は職権を盾にことごとく妨害する。宋薇はようやく夫の本質に気づくが、そんなときに夫の机の引き出しに隠されていた馮晴嵐からの訴状を読むにおよび、右派分子とされた羅群の罪状が夫のでっち上げだったことを知る。同時に、ほかの友人からの手紙で、羅群と馮晴嵐が苦難の中で天雲山調査に成果をあげたことを知り、過去の過ちに気づいて、羅群の名誉回復を図ろうとする。それを知った呉遥は旧悪がばれるのを恐れて暴力まで振るって妻を脅す。宋薇は今度こそ良心に従うことを決意し、夫と決裂する。

　羅群の名誉は回復され、ふたたび天雲山調査隊の責任者になるが、長年の不遇な暮らしゆえに不治の病を得た馮晴嵐は帰らぬ人となる。その墓参に天雲山に向かった宋薇は、再び生き生きと調査活動に従事する羅群を見かけるが、それはもはや彼女が声をかけうる存在ではなく、宋薇は一人その場を立ち去った。》（梗概）

　ここには『傷痕』よりはるかに厳しい現実がある。いわゆる〈反右派闘争〉は毛沢東時代のタブーで、誰も触れることが許されなかった。それをこの小説は、いきなり悪徳党官僚による冤罪事件として描いてみせたのである。この小説の呉遥は、党と毛沢東の権威を盾に政治の風向きを読み、邪魔者を右派分子にでっち上げて追放し、地位と女を手に入れるのである。いち早く羅群と手を切った宋薇の生き様も、意地悪く見れば素早く勝ち馬に乗り換えたと見えない訳ではない。むろん作者はそこまで露悪的に書いている訳ではなく、そこにこの時代の文学者たちのなおも〈党〉や毛沢東に信頼を寄せる人の好さが現れてはいるが、早い話が描かれているのはそういう事柄である。そうして、その側面だけでいえば、反右派闘争のタブーに初めて切り込んだこの小説を超えるものは、その後の同種の作品で多くはないのである。

作者の魯彦周（ルーイエンヂョウ）［一九二八〜二〇〇六］は建国前から革命運動に参加、建国後は演劇や映画の台本を書いていたが、この作品が代表作となった。

3　ヒューマニズム文学の諸相

いわゆる〈新時期文学〉の展開のさ中の一九八六年、理論面でその流れをリードしていた劉再復（リューヅァイフー）［一九四一〜］が次のように書いているのは優れた中間総括になっているとあらためて感じられる。

「新時期文学発展は総体として人間の再発見という軸をめぐって展開された。新時期文学作品の感動は、それが空前の情熱とともに人間性や人情や人道主義を叫び、人の尊厳と価値を叫んだところに生まれた」

（「新時期文学の主潮」『文滙報』一九八六年九月十日付）

そのかたわら、劉再復は、巴金などの例外を除いて、内省意識［原文：自審意識］に於いてなお不足することも鋭く指摘しているのだが、ともかく以下にいくつかのテーマをしぼって、おおよその広がりを瞥見することにしよう。その際、作品の質を度外視するわけではないが、主眼はあくまで拓かれた文学世界の広がりにおく。

〈愛〉と〈性〉

張潔『愛、忘れえぬもの』・張弦『愛情に置き忘れられた片隅』・路遥『人生』
遇羅錦『ある冬の童話』・張賢亮『男の半分は女』

禁忌が解かれた文学界で、いち早く開いたのが男女の愛情の世界であったのはきわめて自然なことであったが、その窓を開けることとなった張潔（チャンヂェ）の短編『愛、忘れえぬもの（愛，是不能忘記的）』［『北京文芸』一九七九年第十一期］は、その後のこの分野の展開を思えば信じられぬほどのプラトニックラブの物語であった。

張潔『愛、忘れえぬもの』

《素敵な求婚者がありながら、もう一つ踏み切れず、婚期をのがしかけている娘がいる。母親は、気がすすまないなら無理することはないという。母親自身がかつて周りの勧めるままに世間的には理想の結婚をしながら、愛を見つけられず傷ついた過去を持つせいだと娘は受け止めるが、どうもそれだけではないらしい。母親が死んで、残されたノートで秘密が明かされる。なんと、母親は妻のある同僚との〈愛〉に苦しんでいたのだ。その同僚は、革命闘争の過程である女性と結ばれ、それなりに幸せな暮らしをしていたが、それは革命の義理による結びつきの側面がつよく、〈愛〉はなかった。そんな同僚と母親との間に生まれた〈愛〉は、革命家庭を破壊するもので、許されざるものだった。二人は手を握り合うこともなく別れ、母親の手元には贈られた『チェーホフ選集』が残される。が、それでも二人は離れたままでいながら、互いに心の中で〈愛〉を育てつづける。文革で、高級官僚だった同僚は造反派の批判を浴びて殺される。そこで初めて、母親はノートに、同僚と死後の世界でやっと〈愛〉を語れると書きしるして世を去ったのだった。残された娘は、母親の〈愛〉の物語に感動しながらも、社会的制約や精神的束縛から自由な本当の魂の出会いを待とうと思う。》（梗概）

一歩間違えば〈不倫〉へと踏み込みかねないこの物語の衝撃は大きく、掲載誌『北京文芸』はたちまち売り切れたと言われる。後になって読めば、手を握り合うこともない〈愛〉の物語はいかにも不自然だが、〈愛〉を描くこと自体がまったくのタブーとされた毛沢東時代が終わったばかりの時代にあっては、一歩を踏む超えることは容易ではなかった。後世の目にはたぶん〈幼稚〉とも映るであろうこの作品は、日本の近代文学で言えばたとえば樋口一葉の『たけくらべ』と同等の位置を占める作品なので、この小説をめぐって起こった〈愛〉と〈道徳〉をめぐる論争は、この社会がようやく人間の複雑な内面に目を向けはじめたことを示していた。

作者の張潔は一九三七年の北京生まれ、人民大学で学んだのは統計学で、小説を書き始めたのはこの時期になってからだから、遅咲きというべき人である。

張弦『愛情に置き忘れられた片隅』

しかし、〈愛〉は当然ながら精神的次元にとどまることはできず、その周辺にさまざまな厳しい現実の渦を巻き起こさずにはおかない。そうした領域にいち早く切り込んだ作品のひとつが張弦（チャンシユエン）『愛情に置き忘れられた片隅（被愛情遺忘的角落）』（『上海文学』一九八〇年第一期）であった。

《文革期の貧しい山村——若い娘・存妃（ツウンニー）はたくましい若者・小豹子（シャオパオヅー）と恋仲になり、無知な若い衝動から身ごもってしまう。二人は「ふしだらなことをした」として村人から侮辱と暴力を加えられ、存妃は池に飛び込み自殺し、小豹子は罪無くして〈暴行致死〉の冤罪で投獄される。存妃の妹の荒妹（ホワンメイ）はそのショックから、男を恐れるようになる。

五年経って文革が終わり、そんな山村にも改革・開放がやってくる。その先頭に立ったのは、復員兵の許栄樹（シュイロンシュー）だった。荒妹は、そんな彼に惹かれながらも、姉の事件が与えた心の傷から、どうしても一歩が踏み出せない。あるとき、二人きりになった折りに、許は荒妹に、存妃や小彪子は貧しさや古い考え方の犠牲者だと言って聞かせるが、荒妹にはとっさに理解できず、却って姉を侮辱されたように感じて、その場を走り去る。

その荒妹に縁談が持ち上がる。結納は五百元と毛糸のセーター。このカネで一家が救われるのだと母親は言うが、荒妹は思わず娘を売るつもりかとくってかかる。そのことばに、母親は胸をつかれる。実は母親の菱花（リンホワ）自身が、三〇年前に結納を餌に金持ちに嫁がされかけたとき、おなじことばを叫んだからだ。その頃は土地改革の最中で、それを指導する党員の支持のもと、新婚姻法に定めた自由結婚で貧しい若者と結ばれ、存昵や荒妹たちを産んだのだった。

母親は苦悩するが、暮らしの現実からして、やはり結納を受けて欲しいと説得する。が、自分が叫んだことばでかえって目覚めたのは荒妹で、許の言ったことの意味をかみしめながら、彼のもとを訪ねる決意をする。》（梗概）

この小説ではセーターが小道具として使われる。母親がそれ一つをいわば花嫁衣装として身に着けてきたグリーンのセーター。それはほとんど使われることなく成人した娘に贈られるが、豊満な娘がきつすぎるそれを好きな若者の前でうっかり脱いでしまって、胸があらわになったところから、若い二人に間違いがおこり、悲劇が生まれる。その妹への結納として差し出される別のセーター。セーターはそれしかないということで貧困を象徴するとともに、若い娘たちの豊かさへの憧れをも暗示していよう。こうしてこの小説は、農山村の驚くべき貧しさ、貧しさゆえに産まれる無知や売買結婚の陋習などを建国後に初めて描いたことで、文学上の新たな一頁を拓くとともに、映画化もされて大きな反響を呼んだ。

作者の張弦［一九三四～九七］は五十年代から小説やシナリオを発表していたが、五十七年に右派分子とされて、多くの知識人とおなじ運命をたどった。この作品以後にも、未亡人の恋を描いた短編『未亡人』（『文滙月刊』一九八一年第一期）で議論を呼んだ。愛のないまま結婚した幹部の夫を〈文革〉で失い、未亡人となって初めてやってきた五歳年下の郵便配達員との恋。しかし、死んだ夫の党指導者としての威信や市の指導者である現在の彼女の社会的地位をはじめ、さまざまなものが中年にして訪れたこの〈初恋〉を妨げる――「ふしだらな女」「晩節をけがすな」・・・・ここで張弦は、『愛、忘れえぬもの』を一歩踏み込んだ次元での〈愛〉の領域へ切り込んでみせたが、ヒロインがこの壁をどう突破するかまでは描くことができていない。それでも、さまざまな非難がこの短編に浴びせられたのである。

路遥『人生』

〈愛〉は心の世界であるとともに、すぐれて人生の道をどう選ぶかの問題でもある。それは、この世界のほとんどの若者にとって、一度は選択を迫られる岐路でもある。それを、素朴なかたちで突き出したのが、路遥（ルーイヤオ）の中編小説『人生』（『収穫』一九八二年第三期）であった。

《大学統一試験に失敗して、村の学校で臨時教員をしている高加林（ガオジャリン）という若者がいる。まだ人民公社時代で、村を仕切るのは生産大隊長。彼は自分の息子を臨時教員に押し込むため、高加林を追い出す。上に訴えようとするが、両親が恐がって止める。やむなく、落ち込んだまま、農民として生きることにするが、そんな彼にも心を寄せてくれる村娘の劉巧珍（リューチャオヂェン）がいた。

　だが、町へ肥汲みに行って侮辱されてから、ふたたび町への夢にとりつかれる。折しも、軍を退役した叔父が地区の労働局長になり、その伝手で高加林は県庁の広報事務員に裏口就職し、筆が立つところから頭角を現す。そんな彼に惹かれる県庁の放送アナウンサー黄亜萍（ホワンイヤピン）。高加林は都会風の彼女の虜になり、劉巧珍に便りもしなくなる。傷ついた劉巧珍は親の言うまま、嫁いでいく。

　順風満帆にみえた高加林だが、やがて厳しい現実が待っていた。裏口就職がばれて県庁を首になり、やむなく村にもどったが、そこにはかつて彼を支えてくれた劉巧珍の姿はなかった。》（梗概）

　ここには、〈都市と農村〉の問題がきわめて分かりやすい形で描かれている。この問題は、中国にとどまらず、人類永遠の課題といってもよいが、とりわけ中国にあっては厳しいテーマでありつづけている。かつて〈文革〉時代には、いわゆる〈下放知識青年〉の問題として都市青年にこの課題が突きつけられたが、〈改革開放〉期にあっては、農村の青年の前に〈赤と黒〉の課題が現れたのである。毛沢東時代の閉鎖型社会では、農村から都市への道はごく限られた狭いものであったが、〈改革開放〉はそれを原理的には無限の広さに広げたのである。その初期のこの時期にあっては、その空間はまだかなりに限定されていたとはいえ、それは早くも新たな苦悩を農村の若者に運んできた。梗概を読めば分かるように、ほとんどテーマ小説と言ってもよいほどに型にはまったこの小説が、発表当時にあって作中人物、とりわけ高加林のイメージをめぐって熱い論争を呼んでのは、映画化されたという要因のほかに、ここに新たな時代が呼び起こす未知の人間的葛藤や苦悩の予感があったからにほかならない。そして、これ以後の中国文学は、以外なほどにこの世界を掘り下げる努力を怠っているのである。

　作者の路遥（ルーヤオ）は一九四九年に陝西省楡林地区の貧しい農家に生まれた。一九七三年に延安大学に入学後に小説を書き始める。『人生』はその出世作で、映画化されたことは前述したが、其の後は改革・開放期の都市と農村の激変を描いた長編『平凡な世界（平凡的世界）』（一九八六年）を発表して第三回茅盾賞を受けるなど期待されたが、一九九二年に肝硬変で亡くなった。

遇羅錦『ある冬の童話』

　〈愛〉は必然的に〈性〉と結びつくが、そこは、中国では伝統的にまともな文学が踏み込んではならない世界とされてきた。とりわけ、〈愛〉すら口にすることが許されなかった毛沢東時代には、それを暗示することさえたえてなかった。それと並んで、離婚も、許されなかった訳ではないが、それには双方の同意は必要で、一方的な要求は認められなかった。ところが、その〈性〉や離婚を露骨に、それも自らの体験として語った小説が現れた。それが、遇羅錦（ユイルオヂン）『ある冬の童話（一個冬天的童話）』（『当代』一九八〇年代三期）である。

　作者の遇羅錦は、両親が民国時代に日本留学生であったところから、一家は早くも五〇年代から社会的差別に遭った。〈文革〉が始まると、弟の羅克（ルオコオ）が、出身階級万能論の共産党支配が血統による非人間的な社会的差別を産んでいる事実を告発する論文「血統論」を発表したことで〈反革命分子〉として銃殺され、差別は一層酷いものとなった。それから逃れて一家の戸籍を得るため、羅錦は黒竜江省の北大荒（ベイダーホワン）と呼ばれる荒野に〈下放〉していた青年と愛のない結婚をするが、改革・開放時代になって離婚訴訟を起こす。

おおよそ、こうしたおのれの体験を赤裸々に綴ったのがこの作品で、自伝小説とでも呼ぶべき作品であった。そこには、愛のない性交渉を剃刀を構えて拒むなどの描写や、夫以外の男性に惹かれる心の動きなども描かれていた。

それだけでもこの作品は論争を呼んだが、作者がこれにつづいて、離婚から再婚へ、さらにその相手との離婚訴訟へと進み、その間に社会的にも地位のある妻子ある男性とも付き合っていることなどを綴った続編ともいうべき『春の童話』（『花城』一九八二年第一期）を発表するにおよんで、世論は俄然沸騰し、作者に「堕落女」のレッテルを貼る動きさえあった。羅錦がそうした〈世論〉に一貫して挑戦的態度をとり続けたことも、事態をいっそう紛糾させた。が、作品の文学的評価や作者の対処の善し悪しを別にして、これをめぐる動きの意味を考えるに、ここには中国文学が、前述の張潔の〈愛〉をめぐるあの躊躇いがちな出発から数年ならずして、良くも悪くもずけずけと人間の欲望の世界に土足で踏み込み始めたことを意味していよう。そうしたなかで、遇羅錦は一九八六年に当時の西ドイツに亡命した。

張賢亮『男の半分は女』

遇羅錦の告白的小説は個人体験から発した〈愛〉＝〈性〉に焦点を当てた共産党支配体制へのある種の告発であったが、それは全体としていわばゴシップ風なレベルにとどまっていた。それを、より人間性の深みで追求しようとしたのが張賢亮（チャンシエンリアン）の『男の半分は女』（『収穫』一九八五年第五期）であった。

《文革。開始二年目の一九六七年、「わたし」章永璘（チャンイユンリン）は労働改造隊で水田管理班の班長に回される。すでに、一九六二年から二回も労働改造を経験していることが買われてのことだった。夜になると、稲田の泥小屋で、労働改造犯たちとの話は〈女〉のことになるが、三十一歳になってまだ女を知らない章永璘にとって、女はもはや動物的欲望の対象でしかない。

ある日、田んぼの見回りに出た章永璘は、葦の葉陰で全裸で水浴している若い女を目撃する。それは女の労働改造犯の黄香久(ホワンシアンチュー)であった。無言の女に全身で誘われ［後になって、強姦未遂犯を突き出して、当局に〈功〉を認めてもらうためだったと女は言う］、章永璘は震えるが、欲望の塊になりつつも、習慣化されたさまざまな恐れで、章永璘は逃げ去る。翌日、女はすれ違いざまに章永璘に憎しみを込めた罵声を囁く。

八年が経った一九七五年、章永璘はもとの農場で黄香久と再会する。この間、章永璘は大衆独裁を一年、投獄を二度、くらっていた。黄香久のほうは、二度結婚と離婚を経験していたが、労動改造犯だったことが離婚理由だった。再会した黄香久は、章永璘に好意を示し、周囲も結婚を勧める。国家やおのれの現在にも未来にも展望を失った章永璘は、投げやりな気分で結婚を承知する。黄香久の手で飾られたもとは倉庫だった部屋で初夜を迎えた章永璘は、いざことに及んで、愕然とする。「男性と女性との格闘」に「わたし」は「失敗」する。長期にわたる政治的抑圧に性的能力を奪われたのだ。「廃人」を自覚した章永璘は離婚を申し出るが、黄香久は承知しない。その黄香久が農場の党書記を自分のいないときに家に入れていることを知っても、どうすることもできない。

転機は自然災害がもたらした。大雨で決壊しかけた堤防を守るべく、労働改造農場や周辺の農村の人々は普段の差別を乗り越えて、一つになって戦うほかはなかった。章永璘は、背丈の三倍もある水中の穴を干し草で塞いで、決壊を防いだ。その夜、ずぶ濡れの躰を拭いてくれる黄香久を前に、章永璘は勃然と欲望を覚える。肉体の戦いが精神の抑圧からの解放をもたらしたのだった。

しかし、時代は周恩来の死をきっかけに、新たな胎動を始めつつあった。章永璘は、意味もなく狭い世界でいたぶり合うことに見切りをつけ、黄香久と離婚して新たな世界へ出て行く決意をする。》（梗概）

〈労働改造〉は、二十世紀の〈社会主義〉が産んだ人間抑圧の手段の傑作と言うべきかたちだが、中国共産党と毛沢東はその優れた運用者だった。数千万人ではきかぬ数の人々がその網に絡め取られて人間性を奪われたはずだが、それを〈性不能〉という次元で正面から切り込んだのはこの作品が初めてであった。自然との闘いによるその救済という終末部分に類型性はあるにしろ、この作品が、張潔によって拓かれた〈愛〉の文学世界の一つの着地点であったことは間違いない。この作品が掲載された『収穫』一九八五年第五期には、「毛主席万歳」と叫びながら銃殺される〈文革〉初期の地方政治家を描いた台湾の作家陳若曦（チエンルオシー）［一九三八〜］の短編『尹県長』や、この時期を代表する重鎮作家王蒙（ワンモン）［後述］の長編『着せ替え人形（活動変人形）』の一部が転載されていることにも、そうした文学界の姿が象徴されていよう。

作者の張賢亮［一九三六〜二〇一四］は、国民政府官僚で建国後に獄中死した人を父親にもつ。一九五四年に北京の高校を卒業後、寧夏省へ下放。五七年、長篇詩『大風歌』で右派分子のレッテルを貼られ、七九年まで労働改造、投獄を繰り返し、一時流浪生活を送った時期もあった。晩年は実業家でもあった。

〈人間〉　戴厚英『ああ、人間』

この時期の文学界が総体として追求したヒューマニズムのテーマをそのものずばり題名とした小説も現れた。戴厚英（ダイホウイン）の長篇『ああ、人間（人啊，人）』（広東人民出版社　一九八〇年）がそれである。

建国間もない一九五〇年代半ばに同じ大学生活を送った数人の知識人が、反右派闘争から文革十年を経て改革開放期にいたる三十年間を如何に相互に関わりつつ生きてきたかを描いた作品だが、各章ごとに語り手を換え、その告白を通じて物語りを展開していくという当時としては新しい形式の長篇小説であった。

時間の流れも前後させることで、立体感や謎解きの膨らみもうまれている。そこには男女の愛をめぐる葛藤もあるが、中心に居座っているのは〈政治〉で、それが如何に人間性を残酷に破壊していったかが、生硬な政治の言葉で語られる。それは、リアルな暮らしの匂いのまったくしない、奇妙な観念の世界であるが、その意味を考えるには、この場合は作者の経歴を参照するほうが分かりやすい。

作者の戴厚英は一九三八年、安徽省の田舎町の貧しい店員の子として生まれた。父親はそれでも私塾に二年学んで文字が読めたが、母親は文盲だった。そんな彼女が上海の名門校の華東師範大学に入学できたのは、成績や出身階級重視政策を厳密に重視した共産党の政策のたまもので、その意味で彼女は文字通り〈党の子〉であった。毛沢東が〈左〉へと舵を切る中で、一九六〇年に大学を繰り上げ卒業する頃の彼女は、指導教授の〈人道主義〉を批判し、「私は師を愛するが、それ以上に真理を愛する」と壇上で叫んで喝采を浴びる存在で、やがて暴発した文革では、巴金などを批判・罵倒する上海の紅衛兵の最先端におり、やがて成立した上海作家協会革命委員会のリーダーの一人となる。

しかし、当時「反党・反国家」罪に問われていた詩人聞捷(ウエンヂエ)［前出四五ページ］の審査を命じられたところから、詩人への同情が愛情へと進展、あげく詩人は自殺し、自身も激しい自責の思いに襲われる。そうした経過を『ああ、人間』の「あとがき」で書いているが、この世代に共通する心の遍歴でもあると思えるので、以下に少し長い引用を敢えてする。

「ついに私は気がついた、自分が喜劇のかたちで悲劇の人物を演じていたことを。思想の自由をとっくに奪われていながら、自分ではいちばん自由だと思い、精神の首枷を美しいネックレスとして誇り、人生の半ばを生きてきながらおのれを認識できず、おのれを発見できないでいる人間だったことを。

わたしは演じることを止めて、おのれを見つけた。なんと、わたしは血や肉を備え、愛し憎み、情や欲を持ち、考える力を持った人間だったのだ。わたしは人としての価値を持つべきで、〈従順な道具〉などと貶められたり、自ら甘んじるべきではないのだ。

一つの大きな文字が素早くわたしの目の前に動いてきた――〈人間〉！　久しく唾棄され、忘れられていた歌がわたしの喉をついて飛び出した――人間性、人情、人道主義！」

いかに紋切り型の言葉に響こうと、これは毛沢東時代を生きた多くの若い知識人の自画像にほかならなかった。とりわけ、「精神の首枷を美しいネックレスとして誇り」という言葉は、たんに毛沢東時代にとどまらず、かの地に共産党の一党独裁がつづくかぎり、普遍性を持つとさえ言えよう。ともあれ、『ああ、人間』は、ほかにこの作家が書いた長篇『詩人の死』とともに、この時期のある世代の知識人の自己再発見の物語としての意味を持つ。

ただ、この女性作家は、乏しい収入から、当時はまだ貧しかった故郷の町の教育支援のための寄付をしつづけたために、彼女を大金持ちと誤解してその田舎町からわざわざ上海に出て来て押し込んだ無知な若い男に撲殺される［一九九六年八月］。「悲劇」は、彼女の場合、終生つづいたと言えよう。

〈反思〉とその限界　王蒙『ボルの敬礼を』・白樺『苦恋』

王蒙『ボルの敬礼を』

この時期、哲学用語で日本語で言えば〈内省〉を意味する〈反思〉という言葉がしきりに使われたのは時代の雰囲気を体現するものだが、ここでも敢えて耳慣れないこの言葉をそのまま使うことにする。文学分野では〈反思文学〉と呼ばれた一連の作品が生まれたが、その代表格は王蒙であった。ほとんどの作家たちが文学的に言わば素人であったなかにあって、五十年代にあの『組織部に新たにやってきた若者』を書いたこの作家は文学創作の上でも人間的にも十分に成熟しており、その作品は質、量ともに群を抜いていた。と同時に、彼の作品には、再出発とも言うべきこの時代の文学が孕んでいた〈危機〉もすでに明確にその母斑を露わにしていたのである。そのプラスとマイナスを如実に体現したのが中編小説『ボルの敬礼を（布礼）』〔『当代』一九七九年第三期〕であった。

この小説についてはすでに第Ⅳ章でそのあら筋を紹介し、主人公が「〈党〉に対する物神崇拝とそこから起こるカルト集団的マインドコントロールの状態」から自分でも仰天するような自己批判を書いて〈右派分子〉のレッテルを貼られ、山間部に労働改造にやられるところまで紹介したが、主人公はそれでも〈党〉への信念を失わず、自己改造に努めるうち、ある大火に遭遇し、必死の消火作業中に重傷を負うのである。にもかかわらず、〈右派分子〉であるがゆえに公安部からは厳しい査問に晒され、あろうことか最初に火事に気づいたことまでが放火の嫌疑とされる。さすがの彼も「毛主席はこんなことをご存知だろうか」と動揺するが、〈党〉への信頼から辛うじて踏みとどまる。その後の文革時代の迫害をつうじて、

〈すべては嘘っぱちだぞ〉と囁く「灰色の影」の誘惑にさらされながら、あの「布礼」の記憶にすがるようにして鍾亦成は生き抜く。その過程で、かつての上級指導者で文革で〈打倒〉された幹部の口から、鍾亦成が「右派分子」に区分されたのは、党の指導部から右派分子区分の数値目標が降りてきたためで、罪状とされたあの四行詩はたんなる口実だったという恐るべき事実を知らされる。

文革が終わった一九七八年九月、鍾亦成は初めて本音で〈党〉に上申書を書く。翌七十九年一月、復党が認められた彼は、言いしれぬ苦労をともにした妻とともにP市の城楼に上り、こう叫ぶ。

「なんと素晴らしい国家、素晴らしい党であろう！　嘘や冤罪に満ちていたにもせよ、わが党の愚公たちはシャベルで一掬いづつ掬っては掬いして、その山を掘り崩していったのだ。海のような汚水や無念さも、わが党の精衛［せいえい。東海で溺死し、化して鳥となって東海を埋めたとされる伝説の娘］たちは石を一個づつ運んではその海を埋めたのだ。〈布礼〉なる言葉はもはやわれわれの手紙や口語から次第に消え去り、人々に使われなくなって外国語を含む語彙も忘れられてしまったけれど、だが、わたしどもに再度その言葉を使うことを許して欲しい。華国鋒（ホアグオフォン）同志に、葉剣英（イエヂエンイン）同志に、鄧小平（ドンシャオピン）同志にボルの敬礼を！　党中央の同志にボルの敬礼を！（略）」

「二十数年の時間はムダではなく、二十数年の学費はムダではなかったのだ。われわれが再度、正々堂々と党の戦士たちにボルシェヴィキの戦いの敬礼を送るとき、われわれはもはや子供ではなく、ずっと沈着かつ老練になっているのだ。憂慮や困難を推し量る以上に、憂慮や困難に打ち勝つ喜びや価値を推し量りうるようになったのだ。くわえて、わが国家、わが人民、わが偉大にして光栄ある正しき党もずっと沈着になり、老練になり、計り知れぬ成熟と聡明さを獲得したのだ。革命途上の茨に肝を潰した奴はろくでなしだし、そうした茨が目に入らず、はては他人にその茨を見せまいとする奴はペテン師か下心のある奴だ。いかなる力もわれわれが不滅の事実によって本来の姿をとりもどし、守りつづけた信念をして輝かしい道を前進しつづけるのを妨げることはできはしないのだ。（略）」

長い引用を敢えてしたのは、ここに、〈文革〉を頂点とする毛沢東時代から改革・開放時代へ舵を切るに当たって、中国共産党が使った論理のすり替えが赤裸々に示されているからである。それを一口に言えば、〈党〉の存在の絶対性を全面に押し出すことによって、その政治責任をチャラにしてしまうことである。政治には言うまでもなく結果責任が問われるはずであるが、ここにはそんなものはかけらもない。数億の人間をあの苦難に追いやった「二十数年」は、支払わるべき「学費」だった！　そして、無謬の〈党〉はより〈偉大〉に再生して、あらためてアンタッチャブルな存在として人々を〈指導〉するというわけである。そこでは、再び〈党〉は非党員に対して絶対的存在であり、〈党〉内では上級者は下級者に対して絶対的存在であるに違いない。

文学分野におけるそのごく一端を先に紹介したように、多くの人々が〈文革〉ないし毛沢東時代への反省から、新たな人間存在の根拠を求めて必死の模索を始めていた傍らで、王蒙はあれは「学費」であったと毛沢東時代をあっさり〈総括〉してみせたわけである。そうしてこれは一文学作品にとどまらず、この国の〈党〉の大小の官僚たちが、〈文革〉を経て再度この国の権力を手中にする際の魔法の仕掛けだった。その際、被害体験の大小は反比例的に有利にはたらいた。かくして、〈文革〉の勝利の果実はけっきょくは〈党〉官僚たちが再度手にすることになったのである。

むろん、王蒙その人にとってこの作品を書くことは真剣な文学的模索であったに違いないが、結果として、それは〈党〉の負うべき政治責任を「学費」として帳消しして仕舞うことになった。かつて反右派闘争の対象とされた『組織部に新たにやって来た若者』の著者として著名であった人の作品であるだけに、影響は大きく、この後に発表された作品としてはるかに『ボルの敬礼』を凌ぐ優れた長篇『蝶（蝴蝶）』（『十月』一九八〇年第四期）などとともに、この〈論理〉が結局文芸界の流れの主潮を作ることとなった。

白樺『苦恋』

こうした流れに冷水を浴びせるような動きも党の側にまったく無かった訳ではない。そのきっかけは、詩人で劇作家の白樺（バイホワ）［一九三〇～二〇一九］が雑誌『十月』一九七九年第三期に発表した映画シナリオ『苦恋』［映画監督彭寧（ボンニン）との共同署名］であった。翌八十年に『太陽と人』の題名で映画化されると、大きな反響を呼んだ。

《画家の凌晨光（リンチェングワン）は民国時代に辛酸な幼時を嘗め尽くした画家で、建国前夜は民主を求めて反国民党の学生運動に参加。建国後の五十年代はそれでもまず幸せであったが、文化大革命で非人間的な虐待に晒され、耐え切れず、一人娘は外国に去る。引き留める父親に、娘は「あなたはこの国を愛し続けたけど、この国はあなたを愛してくれたことがあったの？」という言葉を返す。やがて、一九七六年の天安門事件にかかわった画家は首都を追われ、雪で覆われた原野におのれの足で大きな疑問符〈？〉を描いて死ぬ。その遺体を疑問符の点として。》（梗概）

このシナリオは、知識人からは自分たちの声を代弁してくれたとして賞賛の声が上がる一方で、党や軍の指導部からは早くから異論が上がっていた。やがて、『解放軍報』一九八一年四月二十日付で「本報特約評論員」署名の論文「四項目の基本原則は違反を許されない――シナリオ『苦恋』を評す」が発表されると、メディアが一斉に批判の論陣を張り、いわゆる〈精神汚染〉の標的とされ、ことは一挙に政治問題化された。その批判はあたかも〈文革〉の再来を思わせる雰囲気で、人々はいわゆる〈改革・開放〉に文学上でもかの鄧小平の提起した「四項目の基本原則」の枠が嵌まっていることをあらためて思い知らされることとなった。

〈郷土文学〉

劉紹棠『蒲柳人家』・古華『芙蓉鎮』
陸文夫『美食家』

とはいえ、そうした政治的動きとは別に、文学上の動きは活発だった。その一つが、明確に〈郷土文学〉の確立を掲げた劉紹棠（リューシャオタン）［一九三六～九七］で、その先鞭をつけたのが中編小説『蒲柳人家』（『十月』一九八〇年第三期）であった。

劉紹棠『蒲柳人家』

小説の題名の「蒲柳人家」は蒲や柳でできた粗末な住居の意味だが、舞台が大運河の北部の北運河沿いの村であるところからすれば、『運河の村』とでも訳すべきか。祖父母と暮らすきかん坊の少年何満子（ホオマンヅー）の周りで起こるさまざまな出来事が描かれるが、一貫する筋がある訳ではない。強いて言えば、貧しい娘と恋仲で抗日運動に関わる中学生をめぐるいきさつがストーリーをなすが、それとても流れの中央にデンと居座っている訳ではなく、作者の力点は、頑固者の馬喰（ばくろう）の何大学問（ホオダーシュエウェン）、やくざ者にも平気で立ち向かうくせに情には脆いその古女房はじめ、運河の村に生きるさまざまな人間を郷土色豊かに描くところにある。抗日戦争勃発の時期の時代設定で、事実抗日運動も描かれるが、それが作品を重苦しくすることはなく、登場人物たちはそれぞれにおのれの置かれた状況を図太く生き抜く大地の民である。

この作品を皮切りに、作者は翌一九八一年末にかけて同じ運河沿いの村を描いた中編小説をたてつづけに発表し、後にその十三編を集めて同じ『蒲柳人家』の題名で人民文学出版社から上梓［一九八五年八月］するが、その「後記」で、おのれの〈郷土文学〉の主張を、「中国的気概、民族的風格、地方的特色、郷土的題材（中国気派、民族風格、地方特色、郷土題材）」「伝奇性と真実性の結合、通俗性と芸術性の結合」などと総括している。文学史的流れで言えば、これは孫犂（スウンリー）によって拓かれた〈荷花淀派（ホオホワディエンパイ）〉［拙著『中国現代文学史』二九〇ページ参照］を継承するものであった。十歳で小説を発表して驚かせたという早熟のこの作家は、建国直後の五十年代に二十歳前に文学界で頭角を現したが、れいの反右派闘争で立身出世主義の典型として批判されたことは前述［八九ページ］した。しかし、彼はその後も故郷の北運河の村の暮らしを書き続け、ついに〈郷土文学〉なる文学的テーマにたどりつき、これ以後も一九九七年に肝硬変で亡くなるまで、そのテーマを追い続けた。

古華『芙蓉鎮』（『当代』一九八一年第一期）

劉紹棠のように明確な文学的主張がある訳ではないが、やはり郷土文学の一つとして紹介したいのが、この長篇である。この作品には以下のような一貫するストーリーがある。

《湖南、広東、広西三省の省境にある山峡の町・芙蓉鎮（フーロンチェン）。店舗十数軒に住民数十戸の小さな町だが、市が立つと万という人が集まる豊かな物産の集中する町だ。その町の一九六三年。〈豆腐屋小町〉と呼ばれる胡玉音（フーユイイン）の店は、毛沢東の〈大躍進〉の極左政策が調整されたこの時期、彼女の人気も手伝って繁盛している。客もまばらな国営食堂経営者の李国香(リーグオシアン)にはそれがねたましくて、何かと嫌がらせをするが、村の中堅どころの男たちはみな胡玉音の味方で、李国香に取り入るのは政治運動のたびに極左的言辞を弄してみなから鼻つまみされている王秋赦(ワンチュウショ)のみ。王は日雇い農民出身であることを笠に着て、政府の生活補助金だよりのだらしない暮らしをしているごろつきである。

さて、カネを貯めた胡玉音夫婦は、家を新築する。折から、巻き返しを図った毛沢東の進める四清運動〔政治・思想・組織・経済を階級的に清める運動〕の波が押し寄せると、県の工作組組長の座を掴んだ李国香は王秋赦とともに玉音夫婦の新築の家を資本主義の道を歩む証拠として封鎖し、玉音に〈新富農〉のレッテルを貼る。玉音の夫はショックで自殺し、多くの良心的幹部が地位を追われる。

やがて文化大革命が勃発するや、いち早く造反の旗を揚げた王秋赦があろうことか鎮の党支部書記にのし上がり、李国香は県の革命委員会常務委員となって権力を振るう。〈新富農〉のレッテルの下、胡玉音は吊し上げ大会に引き出されて殴打されたり、街を引き回しにされたり、さまざまな屈辱に晒される。そんな彼女に同情を寄せたのが、もとはある歌舞団の演出家で、五〇年代の反右派闘争で〈右派分子〉のレッテルを貼られて下放労働させられている秦書田(チンシューティエン)で、二人は〈闇の夫婦(黒夫妻)〉となる。二人の関係にひそかに同情を寄せる者もいたが、文革後期の階級隊列整頓の号令の中で、秦書田は懲役十年に、胡玉音は同三年(妊娠中を考慮して監外執行)にそれぞれ処せられて、引き離される。別れに臨んで、二人は「獣のように生き抜く」ことを誓う。

胡玉音は難産だったが、善意の人たちの助けで男の子を生む。それから十年経った一九七九年、毛沢東時代は終わり、冤罪が晴らされ、胡玉音は秦書田と再会し、芙蓉鎮に賑わいがもどってくる。その通りに、気が狂って今なお革命スローガンを叫びつづける王秋赦の声がこだまする。》(梗概)

一九四二年に湖南省の小さな山村に生まれた古華(グーホワ)は、家が貧しく、その文学的素養は表紙の千切れた古い講談本の類の乱読に始まった。中学卒業後、地区の農業研究所で農業労働に従事するかたわら、一九六二年から小説を書き始めるが、それらはその時期の類型を出るものではなかった。ただ、書き続けたことで養われた筆力が改革・開放の時期を迎えて一挙に実を結んで、この長篇を生んだ。その文体は素朴だが、抑制の効いた筆遣いが地方色豊かな味わいを生む上で効果的にはたらいている。当たりは柔らかだが芯の強いヒロインの胡玉音、嫉妬深く陰険で政治的野心の塊の李国香、狂気を装いつつも洒脱さを失わない秦書田、侠気に富んだ解放軍上がりの「北の男」と呼ばれる谷燕山（グーイエンシャン）など、類型に陥りかねない登場人物たちを一線で支えて生かしているのは、長い間そうした人々と農業労働の中で接してきた作者なればこその感性であろう。農村における文革のありようを低いカメラ位置からとらえたこの小説は、映画化もされて大きな反響を呼んだ。

陸文夫『美食家』（『収穫』一九八三年第一期）

地方色を新鮮な角度で表現してみせたという意味で、この作品も見逃せない。〈食は蘇杭に在り〉とは蘇州や杭州の食文化を称えた表現だが、陸文夫（ルーウェンフー）［一九二八～二〇〇五］はこの中編小説で久しく忘れられていた蘇州の〈食〉に初めて文学の光を当てた。民国時代の少年期に資産家の美食家に顎でこき使われたことに反感を抱いたことから革命に飛び込んだ主人公は、革命後に蘇州料理の老舗の責任者となるや、「食堂革命」を目指してメニューの「大衆化」を推進するが、これが大不評で、常連客だったかっての美食家の足も遠のく。〈文革〉が始まると、主人公は実権派として打倒されて私設監獄に放り込まれるが、なんとそこでかの美食家と一緒にされて跪かされ、その後、九年間も農村へ労働改造に追いやられる。〈文革〉が終わって、元の職場に復職した主人公は、かっての蘇州料理がまったく姿を消していることから、しみじみと食文化のなんたるかに思いいたり、かっての美食家にあらためて教えを乞い、老舗の復活をはたす。

失われて初めてその存在の価値に気がつくと言われるが、この作品は、蘇州料理の世界の変転を通して、毛沢東＝中共による〈革命〉が何であったかを根底から問うているのである。ただ、その問いを正面から声高に叫ぶことをせず、瀟洒な語りの中に何気なく浮かび上がらせたところが、この作家ならではの味である。

この時期の陸文夫は、このほかにも『呼び鈴（門鈴）』（『人民文学』一九八四年第十期）や『井戸（井）』（『中国作家』一九八五年第三期）など、蘇州の市民生活をいわば裏庭から描いたと言うべき秀作を次々と発表し、その洒落た味わいからときに〈陸蘇州〉と呼ばれた。さらに後のことになるが、蘇州の大邸宅をめぐる一族の半世紀にわたる物語を描いた唯一の長篇『人間の巣（人之窩）』（『小説界』一九九五年第二、三期。のち、上海文芸出版社）を書き、「藍染め木綿生地で仕立てたトップモード」（鄒平）と高く評価された。これで、蘇州の名だたる〈食〉と〈住〉が陸文夫によって小説化されたが、惜しいことに〈衣〉は描かれずに終わった。

〈知識人の苦悩〉

諶容『中年（人到中年）』
（『収穫』一九八〇年第一期）

〈文革〉中の流行語の一つに〈臭老九（チョウラオヂュー）〉がある。老九は九男坊。臭老九とは九番目の鼻つまみ者の意だが、具体的には知識人を指した。地主、富農、反革命、犯罪者、右派分子、革命の裏切り者、国民党の特務、資本主義の道を歩む実権派など、社会の屑の最後に並べて、そう呼ばれたのである。こうした発想・考え方は抗日戦争期に延安で発表された毛沢東の『文芸講話』（一九四二年）に由来するが、文革期にはそれが極端なまでに推し進められ、知識人であるだけで犯罪者扱いされた。

さて、〈文革〉が収束してもそうした情況は変わらず、知識人は社会の最底辺で喘いでいた。女性作家諶容（シェンロン）［一九三六〜］が選んだのは、四十二歳になる女性眼科医の陸文婷（ルーウェンティン）。二十八歳からこの病院に勤めて、その人柄と技術とからしていまや事実上眼科の主任的存在だが、党員でない彼女は主治医になる資格もなく、月給わずか五十六元で、夫と二人の子供を合わせて一家四人が暮らすのは十二平米の一部屋。技術者の夫は、善人だが、研究しか頭にない〈学者バカ〉。かくして、文婷には、医療業務から家事一切、夫や子供の世話などのすべてがのしかかる。メスを置いた途端に宿舎に走って昼休みに学校から帰ってくる子供の昼食の世話をし、すぐまた病院へとって返して患者の診察に応じ、それがすむと一家の夕食の支度をするといった綱渡りのような生活でへとへとになり、学術雑誌を読む暇もなければ、四人一間の暮らしでは、机を置く空間さえない。こうした情況は文婷だけのことではなく、耐えきれなくなった親友で同僚の姜亜芬（ヂアンイヤフェン）などは夫とともにカナダへの移住を決意するが、陸文婷にはその意思も、伝手もない。だが、累積した疲労は、ついに陸文婷を襲った。その日、午前中に四時間半かけて続けさまに三件の手術を行った（最初の一人が高級幹部だったので、事前にその夫人からしつこく準備情況を訊かれて、それだけでくたくたになった）彼女は、かってなかった歩行困難を覚え、なかば這うようにして家に帰ると、倒れた。帰宅した夫が仰天して病院に運ぼうとするが、主治医資格すら持たない陸文婷には、自分の勤務する病院の公用車を使う資格はない。ようやく通りかかった親切なピックアップトラックで運ばれるが、下された診断は心筋梗塞。普段から〈丈夫〉で知られた（じつは文婷が気丈に振る舞った結果だったが）陸先生が倒れたというニュースは病院中を驚倒させる。早速しゃしゃり出たれいの高級幹部夫人〔〈マルクス・レーニン主義夫人〉なるあだ名がある〕は病院長たちを前に建前だらけで現実の改善に屁の役にも立たないお説教演説をして顰蹙を買う。一月半後、奇跡的に助かった文婷は夫に支えられて、弱々しい足取りで退院していくが、入院中に彼女は、祖国への熱い思いを残しながら、出路を求めてカナダへと旅立つ親友・姜亜芬からの手紙を読む。

題名の「人到中年」は〈人到中年万事休〔人中年に到れば万事休す〕〉なる慣用句から取られた。この当時の陸文婷のような中年は文字どおり人民共和国とともに育ってきた世代であった。この世代こそが生まれながらにして共産党の存在を信じ、青春から中年にかけての人生の黄金時代をこの国に捧げてきたのである。その意味で、この小説に描かれた陸文婷は特殊な世代の知識人の典型であり、その形象はそれ自体が中国共産党への告発となっていた。ただ、作者はそうした意図をできるだけセーブし、柔らかなタッチでヒロインの暮らしと揺れ動く感情の細部を描いた。そこに、ため息に似た独特の叙情が生まれて読者を打った。

この小説は、ヒロインを祖国を捨ててカナダへと旅立つ姜亜芬にすることも可能である。ただし、そうすると、作品は『ああ人間』や『苦恋』の流れに繋がることになり、体制批判のレベルはうんと上ることになる。その選択をせず、現体制の中での人間性を希求するヒロインに身を寄せたところに諶容の立ち位置があり、それはまたほかのほとんどの文学者たちが選んだ道でもあった。その意味で、前述の王蒙によって開かれた扉は強力だったと言わなければならない。

〈変貌する農民像〉　高暁声『陳奐声が町へ行った』

改革開放政策でまず強烈な衝撃を受けたのは、農村であった。人民公社の解体が進む中で商品経済が急速に入り込み、年に一万元を稼ぐ〈万元戸〉が現れた。そうした農民を生き生きと描いてみせたのが高暁声（ガオシャオション）［一九二八〜九九］で、代表作が短編『陳奐声が町へ行った（陳奐声上城）』［『人民文学』一九八〇年第二期］である。

《貧しい暮らしを当たり前として生きてきた陳奐声（チェンホワンション）が無口なのは、言うべきことが心に無かったからだ。それが、近頃多少暮らし向きが良くなると、なんぞ自慢の一つもしてみたくなった。そんな彼が、ある日、手作りの油縄（イヨウション）［揚げネジパン］売りに町へ出かけた。儲けの三元で、これまで被ったことのない帽子を買うもくろみだ。油縄はたちまち売れたが、疲れが出たか、頭がふらつき、駅のベンチでごろ寝した。気がつくと、豪華な部屋のベッドの中。仰天して訳を訊くと、たまたま出張で通りかかった県の党書記・呉（ウー）が顔見知りで、ぶっ倒れている奐声を見つけて自分の乗用車で県の接待所へ送ってくれたと分かる。有り難やとは思ったものの、気がかりなのは宿泊費。びくびくもので訊くと、なんと五元。ぶったまげた。買いたい帽子なら二つ分、人民公社での去年の労賃なら七日分ではないか。むかっ腹が立ったが、払わない訳にはいかない。腹いせにソファにふんぞり返ったり、服のままベッドで大の字になって寝てみたりしたが、帰り道では女房にどう言い訳したものかと、しきりに気に病んだ。そのうち、これで自分にも村のやつらに自慢の種ができたと気がつく。県党書記の乗用車に乗ったり、招待所で泊まったやつが村におるか。それ以来、陳奐声は動きに張りが出て、口数も多くなり、村での話題

の主になった。》（梗概）

ここに描かれているのは、さしずめ〈五元で見えた農民の夢〉といったところである。この段階でのそれは、まだ微笑ましい人間味に包まれている。これ以後、高暁声は一連の陳奐声シリーズとも呼ぶべき短編で改革開放を迎えた農民像を描いて、新たな文学世界を拓いた。ただ、彼が覗いたのはその鳥羽口で、やがてこの〈五元〉はたちまち膨張し、弱肉強食の商品経済の大波となって農村を洗うはずである。そのとき、たぶん陳奐声のような人のよい農民は夢を見るどころか、木の葉のように大渦に巻き込まれて翻弄され、消えていくかもしれない。しかし、それが見えてくるにはなお数十年の時間が必要で、この時期の陳奐声はなお人々の〈善意〉に包まれている。

〈告発〉　劉賓雁『妖怪世界』・巴金『随想録』

劉賓雁『妖怪世界（人妖之間）』

改革開放政策は経済改革への道を開くとともに、これ以後の中国共産党の宿痾ともなる官僚汚職への扉をも開けることとなった。この問題にいち早く切り込んだのが、かつてルポルタージュ『橋梁工事現場にて』を書いたことで〈右派分子〉のレッテルを貼られて党を除名されたことのある劉賓雁（リユービンイエン）で、ルポルタージュ『妖怪世界（人妖之間）』［『人民文学』一九七九年第九期］がその復活第一作であった。

舞台は黒竜江省賓（ビン）県。「この後れた貧困地区にひときわ甘美な権力の花が咲いた」

文革の造反騒ぎを煽って県の燃料公司の社長兼党支部書記にのし上がった色っぽい王守信(ワンショウシン)。昔は国民党有力者の囲われ者であった過去を持つが、いまやこれも文革で権力を手中にした楊(ヤン)政治委員の後ろ盾で恐い者なし。この女、一九七一年から七八年までの間に石炭の横流しで五〇万元を着服し、そのカネで二百人以上の幹部を買収、県の党と行政機関を私物化し、絶大な権力を握ってきた。王は摘発され、すでに処刑されていたが、劉は再度その細部にメスを入れ、党権力の構造汚職にメスを入れた。トンネル口座を作ってカネの横流しに手を貸すことで娘の大学入試に便宜を図らせた県の財政副課長。王との肉体関係の代償にカラ伝票操作に手を貸した燃料公司の営業課長。袖の下でトラック割り当てに手心を加える営業担当者。汚職摘発の投書を握りつぶす規律委員や党の県委員たち。子供の下放を免れるべく王が作った〈知識青年センター〉なるインチキ施設を利用する県の幹部ら。これらを包んでいるのは、トップである楊政治委員の顔色を窺いながら、大小様々な利益追求に〈党〉の組織として狂奔する構造である。むろん、これに抵抗し続ける硬骨漢もいるが、それらを待っているのは一家離散である。

ここに描き出されたのは、いまや完全に特権支配集団と化した共産党組織が縦横に張り巡らせた大小の網を使って互いに大小の利益をむさぼり合う官僚汚職の構図である。そこにはびこる阿諛追従や残酷な権力抗争。しかもそれらは、〈党〉という社会正義の建前の鎧でがっしりと守られているがゆえに、難攻不落。どうにも隠蔽できなくなると、王守信のような生け贄を銃殺することで上辺を糊塗し、本質の汚職構造とほとんどの受益者どもはするりと身をかわして素知らぬ顔で居座ったまま。劉賓雁がこの作品で描き出したのは、一つの県を舞台にしたその腐敗構造だったが、その後の展開を見れば、そうした官僚汚職が瞬く間に全国を覆ったことが分かる。

劉賓雁はその後も『人民日報』特約記者の身分でこうしたルポルタージュを書き続けたので、一九八七年にはブルジョワ自由化反対運動の際に物理学者の方励之（ファンリーヂー）や詩人の王若望（ワンルオワン）らとともに再度党を除名になり、天安門事件に際しては講義のためアメリカにいて弾圧に反対したため、再入国拒否に処せられ、アメリカで客死した。

巴金『随想録』

劉賓雁が中共の腐敗の現実を告発しつづけたのに対し、〈文革〉を告発しつづけたのが老作家・巴金（バーヂン）［一九〇四～二〇〇五］であった。舞台は香港の新聞『大公報』。そこに巴金は一九七八年十二月から「随想録」なるコラムを設けて断続的に随想を掲載し、三十編まとまるごとにそれぞれ『随想録』（一九八〇年六月）、『探索集』（一九八一年七月）、『真話集』（一九八三年二月）、『病中集』（一九八四年一二月）、『無題集』（一九八六年一二月）などとして人民文学出版社から出版した。さらにそれらをまとめて一九八七年九月『随想録』（上、下）として生活・読書・新知三聯書店から出版した。連載開始にあたって「総序」で、「八方丸く収まることや無病の呻吟、誰でも言うような痛くも痒くもないこと、言わなくてもよいようなことや書かなくてもよいようなことは書かない」と明確に態度を表明し、五集をまとめた際には十頁を超える「合訂本新記」なる前書きをつけ、その最後を「この五巻の書物は本音［原文は「真話」］でうち建てた〈文革〉を暴露した〈博物館〉であると言えよう」という一文で締めくくったが、その言葉に嘘はなく、巴金は、〈文革〉期ないし毛沢東時代を通じて、自分がいかに唯々諾々と盲目的に時々の〈政治〉に自ら騙され、時に心を偽ってまで〈党〉の言いなりになってきたかを赤裸々に語った。言葉の調子はむしろ抑え気味であるが、絶えず内省をともなった呟きは惻々として読者を打つ。とりわけ、文革初期に〈反革命分子〉のレッテルを貼られて上海近郊で強制労働に従事させられながら、癌で死んだ妻の最後をろくに看取ってやれなかった経過を綴った「蕭珊（シャオシャン）追慕」、胡風事件［前出］が起こった際に、事実を何も知らないで言われるままに胡風に非難の言葉を投げつけたことを、魯迅の棺をともに担いだかつての思い出とともに語った「胡風追想（懐念胡風）」などは、この集では長文に属するが、それらに代表されるこの随想集をつらぬく赤裸々な自責の言葉は、魯迅以来絶えて聞かれなかったものであった。圧巻は第四十五編「〈文革〉博物館」で、一九八三年末の「精神汚染」除去の運動に〈文革〉の再来を予感した巴金は、〈文革〉を生む土壌が中国社会に存在することに鋭い警告を鳴らした。やがて天安門事件以後の共産党当局が〈文革〉を論議の対象とすることを全面的に禁止するにいたったことは周知のごとくだが、それとともに事実上の言論統制が全面的に強化された事実は、巴金晩年の警鐘がまさに的を得ていたことを如実に物語るものにほかならない。

4　朦朧詩の衝撃

雑誌『今天』の詩人たち

一九七〇年代末の鄧小平による〈四つの現代化〉の提唱の機運の中で、無名の若者たちが壁新聞やアングラ雑誌の形で〈民主〉と〈人権〉の声を上げたことは本章の冒頭で述べたが、そうした中で、「文壇の沈滞を打破して、芸術上の突破に務め（打破目前文壇上的沈悶気氛）」「若き世代の代弁者として、人々の心の歌を歌いたい（作為年軽一代的喉舌之一，它要唱出人們心裏的歌）」として旗を揚げた文芸誌が『今天（ＴＯＤＡＹ）』であった。その中心にいたのは詩人の北島（ベイダオ）、芒克（マンコオ）、舒婷（シューティン）などで、創刊号に載った北島の『答え（回答）』と題する詩は以下のように歌った。

卑劣は卑劣な人間の通行証
高尚は高尚な人間の墓誌銘
見よ　あの鍍金（メッキ）された天空には
死者の湾曲した倒影がびっしりと漂う

氷河期は過ぎた
なぜ　あたり一面氷なのだ？
喜望峰は発見された
なぜ　死海に無数の船が犇（ひし）めいているのだ？

ぼくはこの世界にやって来た
紙と縄と影だけを携えて

審判に先立って
断罪されたこの声を読み上げるために

言ってやろう　世界よ
ぼくは―信―じ―ないぞ！
かりにおまえの足下に千人の挑戦者がいるなら
ぼくは一千一人目だぞ

ぼくは信じないぞ　空が碧いとは
ぼくは信じないぞ　雷の回声を
ぼくは信じないぞ　夢が仮だとは
ぼくは信じないぞ　死の応報がないとは
〔以下、二スタンザ略〕

（卑鄙是卑鄙者的通行証，高尚是高尚者的墓志銘。看吧，在鍍金的天空中，漂満了死者湾曲的倒影。／冰川紀已過去了，為什麼到処都是冰凌？　好望角発現了，為什麼死海里千帆競争？／我来到這個世界上，只帯着紙、縄索和身影。為了在審判之前，宣読那些被判決的声音。／告訴你吧，世界，我―不―相―信！　縦使你脚下有一千名挑戦者，那就把我算作第一千零一名。／我不相信天是藍的；我不相信雷的回声；我不相信夢是假的；我不相信死無報応。）

世界に向かって一ミリの妥協もないこうした不信のことばを投げつけた詩が公開されたことは、建国以来なかった。この詩の末尾には「一九七六年四月」の日付が記されているところから、これが先述の文革末期の天安門広場焼打ち事件の中で生まれたことが分かるが、一九四九年生まれのこの詩人は文字通りの〈文革世代〉であり、その感性はあの嵐の現実の中で磨かれたものであった。同じ第一期に掲載された芒克（マンコオ）の「空（天空）」と題する詩の一部はこうだ。

1　陽が昇る。
　空が
　血みどろの盾に染まる。
2　暮らしは囚人のように追放された。
　誰もぼくに構ってくれず、
　誰もぼくを許してくれない。
3　ぼくは曝されっぱなしだ。
　屈辱を、

唾で蓋しながら。
（略）
10
希望よ、
あまり遠くへ行かないでおくれ。
ぼくの傍らで、
たっぷりぼくを騙すがいいさ！
11
陽が昇る。
空よ、
血みどろの盾よ。

（1　太陽昇起来，把這天空／染成了血淋淋的盾牌。2　日子像囚徒一様地被放逐。没有人去問我，没有人去寛恕我。3　我始終暴露着。把耻辱／用唾沫蓋着。（略）10　希望，請你不要去得太遠／你在我的身辺／就足以把我欺騙！　11　太陽昇起来，天空，這血淋淋的盾牌。）

この詩の末尾には「一九七三年」とあるから、北島の「答え」より前に書かれたことが分かるが、その意味は後述する。

創刊号からもう一人、女性詩人の舒婷の「ああ、母よ！」の最終・第四スタンザを挙げよう。

こうして愛の贈り物を並べ立てて何になろう。
これまで花や海や夜明けを前に、
数限りない歌を歌ってきたけれど。
ああ、母よ！
ひっそりと甘いこの思い。
滝でも、激流でもなく、
花に埋もれながら歌い出せぬ古井戸よ。

（我還不敢這様陳列愛的礼品，／雖然我曾写下許多支頌歌／給花、給海、給黎明。／啊，母親！／我的甜柔深謐的懐念啊。／不是瀑布，不是激流，／是花木掩映中唱不出歌声的古井。）

これらの詩人たちの生年を並べてみると、北島が一九四九年、芒克が一九五〇年、舒婷が一九五二年である。このほか、この当時『今天』とその近くで活躍した詩人で、楊煉（ヤンリエン）は一九五五年生まれ、江河（チアンホオ）は一九四九年生まれ、多多は一九五一年生まれ、食指（シヂー）は一九四八年生まれ、もっとも若い顧城（グーチョン）で一九五六年生まれである。そうなのだ。かれらは、この共和国と前後して生まれ、社会主義と共産党と毛沢東を称える歌を歌って育ち、そしてあの〈文革〉の波をまともに被って裏切られ、〈下放知識青年〉などという偽りの桂冠を与えられて、挙げ句の果て捨てられた世代なのだ。その彼らの一部が〈文革〉末期に〈白洋淀詩派〉として活動を始めていたことは、前述〔一九六ページ〕したとおりである。そうした彼らが、ロストゼネレーションとしての絶望の怨念の声を上げたのが、『今天』詩派となったのだ。「囚人のように追放され」、「我不相信」として世界を呪った彼らは、「古井戸」から「血みどろ」の陽に向かって声を上げた。それが、誰に教わるすべもなく、おのがじし人間として立つ彼らの生き様だったのだ。

この点について、自らもこの運動の担い手の一人であった徐敬亜（シュイヂンイヤ）〔一九四九～〕が、

「これらの詩は、作者の物であるにとどまらず、暮らしの物であり、ぼくらの世代が子孫に残す遺産なのだ。それは、時間の蓄音機に刻まれた溝であり、新中国の第一世代の公民の動乱の中における血と涙の結晶なのだ」（『今天』第九期）

と述べているのは、同時代の人の言葉として聞くべき響きがあろう。

こうしたところから、彼らの詩は怨念、不信、怒り、嘆き、絶望、悔恨、彷徨など暗い情念から生まれることになり、その言葉は必然的に叫びや呻きや呟きに似た抽象性や無方向性を帯びざるをえず、難解なものとなった。

顧工と顧城

この派の詩人として比較的若く、一時期ひときわ輝いたのち、ある事情で急逝したのが顧城（グーチョン）〔一九五六～九三〕であったが、彼と父親とのエピソードを紹介すれば、この時代の文学情況の一面が肌で感じとれよう。

父親の顧工（グーグン）〔一九二八～〕は軍人出身で、辺境の少数民族を題材にした小説や詩を書いてきた中堅どころの文学者である。そうした父親を持った顧城は早熟な少年で、幼い頃から詩作を始めたが、〈文革〉期

には父子とも山東省の海浜の荒れ地に放逐された経験ももった。そんな顧城を一躍有名にしたのは、一九八〇年、『星星』一九八〇年三期に発表された「ある世代（一代人）」と題する次のような二行詩だった。

暗夜がぼくに黒い眼をくれた
ぼくはそいつで光明を探そう
（黒夜給了我黒色的眼睛／我却用它尋找光明）

ここにも裏切られた世代の怨念が歌われているが、それは、息子の成長を見守ってきた父親の理解を超えるものだった。

その前年、顧城は、国共内戦の末期に多数の共産党員が国民党の手で殺された革命の聖地として知られる重慶の政治監獄跡を父親とともに訪ねて、こう歌った。

収束（結束）

一瞬――
崩壊が止まり
江辺に巨人の頭部が積み上がった

喪章をつけた帆船が
ゆっくりと通り過ぎ
褐色の亜麻布を広げる

見事な緑の木々が
苦痛に躯をよじらせて
勇士たちを悼む

欠けた月は
天帝の手で濃霧に隠され
すべてはもはや収束した

（一瞬間／崩塌停止了／江辺高畳着巨人的頭顱　戴孝的帆船／緩緩走過／展開了暗黄的屍布　多少秀美的緑樹／被痛苦扭湾了身躯／在把勇士哭撫　砍缺的月亮／被上帝蔵進濃霧／一切已経結束）

かつての政治犯収容所は重慶で長江に流入する嘉陵江（ヂャリンヂアン）の江畔の断崖の上にある。断崖の下の褐色の流れとジャンク。岸辺の風にもまれる木々。それらを歌いつつ、顧城は顧城なりに、父親の世代の革命家たちを悼んでいることはたしかだが、ジャンクの帆を「喪章」、その航跡をミイラを包む布を思わせる「褐色の亜麻布（原文は屍布）」、風にもまれる木々を「苦痛に身をよじらせて勇士たちを悼む」などと表現するその口元は歪んでおり、調べは暗い。それが、気に入らない顧工は、こう書いた。

「彼の詩を読んで、わたしは失望し、思い悩み、いっそ激怒し、雨嵐のように叱責と詰問を浴びせた――おまえはどんな眼で生活を見ておるのか？　江辺に積み重なる岩から天然のガチョウの卵でなく、巨人の頭などを想像するのか？　詩は美学なのか、醜学なのか？」

それに対する息子の答えは「ぼくはぼくの眼で観察するだけだ」「生命の疎外に対する〈自我〉の抗争の中でこそ、芸術は生まれるんだ」という、まるでかみ合わないことばだった。

顧工は、理解できない息子に苛立ちつつも、芸術を共産主義実現のための〈歯車〉や〈ねじ釘〉としてきたかつての自分たちの道が完全無欠のものだったかという疑問にもとらえられてもいる。

以上、詳細は顧工「二つの世代――〈分からない〉詩について［両代人―従詩的〝不懂〟談談起］」（『詩刊』一九八〇年第八期）に譲るが、このエピソードには『今天』派の詩が生んだ衝撃のもっとも好ましい一局面が示されていよう。そこには肉親の情が働いていることが明らかだが、ことはそうした個々の事情を超えて、より厳しい政治問題へと踏み込むことになる。

『詩刊』の牽引

〈文革〉での停刊を経て一九七六年一月にいち早く復刊された『詩刊』は人民文学出版社から刊行される詩の専門誌で、いわば公的な詩の登竜門であったが、この体制側の雑誌が、一時期、若者たちの詩の成長を牽引したのである。

同誌は、一九七九年三月号にいち早く前出の北島「回答」を掲載したのを手始めに、ほとんど毎号、この流れの新詩人の作品を載せるようになった。一九八〇年に入るとその傾向はいっそう明確になり、四月号に「新人新作小輯」として顧城、王小妮（ワンシャオニー）〔一九五五〜〕など十五人の詩を、八月号に「春笋集」として楊煉、舒婷、王小妮、北島など十五人の詩を、十月号では「青春詩会」として舒婷、江河（ヂアンホォ）〔一九四九〜〕、徐敬亜、顧城、王小妮など十七人の詩をそれぞれ特集する力の入れようであった。

くわえて、同年九月には同誌編集部主催で〈詩歌理論座談会〉を開催したが、これには詩歌理論工作者、および作家協会機関誌『文芸報』代表者のほかに、『星星』『海韵』『詩探索』など民間誌の代表者を含む二三人が招集され、一週間にわたって激しい討論が行われた。その模様は「熱烈かつ冷静な攻防〔一次熱烈而冷静的交鋒〕」と題して『詩刊』八〇年十二期で紹介されているが、「基本的には、基本的に肯定するものと基本的に否定するものとの二つの意見があった」と集約されているところからみて、かなり激しい攻防があったことが明らかで、これがやがていわゆる〈朦朧詩論争〉となって展開する。

朦朧詩論争と〈三崛起〉　若者たちの新たな詩に最初に肯定的な評価を下したのは謝冕（シエミエン）〔一九三二〜〕であった。彼は『光明日報』〔一九八〇年五月七日付〕に発表した「新たな崛起を前にして〔在新的崛起面前〕」と題する評論で「一群の新詩人たちが崛起しつつある」として若者たちの新詩の動きを積極的に評価し、彼らの動きは「五四時期の新詩運動を想起させる」とまで述べた。自らも雑誌『詩探索』を主宰し始めていた謝冕には、五四時期以後の六十年の〈新詩〉の歩みを極左思想の支配下で「外国の新詩から学ぶことを怠った」がゆえにますます狭隘な道にはまり込んだと総括する視点があり、そこからして、若者たちを「世界の詩歌との繋がりを回復させようとする」「新たな探索者」と位置づけ、そうした若者の「挑戦を受けて立とうではないか」と呼びかけた。

当然、反発が起こった。それを素直に示したのが章明（チャンミン）「腹立たしい〈朦朧〉（令人気悶的〝朦朧〟）」（『詩刊』一九八〇年第八期）で、そこには容易に超えがたい世代間の溝が端的に示されていた。章明は海南島を歌った李小雨（リーシャオユイ）［一九五一〜二〇一五］の構成詩［組詩］『海南情詩』のなかから「夜」の一章を挙げて、夜の島が肩を揺すり、落ちた椰子の実が海水の月の光を砕くという主旨の一節を「美しい」と評価しながら、次のように書いて、

「だが、こうしたイメージの描写を通して作者が伝えたいのがけっきょくどんな感情、どんな思想なのか、なんとしても見当がつかない」

と、その「腹立たしさ」をぶちまけた。章明は、その対比として、〈党〉によって彷徨から救われた喜びを高らかに歌った艾青（アイチン）［一九一〇〜九六］の「名もない草は歌う（小草在歌唱）」を挙げ、「真摯な感情と明快な言葉が爽やかな風のように読者の心を揺さぶる」とも述べている。総じて言えば、この章明はひとまず詩心のある人と言えよう。李小雨の詩の良さはそれなりに分かるのである。ただ、詩人がその「感情」や「思想」を「明快」に訴えないのが気に入らないわけだ。しかし、「感情」や「思想」、とりわけ「感情」は複雑で、大部分は不分明なかにある。そこに働きかけるのが文学を含む芸術の役割であろう。章明はそのことをなかば直感で分かりながら、毛沢東流の〈文芸道具論〉にとらえられて苛立っている［気悶］わけで、その意味で、彼は前述の顧工と同じ線上にある人と言えよう。ただ、章明がここで「朦朧」

なる言葉で若者たちの書く詩の難解さをこき下ろした〔彼の主観としては〕ところから、この派の詩を〈朦朧詩〉と呼ぶことがいわば普通名詞として定着したのは、皮肉な結果であった。

討論のレベルを一段引き上げたのは孫紹振（スウンシャオヂェン）の論文「新たな美学原則が崛起しつつある（新的美学原則在崛起）」（『詩刊』一九八一年第三期）であった。孫は謝冕の論点を一歩進めて、「新人の崛起というより、新たな美学原則の崛起と言うべきだ」として、「彼らは五十年代に伝統を頌え、六十年代に伝統を戦い歌ったわれわれと異なり、いきなり生活を賛美するのでなく、心の中に溶け込んだ生活の秘密を追求しているのだ」と解説し、「表面的には美学原則の分岐だが、実質的には人間の価値基準の分岐である。若い革新者からすれば、個人は社会でより高い地位を占めるべきで、人が社会を創造したからには、社会の利益で個人の利益を否定してはならず、社会的（時代的）精神を個人的精神の敵対物と見なすべきではなく、〈疎外〉を自我の物質や精神の支配力とする歴史は再評価されるべきだというのである」と代弁してみせた。

そうした中で、まったく新たな地平を切り拓く論文が現れた。徐敬亜（シュイヂンイヤ）「崛起せる詩群（崛起的詩群）」（『当代文芸思潮』一九八三年第一期）がそれである。以下に長文のその論文から、突出した論点を示す一部を抜き出してみよう。

「中国の詩壇は流派の旗を立てる勇気を欠いてきた」

「三十年来、ほとんどそうした可能性を失い、詩壇には一本道しかなく、違いは歩くか、走るか、車に乗るか、馬に乗るかだけだった。（略）詩歌の隊伍は挙げて一つの情緒、一つの感受性が、まさにマルクスが述べたごとくにあの〈お役人色〉の感受性に染められていた！」

「詩人はおのれの確固とした芸術的個性を持つべきであり、いかなる風格・流派の詩人であろうと、われわれのような大国で詩を書くかぎり、それぞれに独自の観察方法や思考方法を供えるべきである」

「若者たちの詩の最大の特徴は真っ向から叩きつけてくる時代の息吹だ――痛みの中にあって冷静、厳しさの中にあって落ちつきなど、一時代の巨大な悲しみを彼らは独白に似た呻きに変換した。現代中国社会における平凡な公民として現れた彼らは、生活を感じ取る角度が建国以来の伝統的新詩とまったく違うのだ。彼らの詩は、細部のイメージは鮮明だが、全体としての情緒は捉えがたく、内在リズムは小説の意識の流れの手法に似て飛躍に富み、その構造は映画のモンタージュに似て詩人自身にのみ特有らしき言語を使う。人々は気づいたであろう、彼らの詩には、五十年代の郭小川［前出一五八ページ］「困難に向けて前進せよ」における「諸君はかくあるべきだ・・・・」とか、六十年代の賀敬之［前出一五八ページ］「雷鋒の歌」における「われわれはかくあるべきだ・・・・」といった文字が見当たらぬことを。平凡にして輝く文字が現れたのだ。若者たちの詩には、つねに「我（わたし）」の一字が見え隠れするのだ」

以上、謝冕、孫紹振、徐敬亜らの三論文に共通して「崛起」の二文字があったところから総称して〈三崛起〉と呼ばれることとなったが、これらを焦点として一九八〇年代初頭に展開した朦朧詩論争は、建国以来の中国文学界に君臨してきた毛沢東文芸講話路線に対する最初の公然たる挑戦であり、その焦点は、ここでも「我」＝〈人間〉の主張であった。若者たちはもはや〈党〉なる支配集団の「工具」（支配手段）［『文芸講話』］であることを拒否し、おのがじし「我」の声を発し始めたのである。

当然、反発が起こった。その素朴な発言の代表として先に顧工を挙げたが、彼の発言は、詩人の本能からしてそこに新たな〈美学〉が誕生しつつあることを予感しつつ、それに近づききれない世代ギャップを嘆く姿が赤裸々だった。

それに対して、建国前から詩壇の党指導者だった臧克家〔拙著『中国現代文学史』二四六ページ参照〕がのっけから、「現在現れたいわゆる〈朦朧詩〉は、詩歌創作のおける誤った潮流〔原文＝不正之風〕であり、わが新時期の社会主義文芸発展中における逆流である」（「〈朦朧詩〉について」『河北師範学院報』一九八一年第一期）として真っ向から叩きにかかったのは、〈党〉が若者たちの動きをどういう目で見ているかを示すものであった。その論点は、〈朦朧詩〉の「晦渋」さをあげつらい、『文芸講話』をふりかざして〈朦朧詩〉が「大衆の生活、思想、感情を反映していない」ことを難ずるという代わり映えしないそれであったが、ただ一点指摘しておくべきは、臧ほど露骨な党官僚色がなく、前述の章明のように〈朦朧詩〉に一定の理解を示す人々のかなりの人々が「難解」の一点では戸惑いをみせていたことである。そこには、文革十年が生んだ世代間の深刻な亀裂が露呈していたのである。

臧克家の恫喝は、二年後に〈精神汚染〉除去のキャンペーンとなって〈朦朧詩〉運動を襲うこととなった。

〈精神汚染〉除去の逆流

一九八三年十月二十五日、中共中央党学校長で党中央政治局員でもある王震（ワンヂェン）が中国社会主義学会成立大会で演説をおこない、「新聞雑誌や教室でマルクス主義の基本原理や四つの基本原則に背いた誤った理論や観点を振りまいている人間がいる」として、「思想戦線で精神汚染を防止し、除去せよ」との鄧小平の指示を伝えた。〈精神汚染〉とは、折しも世界的に高まりつつあった自然汚染反対の声に引っ掛けたなかなかに巧みな命名ではあったが、これがたちまち文芸界に飛び火し、十一月十一日には文聯主席の周揚が主宰して〈精神汚染〉反対の座談会を開き、文聯副主席の陽翰笙（ヤンハンション）や林黙涵（リンモオハン）などが発言しているが、これ以後、前述の映画シナリオ『苦恋』などとならんで、〈朦朧詩〉やそれに理論的根拠をあたえた〈三崛起〉などをめぐって、これを〈精神汚染〉として叩く発言が相次いだ。周揚のような党官僚はともかく、かつて不当な〈反革命〉の冤罪の下に数十年も強制労働させられ、投獄までされたかの丁玲までが「下劣な精神生産物で社会を汚染させてはならない」［人民日報一九八三年十月二十一日付］などと太鼓を叩いているのを読むと、無残というほかはない。が、ここではさしずめことを〈朦朧詩〉批判にかぎって、その批判の論点を、詩人艾青が『経済日報』記者に語った発言によって見てみよう。

「ここ数年、少数の詩人たちは個人の魂のちっぽけな世界に閉じこもって苦痛を噛みしめ、悲しみを歌い上げ、寂寞を嘆き、訳の分からぬ晦渋な言葉でおのれの不健康な情緒を唱い、精神汚染を撒き散らしている。しかも、前進する時代の足音や広範な人民の熱い闘いなどは、かれらの作品にはかけらも反映されていない。かかるしろものがどうして理解できよう。でたらめにもほどがある！　ところが、ある人々はなんとこいつを大いに持ち上げ、この手の詩を詩歌発展の方向だ、美学の原則だ、はては『崛起せる詩群』などとほざいているが、連中はいったいどこへ向かって〈崛起〉する気でいるのか？」

「文芸工作者の中には、西側を盲目的に崇拝し、思想開放を名目に虚無主義や絶対個人主義のシロモノをやる者がいる。連中は自我に目を向けて現実に背を向け、文芸創作は生活に深入りする必要などない、自我の内心世界を表現すればそれでよい、などと主張しているが、それはマルクス主義の文芸観や人民に奉仕する文芸方針に背くものだ」〔『経済日報』一九八三年十一月一日付　同紙記者との署名があり、取材原稿と思える〕

こうした論調を基調に、一九八三年秋から作家協会は組織を挙げて各地で座談会を開き、主として文革前から名をなしていた既成文学者たちが争って精神汚染批判を述べたてたが、それらは座談会とはいうものの、事実上は反対論を許されない批判大会というべき性質のもので、批判の矢は主として〈三崛起〉論文に集中し、その論点は上記の艾青のそれに大同小異であった。既成の文学者たちは飽きもせず、またしても毛沢東時代の愚を繰り返していた。

なかでも、徐敬亜の出身大学・吉林大学のある吉林省では省文聯文芸理論研究室および省社聯文学学会共催で『崛起せる詩群』討論会を開き、その要約記事が『人民日報』一九八三年十月二十四日付で報道されているが、その文面からみて、それは「討論会」と称するものの、事実上のつるし上げ大会であり、記事は最後に「徐敬亜同志は・・・・会で初歩的自己批判を行った」とある。

やがて徐敬亜は「社会主義文芸の方向を片時も忘れまい――『崛起せる詩群』に関する自己批判」と題する一文を公表する（『吉林日報』一九八四年二月二十六日付。『人民日報』一九八四年三月五日付で転載）。徐はそこで、「文芸と政治、詩と生活、詩と人民などの面での論述で社会主義文芸の方向から逸脱し、無責任なことをあれこれしゃべりまくり、かつ政治的見方で酷い誤りをしでかした」と自己批判しているが、二千華字ちかくある長文の文章にはこの種の文章に特有の決まり文句が多く、独特の迫力はない。人民日報編集者もそのあたりは気がついていて、「一定の認識に達した」の「まえがき」で述べている。

ただ、徐の自己批判発表で〈朦朧詩〉の勢いが文学界で勢いを失ったのは、やむを得ない。

〈朦朧詩〉の終焉

〈朦朧詩〉の勢いが衰えたのは、かならずしも〈精神汚染〉批判による圧力のみが原因ではなく、そこには世代的要因もあったと思える。〈朦朧詩〉を担ったのは、かつての〈紅衛兵〉世代であったが、一九八五年あたりにから、かれら〈文革〉世代とポスト〈文革〉世代との間にずれや亀裂が生じ始めた。後者の感性は、怒りを基調とする〈文革〉世代とはずれて、ポスト〈文革〉期の空気の中で育ったいわばポストモダンに惹かれる世代であった。かれらが身に着けていたのは〈怒り〉というより、〈倦怠〉や〈迷妄〉や〈虚無感〉といった無方向性のそれで、おりからようやく体裁を整え始めた各地の大学には無数のそうした詩人のグループが生まれた。そうした機運をとらえたのがまたしても徐敬亜で、彼が一九八六年九月三十日付の『深圳青年報』および『安徽《詩歌報》』で「中国詩壇一九八六年度現代詩大見本市」［原文：中国詩壇一九八六現代詩群体大展］なるアピールを行ったところ、百人を超える「ポスト崛起」を称する詩人と六十を越す「詩派」の応募があった、という。その際の情況は、一九八八年に同済大学出版社から出された『中国現代主義詩群大観　一九八六―一九八八』［徐敬亜・孟浪ほか編］で読むことが出来るが、いま参考までにそれらの「詩派」の傾向をくみとるべく、ネーミングのごく一部を示すと、

非非主義（四川）　莽漢主義（四川）　撒嬌派（上海）　日常主義（江蘇）　超感覚詩（江蘇）　世紀末

（安徽））

前記『詩群大観』でみると、たとえば撒嬌派の「撒嬌宣言」の言うところではこの詩派は第一回詩会を一九八五年五月十九日の上海師範大学でぶち上げ、大勢で互いに罵りあうなかで成立した模様で、その「宣言」はこう始まっている。

「この世界で生きていれば、気に入らぬことばかりだ。気に入らねば、腹が立ち、腹立ちが窮まれば壁にぶつかる。頭から血が出れば、ほかの手を考える。むかっ腹立てていても、どうしようもない。いっそ消えてしまおうにも、まだこの世に未練がある。そこで、こちとら、だだをこねる［撒嬌］」

ここには、〈朦朧詩〉派のような世界との緊張感を持たないあらたな世代の気分が示されていよう。五百ページを超える『詩群大観』で徐敬亜らが集めてみせたのは、こうした世代の無名詩人たちの作品で、その少なからざる部分は、やがて〈六四事件〉を担うことになるであろう。

5　若い世代の文学者たち

激しく動く政治・社会の中で、建国後に生まれた若い世代がこの時期にようやく姿を現しはじめたが、〈文革〉期を文化的空白に過ごしてきた彼らは、例外なくいわゆる〈下放知識青年〉としての体験をもち、蓄積もない場所からそれぞれの下放体験を下敷に見よう見まねでことを始めるしかなかった。彼らに共通するのは〈政治〉や〈正義〉の建前に裏切られた体験で、その意味で端(はな)から世界に不信の目を向け、しかも出来合の価値基準もその手になく、いわば自前でそれぞれによりどころを手探りするしかなかかった。従って、その歩みは後の目から見れば幼稚でぶきっちょなものにならざるを得なかったが、そこにはまた後のさかしらな時代には二度と現れ得ない真剣な探求があった。その数は膨大で、とても目が届きかねるが、以下にごく数人にしぼってその風景を点描しよう。

彼女を世に押し出した作品は、たぶん自身の体験をもとにしたと思える上海にもどってきた下放知識青年を描いた短編『雨しとしと』(『北京文芸』一九八〇年第六期)だった。

王安憶『雨しとしと(雨沙沙沙)』『小鮑荘』

《〈文革〉中の下放生活で辛い経験をして上海にもどった鄭雯雯(ヂョンウエンウエン)は、派手な都会生活にも染まず、地道に工場で働いているが、そろそろ結婚が気になっている。小雨のある夜、終バスを逃して途方にくれる彼女は、たまたま通りかかった若者に自転車で送ってもらう。若者もおなじ下放経験者だったが、くじけず頑張っているらしい。別れ際に若者は、「またおなじような目にあっても、きっと誰かがきみの前に現れるからね」と言い残す。心打たれた雯雯は、その後に職場の主任から紹介された大学生との結婚話を断り、毎日上海の並木の下に〈誰か〉の姿を探す。》(梗概)

王安憶(ワンアンイー)は前述した茹志鵑の娘で、一九五四年生まれの〈文革〉世代だが、空気の震えを感じさせる柔らかな感性は母親譲りのものだ。この作品は、作者自身の下放体験をもとにした四連作の締めにあたる短編で、この一作で彼女は文壇に出た。これ以後、安徽省の農村への〈下放〉体験をもとにした短編を多くものして文学界に次第に地歩を築くが、一九八五年に中編小説『小鮑庄』（『中国作家』一九八五年第二期）を発表してその地位を不動のものとした。

題名の小鮑庄は安徽省の低湿地帯にあるとされる小さな村の名で、伝説的大昔にこの地方の治水に失敗したある役人が流されて来て以来、その子孫が住み着いて出来たとされる。物語は貧しい村の数戸の家の人々をめぐる様々な愛憎模様を、淡々と描いていく。すべてありふれた農民で、彼らをめぐる物語は一見相互に関わりなく進んでいく。孤独な老人になぜか懐く子供。親の期待を裏切って、男と村を出て行く娘。物乞いの流浪暮らしの中で男の子を拾って村に帰って来る娘。成長したその子は、村の寡婦とくっついて村を騒がす。あるとき、大水で村人たちが流される。孤独な老人は懐いていた子供に助けられるが、子供は死んで、そのことで村は評判になる。それ以来、村人たちはそれぞれに腰がつよくなったように感じる。

以上は物語のごくあらましで、実際には神話的綾もちりばめられて、錯綜した人間模様が展開し、読むにつれて次第にどうしようもないほどに後れた古きこの国の根元が露呈してくる。上海の知的環境で育って、〈下放〉生活を体験した作者は、距離をおいた醒めた目で農民を見つめており、そのことが作品にいい意味での距離感を生み出している。

張抗抗『オーロラ（北極光）』

王安憶より五歳年上の張抗抗（チャンカンカン）は、文革末期の一九七二年には『解放軍報』に処女短編『灯』を発表するほどに早熟だったが、彼女の場合も、ジャーナリストの父親と児童文学者の母親との間に生まれたという生い立ちが、王安憶と同じく、速くから文学創作への夢を育てた。同世代の若者と同じように、紅衛兵運動に参加したのち、一九六九年に黒竜江省の北大荒（ベイダーホワン）の国営農場に下放、八年間をそこで過ごした。この間、一九七五年には最初の長編小説『分岐点（分界線）』を〈上山下郷知識青年創作叢書〉の一冊として上海人民出版社から出しているが、それはまだ当時の政治情況のままにいわゆる〈修正主義〉との路線闘争を描いたもので、時代の枠のつよくはまったものだった。

彼女がようやく独自の文学世界を創り始めるのはハルピンを舞台におのれの世界を探す若い女子大生を描いた短編『夏』（『人民文学』一九八〇年五期）あたりからで、『収穫』一九八一年第三期に発表した『オーロラ（北極光）』が飛躍点となった。

ヒロインの陸岑岑（ルーツエンツエン）はハルピンの計器工場で働くかたわら、夜間大学に通って日本語を学んでいる。彼女の心には、オーロラ観測で遭難死した伯父の「オーロラは幸せの使者だ」ということばがいまなおたゆたっているが、オーロラは現れない。

岑岑には見合いで決めた婚約者の傅雲祥（フーユインシアン）がいる。優秀な木工技術者で、二人は似合いのカップルに見えたが、岑岑は近頃、どこか俗っぽい彼に飽き足らないものを感じている。挙式が迫ったある日、岑岑は、学校帰りに雲祥の家に寄るが、そこで紹介された雲祥の友人たちの俗っぽさに嫌気がさしてその場を飛び出す。そのまま夜の学校へ引き返すが、そこでおなじ日本語科の学生の費淵（フェイユエン）を知る。費淵は彼女に人生に関する深刻な悩みを語り、雲祥の口からはついぞ耳にしたことのないそれらの言葉に岑岑は目を啓かれ、彼のもとを訪ねるようになる。そこで、もう一人の若者、水道工の曹儲（ツアオチュー）と知り合う。曹も紅衛兵世代で、苦労しながらも絶望せず、地道に自分の道を探している。岑岑は、そこにも一つの生き方があることを知る。

《そんなある日、雲祥が結婚写真を撮りにと、岑岑を写真館に連れて行く。いざ鏡を前にして、岑岑は突然、オーロラを見た気がした。このまま成り行きで結婚したらオーロラは永遠にあらわれないと感じた岑岑は写真館を飛び出すや、その足で費淵の宿舎に行き、結婚の悩みを打ち明け、費淵へのほのかな思いを匂わせるが、面倒はご免だと言わんばかりに、費淵の態度は冷たかった。そこで初めて、岑岑は、費淵の深淵そうな思索なるものが現実逃避のポーズに過ぎなかったことを知る。

やがて、いわゆる幸せな結婚の夢を捨てた岑岑は、雲祥との婚約を解消し、地味だが、地道に人生の道を切り開こうとしている曹儲と二人で、オーロラを探す道を行く決意をする。》（梗概）

ここにはオーロラ＝〈夢〉を探す若者がいる。ストーリーはいささか紋切り型だが、それは作者や時代の若さのせいで、そこに目をつぶれば、張抗抗はこの一作で確かに時代の若者の姿を描いてみせたのである。この作品には、どこにも〈悪〉がない。そこに、悪夢の〈文革〉十年を経て、新しい未知へ踏み出したこの時代の一つの姿があった。これは、いわば中国の『青い山脈』なのだ。それが、間もなく戦車の銃弾に踏みにじられることになったのをぼくらは知っているが、それにはまだ時間が必要だった。

史鉄生『わが遥けき清平湾』
（『青年文学』一九八三年第一期）

おなじ下放知識青年でも、より厳しい運命にさらされて、そこから独自の文学世界を拓いた者もいた。史鉄生（シティエション）［一九五一～二〇一〇］がそれで、北京の平凡な農業技手の子に生まれた鉄生は、一九六九年に陝西省の延安地区に下放する。ただ彼の場合は別に理想に燃えてのことではなく、「気分だった」と後に述べている［施叔青「従絶望中走出来―与大陸作家史鉄生対談」『九十年代月刊』一九八九年二月］が、彼が目にしたのは〈革命の聖地〉の言語に絶する貧しさだった。鉄生は下放後間なしに腰をわるくしたため、軽労働の牛飼いをすることになるが、やがて両足が麻痺し、七二年には北京にもどり、やがてまったく歩行能力を失う。一時は死を思うほどの苦しみの中で小説を書き始めるが、その筆がかつての下放生活に向かったのは自然であった。ただ、鉄生の場合の特徴は、描き出された世界が下放生活の苦しさや失望などの自らの体験ではなく、そうした体験の向こうに時空を隔てて浮かぶ地方色豊かな陝西地方の叙情世界であることだった。陝北民謡の喉が自慢の牛飼いの老人。北京のことを根掘り葉掘り訊いて止まないその孫娘。「山奥の娘はなんも知らんでのう」と嘆く老人は、実は解放戦争で広東まで行ったことがあり、悲しい過去もあれば、嫁にするのをためらう気がかりな後家さんもいた・・・・こうして北京にもどって思い出せば、清平湾は遥かな懐かしい世界だった。「一幅の陝北民間生活の風俗画」だと施叔青は評しているが、それは命の限界を体験した人にして初めて見える世界であったとも言えよう。こうしたテーマは、やがて中編小説『下放物語（挿隊的故事）』［『鐘山』一九八六年第一期］として結実する。

だが、やがて鉄生は自らの生存の根底にかかわる身体障害に目を向け、小人症の子供を持つ若い夫婦の悩みを描いた短編『この世に生まれて（来到人間）』〔『三月風』一九八五年第三期〕以後は〈障害者文学（残疾人文学）〉という新たなジャンルを提唱し、中国文学に新たな分野を拓き、やがて散文『わたしと地壇（我与地壇）』〔『上海文学』一九九一年第一期〕のような不朽の名作を書いたが、病魔は彼にさほど多くの時間を与えなかった。

鉄凝『ボタンなしの赤いブラウス（没有紐扣的紅襯衫）』〔『十月』一九八三年第二期〕

著名な画家と音楽家の娘に産まれるという幸運を背負った人の目には、人生はまた別の姿で映ってくる。鉄凝（ティエ・ニン）〔一九五七～〕の場合がそれで、出世作の『ああ、香雪（シアンシュエ）（哦，香雪）』〔『青年文学』一九八二年第五期〕は一日に一度停車する汽車に憧れる無邪気な山村の娘たちの群像を点描によって浮かび上がらせてみせた。なかでも、集落でたった一人の中学生の香雪は、父親がこしらえてくれた木製の筆箱が嫌で、大きな村から来る生徒たちがみな持っているプラスチック製の筆箱が欲しくてたまらない。あるとき、列車の乗客の学生がそれをもっているのを目にすると、いきなり列車に飛び乗り、無理矢理持っていたタマゴと交換してもらう。そのため、十五キロ先の次の駅まで連れていかれて、遠い線路を歩いて帰るが、次の日に学校でみんなにその筆箱を見せることを思うと、少女の胸は幸せだった・・・山村の娘たちは、いつの間にか列車の乗客に村の農産物を売ったりするようになるが、その行為にも不思議に暮らしの香りがせず、むしろ娘たちの列車の乗客たちに対する飽きぬ好奇心が印象に残る。作者は意図して、そのように仕組んでいる――そこに人が育つ原点がある、と。

こうした視点をぐっと広げたのが、『ボタンなしの赤いブラウス』だった。自由な絵しか書かないためにうだつの上がらない画家と、そんな夫に不満な妻（教師）の間に生まれた娘の安然（アンラン）は十六歳の中学生。男の子みたいに自由闊達で、ジャンパーを着てみたり、爆竹を鳴らして大騒ぎしたり、教師が文字を読み違えると訂正したり、ぶりっ子級長の虚偽を作文で叩いたりする。おまけに、姉の安静（アンジン）に買ってもらったファスナーつきの赤いブラウスを着て登校したものだから、保守的な教師に反感をもたれ、クラスの優秀生徒に選ばれない。それでも、自分では自信があり、日記に自分を優秀生徒と記す。要するに、安然は活発な一人の中学生なのだ。そんな少女に母親はしばしば小言を言うが、姉の安静は優しく見守る。そこに、偽善的世渡りをする教師や、不幸な家庭環境にありながらけなげに振る舞うクラスメートなどがからむ。作者は終始姉の安静の目を通すことによって、かつて明・清両朝の行宮があった人口六十万の小都会に育つ若者の姿を生き生きと活写するが、その視線は温かい。ここで扱われているテーマは、毛沢東時代にかつて茹志鵑が『阿舒』［前出一四九ページ］で描いた若い世代のテーマを想起させるが、鉄凝には良くも悪くも茹の〈重さ〉がない。〈政治〉を背負うことからひとまず解放された世代の特徴とは言えよう。ただし、現実がそうした〈解放〉を何処まで許すか、それはまた別のことになる。

改革・開放が進むと、各種の経済活動も活発になり、そうなるとあのお国柄で、様々な裏社会も生まれる。そうした中でさまざまな経験をし、そこから〈無頼文学〉とでも呼ぶべき新しい作品を生んでみせたのが、王朔（ワンシュオ）［一九五八〜］だった。

王朔『スチュワーデス（空中小姐）』
（『当代』一九八四年第二期）

高校時代にすでに公安局の補導を経験した王朔は、人民解放軍（海軍）を退役してからはかつての軍籍仲間とのコネを利用して上海、深圳、広州あたりで家電製品の密売などの裏社会の商売に関わり、一時は折から花形職業だったスチュワーデスのヒモのような暮らしもしていたらしい。そうしたなかから生まれたのが『スチュワーデス』だった。

物語は、海軍を退役した主人公が、かつての知り合いで、いまは広州民航の「空中小姐（スチュワーデス）」をしている若い女性と再会し、だらだらと曖昧なヒモ関係をつづける話で、物語そのものにはたいした新味はないが、当時ようやく注目を集め始めたスチュワーデスというヒロインの職業や、北京―広州間を自在に飛び歩く暮らしの新鮮さ、ヒモ的な主人公のありようの異常さなどには、結構新鮮味があって、それなりに受けた。

問題はその王朔が、これにつづけて、折からの〈改革・開放〉施策による経済発展の裏で生まれた都会の若者たちの生態を描いて、のちに〈無頼文学〉と呼ばれる作品を次々と発表し、それらがまた映画化されて評判を呼ぶという風な現象が起こったことである。その初期の作品を挙げれば、『浮出海面』〔『当代』第五期　一九八五年十二月〕、『一半是火炎、一半是海水』〔『啄木鳥』一九八六年第二期〕、『橡皮人』〔『青年文学』一九八六年第十一、十二期〕などがそれで、そこに登場するのは都会のブラックマーケットに出入りして犯罪に手を染め、かたわらアウトローの暮らしや自由恋愛を楽しむまったく新しい若者たちである。仲間だけに通じるテンポの速い新しい流行語が飛びかう作品世界は、娯楽性や話題性に富んだ未知の文学世界を拓いた。その一作『炎と海水（一半是火炎、一半是海水）』のあらすじはこうだ。

《ホテルを拠点に美人局を稼ぎにしている男・張明（チャンミン）と、その女・方方（ファンファン）。たまり場にしている自宅にホテルのボーイの衛寧（ウエイニン）など、仲間を集めてマージャンで時間をつぶす。あるとき、張明は公園で本を読んでいる女子学生の呉迪（ウーディー）と知り合う。自分は労働改造犯で、今は人をゆすって稼いでいるのさと露悪的に打ち明ける張明に、呉迪は逆に興味を持ち、張の家に遊びにくるようになる。不良少年らの率直さは、純情な呉迪には新鮮で、張明にも惹かれるようになる。が、あるとき呉迪は、張明に亜紅（イヤホン）なる仲間の女がいることを知り、自分は張の女の一人に過ぎなかったとわかってショックを受ける。あるとき、カモを狙って警官の服装でホテルの部屋に乗り込んだ張明は、肥った商人と寝ている呉迪を見つけて、驚く。カネが欲しいから客を世話してくれと呉迪から頼まれたと衛寧から聞かされ、張明は愕然とする。やがて、グループは逮捕され、主犯の張明と方方は十五年、衛寧は十年、亜紅は七年の実刑となる。労働改造所で衛寧に出遭った張明は、呉迪が捜査を前に部屋に鍵を掛け、腕を切って自殺したことを聞く。遺書はなく、目に涙をうかべていた、とも。

労働改造中、二年目に重症肝炎で倒れた張明は、半年入院後、再発感染の恐れありということで、監視つきで自宅療養を許される。が、張明は自殺した呉迪のことが頭から離れず、夜も眠れず酒びたりで、倒れる。一月入院後、病気療養を名目に南の島に行こうとして、船の中で若い娘胡昳（フーイー）と知り合う。労働改造犯だと打ち明ける張明に彼女は平気で親しみをみせ、島でも同じ旅館に泊まる。自殺した呉迪のことを話した張明は一線を守ろうとするが、胡昳はじれて、たまたま海浜で知り合った作家と称する二人の若者に誘われるままに、一緒に夜の海に出て行く。引き留めた張明には悪い予感がしたが、はたして胡昳は弄ばれていた。

翌日、胡昳の船を見送った張明は、港でくだんの二人の若者を見つけてナイフで切りつけ、駆けつけた警官に逮捕される。取り調べの結果、若者二人は詐欺と輪姦の罪で拘留され張明は釈放される。》（梗概）

文芸作品には娯楽性が求められる一面があるが、王朔の作品にはそれがたっぷりあり、当時は若い読者に盛んに読まれた。ただ、社会性を重視することに慣らされてきた文芸界は概して冷たい目を向け、読者層もそれほどには広がりを見せず、王朔につづく作者も現れず、やがてくる六四事件で社会的不安定がつづくなかで、こうした作品はさして社会的力をみせることなく終わったかにみえる。九十年代末から事実上の商品経済時代が展開するが、それはいわばにわか仕込みの駆け込みのそれで、娯楽性を持った文学を生むほどの余裕もなく進んでいるかに見えるが、それは本書の言及すべき範囲をこえる問題である。

莫言『透明な赤蕪（透明的紅蘿蔔）』（『中国作家』一九八五年第二期）『赤いコーリャン（紅高粱）』（『人民文学』一九八六年第三期）

こうして都市の下放知識青年たちが一斉に物を書き出す中にあって、それとは違って、いわば土着の農村の若者の中からも小説を書く人が現れた。その典型が莫言（モオイエン）である。

莫言は一九五五年に山東省高密県東北郷の農村に生まれた。本名は管莫業（グワンモオイエ）。上述の王安憶よりは一歳、史鉄生より三歳、それぞれ年下になるが、要するに文革世代である。ただ、違いは、莫言がまったくの農民の子であったことである。生まれた村は青島に近いとはいえ、つい百年ほど前は見捨てられた雑草地だった。莫言はその村の農家の四人兄弟の末っ子に生まれた。小学校時代に〈文革〉が始まったこともあって、莫言は小学校を出たところで上級学校へ進む道を閉ざされ、自宅で農作業や牛飼いをして過ごしたが、それが後の作家活動の源泉となった。二十一歳で人民解放軍に入ったことが転機となって文学創作を志すようになり、一九八五年に短編『透明な赤蕪』で認められた。

《村人から〈黒ガキ〉と呼ばれている十歳ほどの男の子。〈父親は出稼ぎに家を出て、三年も音沙汰なし。継母からは捨て子扱い。間近い冬をひかえて半ズボン一つで、上半身は裸。痩せて真っ黒な垢だらけの躰に、異様に大きな頭。員数合わせで村の砂防工事現場にかり出されたこの黒ガキは、鍛治屋の手伝いをしながら、様々な利害で曇った村人たちの目には見えない物を見、聞こえない音を聞いている。あるとき黒ガキは、鍛治屋の金床の上に置かれた赤蕪が銀色の液体を湛えて金色の透明体になるのをひそかに見ていた。黒ガキに同情を寄せる村の娘が、厳しい鍛治屋の仕事から女仕事の石切場へ連れだそうと手を引っ張ると、黒ガキはいきなりその手に噛みつく。異次元への通路を持った黒ガキは、また激しい野生の持ち主でもあった。》（梗概）

この作品のバックはたしかに〈文革〉ではあるが、それはあくまで額縁で、描かれているのは一個の野生児の心の世界である。このような小説が書かれた試しはかつて無かった。莫言はこの短編で、大陸中国の文学世界を執拗に捉えて放さないあの〈政治〉を引っぺがして、一人の〈人間〉としての黒ガキを描くことに成功したのである。後にかれはこの黒ガキを「自画像」だと述べたことがあるが、それはまさに大地で牛飼いや農作業をして育った者にしか備わり得ない土着の感性が生み出した独自の世界であった。が、莫言の名前を不動のものとしたのは、これに次いで書かれた長編小説『赤いコーリャン（紅高粱）』であった。その冒頭はこう始まる。

「一九三九年旧暦八月九日、馬賊の血をひくわたしの父親は十四をわずかに出た年で、のちに天下に名をとどかせる伝説の英雄余占鼇（ユイヂャンアオ）司令の軍とともに、膠平（ヂャオピン）国道で日本人の自動車部隊を待ち伏せした。袷を引っ掛けた祖母が二人を村はずれまで送って行った」

物語は、この待ち伏せによる日本軍との攻防が前景で、日本軍による人間の皮剝ぎなどの目を背けたくなる残酷な戦争場面が展開する。その背景に、この戦闘で殺される祖母とその夫（つまり祖父）の罪の物語がある――結納目当てにハンセン氏病に罹った造り酒屋に嫁がされた祖母は、駕籠かき人足だった祖父と共謀して夫を殺害して酒屋を乗っ取ったらしいが、その過去はもはや茫々とかすんでいる。

莫言はこの一作で普通のリアリズムの描き方を避け、ある種の〈語り〉の手法で全篇を貫いた。それ故、描かれる〈生〉と〈性〉と〈死〉の残酷な饗宴は、直接性からくる生臭さを免れ、一種の不思議な酩酊へと読者を誘う。こうして莫言は、この一作で独特の〈語り〉の手法を確立し、独自の作風を創出した。これ以後のことはもはや本書のカバーする時期を超えるが、莫言はこの手法で『豊乳肥臀』（一九九五年）や『白檀の刑』（二〇〇一年）などの長編小説を続々と書き、中国籍の作家として、初めて二〇一二年度のノーベル文学賞を受賞するにいたるのだが、その授賞式での記念講演のタイトルは「語り部として（原文は〈講故事的人〉）であった。

賈平凹『鶏の巣村の人々（鶏窩洼的人家）』
（『十月』一九八四年第二期）

莫言と並んで、この時期に頭角を現したもう一人の作家が賈平凹（ジャピンワ）である。莫言がまったくの農民の子であったのに対して、賈平凹は陝西省南部の丹鳳（ダンフォン）県の農村の大家庭に生まれた。周囲は農村だったが、父親は教師だった。中学に進んだところで〈文革〉が始まり、父親が「歴史的反革命分子」に認定されたため、苦労を舐めさせられたが、壁新聞などで文才を発揮したのが認められ、一九七二年にいわゆる〈労農兵学生〉として西安の西北大学に推薦入学、小説を書き始める。こうした経歴は、莫言よりは恵まれていたと言えようが、生まれ育った土着の暮らしから文学的栄養を汲み出して止まない点では、この二人には他の追従を許さない共通点がある。莫言の文学的原点は山東省高密県だが、賈平凹のそれは陝西省商州地区の農村であり、後に広く秦嶺（チンリン）地区へと広がった。

　賈平凹の名を文学界に定着させたのは、一九八四年に発表した中編小説『鶏の巣村の人々』であった。――商品経済の大波が押し寄せ、年に一万元を稼ぐことを意味する〈万元戸〉なる新語が農民たちの心を刺激し始めていた。ここ鶏の巣村でも、復員軍人の禾禾（ホオホオ）は高校の同級生回回（ホエイホエイ）の世話で孫（スウン）家に婿入りするが、電気もきていない田舎村でのわずかな畑にしがみつく暮らしが我慢できない。そこで、家の家財をカネに替えては小商売をやったり養蚕に手を出したりするが、どれも失敗し、妻の麦絨（マイロン）とは喧嘩が絶えず、借金取りに押しかけられる暮らしに堪らず、妻は子供を連れて別れてしまい、禾禾は回回の家の離れで暮らす羽目になる。いっぽう、回回は温和しい性格でいささか吝嗇、真面目な農作業で満足している。その女房の烟峰（イエンフォン）は勝ち気でやり手だが、子供が出来ないので亭主との間はぎくしゃくしている。物語は、この二組の夫婦が絡まり合うようにそれぞれの道を追求するなかでの変化を追って展開する――勝ち気でやり手の烟峰は、新たな時代の夢を追求して止まない禾禾に次第に惹かれるようになる。かたわら、子連れで離婚して苦労する麦絨をなにくれとなく面倒をみているうちに、回回と麦絨との間にも麦絨の子供を媒介に、これまた心の通いが生まれる。やがて、この二組の男女は互いに相手を取り替えて、交換結婚する。

　この作品で賈平凹が書いてみせたのは、商品経済の流入で心を根本から揺さぶられる農民の姿だ。養蚕に成功した禾禾が、県城に繭玉を売りに行き、烟峰がついて行くくだりがある。そのことで、村ではさては駆け落ちかと騒ぎになるのだが、それより、初めて県城の賑わいを目にした烟峰の衝撃は、彼女にこれまで自分は人間じゃなかった、と感じさせる。こうした視線は、農村を体験し〈下放〉した若者たちには到底理解のレベルを超えていよう。この事件をきっかけに烟峰は禾禾に心を通わせるようになり、一方ではそれへの嫉妬が回回を麦絨へと向かわせるというふうに物語は仕組まれるのだが、古い村から抜け出そうとあがく禾禾や烟峰も農民なら、しきたり通りの農業で生きようと願う回回や麦絨も農民である。作者の目は、決して一方のみを見てはいない。

やがてトラクター運送で一儲けした禾禾が村に電気を引き、村には電動粉挽き機やテレビまで現れることになるが、その過程で、禾禾のやる気に目をつけた県の党書記の指示で、ろくに保証も無しに女性の銀行員が大枚の札束を禾禾に渡す場面がある。おそらく当時の現実のありようを反映した描写に相違あるまいが、そこにはのちに中国大陸を覆うことになる官僚汚職の萌芽が見えないこともない。それはともかく、こうして一連のいわゆる商州物を書くことで独自の作風を確立していった賈平凹は、やがて九十年代に入ると古都西安から秦嶺一帯を題材にした独自の地方色豊かな長編小説を発表しつづけることで、莫言と並んで、中国文学界に農村を舞台にした語り物文学の二本の柱を立てることとなった。

作家三千人、文芸誌七百種

ここに『文芸報』一九八四年第六期が掲載した「建国三五年来文芸事業発展情況部分統計」なる表がある。

これによれば、一九八四年段階で作家協会会員はざっと二千二百人にものぼる。この数は、八六年末では三千人をこえたという報告もある。文芸誌は、この表ではざっと五百種足らずだが、これも八六年では

建国35年来文芸事業発展情況部分統計

1．中国作家協会会員数	
1949年第１次文芸工作者代表大会時	304人
1966年文革前	1,059人
1984年	2,170人
2．文芸雑誌	
1952年	51種
1965年	71種
1983年	479種
3．長編小説	
1959年（文革前出版数の最も多かった年）	32編
1978年	55編
1983年	110編
4．中編小説	
文革前17年累計	100編未満
1983年	800余編
1984年（上半期）	約500編
5．大型話劇	
1980年	70
1983年	65
1984年（１～８月）	32
6．テレビ創作劇	
1958年～65年	74編
1978年	８編
1983年	332編
1984年上半期	149編

（『文芸報』84年６期による）

七百種ちかいという報告がある。ともかく、八六年の段階でプロの作家と認められた人が三千人ほどにのぼり、七百種にのぼる文芸誌が全国にあったという見当になろう。ここから生み出された作品がおそよどれほどの数にのぼるものか、見当もつかない。

というわけで、本書で取り上げた作家や作品はそのごく一部で、筆者の主観でおおよその流れが示せればよしとするほどのところにとどまる。これらのほかに取り上げるべき作家や作品がすぐにも次々と頭に出てくるが、いまはとりあえず、おおよその流れが示せたとすればよしとしなければなるまい。

6　演劇界の激流

〈改革開放〉期になって急激な展開を見せたのは、演劇界であった。観客の目の前で演じるという直接性が、絶えず変動を求めて止まなかったこの時代の人々の感性によりマッチしたのが、その原因であったと思える。一口に演劇と言ってもさまざまなジャンルがあり、それらは実際の上演に触れてこそまともな議論が成立しうるが、それはまったく筆者の能力を超えるので、ここでは話劇にかぎって、それも台本を読んだ限りでの概要をごくあらまし整理するにとどめざるをえない。その範囲での印象を言えば、〈文革〉収束から〈六四〉弾圧までのおよそ十数年の動きは、およそ四段階に整理できよう。それらを、代表的な幾つかの作品をたどりながら、紹介していこう。

胎動期［一九七八—七九］　十年におよぶ〈文革〉期に舞台を支配してきたいわゆる革命模範劇の縛りからの脱出をはかった演劇界が、まず〈文革〉期そのものを見つめ直すところから歩みを始めたのは自然であった。

その先鞭をつけたのは、蘇叔陽（スーシューヤン）『赤心の歌（丹心譜）』（『人民戯劇』一九七八年第五期）であった。一九七六年一月の周恩来死去の時期を背景に、周恩来の指示で心臓病の研究にとりくむ老外科医が政治第一の悪気流の中で悪戦苦闘するさまを描いたもので、バックには周恩来への賛歌が流れている。この時期、周の追悼をめぐって起こった天安門広場焼き討ち事件は反革命事件のレッテルを貼られたままだったので、このテーマ自身が刺激的だった。じつは、そのこと自身が〈文革〉評価の上では根本的な陥穽を含んでいたのだが、それに気づいた人はまだ誰もいなくて、いわいる〈四人組〉対周恩来なる図式の中で、周を頌えること自身がこの段階では新鮮な価値転換の意味を持ち得ていたのである。作者の蘇叔陽は一九三八年生まれ、長く大学などで教鞭を執っていた人で、この作品がいわば出世作だった。この時期は彼のある種の開花期で、このほかにも同じ時期の北京の裏町の庶民生活を描いた三幕物『向こう三軒両隣（左隣右舎）』（『収穫』一九八〇年第三期）で老舎風の味を出した。

が、同じ時期をバックに、より直接的に天安門広場焼き討ち事件の逆転評価を打ち出したのが宗福先（ゾウンフーシエン）『声無き処に（于無声処）』（『人民戯劇』一九七八年第一二期）であった。〈文革〉期に党員としての信念を貫いたが故に農村に追放されていた老女性党員と、その人を売って輸出入会社の革命委員会主任の地位を手に入れた男とが、周恩来追悼をめぐって起こった天安門広場での焼き討ち事件に巻き込まれた子弟との絡みで激しい葛藤を繰り広げる。舞台の時間は天安門焼き討ち事件のあった一九七六年初夏。事件の展開の中心に、天安門事件に際して周恩来を頌える詩集を編んだ作者として当局から指名手配されている老女性党員の息子やその恋人を配置することで、〈文革〉の過去と天安門焼き討ち事件での現実の逃走劇との緊張関係が舞台を引き締める。

中共北京市委員会が天安門焼き討ち事件を「完全な革命行動であった」と逆転評価したのは一九七八年十一月十六日で、この話劇が北京首都劇場で初演されたのは、その翌日の十一月十七日であったから、この劇はそのものが〈文革〉逆転評価への直接行動でもあった。それより前、十一月四日付の『人民日報』には「話劇『声無き処に』は上海文芸界をどよめかした」なる記事が出ているから、どうやらまず上海で上演されたらしい。ちなみに、作者の宗福先は一九四七年生まれ、上海熱処理工場の労働者とあるから、当時のいわゆる業余作家であった。この作品が書かれた当時、いわゆる〈文革〉派は逮捕されていたとはいえ、華国鋒体制下で情況はなお流動的だったわけで、その意味で、今日からみていささか図式的な周恩来賛美も、歴史情況を勘案すれば頷けるところもあろう。なお、題名の「声無き処に」が魯迅が日本人・新井格に贈った詩に由来することは言うまでも無い。

これらを承けて次への繋ぎの位置にあるのが崔徳志（ツウイドオヂー）『報春花（さくらそう）』（『劇本』一九七九年第四期）である。ある紡績工場を舞台に、実力主義で工場の生産を伸ばそうとする工場長兼党書記が、利害関係もからんで出身階級重視でおのれの野望をはかる党副書記の妨害を克服していくのが劇の大筋で、ストーリーの転換点には〈四つの現代化〉路線を打ち出した中共十一期三中全会がある。それを梃に、主人公は困難を克服して、勝利を手にする。つまり、周恩来礼賛から鄧小平礼賛へと転換したわけである。その意味で、当時にあっては観客に新鮮な感動を生んだはずで、この作品は、建国三十周年記念公演で一等賞を獲得した。作者の崔徳志は一九二七年生まれで、東北地区を基盤に演劇活動に携わってきた。

現実への関与期［一九七九―八〇］

しかし、開かれた〈改革開放〉期への期待は、当然ながらじきに現実の厳しい壁にぶち当たらざるを得ない。そこで、ある種の政治課題劇ともいうべき話劇が次々と生まれた。その先駆けとなったのが、邢益勛『権力と法（権与法）』（『劇本』一九七九年第十期）であった。ある都市の党第二書記・羅放が災害補助金を教育・科研費としてちょろまかし、自宅用に豪邸を建てた。それを嗅ぎつけた新聞記者・羅丹華が暴露記事を書いたことで、市を挙げての騒動が巻き起こる。この後に全中国をむしばんで再起不能に陥らせることになる党官僚汚職の趨りだが、演劇界はいち早く、この課題に立ち向かったのである。ただ、この話劇は演劇とはいうものの、舞台上の登場人物の吐く台詞は虚構の人物のそれというより、現実に生きた人間の告白にちかい。その一部を挙げよう。

曹達［市の党副書記］：「わたしの建てた豪邸とやらが何ほどのものだと言うのかね。全部合わせたところで、どなたやらの高級別荘の敷地のかけらほどもありゃせんぞ」

羅放［新任の市の党書記］：「まったく、いまや一都市を攻め落とすより手こずるぜ！　うんと地位があって、党中央にいたって、下々の人間にはつつき出す権利があるとくるからね」

羅丹華［新聞記者］：「あの時分にはね、誰も信用せず、生き抜くことばかり考えていたわ」

趙国慶［中学教師］：ぼくらは潰された世代だけど、目覚めた世代でもあるんだぞ」

鄭洪来［新聞編集者］：「丁牧［市の女性職員］くん、きみはまったく善良な中国女性の典型だねえ！　人を信用しすぎで、温和すぎて、真面目すぎるんだ！」

こうしたナマの台詞が浮かび上がらせるのは、〈改革・開放〉のかけ声で始まった政治がはやくも腐敗臭を吐き出し始めているという現実だった。まるで演説会にも似たこの演劇は、聴衆にその事実をナマでつきつけた。歩き始めた鄧小平権力には、それを危険信号として弾圧するだけの備えが、この時点ではまだ整っていなかった。

同じようなことは趙梓雄（ヂャオヅーシュン）『未来は呼びかける（未来在召喚）』（『劇本』一九七九年第十期）ではより直接的で、舞台上の会話はあたかも討論会と化している。

于冠群（ユイグワンチュイン）〔軍工場分室党書記〕‥慎重にやることだ。／主席が言われなかったことは、絶対にやってはならんぞ。

梁言明（リヤンイエンミン）〔軍工場本部党書記〕‥主席は亡くなられたんだぞ。／何をやるにも主席のもとに根拠を探すやつがいる。どんな場面で言われたか、ピントが合っておるかどうかに関わりなく、見つからないと、お手上げでうろたえるんだ。バカらしい。

梁言明‥頭の硬い頑固派どもは、お払い箱だ！

于冠群‥なんぞ折り合いをつけねばならんぞ。／時にはひとりぼっちにされるのが恐くなるんだ。

前記のように、華国鋒体制から鄧小平体制への移行の過程で、毛沢東の言葉を絶対正しいとする華国鋒派とそれを否定する鄧小平派との間で、実践こそが真理検証の唯一の基準だとする論争があり、その果てに後者の勝利として鄧小平路線がしかれたのだが、この芝居はそれを〈ナマ〉の形で舞台に載せてみせたのである。観客を含めて、関係者すべてがあの論争の当事者とされたのである。その臨場感は想像するにあまりあるが、こうしてこの時代が開かれていったのである。

もっと直接、実際にあった事件をもとに社会悪を告発して話題を呼んだのは、沙葉新（シャイエシン）ほか『もしぼくが本物だったら（仮如我是真的）』（『七十年代』一九八〇年第一期）だった。これは実際にあった事件をふまえていた——一九七九年一月、下放知識青年あがりの張（チャン）某が軍の総副参謀長の息子の名を騙って上海で豪遊した事件である。張某は捕まったが、事件発覚直後から劇作家沙葉新ら三人がこれを劇化し、七月に初稿を完成、八月のリハーサルを経て九月から十一月にかけて四六回にもおよぶ〈内部上演〉を行い、十一月には全国文代大会でも〈内部演出〉を行ったのである。作者は、偽物の登場人物をして、

「ぼくに騙された連中だって、ほかの人間を騙しているじゃないですか。連中はぼくに条件やチャンスをくれてぼくのペテンを手助けし、中にはぼくに騙されながら、どうやって騙すか、そいつを教えてくれたじゃないですか」

と言わせているし、事件の調査に当たった中央検査委員役の張老人には、

「きみらの中のある者は証人席におるがな、党規律の法廷ならば被告席に立たねばならんのだぞ」

と、辛辣な言葉を吐かせている。脚本の主要執筆者・沙葉新は一九三九年南京生まれで、一九五〇年代から数々の演劇を執筆してきた中堅どころの劇作家だけに、現実のスキャンダルめいた題材を風刺のきい

た締まった作品に仕上げていた。しかし、上演が〈内部上演〉に限られたように、早くもこの時期には鄧小平によって「社会の安定に寄与せよ」との呼びかけが文芸界に暗影を投げかけてもいたのである。

このほか、作劇上で注目されたのは馬中駿（マアヂュウンシュン）ほか『屋外は燃えている（屋外有熱流）』（『劇本』一九八〇年第六期）である。黒竜江省のある農場の研究所の雑役工とその弟と妹。病身だが、今の平凡な仕事に情熱を持つ兄と新しい時期の様々な欲望に惹かれてあれこれと思い悩む弟と妹。作者はこの劇を〈哲理劇〉と銘打っていて、上海労働者文化宮アマチュア演劇グループは時間と空間を自由に駆使する象徴的手法を駆使し、死者と生者、過去と現在、屋外と屋内などを多層的音響効果とともに多角的に演出したという。「さあ！　屋外へ出よう。屋外は燃えているぞ！　命が蠢いているぞ！」という叫びは、この時期にあっては人々の心を捉える物をもっていたと思える。

多様な表現期［一九八一―八二］　現実が変幻自在に展開するのを承けて、演劇界も急速に変転する。一方で、これまでたびたび触れてきたように、〈党〉のイデオロギー政策はぶれながらも鄧小平路線での引き締めは次第に強まるわけで、そのあたりをにらみながら演劇人たちは歩まざるを得なかった。その一つの例を梁秉堃（リヤンビンクウン）『勝者は誰だ（誰是強者）』（『劇本』一九八〇年第一期）に見よう。

華北の国営大綿紡績工場で新規拡張工事問題が持ち上がる。工場長の袁志成（ユエンヂーチョン）が直面したのは、伝手と裏取引無しには一歩もことが前に進まない現実だった。袁は何度も妥協しそうになるが、最後の一線で辛うじて踏みとどまる。が、それとて、結局は「党市委員会の同志の一声」に頼ってのことである。これに、袁の妻の娘の結婚問題が絡んでことはますます複雑になるのだが、嫁入り道具ひとつ揃えるのにもツテと裏取引きである。ここからは見えてくるのは〈改革・開放〉の入り口から早くも始まる何重にも入り組んだコネ社会のありようである。それを描きながら、問題をとことん突きつめることなく、肝心のところでは鄧小平の言葉を〈語録〉風にちりばめて安全弁とせざるをえなかったあたりに当時の演劇界のおかれた情況が見て取れよう。

　これと同工異曲とも言えるが、より厳しく課題を設定したのは中傑英（チュウンヂエイン）『灰色王国の黎明（灰色王国的黎明）』（『劇本』一九八〇年第十一期）である。改革開放時期に入っても、この町の土木局を握っている現場主任顧世権（グーシチュエン）は〈文革〉時代から一貫して居座って、現場を仕切っており、レベルの低いその手下たちもトンネル工事の掘削機を壊したり、機械の部品を盗んだりして、始末におえない。はては間違った指揮のせいで数十人の労働者が工事現場に閉じ込められ、危うく大事故になりかける。そこへ〈文革〉期に貶められていた市の指導者が乗り込み、彼を批判するが、それに対する顧の反駁が凄い。

「そんな罪状で、おれさまに手錠を掛けられると思うか。党内警告にもなりゃせんわい。階級敵か特務か裏切り者か、おのれの懐にごっそりため込むかでもしないかぎり、ちょっとした間違いはおろか、二千万元やそこらの固定資産を灰にしようが、十人やそこら死なそうが、おれはどこぞの工場長になる資格はあるんだぞ」

ここには早くも、いわゆる〈党〉の天下思想が露骨に示されていよう。作者も観客もこの時点ではむろんそれに腹立ちの目を向けているのだが、人々はやがてこの顧世権のような存在が普遍的存在になっていることに気づくことになるであろう。

こうした政治色を帯びた題材と違って、この頃からより広い題材を扱った演劇があれこれと現れた。その一例が、〈文革〉の悪気流の中でもてあそばれる常州地方の演劇・錫劇のどさ回り劇団を描いた姚遠『どさ回り（下里巴人）』（『劇本』一九八二年第六期）で、作者自身の体験が下敷きになっているらしく、そこは〈理〉ではなく〈情〉が支配する世界で、話劇界では新生面を拓いた。

これと並んで、王景愚『コリャウマイ（可口可笑）』（『劇本』一九八二年第七期）なる風刺喜劇が上演されて、演劇界に活気を与えた。〈コーヒーサイダー〉なる怪しげな飲料水の滞貨の山を抱えて悩んでいた食品店の経営者が、サイダー工場の工場長とグルで折から人気の出たコカコーラ（可口可楽）に引っ掛けて〈コリャウマイ（可口可笑）〉なるインチキ飲料水を売り出すのを若い労働者が機転をきかせて暴露するというドタバタ劇だが、自身が喜劇役者でもある劇作者自身が演じたことも手伝って、どちらかと言えば重苦しい雰囲気の演劇界に活気を与えた。

さらに、台湾の劇作家姚一葦『ピエロ（紅鼻子）』（『劇本』一九八二年第二期）が中国青年芸術劇院の手で上演されたのも、刺激的だったと思える。まず、台湾の現代劇が大陸に紹介されたのは、建国後ではこれが初めてだった。それだけでも新たな窓を開ける意味があった。しかも、記録によれば青年芸術劇院の公演は六十回を超えたと言うし、『劇本』で台本が掲載されたのみならず、『人民戯劇』などでも好意的な劇評が載った。作者の姚一葦は一九二二年に南昌に生まれ、この当時は台湾文化学院戯劇研究所長であった。主人公はピエロの仮面をつけているが、実は家出した無能な商店主。それが、仮面をつけることで自己犠牲の喜びを知り、あれこれと人助けをするが、最後にか弱い踊り子を助けて、自らは死ぬ。古典劇の三一律をきちんと守った構成だが、ある種の抽象性も供えており、階級分析で人の世を観察するリアリズム劇にばかり慣らされた大陸の観客には新鮮だったと思える。この時期から間もなく、以下に略述するように演劇界では様々な抽象劇が流行するのだが、その刺激の一つはこの劇にあったかも知れない。

モダニズムの流行［一九八二—八五］

演劇界にモダニズムの窓を開けたのは、高行健（ガオシンヂエン）［一九四〇〜］『絶対信号』（『十月』一九八二年第五期）であった。列車強盗を企む就職待ちの若者の物語だが、この劇で作者はおそらく中国で初めて小劇場方式を導入した。登場人物は若者、その恋人、見習い車掌、車掌、列車強盗の五人で、装置はシンプルな列車の一箱だけ。それぞれの登場人物の心理描写は、台詞のほかに、舞台装置や照明や音響効果などを最大限に組み合わせて表現された。最後に老列車長や恋人に説得されて若者は血の代価を払って列車強盗を中止し、めでたしで終わるが、演劇界で初めての小劇場公演は新鮮な演出で観客に強烈な印象を与えた。北京人民芸術劇場がこれを初演したのは一九八二年十一月で、劉会遠（リューホエイユエン）［一九四八〜］との合作となっている。

高行健はついで『バス停（車站）』（『十月』一九八三年第三期）を書き、北京芸術劇院の手で試験上演がなされたが、これにはじきに批判的意見が出た。ある都市郊外のバス停でバスを待つ八人。いくら待っても来ないバスに腹を立てた「沈黙の男」は憤然と立ち去るが、ほかの七人は、個人的、社会的、種々様々な不平や不満をぶちまけながら、待ちつづける。あっという間に十数年が経つが、バスは来ず、気がつくとバス停に停留所名もない。そこで初めて、人々は立ち去った「沈黙の男」のことを思い浮かべる。そこへ、突然装甲車が現れ、そこにはあの〈文革〉の四人組が乗っている。バス待ちの七人がそれと意識する間もなく、機関銃が鳴り、七人は様々な姿で倒れる。・・・・。明らかにフランスの劇作家サミュエル・ベケットの名作『ゴドーを待ちながら』（一九五三）を下敷きにした作品だが、この作品には〈西方モダニズムへの盲目的追従〉とか〈現実の歪曲〉とか、さては〈サルトル熱やフロイド熱を煽っている〉などの批判が出て、擁護論もある中で、上演は中止された。思うに、バス待ちの登場人物の口にする社会批判が当局の勘に触ったのであろう。

ついで高行健は野心作『野人』（『十月』一九八五年第六期）を発表、これも北京芸術劇院の手で上演された。この当時、その存在が世間的に話題になっていた長江上流原始林のいわゆる〈原人〉、作品では「野人」を探求する人類学者を中心に、〈自然と人類〉〈祭りの復活〉〈環境保護〉〈デマゴーグ〉〈家庭崩壊〉などの多層的テーマを中国伝統演劇の唱（チャン）［歌唱］、念（ニエン）［台詞］、做（ヅウオ）［しぐさ］、打（ダー）［立ち回り］の四要素を生かした多元的演出で、これに仮面劇、パントマイム、舞踊、朗読が加わり、装置やバック音楽や照明などにも「多元化」の工夫が凝らされた。結果は、憤然として途中で席を立つ人もいれば、上演後に会場に残って関係者と話し込む人もいるという風で、毀誉褒貶半ばするという風であった。思うに、作者を含めて関係者の意図はそれとして、ここではモダニズム志向が行き過ぎて、一気に何もかも詰め込もうして消化不良を起こしていることは明らかであろう。それはまた、この戯曲に限らず、この時期の中国がすべての面で直面していた現象でもあった。そして、先走って言えば、これ以後も〈現代化〉を急ぎ過ぎた現代中国は、いたるところで〈野人現象〉を起こしつづけてきたのではないか。なお、高行建は二〇〇〇年に長編小説『霊山』で二〇〇〇年度ノーベル文学賞を受賞したが、天安門事件に憤激して中国大陸と決別した高は、フランス籍になっていた。

高行健と並んで話劇界のモダニズムの扉を開けたのは王培公『WM・我們』（『劇本』一九八五年第九期）であった。空軍話劇団の芸術室主任の王培公が国際青年節のために書いた作品で、一群の下放知識青年の四つの時期を冬［一九七六年の集団下放生活の苦闘期］、春［一九七八年の都市への帰還と進学・就職の困惑期］、夏［一九八一年の改革・開放初期の苦悩期］、秋［一九八四年の現在の思索期］の四期に分けて描いたもので、演出は同劇団の団長・王貴が担当した。エレクトーンやドラムス、その他の音響効果を除いて、すべては観客の想像力に訴える演出で、たとえば嵐の中を進む場面で風の音は登場人物が口で出すし、扉を閉める音も役者が口で示した。宙づりなどの演出もあった。かたわら、登場する役者たちは社会への様々な疑問や不満や怒りをナマのまま、片っ端からぶちまけたが、象徴化された演出はかえって鋭く観客の心に訴えた。ときあたかも〈精神汚染〉が厳しく口にされる政治風潮の中にあって、リハーサル段階からあれこれと横やりがはいり、一時はリハーサル中止までが命じられた。ただ、この段階では党の各段階にこの芝居を擁護する力も働いて、十月には上海長江劇場での公演にこぎつけ、連日満員の盛況であった。ついで、北京でもなかば自主公演での公演が行われたが、こちらも盛況であった。しかし、十一月九日には中国戯劇学会の公示で、「WMは即日公演停止します。切符購入の向きは翌日劇場で払い戻しします」なる公示が出され、王培公と王貴はそれぞれ免職処分を受けた。後の六四事件に到る道はこのあたりからすでに用意され始めていたのである。

高行建の一連の作品を契機に時空を自在に使う手法はすぐに当たり前になり、劉樹綱（リューシューガン）『生者を訪ねた死者（一個死者対生者的訪問）』（『劇本』一九八五年第五期）のような作品が生まれた。［現代音楽話劇］と銘打ったこの芝居の主役はある劇団の端役役者。あるとき、彼はバスの中で二人組のスリを見つけて捕らえようとするが、乗客は誰も助けようとせず、刺殺される。舞台は、殺されたこの男がそのとき同乗したバスの乗客を次々と訪ねて、それぞれの心を暴く形で事件の真相を明らかにしてゆく。固有名詞を与えられているのは主人公とその恋人でデザイナーの女性ともう一人の三人で、そのほかの登場人物は舞台進行の主音調を作るドラマー、ほかに男女四人ずつの合唱隊員が、随時舞台装置や人物に変身する。合唱と仮面とドラムスの効果で、劇は進む。そこでは、登場人物の心理空間と人と人との社会空間が自由に転換する。後に『劇本』編集者の柏松齢（ボオスウンリン）は「編集後記」で「リアリズムの基礎の上に、我が国の伝統戯劇や民間芸術の創作経験を吸収し、外国の超現実派や象徴主義のある種の表現手法を取り入れた」と評したのは、要をえた評であった。

ある成熟［一九八五―］

一九八七年の春節、北京では〈一九八七年首都話劇界春節合同公演〉が行われ、首都の十三の話劇団が十八の出し物を上演した［『文芸報』一九八七年三月二一付］。これは、ある意味ではいわゆる〈改革・開放〉以来の十年、ことあれば締め付けようとかかる〈党〉と駆け引きしながら西側演劇を吸収しつつ悪戦苦闘してきた中国話劇界の一つの到達点であった。この段階の中国演劇人たちは、すぐ二年後に〈党〉が身に寸鉄をも帯びない〈人民〉に戦車の機銃を向けるなどとは、想像もしていなかった。

この時に上演された新作で、まず注目されるのは錦雲（ジンユイン）『犬ころ爺さんの涅槃（狗児爺涅槃）』（『劇本』一九八六年第六期）であろう。

《爺さんの親父はわずかな土地を賭けて生きた犬を食って死んだ。それから、彼には犬ころ爺さんの名がついた。村が戦火に包まれたその年、妻を失うが、村人が逃げた村で地主・祁（チー）の胡麻畑を刈り取って命をつなぐ。やがて革命が成功し、犬ころ爺さんも土地を分配されて、祁地主の屋敷に乗り込む。後家の馮家花（フォンジャホワ）を嫁に娶り、荷車や馬を買い込んで、祁地主のような存在になることを夢見る犬ころ爺さん。その象徴は屋根付き門楼だった。

しかし、じきに農業集団化が始まり、土地は取り上げられる。あまりのことに犬ころ爺さんは正気を失うが、門楼にかけた夢は頭から離れない。愛想を尽かした妻は出て行き、村長の李（リー）の嫁になる。李は後ろめたさから犬ころ爺さんに荒れ地を耕し、作物を自分の物にすることを例外として許す。そんなある日、息子の大虎（ダーフー）が旧地主・祁の娘を連れてくる。二人は結婚し、犬ころ爺さんは〈羨望と怨念〉こもごもの旧地主と親戚になれたと、喜ぶ。

だが、〈文革〉が始まると、旧地主との「資本主義の尻尾」を切れと村人から責められ、犬ころ爺さんはまたも居所を失う。

十年つづいた〈文革〉が終わると、世は一変した。ある日、村長が酒を手に、「お前の馬を持ってきたぞ」と現れる。これからは責任生産性で、思うように仕事をして稼いでよいと言われて、犬ころ爺さんは、夢から醒める——さあ、これから息子と二人して屋根付き門楼の屋敷を建てるぞ。

しかし、すでに土地開発の波が押し寄せており、息子はそれに手を出していて、採石場への道筋の邪魔になるもとの祁家の古い門楼の取り壊しにかかっている。もはや権力を失ったもとの村長もわしにはどうにもならんと

嘆くのみ。門楼取り壊しのブルトーザーの轟音の中で、犬ころ爺さんは涅槃を迎える。》（梗概）

上演した北京人民芸術劇院の演出は舞台セットをすべて取り去り、主役の犬ころ爺さんとそれを取り巻く役者との独白に似たやりとりで舞台を進めるという思い切った演出で、「話劇芸術におけるリアリズムをより高度に進めた」（杜余：『文芸報』一九八七年一二期）という批評も出た。描かれているのはもとの地主・祁家の「屋根付き門楼」に象徴される土地持ち百姓になる夢で、犬ころ爺さんは終生その夢に取り憑かれたまま、涅槃を迎える。戯曲の作者も演出者も、旧時代の農民の後れた性根から目を背けることはしていない。その夢が絶たれたところへ、土地開発の波が襲いかかるという仕掛けをこの段階で正確に捉えているのも、この戯曲の鋭いところだ。それから三十年経った二〇二〇年代になってみれば、中国全土が土地開発による自然破壊とそれをささえる党官僚汚職にまみれて目も当てられない始末になっているのであってみれば、犬ころ爺さんの〈涅槃〉は先ずはもって瞑すべきか。

合同公演では、これと並んで、〈構成話劇（組合式話劇）〉と銘打った構成劇『魔方（モオーファン）』も上演された。これはもともとは上海の華東師範大学の学生たちが一九八五年五月に第五回上海大学生文芸会に出した出し物に中国青年芸術劇院が手を加えたものらしく、以下の九場のそれぞれ独立した小品からなる。

〈黒い穴（黒洞）〉［行き止まりの山の洞穴に迷い込んだ三人の芸術家が人生への感慨を披露する］

〈ファッション〉［ファッションショウによる心理表現］

〈女子大生のワルツ〉［卒業を前に辺境に向かう女子大生］

〈広告〉［ある教育開発大学理事長の生徒募集］
〈回り道〉［偽りの回り道の標識に迷う人々。しまいに、仕掛けた本人まで］
〈雨〉［雨傘を挿した夫婦の人生三度の出会い］
〈声無き幸せ〉［口の利けない妻とその夫と］
〈和解〉［京劇好きの老人たちとディスコに夢中の若者たちと］
〈宇宙の対話〉［未知の世界への飽くなき探求］

それぞれの小品は簡略な舞台装置の下で演じられた。演技は、舞踏、パントマイム、ファッションショー、独り漫才、幻想劇など、様々な技法が駆使される。音響効果や照明の多様は言うまでもない。雑誌『劇本』一九八六年第十一期で馬道遠（マーダオユエン）はこの作品を「様々な色の木片で組み上がる九組の玩具」に喩え、「観客の熱烈な反応とある種の評論家の困惑は鮮やかな対比をなしていた」と評しているが、おそらくそこには観る側、評する側、それぞれに余りに急速に進む〈現代化〉への戸惑いもあったと思える。

この時期、ほかに是非とも取り上げるべき話劇が二つある。その一つは『桑樹坪（サンシユーピン）の出来事（桑樹坪紀事）』（『劇本』一九八八年第四期）である。この戯曲は作家・朱暁平（ヂユーシヤオピン）の中編小説『桑樹坪紀事』『桑原』『福林和他的婆娘』の三編を陳子度（チエンヅードウ）・楊健（ヤンヂエン）・朱暁平の三人が話劇に改作したもので、中央戯劇学院表演系の一九八六年度生が八八年二月に卒業公演に当てたものである。ところが、これが大反響を呼び、公演直後の二月六日には『人民日報』文芸部、『文芸報』、『戯劇報』、中央戯劇学院が合同座談会を行い、「ほとんどの参加者が異常な興奮ぶりで感激を押さえきれず、劇場での公演の雰囲気のままで理性的な分析に入ったような感じで、それぞれの感動を語り、劇の場面から受けた感動を語った」といい、参加者の一人の顧驤（グーシアン）［一九三〇～二〇一五］は「〈『犬ころ爺さんの涅槃』から『桑樹坪の出来事』はここ十年の話劇界の模索の成熟を示すもので、その影響は劇そのものを超えている〉と語った」という［『文芸報』一九八八年二月十三日付］。また、後に劇評家の曲六乙（チュイリューイー）［一九三〇～］は、「場面の広がり、人物の雑多さ、衝突の鋭さ、色彩の強烈さ、風格の際立ち、暴露の徹底、思想の深刻さ、および含まれる芸術的情報量の多さなどで、『桑樹坪の出来事』は近年の劇壇で群を抜いている」（『戯劇報』一九八八年第三期）と絶賛した。

では、一体この演劇の何がそれほどまでに人々の興奮を呼んだのかと言えば、ありのままの中国大地の民の生き様がそこに浮かび上がったからだといえよう。貧しさの窮まる黄土高原の泥の中の暮らし。一年でいちばん大事な麦刈り。その大敵は雨。雨を隣り村へ追いやるため、互いに罵りあい、殴り合う。その雨追い祭りの騒ぎで、幕を開ける。やがて、貧しさ故に嫁取りが出来ず色情狂になった男。その男に嫁をもらってやるため娘を売る親。麦刈りの季節労働者〈いわゆる麦客（マイコオ）〉と恋仲になり、余所者と乳繰ったと責められ、引き裂かれて見せしめに仕置きされる娘。貧しさ故に狂った暮らしが次々と明らかになる。村を仕切る〈党〉書記は個人利益には恬淡としてるが、村のためとあらば不法に住居を占拠している一家を追い出して自殺に追い込むことも辞さない。終いに、この一帯を仕切る地区に〈革命委員会〉が成立した祝いの肴にと、村で大事にされてきた〈牛〉を屠殺する。心のよりどころだった〈牛〉を殺される村人は、誰にも食わせて堪るかと、牛飼い老人とともに牛に襲いかかる。〈牛〉は最後の怨念の鳴き声とともに倒れる。

飛び交う陝西なまりの台詞と独特の陝西音楽の世界は、あたかもこの古き民族の苦悩を象徴するかのごとくに、聴衆の心に響いた。黄土高原の貧しい大地に生きる農民群像が、その狡猾さや残忍さとともにリアルに描き出された。詩、歌唱、音楽などが有機的に組み合わされ、回り舞台を使った大胆な舞台装置が、泥臭い題材を前衛的手法で描き切った。聴衆の心を率直に示したのは、前記座談会の出席者の一人・江暁天（チアンシャオティエン）〔一九二六～二〇〇八〕が言った「この芝居は、改革を強く呼びかけ、改革の緊急性と重要性とを呼びかけています」という一言に集約されていよう。このままでこの古きこの民族はどうするのだという切迫感がそこにはあったと思える。

果たせるかな、演劇界で好評だった反面、「暗黒面ばかりえがいている」とする批判が間もなく出て、公演は間無しにストップさせられた。

これと前後して、いまひとつ、この時期に評判となった作品に何翼平（ホオイーピン）『天下第一楼』（『十月』一九八八年第三期）がある。北京ダックの店として有名な〈全聚徳〉の歴史を踏まえて清朝は道光年間に開店した〈福聚徳〉なる北京ダックの店。第一幕は一九一七年。三代続いた〈福聚徳〉は主人・唐徳元（タンドオユエン）の腕で繁盛しているが、二人の息子は京劇や剣舞に凝って商売に身が入らぬ。唐はやむなく番頭の盧孟実（ルーモンシ）に店を譲る。第二幕はその三年後。盧は形勢を挽回し、店を繁盛させている。第三幕はそのさらに八年後。盧は経営に失敗し、店を唐の二人の息子に取り返され、田舎に追放される。終幕で、〈店の真の主人は誰？〉という意味深な聯が田舎に引き込んだ盧の元に贈られて、幕となる。

明らかに老舎の名作『茶館』〔前出七二ページ〕を意識した作品で、それを『茶館』をレパートリーとして世界中を公演した北京人民芸術劇院が演じるとあっては、〈二番煎じ〉との評が出るのもやむを得なかったが、〈文革〉で荒れてた演劇の土壌に北京味の効いた作品が再度生まれたという意味で、記録すべき出来事ではあったと言うべきであろう。

付編　〈人民〉から国民へ

——天安門事件の近代史的考察——

一　「五四」の危機意識の継承

一九八九年六月四日の天安門事件以後、民主化運動を弾圧した中共当局が、思想・文化面で最初に示した動きは、テレビ・ドキュメンタリー『河殤（ホオシャン）』批判であった。『人民日報』が七月十九日付で、易家言（イーヂャイエン）「『河殤』はなにを宣揚しているのか」を掲載したのがそれである。

『河殤』が放映されたのは、事件より一年前の一九八八年六月のことだが、一集四十分、六集からなるこのドキュメンタリー番組は、たちまち大反響をよび、その波は香港や台湾にまで及んだ。

中共当局がいちはやくこのテレビ・シナリオに批判の矛先を向けたのは、一つには、それが罷免された趙紫陽（ヂャオツーヤン）総書記と深くかかわっていたからである。

『河殤』の内容をひと口で言えば、黄河文明に象徴される中国伝統文明を生命力を失って滅亡に向かう農業文明として否定し、近代ヨーロッパ型の工業文明の道を歩む以外に中国の未来はないと主張するもので、これが、いわゆる「国際大循環論」をバックに、沿海地域経済発展戦略をすすめようとする趙紫陽路線をバックアップするものであることは明らかであった。

当然保守派の反撥をまねき、王震（ワンヂェン）国家副主席を中心に、これの再放映を禁止し、批判キャンペーンを巻き起こそうとする動きがあったが、趙紫陽はこれを抑えこみ（前記の易家言論文について、このときおクラ入りさせられたものを一字一句変えていない、と『人民日報』編集者は「まえがき」をつけている）、かつ、この番組のビデオテープをリー・クアンユー（李光耀）シンガポール首相に贈るなどした。

けっきょく『河殤』は八八年八月に再放映されることで、いわば市民権を獲得することになるのだが、こうした経緯からみて、これが趙紫陽の罪状の一つとされたのは、当然であった。

だが、むろんそれだけではない。『河殤』批判はその後も続けられ、伝えられるところでは、十一月末には二十二万字にのぼる『重ねて河殤を評す』が出版され、学生に対する政治・思想教育のテキストとして使われるという。つまり、現在の中共当局は、『河殤』の中に今度の「反革命暴乱」にいたる思想的基盤が用意されていた、と考えているわけである。

敵対者のアンテナは、しばしばもっとも鋭敏に相手の要害を捕捉する。そこでわれわれとしても、事件の過程で出されたさまざまな宣言やアピールをひとまず傍におき、このテレビ・シナリオを手がかりに、いわば搦め手から問題にとりかかることにしよう。

『河殤』のアナウンスメントは独特の朗詠詞のそれだが、その内容は一種の文明史観とも言うべき抽象的なもので貫かれており、そこには、ここ数年に、政治、経済、歴史、哲学、民俗学などの社会科学の諸領域で現れたさまざまな考え方が無秩序に投げこまれている。その意味で、悪く評すれば、最新流行の思想潮流のゴッタ煮のようなところがある。それもかなり生煮えだから、中共当局がそうしているように、ケチをつけようと思えば、いくらでもつけられよう。だが、学術論文でもない詩的に修辞されたシナリオに対してそんなことをしてもナンセンスなので、問題はむしろ、個別の論点の基底部を流れる強い危機意識にあるように思える。

われわれはともかく、自分たちはいまなお進歩しつづけているものと考えていたが、あに図らんや、人様の進歩はわれわれよりはるかに速かったのだ！　かかる隔差がいまの比率でひろがると、ある人の恐ろしい喩えでは、あと五、六十年で中国にアヘン戦争当時の状況が再現する――小銃や大砲を手にした外国人と、青竜刀や矛しか持たない中国人。むべなるかな、ある人が大声で叫んだのは、まごまごしていると、中国は地球の戸籍から抹殺されるぞ、と。（第四集「新紀元」）

われわれはいまや、わが古き文明を永遠に衰えさせるか、それに新生のメカニズムを獲得せしめるか、この十字路に立っている。なにはともあれ、この歴史的責務を回避するすべはない。（前掲）

こうしたくだりに接して、ただちに連想されるのは、これより半世紀以上も前に書かれた魯迅（ルーシュイン）の次のような文章である。

いまや多くの人びとが大恐慌をきたしているが、わたしも大恐慌をきたしている。人びとが恐れているのは、〝中国人〟という呼び名が消滅しはせぬかということだが、わたしが恐れているのは、中国人が〝世界人〟から弾き出されはせぬかということだ。（「随感録」三十六）

人類の滅亡を思うと、無性に寂しく悲しい。だが、若干の人びとの滅亡は、寂しくも悲しくもない。（中略）

生命は死を恐れず、死の面前でニコニコピョンピョン、滅亡する連中を跨いで進む。（中略）

昨日わたしは友人のLに言った。「誰かが死ぬ。ご当人や家族には悲しい出来事だが、一村一町の人からみれば、なんでもありはしない。かりに、一省、一国、種族が……」

Lが不快げに言った。「そいつはNature（自然）のコトバで、人間のコトバじゃない。すこしは気をつけろ」

やつの言うのももっともだ、とわたしも思うのだが。（「随感録」六十六「生命の道」）

雑感集『熱風』に収められたこれらの文章を、魯迅は、一九一八年から翌一九年にかけて書いた。ここには、文字どおり中国人の滅亡の恐怖が語られているわけだが、ことを極端にして言えば、魯迅以後、このような恐怖を語った人は久しくなかった。なるほど抗日戦争期には、民族の危機が叫ばれたが、その場合は日本という敵がいた。敵がいれば、敵への憎しみが抵抗の活力を生む。魯迅の場合は、そのバネがない。自らのダメさゆえに滅亡する、底なし沼に引きずりこまれるような恐怖と焦躁。前掲の『河殤』の危機感は、質的には魯迅のこうした恐怖や焦躁につながっている。

七〇年の時間を隔てたこうした危機感の呼応は興味深いが、シナリオ作者の蘇暁康（スーシャオカン）や王魯湘（ワンルーシアン）にしても、「中国の多くのことがらは、どうやら〝五四〟からあらためて始めなければならないらしい」（第六集「青い地球」）と明言し、五四運動をくり返し想起しているところからみて、直接その名を口にしてこそいないものの、魯迅の存在が頭になかったはずはない。魯迅よりさらに溯って、清末の革命思想の源流となった狂詩人龔自珍（きょうじちん）［一七九二～一八四一］や憂国のあまり「絶命書」を書いて自らの命を断つことで国民の覚醒を促そうとした清末の革命家陳天華（ちんてんか）［一八七五～一九〇五］などにも、熱い視線が注がれている。

総じて『河殤』の作者たちは、清末から五四時期にかけて知識人をとらえた危機意識に自らを繫ごうとしているようにみえる。

ところで、『河殤』にみられる危機意識は、蘇暁康たちだけのものではない。右の引用文にある「まごまごしていると、中国は地球の戸籍から抹殺されるぞ（弄不好，中国将被開除球籍）」というのは、今度の事件の黒幕として中共当局から攻撃の的にされている方励之（ファンリーチー）教授［一九三六～二〇一二］が、一九八六年に、おもに学生を対象におこなった一連の講演の中でくり返し提起した観点で、ここ二、三年、学生たちの間で一種の流行語となっていた。したがって、

国家はわれわれの国家だ、
人民はわれわれの人民だ、
政府はわれわれの政府だ、
われわれが叫ばずして、誰が叫ぼう？
われわれがやらずして、誰がやろう？（北京大学学生絶食団「絶食書」）

と叫んで天安門広場でのハンストに入った学生たちも、当然そうした危機意識につよくとらえられていたはずである。

そうして、それは、女子バレーがワールドカップに優勝するや街頭にくり出して狂喜乱舞した数十万人の若者たち（一九八一年十一月六日）や、サッカーのナショナルチームが香港チームに不覚の一敗を喫したのを涙を流して口惜しがり、バスに火をつけるなど暴動を起こした観客たち（北京、一九八五年五月十九日）の意識にも、気分としてはつながっていよう。

それをさらに溯れば、一九七八年末から翌七九年初頭にかけて魏京生（ウエイジンション）たちによって起こされた〈民主と人権〉運動に行きつくが、そこでもわれわれは、たとえば次のような表現にぶつかる。

〈四五〉運動は、〈五四〉運動の継続、深化、発展である。〈五四〉が反帝・反封建を旗印としていたとするなら、〈四五〉は、社会主義中国において専政と独裁に反対し、基本的人権と民主を要求する。（「《火神交響曲》を評す」『啓蒙』第二期）

ここに言う「〈四五〉運動」は、文化大革命期の末期に、〈四人組〉のファッショ支配に対する民衆の不満が爆発した一九七六年四月五日の天安門暴動を指すが、その地平を受け継ごうとする民権運動家たちもまた、ここで五四運動を意識にのぼせている。

こうしてわれわれは、七〇年代終りから天安門事件へかけてのほぼ十年間にわたって、しだいに煮つまっていった五四へと回帰する危機意識の流れを措定することができるが、こうした発想は、おなじく五四運動を近代の黎明として高く評価してきた伝統的な見方と相似しつつ、じつは鋭く対立する。

伝統的な観点では、五四運動を反帝反封建の運動と規定し、この運動が中国共産党の成立を準備したという一点を評価の基軸にすえ、ここで播かれた種が一九四九年の中華人民共和国の成立となって結実した、とする。今度の民主化運動のさ中の五月三日、五四記念大会で趙紫陽総書記が行った講話は、ぜんたいとして学生に好意的なニュアンスで貫かれているが、この一点にかんするかぎり、伝統的観点を踏襲している。

ところが、この十年らい擡頭してきた危機意識は、中国共産党の存在や中華人民共和国の成立などの中間項をすっとばして、いきなり五四に触手を伸ばそうとする。あれほど雑多な問題を織りこんだ『河殤』にしても、ついにひと言も人民共和国の成立にまともに触れていないのである（その点も、前掲易家言論文では〝罪状〟の一つにあげられている）。

ここに根本的な思想意識の落差が起こり始めていて、それが天安門事件の底流にあることは、誰が見ても明らかだが、その意味を考えるためには、多少回り道をしなければならない。

二　阿Qの〝翻身〟

ところで、五四を起点とし、人民共和国の成立を一つの到達点とみる正統的な歴史観がまったく説得力を失ったかと言えば、そうではない。アヘン戦争いらい百年つづいた戦乱にひとまず終止符をうち、外国の軍隊が一兵もいない統一国家が中共の手によって実現したことのもつ意義は、否定すべくもない。ただ、それについて、従来の論点をくり返してもつまらないので、ここでは五四運動とのかかわりで、魯迅の立っていた地点からみてそれがどのような到達点であったたか、といったあたりにしぼって考えてみよう。

〝一盤散沙（イーパンサンシャー）〟という中国語がある。〝盤〟はお盆、〝沙〟は砂。お盆の上に撒（ま）いた砂、というのは、しばしば組織的統一性を欠く中国人社会を形容するコトバとして使われるが、昨今の自由市場の猥雑な雑沓を思わせるような生々しい語感がある。

魯迅が身を置いていたのは、文字どおり一盤散沙の世界で、そこに蠢（うごめ）くのは無数の阿Qたちであった。『阿Q正伝』（一九二一年）に描かれるルンペン農民の阿Qは、愚昧で、狡猾で、卑屈で、残酷だ。そのくせ、おだてられるところりと騙されてしまうお人好しの一面もある。酒とバクチに身を持ちくずし、あげくの果ては虫けらのように殺される。まったく救いようがない。

魯迅は、このような阿Qが蠢く世界を、「砂漠よりも恐ろしい人の世」（「〝ロシヤ歌劇団〟のために」）と呼んだ。彼にとって、歴史とは、「一、奴隷になりたくてもなれない時代。二、しばらくは安心して奴隷になっていられる時代」のくり返しとしか考えられなかった（「灯火漫筆」）。

> 大衆とは——とりわけ中国のそれは——永遠に芝居の見物人です。いけにえが登場します。悲壮に映れば悲劇見物ですし、おどろおどろしく映れば喜劇見物です。（「ノラは家出してどうなったか」）

五四時期の魯迅が立っていた地点をかりにこのようであったとすれば、一九二一年に成立した中国共産党が行った事業は、砂のように撒かれた阿Qの群れを〝人民（レンミン）〟に生まれ変らせることであった、と象徴的に言うことができよう。そのような例を、たとえば趙樹理（チャオシューリー）の一連の小説の中に見出すことができる。その出世作の「小二黒（シャオアルヘイ）の結婚」（一九四三年）。

《山西省太行山地区の山村。部落の若者小二黒は、占い婆さん三仙姑（サンシェングー）の娘小芹（シャオチン）と相思相愛の仲だが、小二黒の父親は迷信家で、二人は相性がわるいと猛反対。部落のボスも小芹に野心を抱き、二人の恋の邪魔をするし、欲に目がくらんだ三仙姑は、もと軍閥の旅団長だったいかがわしい男に娘をやる約束をして、結納ももらってしまう。追いつめられながらもあくまで自分たちの意志を貫こうとする二人を、部落のボスが言いがかりをつけて地区に拘引する。だが、昔と違って地区は共産党の指導下にあり、村民大会が開かれてボスの悪事が露見し、小二黒と小芹の自由恋愛による結婚がみんなに祝福される。三仙姑は占いをやめ、父親の迷信もおさまり、部落に清新の気風が漲る。》（梗概）

抗日戦争期の物語である。ここに登場する三仙姑や小二黒の父親二諸葛(アルチューゴオ)などは、ひと昔まえの阿Qそのものだが、それがこうして新たな生命を吹きこまれる。そして、この小説を読むかぎりでは、小二黒や小芹は、もはや阿Qの道を歩むようには思えない。

このようにして農民が解放されていくことを、特別に〝翻身(ファンシエン)〟と呼んだが、かつて中国革命は、無数の〝翻身〟物語を生んで、人びとを魅きつけた。中国人の手になるものばかりではない。エドガー・スノウの『中国の赤い星』をはじめ、アグネス・スメドレー、ガンサー・スタイン、ニム・ウエルズなど多くの西欧ジャーナリストの手になる〝翻身〟のルポルタージュが、かつてどれほどわれわれを感動させたことだろう。

〝翻身〟した農民は何になるかと言えば、人民になる。すなわち、〝翻身〟とは、阿Qが人民に生まれかわることであった。

〝翻身〟はいわば一つのドラマであるから、そのための舞台や演出が欠かせない。農民の場合、「小二黒の結婚」が描いているように、それはしばしば、村民大会を開いて地主をつるしあげる（〝闘争(ドウヂョン)〟という動詞を使った）というかたちをとった。

武装した農民とも言うべき八路軍や新四軍、その後身である人民解放軍では、〝訴苦（スークー）〟という方法がとられた。やはり大会を開いて、代表が、かつて地主から受けた残酷な仕打ちを涙ながらに訴える。ほとんどが似たりよったりの体験を共有する兵士たちは、ともに涙する中で、階級敵に対する憎しみをバネに、たちまち強固な連帯感で結ばれた黒い鉄のような集団に一変する。かつて捕虜となって八路軍に協力した旧日本兵の報告には、そうした〝奇跡〟を語ったものに事欠かない。

　こうして、かつて趙旦那やニセ毛唐の前ではろくに口もきけなかった阿Qが、地主に人差し指を突きつけてその悪を糾弾し、砂のようにバラバラだった阿Qたちが、一つに団結し、人民に〝翻身〟する。それはまさに創出としか呼びようのない一連のドラマであったことが、〝翻身〟〝闘争〟〝訴苦〟など、この過程で創られたり、まったく新しい意味づけを与えられたりした一連のコトバの存在に、端的に示されている。

　ドラマの舞台がおもに大会という形式をとったのは、〝一盤散沙〟に見事に対応していよう。一粒一粒では取るに足らぬ存在に過ぎないが、まとまれば威力を発揮する砂。中共は、農民の〝翻身〟を、個別説得を通じるよりも（それをまったく無視するわけではないが）、集団というチャンネルを通してすすめた。そこでは、集団の中の〝翻身〟と、集団としての〝翻身〟とが相互に呼応しあった。体験の中からしだいにまとめられていった方法に相違ないが、それは、中共による創造と呼んでよいところのものであった。

　むろん以上は、ことの原理的側面を言ったまでで、現実はもっとドロドロとしたものであったろう。なにしろ、戦争という苛酷な情況下で、文化的に後れた農村を舞台に、阿Qたちによって演じられるドラマである。ときとして、演出のコントロールがきかなくなるといった場面もなかったはずはないし、〝翻身〟が、すべて「小二黒の結婚」のように、めでたしめでたしで大団円を迎えたとも考えられない。だが、中華人民共和国の成立が紛れもない事実である以上、大筋としてもドラマの進行は承認せざるをえない。そしてそれは、魯迅の立っていた阿Q的現実の地点から見渡せば、たしかに一つの飛躍であった。

三　幻想としての人民

問題はしかし、「中国人民は立ちあがった」（中国人民政治協商会議第一回総会における毛沢東の開幕挨拶。一九四九年九月二十一日）として中華人民共和国がスタートしたときから、新たに始まった。それをひと言で言えば、奇妙なことだが、中国共産党による人民疎外である。

中国共産党に限らず、あらゆる革命党が権力獲得後に不可避的に陥る落し穴は、党の変質である。その意味は、べつに幹部の腐敗や堕落にのみあるのではない。

幹部の腐敗や堕落が主として問題ならば、そのような幹部を罷免すればよいので、ことはむしろ簡単である。が、より本質的な問題は、権力を獲得した革命党が執政党＝支配党に立場を変えることによっておこる。そこでは、かつて革命的であった多くのものが、革命的な外衣を保ったままで保守的なものに転化する、というやっかいな事態が生じる。

建国前夜の一九四九年九月二十九日に採択された「中国人民政治協商会議共同綱領」の序言には、「中国人民は、抑圧される存在から新社会・新国家の主人公に立場を変えた」という一句が書きこまれたが、それ以来、人びとはほとんど無邪気にこのコトバをくり返してきた。新中国では人民が主人公である、というのがタテマエになった。正義の時代の始まりである。

しかしながら、詩的表現としてならともかく、現実の問題として考えれば、本当の主人公は、人民一般ではなく、人民の一部である党員であり、彼らの組織＝党である。農村でも工場でも学校でも、指導的地位を占めるのはすべて党員であり、重要な政策はすべて党が決定する。

このような構造が固定化すれば、党員以外の人民は、事実上、党によって〝指導〟という名の下に号令され、命令され、支配される存在として疎外され、不断に〈人民〉と化さざるをえない。

他方、体制にあぐらをかいて一方的に号令することに慣れた党は党で、不断にひとりよがりの官僚主義に侵されて動脈硬化し、〈党〉に転化する。

さらに、党内でも、ヒラ党員から中央政治局にいたるピラミッド型組織の中で上意下達構造が固定化することで、〈党〉化に拍車をかけた。その際、毛沢東から鄧小平にいたるまで、党の最高指導者の超法規的個人的特権を認めたことが、事態を決定的に悪化させたと考えられる。

ところで、こうした党変質の可能性を、毛沢東をはじめとする中共指導者が予見していなかったはずはない。そこで、彼らがとった対策は、主として二つあった。

一つは、革命精神の継承といういわば精神主義である。建国直後の一九四九年十月二十六日、延安の党組織宛の電報で、毛沢東は次のように述べた。

全国のすべての革命活動家が、過去十余年間にわたって延安や陝西・甘粛・寧夏辺区の活動家が身につけていた刻苦奮闘の作風を永遠に保持しつづけるよう希望します。（『毛沢東選集』第五巻）

「永遠に」というのは修辞上の誇張であるにしても、中共党員たちは、比較的真面目にこの毛沢東の呼びかけに応えたと言えるであろう。とりわけ、五〇年代から六〇年代にかけての中堅党員たちの「刻苦奮闘」ぶりは特筆大書に値するもので、それはそれなりに評価しなければならない。

けれども、個々の党員の「刻苦奮闘」が、その周辺の〈人民〉を感動させるといったことはありうるにしても、問題が〈党〉と〈人民〉の間の前述のような構造にある以上、〈党〉から〈人民〉へという一方通行を打破し、〈人民〉から〈党〉へという還流回路を回復しないことには、本質的解決にはならない。

そこで毛沢東たちは、かつての解放闘争の過程で党と人民を結びつけていたさまざまなかたちを再度応用した。大衆動員による闘争大会、党の整風運動、幹部の下放などがそれである。建国初期の映画『武訓伝』批判（一九五一年）に始まる五〇年代前半にくり返された思想批判運動、五七年の整風運動と反右派闘争、六三年以降の社会主義教育運動など、すべてそうした試みの現れである。そうして、その総決算が文化大革命であった。

文化大革命では、〈党〉を事実上〈人民〉の中に解体することによって、いわば直接的に人民の中から党を再生させようとした。近時、文化大革命について、毛沢東の野心、〈四人組〉の横暴など、さまざまなことが語られるが、それらはいわば現象であって、本質ではない。そのねらいは、党再生にあった。

ところで、これら一連の試みが、参加者の自己犠牲的な真摯な努力にもかかわらず、ほとんど効果をあげえなかったことは、文化大革命の無残な失敗がなによりも端的に物語っている。その原因は、この〈党〉が、〈人民〉との間の回路の回復を切望しながら、〈人民〉の上に立つことをやめなかったからである。

そのわかりやすい一例として、この〈党〉は、そもそも法律などは守る気がはじめからなかった、という事実をあげよう。いわゆる大躍進政策を決めた一九五八年八月の北戴河会議で、毛沢東(マオヅオドゥン)はつぎのように述べた。

　法律に依拠して多くの人を治めることはできず、習慣の養成に依拠しなければならない。……憲法は私が参加して制定したものだ。しかし、私は記憶していない。……我々の毎回の決議はすべて法律である。会議も法律である。治安条例も習慣を養成してこそ遵守される。……我々の各種の憲章にもとづく制度は、大部分、九〇パーセントは関係当局が作ったものだ。我々は基本的にはこれらに依拠せず、主として決議と会議に依拠する。……民法と刑法に依拠せず秩序を維持する。(『学習文選』所載。スチュアート・シュラム『毛沢東の思想』の引用による。北村稔訳、一九八九年蒼蒼社)

ある国家の独裁的地位にある執政党が、法律など無用だ、「我々」の決議を認めよ、と言うとき、「我々」以外の人間は、いかなる意味でもこの〈党〉と同一地平に立つ手段を奪われる。そして、同一地平に立てぬ以上、〈人民〉から〈党〉への回路の開けようはない。

かつて解放闘争の過程で、中国共産党は、阿Qの海の中から不断に人民を〝翻身〟させ、人民に守られることなしに自己の存在を持続することはできなかったが、そのときこの党は、人民の党として生きていた。

　したがって、権力獲得後もこの党が生命力を保持し続けようとすれば、不断に人民に監視され、不断に人民から弾劾される危険に身をさらすべきであった。具体的には、党員も非党員と同じように法律を守るとか、党内外で無記名投票による代表選出を遵守するなど、客観的な規制を自ら課すべきであった。

　ところが中共は、そのような自らの消滅に向かって自らを鍛えるかわりに、自らを特権者の位置に立たせたままで、いわば主観的なみそぎにもっぱら頼ろうとした。そうなると、かつては阿Qの〝翻身〟のために創出された大衆闘争大会や整風運動などのかたちも、体制から押しつけられる儀式と化して本来の生命を失い、革命的な外衣を保ったまま形骸化せざるをえず、それに参加した人民は、参加すればするほど疎外され、〈人民〉と化した。

　そして、天安門事件がおこった。

四　〈人民〉から国民へ

　今度の天安門事件はさまざまな側面をもっているが、その要求を最大公約数風にまとめれば、憲法に保証された人民の諸権利を認めよ、という一点につきるかと思える。蘇紹智(スウーシャオヂー)、包遵信(バオヅゥンシン)、厳家其(イエンヂャチー)など知識人の最先鋭部分のほとんどが署名した首都知識界連合会「五・一六声明」に言う。

中華人民共和国のあらゆる公民は、年齢の大小を問わず、すべて同等の政治的地位を有し、政治に参加し政治を論じる政治的権利を有する。自由、民主、法制が恵み与えられたためしはない。真理を追求し、自由を熱愛するすべての人びとは、憲法によってわれわれ公民一人ひとりに与えられた思想の自由、言論の自由、新聞の自由、出版の自由、結社の自由、集会の自由、デモ行進の自由を実現するため、たゆまず努力をなすべきである。

このように憲法を正面に押し立てた運動は未曾有のものだが、その先駆は前述の民権運動で、魏京生編集の『探索』創刊号は「発刊声明」で、「憲法によって与えられた言論、出版、集会の自由を根本の指導方針とする」とうたった。

ただ、民権運動が多分に無秩序で自然発生的な性格を帯びていたのに対して、今度の民主化運動は、それとは比べものにならぬ組織性と持続性を持っていた。そのおもな特徴を思いつくままに列記すれば、

①「北京市高等院校*学生自治連合会」(高自連)のような自治組織を創出し、それが一定の指導性を発揮した。

②憲法が定めた公民の基本的権利実現という共同の目標を持っていた。

③『人民日報』や中央党学校など、〈党〉の直属機関からも呼応者があった。

④学生の周囲を知識人が囲み、その周囲をさらに北京市民が囲むといった重層構造を実現させた。

⑤デモ、座り込み、ハンストなどを一ケ月半にもわたって持続させた。

＊「高等院校」とは、学院や大学など、高等教育機関をさす。

などであるが、総じてそこに新たな始まりが示されているとみる点では、多くの論者が一致している。

そこで、それがどのような始まりであるのかということになるが、憲法上の公民の基本的権利実現という共同の目標の意味をこれまで述べてきた文脈で言えば、知識人や学生および都市市民の一部が、〈人民〉から国民になることを要求し始めたと言えるのではないか。

憲法をはじめとする法の下の平等という考え方は、近代国民国家の誕生とともに芽生え、育ってきたそれで、二十世紀なかばに成立した中華人民共和国も、憲法上では早くからそのたてまえをとってきた。一九五四年九月に第一回全国人民代表大会で採択された憲法には、その「第三章　公民の基本的権利および義務」の項目に、公民の基本的権利として、「言論、出版、集会、結社、行進、示威の自由」、「宗教信仰の自由」、「居住および移転の自由」、「科学研究、文学芸術創作、およびその他の文化活動をおこなう自由」などをうたい、「公民の住宅は侵犯されず、通信の秘密は法律の保護をうける」、「いかなる公民も、人民法院の決定ないし人民検察院の許可なくして逮捕されない」と規定した。「満十八歳以上の公民」の「選挙権および被選挙権」も書きこまれている。

まことに奇麗事づくめではあったが、〈党〉の側にこれを守る気がてんから無かった事情は、先にみたとおりである。

はたせるかな、憲法制定の翌年には胡風（フーフォン）事件がおこった。文芸評論家胡風およびそのグループが、〈党〉の文芸政策に異議を唱えたというただそれだけの理由で、何の証拠もなく、なんらの法的手続きをへることもなく、「反党反革命分子」としていきなり逮捕・投獄されたのである。それ以後、一九五七年の反右派闘争から文化大革命にいたる憲法無視はよく知られているところで、その行きついた先は、文化大革命中に河南省開封で野垂れ死にさせられた国家主席劉少奇（リューシャオチー）の最期であった。

きらびやかな公民の諸権利で憲法を化粧しているだけに、それはペテンであった。のみならず、きみたちはブルジョア国家の国民と異なる〃人民（レンミン）〃という上等な存在で、「新国家の主人公」だと持ち上げたうえでのことだから、二重にペテンであった。そこでは、いわゆる人民は〈人民〉にとどまることすらなかなかに難しく、不断に阿Qに逆戻りさせられていたというのが実情にほかならない。

ただ、毛沢東や〈党〉の側の意識からみれば、自分たちは〃世界革命〃を継続しているのだ、ということであったろう。言うまでもなく、戦争形態を含む食うか食われるかの階級闘争のさ中にあっては、階級的利益が最優先し、法律などはたんなる方便にしかすぎない。

一九五〇年代には、〃世界革命〃の思想はマルクス主義においてなお有力で、その余波は六〇年代にまで及んだから、その意味では、毛沢東といえども、時代の限界がその頭脳にしっかり嵌（はま）っていたと言わなければならない。

そこで話をもどせば、今度の民主化運動を通じて、人びとは、いわば国民としての権利を主張したわけだが、それを言い換えれば、人びとが、継続革命というかつての正義、じつは二重仕掛けのペテンである人民幻想劇への訣別を宣言したということである。これまで使ってきた比喩で言えば、〈人民〉=事実上の阿Qによる人間宣言である、とも言えよう。

これを〈党〉の側から言えば、これまでの正義が通用しなくなった時点で、自らの指導の下に一九八二年に改定した憲法の「すべての国家機関および武装勢力、各政党および各社会団体、各企業・事業団体は、憲法および法律を守らなければならない」（第五条）という条項を守って、国民と同一地平に立って試されつづける立場に敢えて立つかどうかの選択を迫られた、ということである。

天安門事件における〈党〉の答えは、ノーであった。号令したのは、鄧小平（ドンシャオピン）である。

しかし、鄧小平による改革・開放政策なしには、阿Qによる人間宣言もありえなかった。八二年の憲法改訂にしてからが、その指導下に行われたものだ。

今度の事件後、「四つの基本原則」と「開放政策」という矛盾する二つの方針を主張する鄧小平について、政治的手段の使い分けというふうに評するむきがある。引退すると言ってはなかなか引退しなかったことについても、権力への妄執と一般には見られている。

たしかにそう言えるかも知れないが、すこし視点をずらせば、鄧小平の矛盾した行動には、中共という巨大な〈党〉が、本来は国家の成立とともに歩み始めるべきであった自らの死滅へむけて一歩を踏み出そうとしてのたうち苦しんでいる姿が象徴されている、とも考えられるのではなかろうか。

それを別の表現で言えば、かつて人民創出という誇るべき歴史を創ってきた中国共産党が、国民創出という新たな課題――くどくも言えば自らの死滅へむかう第一歩――に耐えうるか否かの岐路にさしかかっている、ということである。そして、それがとりもなおさず中国における現実の「現代化」のなかみにほかならない。

ところが、その国民創出をなしうるのは、現実的にいって、岐路に立っている当の中共しかありえない。つまり、一種の自己撞着の局面にほかならないが、だとすれば、国民としての認知を要求する側としても、ドラスチックな解決をねらうよりも、中共内部に一歩ずつ橋頭堡を確保するといった方式で進むしか、けっきょくは手がないのではなかろうか。

	主要文学作品および事項	参考事項
1949	7 **◆中華全国文学芸術工作者代表大会**（略称〝文代大会〟）**開催** 周揚：「新的人民的文芸」（大会報告） 茅盾：「在反動派圧迫下闘争和発展的文芸」（大会報告） 中華全国文学芸術界連合会（略称〝文連〟）成立［主席：郭沫若］傘下に文学工作者協会（略称〝文協〟）など、各文芸ジャンルの組織が成立 8 **◆上海『文匯報』で小資産階級を描くことをめぐって討論** 文連機関誌『文芸報』創刊 9 孔厥・袁静『新児女英雄伝』（海燕書店） 10 文協機関誌『人民文学』創刊△中国人民文芸叢書54種出版［解放区の作品をほとんど収録］ 馬烽・西戎『呂梁英雄伝』（新華書店）	1・31 北京解放 4・23 南京解放 5・27 上海解放 9 人民政治協商会議で「共同綱領」を採択 10・1 **◆中華人民共和国成立**（首都：北京） ＊松川事件（7）
1950	1 蕭也牧『我們夫婦之間』（人民文学） 2 阿壟：「論傾向性」（文芸学習） **◆文学と政治の関係をめぐる討論起こる** 戴望舒死去（一九〇五〜） 3 映画『清宮秘史』上映（5月に禁止） 4 『人民戯劇』創刊 5 A・スメドレー死去（一八九二〜）	6 **◆朝鮮戦争勃発** 土地改革法公布 10 中国人民志願軍が朝鮮戦線へ ＊日本でレッド・パージ（6）

年	月	文学	月	政治・社会
	6	趙樹理『登記』（説説唱唱） 『北京文芸』創刊 **◆北京、上海はじめ、主要都市での文代大会つづく**		
	9	老舎『竜髭溝』（北京文芸） 孫犁『風雲初記』（天津日報で連載開始）		
1951	1	中央文学研究所設立［のち文学講習所と改称］	5	チベット平和解放にかんする協定調印
	4	賈霽：「不足為訓的武訓」（文芸報） **◆映画『武訓伝』批判開始** 『人民日報』社論：「応当重視電影《武訓伝》的批判」［67年に毛沢東執筆として公表］ 魏巍『誰是最可愛的人』（人民日報）	7	朝鮮休戦会談開始
	6	陳涌：「蕭也牧創作的一些傾向」（人民日報） 李定中：「反対玩弄人民的態度，反対新的低級趣味」（文芸報）	10	学制改革 『毛沢東選集』第一巻出版
	9	柳青『銅牆鉄壁』（人民文学出版社）	12	三反［汚職・浪費・官僚主義に反対］五反［贈賄・脱税・横領・手抜き工事・経済情報盗漏に反対］運動始まる
	12	老舎、北京市から〝人民芸術家〟の称号を贈られる **◆プチブル文芸批判起こる**		＊サンフランシスコ対日講和条約（9）
1952	3	丁玲『太陽照在桑乾河上』、賀敬之・丁毅『白毛女』がスターリン文学賞二等賞を、周立波『暴風驟雨』が同三等賞を受賞 『文芸報』社論：「長期地無条件地全身心地到工農兵群衆中去」	1	**◆三反・五反運動が全国で激しく展開**
			4	『毛沢東選集』第二巻出版

5 ◆『文芸報』で新しい英雄像を描く問題の討論すすむ
『文芸講話』発表十周年記念行事
高玉宝『半夜鶏鳴』（解放軍文芸）
6 舒蕪：「従頭学習〈在延安文芸座談会上的講話〉」（長江日報→人民日報）
◆路翎批判始まる
9 舒蕪：「致路翎的公開信」（文芸報）
欧陽山『高乾大』（人民文学出版社）
10 人民文学出版社が中国古典文学作品の校勘・出版工作を開始
楊朔『三千里江山』（人民文学連載開始）
12 文協主催〝胡風文芸思想討論会〟を開く。
◆胡風批判開始［林黙涵、何其方の主報告は翌年公表］
▽張資平、漢奸罪で有期徒刑に

＊東京で血のメーデー（5）

1953

1 林黙涵：「胡風的反馬克主義的文芸思想」（文芸報）
2 何其芳：「現実主義的路、還是反現実主義的路」（文芸報）
◆胡風沈黙を守る
5 陳登科『淮河辺上的児女』（人民文学）
6 劉紹棠『青枝緑葉』（新文芸出版社）
7 呉運鐸『把一切献給党』
9 第二回文代大会
10 文協を中国作家協会と改称［主席：茅盾］

3 スターリン死去
中共中央「農業生産互助合作にかんする決議」
4 『毛沢東選集』第三巻出版
7 朝鮮戦争停戦協定

11 李準『不能走那条路』（河南月報）
12 路翎『戦士的心』（人民文学）
丁玲『糧秣主任』（人民文学）

1954

1 知侠『鉄道遊撃隊』（上海文芸出版社）
3 兪平伯：「紅楼夢簡論」（新建設）
路翎『窪地上的〝戦役〟』（人民文学）
5 『阿詩瑪』［サニ族の長編叙事詩］
6 侯金鏡：「評路翎的三編小説」（文芸報）
杜鵬程『保衛延安』（人民文学出版社）
7 胡風が中共中央に「関於解放以来的文芸実践情況的報告」（＝いわゆる〝三十万言の意見書〟）を提出
8 曹禺『明朗的天』（人民文学）
9 李希凡・藍玲：「関於《紅楼夢簡論》及其他」（文史哲→文芸報）
◆『紅楼夢』研究をめぐる兪平伯批判開始
10 毛沢東：「《紅楼夢研究》問題に関する手紙」（中央政治局委員ほか宛。六七・五・二七公開）
鍾洛「応該重視対《紅楼夢》研究中的錯誤観点的批判」（人民日報）
◆兪平伯批判が胡適批判に拡大
◆李論文の扱いから文芸報批判に拡大
文連＋作協主席団拡大会議で、胡適批判と文芸報の官僚主義を批判する中

2 高崗・饒漱石〝反党同盟〟粛正
9 第一回全国人民代表大会・憲法公布
＊自衛隊発足（7）
＊中国帰国船興安丸が舞鶴入港（9）

で、胡風が持論を展開
陳其通『万水千山』（解放軍文芸）
12 周揚：「我們必須戦闘」（人民日報）
◆胡風批判へと転換
王願堅『党費』（解放軍文芸）

1955

2 作協主席団会議で胡風批判と「胡風対文芸問題的意見書」公表を決定（文芸報付録）
◆胡風批判本格化
峻青『黎明的河辺』（解放軍文芸）
3 聞捷「吐魯番情歌」（人民文学）
4 高玉宝『高玉宝』
5 舒蕪：「関於胡風反党集団的一些材料」」（人民日報）
胡風：「我的自我批判」（人民日報）
胡風逮捕（↓79・1）
「関於胡風反革命集団的第二批材料」（人民日報）
超樹理『三里湾』（人民文学）
6 「関於胡風反革命集団的第三批材料」（人民日報）
◆胡風〝反革命集団〟摘発［連座させられた者二一〇〇人、逮捕・追放二二七人、懲役六二人］
8 洪深死去（一八九四〜）

4 バンドン会議
7 毛沢東：「関於農業合作化問題」［急進的集団化を提起］
10 中国商品見本市（東京）
＊日共〝六全協〟（8）

11 『人民日報』社論：「作家、術家們、到農村去」

12 中共宣伝部が〝丁玲・陳企霞事件〟の伝達会を開く（非公開）

1956

1 **◆文芸領域の社会主義的改造**［民営劇団・書店、出版社を公営化］

周恩来：「関於知識分子問題的報告」（人民日報）

胡万春『骨肉』（文芸月報）

2 王汶石『風説之夜』（文学月刊）

4 張光年：「芸術典型与社会本質」（文芸報）

◆典型問題の討論始まる

宋之的死去（一九一四〜）

劉賓雁『在橋梁工地上』（人民文学）

5 陸定一：「百花斉放、百家争鳴」（人民日報）

◆百花斉放・百家争鳴期開始

◆美学をめぐる討論起こる（↓57・6 朱光潜、李沢厚、蔡儀などが発言）

6 劉賓雁『本報内部消息』（人民文学）

9 何直：「現実主義―広闊的道路」（人民文学）

王蒙『組織部新来的青年人』（人民文学）

鄧友梅『在断崖上』（文学月刊）

陸文夫『小巷深処』（萌芽）

10 『魯迅全集』（人民文学出版社↓一九五八）

2 **◆ソ連共産党二〇回大会でスターリン批判**

4 『人民日報』社論：「関於無産階級専制的歴史経験」（人民日報）

9 **◆中国共産党第八回大会で、社会主義の勝利と経済建設を主任務とすることを決定**

10 ハンガリー事件

＊日本が国連に加盟（12）

丁玲『在厳寒的日子裏』（人民文学）
12 張光年：「社会主義現実主義存在着、発展着」（文芸報）
◆何直のリアリズム論批判開始
高雲覧『小城春秋』（作家出版社）

1957

1 『詩刊』創刊
毛沢東：「関於詩的一封信」（詩刊）
巴人：「論人情」（新港）
毛沢東『詩詞十八首』（詩刊創刊号）
楊履方『布谷鳥又叫了』（劇本）
3 劉紹棠『田野落霞』（新港）
4 『文芸報』、タブロイド版週刊に変更
5 **◆作協周辺で整風の動き**
6 作協党組拡大会議で丁玲、陳企霞、馮雪峰などを批判（↓9非公開）
◆文芸界の右派批判開始
7 本報記者集体采写：「徹底粉砕資産階級右派分子的陰謀」（文芸報）
李国文『改選』（人民文学）
宗璞『紅豆』（人民文学）
老舎『茶館』（収穫）
艾蕪『百錬成鋼』（収穫）
呉強『紅日』（中国青年出版社）

2 毛沢東：「関於正確処理人民内部的矛盾的問題」
4 中共中央が整風運動に関する指示
5 民主党派を中心に党の官僚主義批判噴出
6 毛沢東：「組織力量反撃右派分子的猖狂進攻」［党内指示］
◆反右派闘争開始
＊ソ連、人工衛星打ち上げ（4）

8 無署名：「文芸界反右派闘争深入展開、丁玲・陳企霞反党集団陰謀暴露」（文芸報）
◆〝丁・陳反党集団〟の名指し批判開始
杜鵬程『在和平的日子裏』（延河）
9 無署名：「李又然、艾青、羅烽、白朗反党面目暴露」（文芸報）
記者・張盛裕：「黄薬民―披着進歩学者外衣的政治陰謀家」（文芸報）
曲波『林海雪原』（作家出版社）
10 文芸報社論：「従劉紹棠的堕落中吸取教訓」（文芸報）
徐懐中『我們播種愛情』（中国青年出版社）
11 梁斌『紅旗譜』（中国青年出版社）
12 馬鉄丁「批判徐懋庸」（文芸報）

1958

1 **◆『文芸報』特集：「再批判」**［王実味「野百合花」、丁玲「三八節有感」、「在医院中」、蕭軍「論同志之間〝愛〟和〝耐〟」、羅烽「還是雑文時代」、艾青「理解作家、尊重作家」など、延安時期に批判された作品を再批判］
馬烽『三年早知道』（火花）
楊沫『青春之歌』（作家出版社）
馮徳英『苦菜花』（解放軍文芸出版社）
2 周揚：「文芸戦線上的一場大弁論」（人民日報）
3 毛沢東が成都会議で民歌採集を提唱
◆新民歌運動始まる
茹志鵑『百合花』（延河）

5 中共八期二中全会で社会主義建設の総路線を決定
◆〝大躍進〟開始
6 毛沢東：「介紹一個合作社」（紅旗）
8 中共政治局北戴河会議で農村に人民公社を建設する決議
＊米。人口衛星打ち上げ（1）
長崎国旗事件（5）

李劼人『大波』（第一部）（中国青年出版社）
4 『人民日報』社論：「大規模地収集全国民歌」
5 毛沢東が〈革命現実主義と革命浪漫主義結合〉の創作方法を提唱
◆これより革命的リアリズムと革命的ロマンチシズム結合の討論さかん
周而復『上海的早晨』（第一部）（作家出版社）
田漢『関漢卿』（劇本）
6 周揚：「新民歌開拓了詩歌的新道路」（紅旗）
柳亜子死去（一八八七～）
周立波『山郷巨変』
7 特集：「大家都来写工廠史」（文芸報）
趙樹里『鍛錬鍛錬』（火花）
8 茅盾『夜読偶記』（百花文芸出版社）
9 華天：「文芸放出衛星来」（文芸報）［新民歌、工場史、革命回憶録は文芸衛星だ］
劉澍徳『橋』（人民文学出版社）
雪克『戦火中的青春』（新文芸出版社）
10 鄭振鐸死去（一八九八～）
12 李英儒『野火春風闘古城』（解放軍文芸出版社）

1959

1 周来祥：「馬克思関於芸術生産与物質生産的不平衡規律是否適用於社会主義文学」（文芸報）
2 郭開：「略談対林道静的描写中的欠点—評楊沫的〈青春之歌〉」（中国青

3 チベットで反乱
4 第二回全国人民代表大会［劉少奇が国家主席に就任］

年）

3 ◆『青春之歌』をめぐる論争起こる

河北省懐来県麦田人民公社・中国作家協会下放労働鍛錬小組『麦田人民公社史』（収穫）

茹志鵑『高高的白楊樹』（収穫）

4 『文芸報』連続コラム：「文芸はいかに人民内部の矛盾を反映すべきか」

◆**趙樹理『鍛錬鍛錬』をめぐる論争起こる**

柳青『創業史』〔第一部〕（延河→7）

5 周恩来：「関於文化芸術工作両条腿走路的問題」〔文芸工作の問題十カ条を提起〕

郭沫若『蔡文姫』（収穫）

7 ◆**中共中央が〈文芸十条〉提出**

馮徳英『迎春花』（収穫）

聞捷『河西走廊行』（作家出版社）

9 郭沫若・周揚『紅旗歌謡』（紅旗雑誌社）

草明『乗風破浪』（収穫）

田間『趕車伝』（上巻）（作家出版社）

新民社史著作委員会・四川省文連共編『緑樹成蔭』（作家出版社）

欧陽山『三家巷』（一代風流第一巻）（広東人民出版社）

10 茅盾：「新中国社会主義文化芸術的輝煌成就」（人民日報）

人民文学出版社が〈建国十年来優秀創作〉シリーズを出版

7 中共中央政治局拡大会議〔廬山会議〕で、〝大躍進〟と人民公社をめぐって毛沢東が彭徳懐国防部長と衝突、彭罷免

9 人民大会堂落成

ソ連共産党書記長フルシチョフ訪中〔中ソ対立が顕在化〕

◆**急進的農業集団化と〝大躍進〟の無理から農村で餓死者**

◆**自然災害始まる**

＊フルシチョフ訪米、キャンプ・デービット会談（9）

11 章靳以死去（一九〇九～）

1960

1 李何林：「十年来文学理論和批評上的一個小問題」（文芸報）［河北日報から批判の対象として転載する旨のコメント］
姚文元：「批判巴人的〝人性論〟」（文芸報）
周立波『山郷巨変』（続編）（収穫）
2 張光年：「駁李何林同志」（文芸報）
許道奇：「駁于黒丁等関於文学創作如何反映人民内部矛盾問題的謬論」（文芸報）
◆〝人性論〟批判開始
3 李準『李双双小伝』（人民文学）
4 銭俊瑞：「堅持文学的党性原則、徹底批判現代修正主義」（文芸報）
作協上海分会大会紀要：「高挙毛沢東思想紅旗、批判資産階級文芸思想」（文芸報）
◆現代修正主義批判キャンペーン
唐克新『第一課』（人民文学）
5 郭沫若『武則天』（人民文学）
田漢『文成公主』（劇本）
6 茹志鵑『静静的産院』（人民文学）
7 **◆第三回文代大会**（北京）
周揚：「我国社会主義文学芸術的道路」（文芸報）

4 『紅旗』編集部：「レーニン主義万歳」（紅旗）
6 ブカレスト会議でソ連共産党が中共批判
7 ソ連、対中国援助打ち切り
9 『毛沢東選集』第四巻出版
＊日米安保条約反対闘争（5）

9 李準『耕雲記』（人民文学）
11 趙樹理『套不住的手』（人民文学）

1961

1 細言［王西彦］：「関於悲劇」（文芸報）
◆**悲劇をめぐる討論開始**
呉晗『海瑞罷官』（北京文芸）
2 ◆**『文学評論』で〝文学の共鳴と山水詩問題〟の討論**
3 馬南邨［鄧拓］：「燕山夜話」連載開始（北京晩報）
『文芸報』専論：「題材問題」（文芸報）
◆**題材問題をめぐる討論起こる**
老舎『宝船』（人民文学）
4 趙樹理『実幹家潘水福』（人民文学）
6 厳家炎：「談《創業史》中梁三老漢的形象」（文学評論）
◆**『創業史』討論開始**
中共中央宣伝部が全国文芸座談会を開催、〈文芸十条〉初稿を決定［62〈文芸八条〉に］
茹志鵑『阿舒』（人民文学）
7 馮牧：「達吉和他的父親―従小説到電影」（文芸報）
◆**典型創造をめぐる討論すすむ**
7 曹禺（執筆）『胆剣篇』（人民文学）
8 田漢『謝瑶環』（劇本）

1 中共八期九中全会、調整期経済の〈調整、強化、充実、向上〉方針を決定
林彪国防相が「関於加強部隊政治思想工作的指示」でいわゆる毛沢東思想の〝活学活用〟を提起
5 人民公社工作条例（草案）を施行
7 中共政治局北戴河会議
＊ケネディー・フルシチョフ会談（6）

年	文学・文芸	政治・社会
	孟超『李慧娘』 9 沙可夫死去（一九〇三～） 10 呉南星［呉晗・鄧拓・廖沫沙］：「三家村札記」（前線） 11 李六如『六十年的変遷』（第二巻）（作家出版社） 陳翔鶴『陶淵明写〝挽歌〟』（人民文学） 12 羅広斌・楊益言『紅岩』（中国青年出版社）	
1962	1 陳白塵（執筆）『魯迅伝』（上集）（人民文学） 2 胡適死去（台北で）（一八九一～） 浩然『彩霞』（人民文学） 超樹理『楊老太爺』（解放軍文芸） 唐克新『沙桂英』（上海文学） 3 広州会議［周恩来：「関於知識分子問題的報告」］ 胡万春『晩年』（人民文学） 毛沢東〈詩六首〉（詩刊） 4 **◆〈文芸八条〉正式伝達** 5 「文芸講話」発表二十周年記念行事 『人民日報』社論：「為最広大的群衆服務」［周揚執筆］ 6 汪曽祺『羊舎一夕』（人民文学） 7 李建丹『劉志丹』（工人日報で連載開始［八期十中全会で毛沢東が〝小説を利用した反党活動〟と非難］	1 **◆中共中央拡大工作会議（七千人大会）で毛沢東が〝大躍進〟政策の誤りを自己批判** 9 **◆中共八期十中全会で毛沢東が「千万不要忘記階級闘争」と提起、再度〝左〟に舵をきる** ＊中印紛争（7） ＊キューバ危機（10）

西戎『頼大嫂』（人民文学）
李劼人『大波』（第三部）（作家出版社）
8 作協が大連で農村題材短編小説座談会を開催
邵荃麟：「在大連〝農村題材短編小説創作座談会〟上的講話」（『邵荃麟評論選集』）
9 欧陽予倩死去（一八八九〜）
10 陳翔鶴『広陵散』（人民文学）
劉真『長長的流水』（人民文学）
12 李劼人死去（一八九一〜）
周而復『上海的早晨』（作家出版社）

1963

1 柯慶施が〝（建国後の）十三年を描け〟と主張
毛沢東詞『満江紅・和郭沫若同志』（人民日報）
2 沈西蒙『霓紅灯下的哨兵』（解放軍文芸）
3 作協書記処が農村文芸読物委員会を設置
陳残雲『香漂四季』（作家出版社）
孫犂『風雲初記』（作家出版社）
4 中共中央宣伝部文芸工作会議［新僑飯店］で〝十三年を描け〟をめぐって論争
賀敬之『雷鋒之歌』（中国青年報）
5 梁壁輝：「〝有鬼無害〟論」（文匯報→文芸報）

2 「雷鋒日記抄」（人民日報）
◆雷鋒に学ぶ運動開始
5 「中共中央関於目前農村工作中若干問題的決定（草案）」［＝前十条］制定
◆社会主義教育運動開始
6 中共中央「関於国際共産主義運動総路線的建議」
◆中ソ公開論争開始
9 中共中央が「関於農村社会主

◆〝鬼戯〟批判開始
6 厳家炎：「関於梁生宝」（文学評論）
◆『創業史』をめぐる討論開始
7 姚雪垠『李自成』第一巻（中国青年出版社）
任斌武『開頂風船的角色』（人民文学）
8 首都戯曲工作座談会
9 王汶石『黒鳳』（中国青年出版社）
李劼人『大波』（第四巻未完）（作家出版社）
10 叢深『祝你健康』（劇本）
11 張光年：「現代修正主義的芸術標本―評格・丘赫莱依的影片及其言論」（文芸報）
◆文芸上の修正主義批判開始
胡万春『内部問題』（上海文学）
12 **◆毛沢東が文芸領域の社会主義改造の後れを叱責する第一の批示**
華東地区話劇競演大会で、〝十三年を描け〟の風潮高まる

義教育運動中的一些具体政策的規定」［＝後十条］制定
◆毛沢東と劉少奇の分岐対立浮上
＊米英ソ三国、核停止会談（7）

1964

1 毛沢東詩詞十首（人民日報）（人民文学）
趙樹理『売煙葉』（人民文学）
3 文連傘下の各協会が整風開始
文化部が一年来の優秀創作話劇顕彰大会
李季『石油歌』（中国青年出版社）

5 解放軍政治部が『毛主席語録』を発行
9 中共中央：「農村社会主義教育運動中一些具体政策規定的修正草案」［《後十条》の修正

5 姚文元：「評周谷城先生的矛盾観」（光明日報）
◆〝一分為二〟か〝合二而一〟かの論争開始
総合材料：「関於京劇競演現代戯的討論」（戯劇報）
◆京劇革命の動き高まる
陳登科『風雷』（中国青年出版社）
6 全国京劇現代戯コンクール（北京）〔『紅灯記』『紅色娘子軍』『智取威虎山』など、三七レパートリーが参加〕
江青：「談京劇革命」（人民日報67・5・10で公表）
◆毛沢東が文連傘下の各協会を〝修正主義すれすれ〟と叱責する第二の批示
黄宗英『小丫扛大旗』（人民文学）
7 映画『北国江南』『早春二月』などに対する批判開始
8 陳立徳『前駆』（人民文学出版社）
9 編集部：「〝写中間人物〟是資産階級的文学主張」（文芸報）
◆〝中間人物論〟批判開始
浩然『艶陽天』（第一巻）（作家出版社）
艾蕪『南行記続編』（作家出版社）
12 陸貴山：「〝写中間人物〟的理論是〝合二而一〟論和時代精神〝匯合〟論在文学理論上的表現」（文芸報）
胡万春『家庭問題』（作家出版社）

草案」を配布
10 第一回核実験
12 中共全国工作会議
第三回全国人民代表大会〔周恩来が「政治報告」で〈四つの現代化〉を提起〕
＊フルシチョフ解任（10）

	文芸	政治・社会
	『人民文学』十二月号が「〝大写社会主義新英雄〟征文啓事」を掲載	
1965	2 顔默：「為誰写挽歌—評歴史小説《広陵散》和《陶淵明写〈挽歌〉》」（文芸報） **◆陳翔鶴批判開始** 『人民文学』は二月号から〝工農兵故事会〟などがベースとなる 3 斉向群：「重評孟超新編《李慧娘》」（人民日報） **◆孟超批判開始** 4 社論：「搞好〝三結合〟、堅決〝三過硬〟、創作更多的好作品」（戯劇報） **◆〝三結合〟の創作方法提起** 5 蘇南沅：「《林家鋪子》是一部美化資産階級的影片」（人民日報） **◆映画『林家鋪子』批判開始** 6 北京市東城区工人倶楽部職工業余文芸組座談会摘録：「《不夜城》歪曲了対資産階級的和平改造」（人民日報） **◆映画『不夜城』批判開始** 峻青『春雷』（人民文学） 7 金敬邁『欧陽海之歌』（節選）（解放軍文芸） 10 熊佛西死去（一九〇〇～） 11 姚文元：「評新編歴史劇《海瑞罷官》」（文匯報→北京日報→人民日報） **◆文化大革命胎動** 周揚：「高挙毛沢東思想紅旗做又会労働又会創作的文芸戦士」（文芸報）	1 「農村社会主義教育運動中目前提出的一些問題」（略称《二十三条》）を公布【**◆運動の重点は〝党内走資本主義道路的当権派〟打倒にあることを明記**】 5 解放軍、階級制廃止 9 林彪：「人民戦争勝利万歳—紀念中国人民抗日戦争勝利二十周年」（人民日報） 10 **◆王傑に学ぶ運動開始** 11 記事：「〈収租院〉—四川省大邑地主荘園陳列館泥塑群像」（人民日報） ＊米、ベトナム北爆開始（2）

12 李雲徳『沸騰的群山』（人民文学出版社）

1966

1 「〃大写社会主義新英雄〃征文」（小説六編、速写七編」）（人民文学）

2 雲松：「田漢的《謝瑶環》是一棵大毒草」（人民日報）

◆田漢批判開始

林彪＋江青：「林彪同志委託江青同志召開部隊文芸座談会紀要」（人民日報69・5・29で公表）

◆文芸面の文革理論綱領成る

報告文学特集「鋼鉄戦士麦賢徳」（人民文学）

3 王春元：「評夏衍同志的《電影論文集》」（文芸報）

◆夏衍批判開始

陳清波・趙煥亭『焦裕禄之歌』（人民文学）

浩然『艶陽天』（第二巻）（人民文学出版社）

4 『解放軍報』社説：「高挙毛沢東思想偉大紅旗、積極参加社会主義文化大革命」（解放軍報）

◆文化大革命開始

郭沫若：「向工農兵群衆学習、為工農兵服務」［全人大常務委員会における自己批判］（光明日報）

田星：「破除対〃三十年代〃電影的迷信—評《中国電影発展史》」（人民日報）

◆三十年代文芸批判［これ以後、既成の文学者とその作品はすべて〃文芸

2 彭真ら、「関於当前学術討論的匯報提綱（二月提綱）」を作成

5 **◆毛沢東＝中共中央が〈五・一六通知〉を下達**［党・軍・文の各界で権力奪取を呼びかける］

北京大学聶元梓らの壁新聞宣伝を毛沢東が指示

8 中共八期十一中全会で「関於無産階級文化大革命的決定」（＝十六条）を決議

◆紅衛兵運動が全国を席巻

＊米機、ハノイ爆撃（6）

黒線〃に属する存在として打倒の対象とされた」
『人民日報』社説：「横掃一切牛鬼蛇神」（人民日報）
◆**文芸誌停刊**
5 鄧拓死去（一九一二〜）
浩然『艶陽天』（第三巻）（人民文学出版社）
7 阮銘・阮若瑛：「周揚顛倒歴史的一支暗箭―評《魯迅全集》第六巻的一個注釈」（人民日報）
◆**周揚批判開始**
8 ◆**老舎自殺**（一八九九〜）
葉以群死去（一九一一〜）
9 傅雷死去（一九〇八〜）
11 **首都文芸界無産階級文化大革命大会**

1967

1 姚文元：「評反革命両面派周揚」（紅旗）
周揚、夏衍、田漢、陽翰笙、林黙涵、斉燕銘、陳荒煤、邵荃麟、何其芳、于伶等が〈反革命〉、茅盾、巴金、老舎、趙樹理、曹禺などが〈ブルジョワ〃権威者〃〉のレッテルを貼られる
2 張恨水死去（一八九五〜）
羅広斌死去（一九二四〜）
3 阿壟死去（一九〇七〜）
4 饒孟侃死去（一九〇二〜）

1 上海で〃一月革命〃
◆**全国で奪権闘争開始**
2 各地で革命委員会成立　懐仁堂会議で譚震林ら軍元老が文革に反対＝〃二月逆流〃
4 戚本禹：「愛国主義、還是売

1968	

5 「文芸講話」二五周年記念行事
毛沢東の文芸に関する五つの文献を連続公表（人民日報）
「林彪同志委託江青同志召開的部隊文芸座談会紀要」公表
江青：「談京劇革命」公表
『紅旗』社論：「歓呼京劇革命的偉大勝利」（紅旗）

◆江青の権威樹立の動き活発

周作人死去（一八八五〜）
5 現代物京劇『紅灯紀』『奇襲白虎団』『智取威虎山』『海港』『竜江頌』『杜鵑山』、バレー『紅色娘子軍』『白毛女』など、八レパートリーを三十七日間にわたって上演

◆〝革命様板戯〟出現

7 報道：「中央直属文芸系統革命派高挙毛沢東思想的革命批判旗幟、連合起来向文芸黒線総後台及其代理人発起総攻撃」（人民日報）
9 姚文元：「評陶鋳的両本書」（人民日報）
10 廃名死去（一九〇一〜）

3 許広平死去（一八九八〜）
彭康死去（一九〇一〜）
4 彭柏山死去（一九一〇〜）
5 司馬文森死去（一九一六〜）
張海黙死去（一九二三〜）

国主義？」（人民日報）

◆劉少奇批判公然化

7 武漢で労働者武闘事件
12 この年、『毛沢東選集』八千万部、『毛沢東語録』三万五千万部を売る（報道）
＊スエズ運河封鎖・中東戦争激化（6）

7 〝工人、解放軍毛沢東思想宣伝隊〟が上部構造単位に進駐
10 中共八期十二中全会（拡大）で劉少奇を永久党籍剥奪

年	文芸	社会
	5 于会泳：「讓文芸舞台永遠成為宣伝毛沢東思想的陣地」（文匯報） **◆〝三突出〟論提起** 邵洵美死去（一九〇六〜） 6 ピアノ伴奏『紅灯記』初演 8 楊朔死去（一九一三〜） 麗尼死去（一九〇九〜） 10 孫維世死去（一九二一〜） 11 李広田死去（一九〇六〜） 12 田漢死去（一八九八〜）	＊米、北爆停止（10）
1969	2 何家槐死去（一九一一〜） 3 呂熒死去（一九一五〜） 4 陳翔鶴死去（一九〇一〜） 7 文化部所属各単位および文連スタッフ全員が〝五・七幹部学校〟や軍の農場で労働改造 丁学雷：「為劉少奇復辟資本主義鳴鑼開道的大毒草—評《上海的早晨》」 9 哲平：「学習革命様板戯、保衛革命様板戯」 **◆革命様板戯を守れのスローガン提起** 10 上海革命大批判写作小組：「為錯誤路線樹碑立伝的反動作品—評欧陽山的《一代風流》及其〝来竜去脈〟」（紅旗） 呉晗死去（一九〇九〜）	3 珍宝島で中ソ軍事衝突 4 **◆中共第九回代表大会** 林彪を毛沢東の「接班人」と「党章」に明記 11 劉少奇死去（一八九八〜） ＊東大安田講堂に機動隊導入（1）

1970

1 丁学雷：「再評毒草小説《上海的早晨》並駁為其翻案的毒草文章」（人民日報）

◆『上海的早晨』を弁護した桑偉川に対する包囲攻撃起こる

2 通訊：「革命様板戯鼓舞着我們奮勇前進」

革命歴史歌曲五首（人民日報）

4 上海革命大批判写作組：「鼓吹資産階級文芸就是復辟資本主義—駁周揚吹捧資産階級〝文芸復興〟〝啓蒙運動〟〝批判現実主義〟的反動理論」（人民日報）

5 革命様板戯を再度上演

◆革命様板戯称揚つづく

様板戯『沙家浜』七〇年演出テキスト（文匯報）

同『紅灯紀』七〇年演出テキスト（紅旗）

6 劉澍徳死去（一九〇六〜）

8 仇学宝『金訓華之歌』（上海人民出版社）

9 趙樹理死去（一九〇六〜）

韓北屏死去（一九一四〜）

10 抗米援朝二〇周年で『英雄児女』など文革前の映画を初めて上映

蕭也牧死去（一九一八〜）

8 中共九期二中全会

◆毛沢東と林彪の矛盾顕在化

9 大学入試復活［〝工農兵学員〟が入学］

農業は大寨に学ぼうのキャンペーン高まる

＊ポーランドで暴動（12）

	1971	1972
	1 聞捷死去（一九二三〜） 3 聞軍：「路線闘争決不能休戦—評国防文学的反動性」（紅旗） 辛文彤：「評田漢的一個反革命策略—従《関漢卿》看田漢用新編歴史劇反党的罪行」（人民日報） 6 邵荃麟死去（一九〇六〜） 7 国務院文化組成立（組長は呉徳） 8 侯金鏡死去（一九二〇〜） 10 建国二二周年で、新作現代物京劇『海港』『紅色娘子軍』『平原作戦』『杜鵑山』『竜江頌』、革命現代バレー『沂蒙頌』などを上演 郭沫若『李白与杜甫』（人民文学出版社）	2 写作組『虹南作戦史』（上海人民出版社） 南哨『牛田洋』（上海人民出版社） 3 『竜江頌』（72年1月演出本）（上海人民出版社） 『海港』（72年1月演出本）（上海人民出版社） 4 黎汝清『海島女民兵』（人民文学出版社） 李瑛『棗林村集』（北京人民出版社） 5 浩然『金光大道』（第一部）（人民文学出版社） 鄭加真『江畔朝陽』（上海人民出版社） 鄭直『激戦無名川』（人民文学出版社） 7 毛沢東が「最近は映画や演劇が少ない」と不満をもらす
	4 中米ピンポン外交 6 工業は大慶に学ぼうのキャンペーン始まる 9 林彪、ソ連に亡命途上、モンゴルで墜落死 ＊印パ戦争勃発（12）	2 ニクソン訪中 9 日中国交回復 ＊米、北ベトナムを機雷封鎖（5）

巴人（王任叔）死去（一九〇一～）
8　高玉宝：「文芸創作不能凭空編造假人假事」（解放軍報）
◆〃真人真事〃否定を批判
10　国務院文化組の指導下に映画『艶陽天』『青松嶺』『火紅的年代』などが撮影開始
11　『奇襲白虎団』（72年9月演出本）（上海人民出版社）
12　魏金枝死去（一九〇〇～）

1973

1　江青指導下に国務院文化組創作領導小組成立（組長は于会永。執筆グループ名は〃初瀾〃〃江天〃など）
4　浩然『幼苗集』（北京人民出版社）
浩然『老支書的伝聞』
復旦大学・上海師範大学中文系『魯迅小説詩歌散文選』（上海人民出版社）
5　『朝霞叢刊』（上海）
同上『魯迅雑文選』（同上）
李雲徳『沸騰的群山』（人民文学出版社）
6　郭先紅『征途』（上海人民出版社）
7　**◆湘劇映画『園丁の歌』批判開始**
浩然『春歌集』（天津人民出版社）
8　浩然『楊柳風』（北京人民出版社）

4　鄧小平復活
6　張鉄生白紙答案事件
◆〃反潮流〃の動き起こる
7　**◆批林批孔運動開始**
8　中共第十回党大会「〃四人組〃組閣計画を毛沢東が拒否」
＊ウオーターゲート事件（4）

『金鐘長鳴』（上海文芸叢刊）（上海人民出版社）
9 孫景瑞『難忘的戦闘』（上海人民出版社）
11 中央五七芸術大学設立（校長于会泳）
◆〝無標題音楽問題〟事件起こる
張長弓『青春』（内蒙古人民出版社）
『魯迅全集』（一九三八年版の簡体字版）（人民文学出版社）
12 初瀾：「要重視文化意識領域的階級闘争」（人民日報）

1974

1 初瀾：「中国革命歴史的壮麗画巻─談革命様板戯的成就和意義」
◆京劇革命賛美高まる
2 初瀾：「評晋劇《三上桃峰》」（人民日報）
◆晋劇『三上桃峰』批判開始
5 浩然『金光大道』（第二部）（人民文学出版社）
6 浩然『西沙児女・正気篇』北京人民出版社）
7 初瀾：「京劇革命十年」（紅旗）
10 『上海短編小説選』（上海人民出版社）
12 浩然『西沙児女・奇志篇』（北京人民出版社）

1 批林批孔運動高まる
北京大学・清華大学大批判組：「孔丘其人」（人民日報）
4 鄧小平が国連で〝三つの世界〟論を展開
6 **◆評法批儒運動起こる**
7 **◆毛沢東が〝四人組〟に不快感表明**
11 李一哲大字報出現
＊田中金脈問題発覚（10）

1975

2 映画『海霞』をめぐる論争
焦菊隠死去（一九〇五〜）
畢方・鍾濤『千重浪』（広西人民出版社）
7 毛沢東が文芸活発化を指示
8 毛沢東が『水滸伝』批判を指示
◆『水滸伝』批判開始
9 豊子愷死去（一八九八〜）
郭澄清『大刀記』（吉林人民出版社）
諶容『万年青』（人民文学出版社）
10 龔成『紅石口』（人民文学出版社）

1 第四回全国人民代表大会
4 蒋介石死去（一八八七〜）
張志新処刑される
9 農業は大寨に学ぼう全国大会（山西省）
12 北京大学・清華大学大批判組：「教育革命的方向不容簒改」（紅旗）
◆反撃右傾翻案風闘争＝鄧小平批判開始

1976

1 『詩刊』復刊
『人民文学』復刊
馮雪峰死去（一九〇三〜）
蒋子竜『機電局長的一天』（人民文学）
黎汝清『万山紅遍』（上巻）（人民文学出版社）
3 『人民戯劇』『人民電影』復刊
浩然『金光大道』（洪濤曲）（人民文学）
5 孟超死去（一九〇二〜）
10 郭小川死去（一九一九〜）
12 姚雪垠『李自成』（第二巻）（中国青年出版社）

1 周恩来死去（一八九八〜）。毛沢東が華国鋒を首相兼党第一副書記に指名。
毛沢東が〝三項目の指示を綱と為せ〟と指示
4 **◆天安門事件起こる**
7 朱徳死去（一八八六〜）
9 **◆毛沢東死去**（一八九三〜）
10 〝四人組〟逮捕
◆文化大革命終息

	1977	1978
文学	1 黄谷柳死去（一九〇八～） 2 徐懋庸死去（一九一〇～） 6 銭杏邨（阿英）死去（一九〇〇～） 柳青『創業史』（第二部）（中国青年出版社） 7 何其方死去（一九一二～） 王願堅『足跡』（人民文学） 張天民『創業』（中国青年出版社） 10 巴金『楊林同志』（上海文芸） 茹志鵑『出山』（上海文芸） 徐遅『地質之光』（人民文学） 11 〝文芸の黒い路線〞批判座談会［（人民文学）主催］ 劉心武『班主任』（人民文学） 12 賀敬之：「必須徹底批判〝文芸黒線専政〞論」（人民日報）	1 徐遅『歌徳巴赫猜想』（人民文学） 4 艾青『紅旗』（文匯報） 陸文夫『献身』（人民文学） 5 文連三期全国委員会第三回（拡大）会議 『文芸報』復刊 **◆文連傘下の各協会活動再開** 蘇叔陽『丹心譜』（人民戯劇）
政治	2 社論：「学好文件抓住綱」（人民日報・紅旗・解放軍報）［毛主席の決定および指示の二つはすべて正しいとする〝二つのすべて〞を提起］ **◆〝四人組〞批判さかん** 5 『毛沢東選集』第五巻出版 8 中共第十一回代表大会［鄧小平党副主席に］	3 全国科学大会開く 4 右派分子のレッテルを全面取り消し 6 特約評論員：「実践是検験真理的唯一標準」（光明日報） **◆真理の基準をめぐる討論始まる［華国鋒批判］**

6 郭沫若死去（一八九二～）
柳青死去（一九一六～）
7 王蒙『最宝貴的』（作品）
8 大型文芸誌『十月』創刊
盧新華『傷痕』（文匯報）
9 王亜平『神聖的使命』（人民文学）
10 宗福先『于無声処』（文匯報）
12 『新文学史料』創刊
巴金『随想録』（香港『大公報』で連載開始）

8 日中平和友好条約締結
12 **◆中共十一期三中全会［四つの現代化＝改革開放期開始**
◆民主と人権運動さかん

1979

1 鄭伯奇死去（一八九五～）
雑誌『収穫』復刊
童懐周『天安門詩文集』（上集）（北京出版社）
2 陳白塵『大風歌』（劇本）
鄭義『楓』（文匯報）
従維熙『大墻下的紅玉蘭』（収穫）
3 劉賓雁：「関於〝写陰暗面〟和〝幹与生活〟」（上海文学）
方之『内奸』（北京文芸）
北島『回答』（詩刊）
4 評論員：「為文芸正名―駁〝文芸是階級闘争的工具〟」（上海文学）
◆文芸と政治の関係をめぐる論争起こる
5 周揚：「三次偉大的思想開放運動」（人民日報）

1 米中国交樹立
2 中越戦争
3 魏京生逮捕
◆民主と人権運動に弾圧
12 西単の〝民主の壁〟封鎖

	『重放的鮮花』（上海文芸出版社） 6 李剣：「〃歌徳〃与〃欠徳〃」（河北文芸） ◆〃歌徳〃と〃欠徳〃論争起こる 7 王若望：「春天裏的一股冷風」（光明日報） 蔣子竜『喬廠長上任記』（人民文学） 魯彦周『天雲山伝奇』（清明） 高暁声『李順大造家』（雨花） 張揚『第二次握手』（中国青年出版社） 8 葉文福『将軍、不能這様做』（詩刊） 柳青『創業史』（第二部）（下巻）中国青年出版社 9 周立波死去（一九〇八〜） 白樺・彭寧『苦恋』（十月） 劉賓雁『人妖之間』（人民文学） 10 第四回文代大会 王蒙『夜之眼』（光明日報） 王靖『在社会的档案裏』（電影創作） 11 張潔『愛、是不能忘記的』（北京文芸）

1980
1 公劉：「新的課題―従顧城同志的幾首詩談起」（文芸報） ◆**朦朧詩論争始まる** 諶容『人到中年』（収穫） 張一弓『犯人李銅鐘的故事』（収穫）
2 中共十一期五中全会［劉少奇の名誉回復と憲法の〃四大条項〃削除を決定］ 5 劉少奇追悼大会

礼平『晩霞消失的時候』（当代）
張弦『被愛情遺忘的角落』（上海文学）
靳凡『公開的情書』（十月）
2 高暁声『陳奐声上城』（人民文学）
3 李季死去（一九二二～）
李国文『月食』（人民文学）
顧城『抒情詩十首』（星星）
4 全国詩歌討論会
5 謝冕：「在新的崛起面前」（光明日報）
王蒙『春之声』（人民文学）
劉心武『如意』（十月）
宗璞『三生石』（十月）
劉紹棠『蒲柳人家』（十月）
6 老舎『正紅旗下』（人民文学出版社）
巴金『随想録』（第一集）（人民文学出版社）
7 王蒙『胡蝶』（十月）
8 章明：「令人気悶的〝朦朧〟」（詩刊）
9 遇羅錦『一個冬天的童話』（当代）
10 汪曾祺『受戒』（北京文学）
11 胡風名誉回復
戴厚英『人啊、人！』（広東人民出版社）

11 〝四人組〟裁判開始
華国鋒党主席解任

年	月	事項
1981	2	古華『芙蓉鎮』（当代）
	3	茅盾死去（一八九六〜）
		孫紹振：「新的美学原則在崛起」（詩刊）
	4	評論員：「四項基本原則不容違反―評電影劇本《苦恋》」（解放軍報）
		◆『苦恋』批判起こる
	5	李国文『冬天裏的春天』（人民文学出版社）
		張抗抗『北極光』（収穫）
	6	姚雪垠『李自成』第三巻（中国青年出版社）
	7	張潔『沈重的翅膀』（十月）
		楊絳『幹校六記』（三聯書店）
		巴金『探索集』（『随想録』第二集）（人民文学出版社）
	8	全国思想戦線問題座談会
	9	高行健『現代小説技巧初探』（花城出版社）
	10	唐因・唐達成：「論《苦恋》的錯誤傾向」（文芸報→人民日報）
		王安憶『本次列車終点』（上海文学）
	12	白樺：「関於《苦恋》的通信―致『解放軍報』『文芸報』編輯部」
		張辛欣『在同一地平線上』（上海文学）
1982	1	徐遅：「現代化与現代派」（外国文学研究）
	2	葦君宜『洗礼』（当代）
	3	張潔『方船』（収穫）

年	月	事項
1981	1	〃四人組〃裁判判決
	5	宋慶齢死去（一八九三〜）
	6	中共十一期六中全会［「歴史問題決議」採択。胡耀邦が党主席］
	9	魯迅生誕百周年記念大会［胡耀邦が〃ブルジョワ自由化傾向〃を批判］
	10	全国農村工作会議［これ以後、各戸請負制が普及］
1982	2	全人大常務委員会で行政改革を提起
	9	中共第十二回代表大会

年	文学	政治・社会
	5 路遙『人生』（収穫） 鉄凝『哦、香雪』（青年文学） 6 姚遠『下里巴人』（劇本） 8 『上海文学』第8期「関於当代文学創作問題的通信」欄で高行健『現代小説技巧初探』を数人が論評。 **◆モダニズム論争起こる** 呉伯簫死去（一九〇六～） 梁暁声『這是一片神奇的土地』（北方文学） 9 高行健・劉会遠『絶対信号』（十月） 10 袁水拍死去（一九一九～） 『舒婷・顧城抒情詩選』（福建人民出版社） 11 李健吾死去（一九〇六～） 李存葆『高山上的花環』（十月） 張承志『黒駿馬』（十月）	10 第三回人口センサス公表 12 全人代で新憲法を採択
1983	1 徐敬亜：「崛起的詩群―評我国詩歌的現代傾向」（当代文芸思潮） 史鉄生『我的遥遠的清平湾』（青年文学） 陸文夫『美食家』（収穫） 巴金『真話集』（『随想録』第三集）（人民文学出版社） 2 蕭三死去（一八九六～） 3 **◆文学とヒューマニズムをめぐる討論さかん**	3 〝五講四美〟〝三熱愛〟キャンペーン開始 5 張海迪に学ぶキャンペーン開始 7 『鄧小平文選』出版 10 中共十二期二中全会

鉄凝『没有紐扣的紅襯衫』（十月）
4 王亜平死去（一九〇五～）
5 楊煉『諾日朗』（上海文学）
高行健『車站』（十月）
7 李国文『花園街五号』（十月）
9 馮乃超死去（一九〇一～）
賈平凹『商州初録』（鐘山）
11 評論員：「高挙社会主義文芸旗幟、堅決防止和清徐精神汚染」（人民日報）
◆〃精神汚染〃追放キャンペーン始まる
◆作家協会会員二一七〇人

12 中国民主団結同盟結成（ニューヨーク）

1984

1 従維熙『雪落黄河静無声』（人民文学）
鄧友梅『煙壺』（収穫）
張承志『北方的河』（十月）
3 徐敬亜：「時刻牢記社会主義文芸方向―関於《崛起的詩群》的自我批評」（人民日報）
張賢亮『緑化樹』（十月）
胡風『胡風評論集』（上）（人民文学出版社）［中、下は八四，八五年に出版］
賈平凹『鶏窩窪的人家』（十月）
5 成仿吾死去（一八九七～）

4 評論員：「就是要徹底否定〃文革〃」（人民日報）
◆文革徹底否定論起こる
10 十三年ぶりで国慶節パレード

6 劉再復：「論人物性格的二重組合原理」（文学評論）
◆劉再復が人物性格の二重結合論提起
7 阿城『棋王』（上海文学）
8 賈平凹『臘月・正月』（十月）
10 劉心武『鐘鼓楼』（十月）
11 許欽文死去（一八九七〜）
孔捷生『大林莽』（十月）
12 中国作家協会第四回代表大会［胡啓立が党中央書記処を代表して創作の自由を強調］
巴金『病中集』（『随想録』第四集）（人民文学出版社）

1985

1 作家協会第四回大会で規約に「創作の自由」
張光年：「新時期社会主義文学在闊歩前進」（光明日報）
◆〝創作の自由〟〝学術の自由〟の論調さかん
張辛欣・桑曄『北京人』（系列口述実録体）（収穫）
2 阿城『孩子王』（人民文学）
馬原『網底斯的誘惑』（上海文学）
史鉄生『命若琴弦』（現代人）
3 劉賓雁「第二個忠誠」（開拓）
劉索拉『你別無選択』（人民文学）
4 作家協会主席団会議で「創作の自由」取り消す

1 農産物の統制緩和
3 鄧小平：「改革科学技術体制是為了解放生産力」［全国科技工作会議で〝人才〟を強調］
5 解放軍百万人削減計画発表
6 農村人民公社解体完了
9 北京大学などで反日デモ

張天翼死去（一九〇六〜）
王安憶『小鮑荘』（中国作家）
莫言『透明的紅蘿卜』（中国作家）
鄭義『老井』（当代）
6 胡風死去（一九〇二〜）
韓少公『爸爸爸』（人民文学）
残雪『山上的小屋』（人民文学）
陸文夫『井』（中国作家）
7 阿城：「文化制約着人類」（文匯報）
◆〝ルーツ文学〟の論争起こる
劉心武『5・19長鏡頭」（人民文学）』
8 田間死去（一九一六〜）
9 張賢亮『男人的一半是女人』（収穫）
11 劉再復：「論文学的主体性」（文学評論）
◆文学の主体性論争起こる
高行健『野人』（十月）
王培公『WM』（劇本）

1986

1 劉賓雁、党を除名される
2 魏明倫『潘金蓮』（電影与魏劇）
3 丁玲死去（一九〇四〜）

3 第六期全人代第四回会議で第七次五カ年計画承認
雑誌『孔子研究』創刊

3 朱光潜死去（一八九七〜）
王蒙『活動変人形』（当代）
銭鋼『唐山大地震』（解放軍文芸）
莫言『紅高粱』（人民文学）
4 巴金が〝文革博物館〟を提唱
陳涌：「文芸学方法論問題」（紅旗）
◆文学主体性をめぐる論争さかん
5 〝百花斉放・百家争鳴〟三〇周年記念論文多数
馮驥才『三寸金蓮』（収穫）
残雪『蒼老的浮雲』（中国）
朱蘇進『第三只眼』（青春叢刊）
6 錦雲『狗児爺涅槃』（劇本）
7 王安憶『荒山之恋』（十月）
劉再復『性格結合論』（上海文芸出版社）
8 北島『白日夢』（人民文学）
9 劉再復：「新時期文学的主潮」（文匯報）
◆新時期文学十年学術討論会
史鉄生『毒薬』（上海文学）
劉恒『狗日的糧食』（中国）
10 徐敬亜編『詩歌報』：「中国詩壇一九八六年現代詩群大観」（第一輯）［第二、三輯は『深圳青年報』］

陳永貴死去（一九一四〜）
9 中共十二期六中全会で「精神文明建設」に関する決議
10 葉剣英死去（一八九七〜）

年	月	文学	月	政治・社会
	12	巴金『無題集』(『随想録』第五集)(人民文学出版社)		
		路遥『平凡的世界』(収穫)		
1987	1	賈平凹『浮躁』(収穫)	1	北京の学生が民主化要求デモ
		余華『十八歳出門遠行』(北京文学)		中共中央政治局、ブルジョワ自由化放任を理由に胡耀邦総書記を解任・後任趙紫陽
	2	馬建『亮出你的舌苔、或空空蕩蕩』(人民文学)[この小説がチベット族を侮辱するものだとして『人民文学』編集長が停職・反省処分]		**◆ブルジョワ自由化反対の動き急**
	3	張承志『金牧場』(収穫)		王若望・方励之・劉賓雁など、党除名
		洪峰『瀚海』(中国作家)	3	第五期全人代第五回会議
		浩然『蒼生』(長編小説)	4	初のエイズ死亡者
	4	涿州会議[文芸界の保守派の巻き返しねらい]	5	黒竜江省で森林大火災
		何士行『苦寒行』(人民文学)	10	チベットでラマ僧暴動
	6	老鬼『血色黄昏』(工人出版社)		中共第十三回代表大会
	8	池莉『煩悩人生』(上海文学)		**◆社会主義初級段階論提起**
	9	孫甘露『信徒之函』(収穫)		
	11	梁実秋死去(一九〇三〜)		
		王朔『頑主』(収穫)		
1988	1	余華『現実一種』(北京文学)	2	中共中央に政治体制改革室
		史鉄生『原罪』(鐘山)	3	ラサで暴動
	2	葉聖陶死去(一八九四〜)		上海西郊で列車転覆

映画『紅高粱』（張芸謀監督）がベルリン映画祭でグランプリ獲得［原作は莫言＝前出］

3 劉恒『伏羲伏羲』（北京文学）

格非『褐色鳥群』（鐘山）

葉兆言『棗樹的故事』（収穫）

楊煉『房間裏的風景』（人民文学）

5 沈従文死去（一九〇二～）

6 蕭軍死去（一九〇七～）

9 鉄凝『玫瑰門』（文学四季）

10 師陀死去（一九一〇～）

兪大白『大上海的沈没』（当代）

11 第五回文代大会［胡啓立党政治局員が創作・評論の自由を強調］

李何林死去（一九〇四～）

蘇童『罌粟之家』（収穫）

馬原『死亡的詩意』（収穫）

12 楊絳『洗澡』（三聯書店）

霍達『穆斯林的葬礼』（北京十月文芸出版社）

4 海南省発足

5 『紅旗』廃刊

北京大学に民主サロン

6 中央テレビがテレビドキュメント『河殤』放映開始

◆『河殤』をめぐる討論起こる

7 『求是』創刊

11 各地で劉少奇誕生九〇周年行事

1989

1 王安憶『崗上的世紀』（鐘山）

2 莫応豊死去（一九三八～）

鮑昌死去（一九三〇～）

4 胡耀邦前党総書記急死

◆民主化を求める学生の動き起こる

李国文『涅槃』(人民文学)
鉄凝『綿花垛』(人民文学)
葉兆言『艶歌』(上海文学)
李英儒死去(一九一四〜)
3 王蒙『堅硬的稀粥』(中国作家)
5 王安憶『弟兄們』(収穫)
6 張承志『西省暗殺考』(文匯月刊)
7 周揚死去(一九〇八〜)
11 蘇童『妻妾成群』(収穫)
12 王瑶死去(一九一四〜)

社説:「旗幟鮮明地反対動乱」(人民日報)
5 天安門広場で学生がハンストに突入
北京に戒厳令
6 **◆戒厳部隊が天安門広場を武力制圧**[=六四事件]
中共十三期四中全会[趙紫陽総書記を解任。後継は江沢民]
◆『河殤』批判始まる
10 大学生が軍事訓練へ
11 中共十三期五中全会

著者あとがき

一九九七年に中華民国時代の文学をあつかった『中国現代文学史』を上梓したとき、それにつづいて中華人民共和国時代の文学を対象とした『中国当代文学史』を書き継ぐことを当然のように考え、周囲の学生たちにもそんな思いをもらしたことがありました。それが、こんなにも後れに後れてしまったについては、ぼくの怠惰もむろんありましたが、ちょうどそのころから、ぼくが莫言（モオイエン）を初めとして、賈平凹（ヂヤピンワ）、葉広岑（イエグワンチン）、李鋭（リールウエイ）など、中国大陸の現役作家の作品の日本語訳の仕事にのめり込んでしまったという事情もありました。それらはいずれも数百ページの大作でしたから、当時勤めていた大学の仕事のかたわらそれらをこなすのに精一杯で、自然と文学史のほうはおろそかになってしまいました。そうした中でも、空いた時間を見つけては少しづつ書き継いではきたのですが、その結果、こうしてまとめてみると、あちこち継ぎはぎが目立つことになってしまいました。

一九八九年で叙述を打ち切った理由は、むろんあの〈六四〉事件にあります。あれ以来、鄧小平（ドンシャオピン）の〈社会主義市場経済〉のかけ声の下、商品経済の狂奔と、それが必然的に生み出す官僚汚職蔓延の三十年が現在まで続いているのですが、それを取り巻く情況はあまりに複雑怪奇で、そこで文学がどういう情況になっているのか、ぼくには見当もつきません。ただ、〈六四〉事件が現代中国にとってどのような意味を持つのかについては事件の直後に書いた一文があって、ぼくの基本的思いは今も変わりありませんので、それを付録としました。この一文「〈人民〉から国民へ」は二〇〇〇年九月に研文出版から出版した『魯迅点写』のために執筆したものですが、このほど本書に収録することをお願いしたところ、同出版の山本實社長のご快諾を得ました。ここに特記して、謝意を表します。

本書がこのような形をなすに当たっては、佛教大学時代の受業生で、いまでは立派な研究者になっている奥野行伸君と白須留美君のお二人に校正その他ですっかりお世話になりました。また、妻の多満子には、これまでと同じように忙しい家事の合間をぬって校正をしてもらいました。出版社の朋友書店の関係者の方々とともに、ここに感謝の気持ちを記して記念とします。

表紙の書は『廃都』を訳していた一九九四年夏に西安を訪れた際に賈平凹さんからいただいたものです。宋代の詩人・向子諲の詞「雨意挟風回」の一句で、「独り滄浪に立ちて帰るを忘却す」と読めます。また、裏表紙の莫言さんとの写真は、莫言さんが二〇一二年にノーベル文学賞を受賞された際の授賞式カクテルパーティーの席での一枚です。

著者紹介

吉田　富夫（よしだ　とみお）

〈略歴〉

一九三五年、広島県生まれ。

一九六三年、京都大学大学院修了。

佛教大学名誉教授。

〈主要著訳書〉

『文化と革命』（共著、三一書房）／『五四の詩人王統照』（同朋舎）／『反転する現代中国』（研文出版）／『原典中国現代史』（第5巻 思想・文学）（共編、岩波書店）／『魯迅点景』（研文出版）／賈平凹『廃都』（中央公論社）／莫言『豊乳肥臀』（平凡社）／莫言『白檀の刑』（中央公論新社）／葉広芩『貴門胤裔』（中央公論新社）／李鋭『無風の樹』（岩波書店）／など

中国当代文学史　一九四九―八九

二〇二二年一一月三〇日　発行

著　者　吉　田　富　夫

発行者　土　江　洋　宇

発行所　朋　友　書　店

〒六〇六―八三一一　京都市左京区吉田神楽岡町八

電　話（〇七五）七六一―一二八五

ＦＡＸ（〇七五）七六一―八一五〇

E-mail : hoyu@hoyubook.co.jp

印刷・製本　亜細亜印刷㈱

ISBN978-4-89281-199-9 C3098